Dientes de leche

Seix Barral Biblioteca Breve

Ignacio Martínez de Pisón
Dientes de leche

© Ignacio Martínez de Pisón, 2008
© Editorial Plaenta, S. A., 2008, 2023
Seix Barral, un sello editorial de Editorial Planeta, S. A.
Avda. Diagonal, 662-664 - 08034 Barcelona
www.seix-barral.es
www.planetadelibros.com

Primera edición: enero de 2008
Segunda impresión: junio de 2019
Tercera impresión: abril de 2023
ISBN: 978-84-322-1247-5
Depósito legal: B. 53.441 - 2007
Impresión y encuadernación: Prodigitalk
Printed in Spain - Impreso en España

El papel utilizado para la impresión de este libro está calificado como **papel ecológico** y procede de bosques gestionados de manera **sostenible**.

La lectura abre horizontes, iguala oportunidades y construye una sociedad mejor. La propiedad intelectual es clave en la creación de contenidos culturales porque sostiene el ecosistema de quienes escriben y de nuestras librerías. Al comprar este libro estarás contribuyendo a mantener dicho ecosistema vivo y en crecimiento. En **Grupo Planeta** agradecemos que nos ayudes a apoyar así la autonomía creativa de autoras y autores para que puedan seguir desempeñando su labor.
Dirígete a CEDRO (Centro Español de Derechos Reprográficos) si necesitas fotocopiar o escanear algún fragmento de esta obra. Puedes contactar con CEDRO a través de la web www.conlicencia.com o por teléfono en el 91 702 19 70 / 93 272 04 47.

«El mundo es hermoso porque hay de todo.»

CESARE PAVESE, *El bello verano*

PRÓLOGO

Entre las fotos que Juan Cameroni conservaba de su infancia había una en la que aparecía junto al abuelo Raffaele, sonrientes los dos, vestidos los dos con camisas negras, haciendo los dos el saludo fascista. ¿Cuántos años tenía entonces? Si tenía cuatro, la foto era de 1972. Si cinco, de 1973. De lo que no había duda era de que la foto se había tomado un 2 de noviembre, único día del año en el que abuelo y nieto se ponían sus uniformes de fascistas para acudir al homenaje a los italianos muertos en la Guerra Civil.

En su momento, Juan debió de ser el único niño fascista español, y hasta la muerte del abuelo se guardaron en un armario del pasillo sus sucesivos uniformes de *balilla*. El de la foto de 1972 o 1973, acaso por ser el primero, había sido el más completo y vistoso: gorro de inspiración africana con borla, camisa de seda negra sobre la que se cruzaban dos anchas bandas blancas, un cinturón también ancho y también blanco, pantalones pardos, medias hasta las rodillas. Los uniformes siguientes, de los que también conservaba fotografías, sugerían una paulatina evolución hacia la austeridad. La camisa negra había dejado de ser de seda, las bandas habían sido sustituidas por un pañuelo anudado al cuello, el llamativo cinturón se iba haciendo cada vez más estrecho y más discreto, y el gorro, que enseguida se había quedado sin borla, se achataba y perdía volumen hasta acabar convertido en una boina. Las únicas incorporaciones un poco originales habían sido un machete sin afilar que algún año llevó prendido del cinturón y unos guantes negros que le llegaban hasta el codo y que en realidad sólo se puso una vez (¿a quién se le ocurre usar guantes a principios de noviembre?).

Por supuesto, lo de vestirle de *camicia nera* respondía a un capricho del abuelo. Éste, a falta de un par de meses para la fecha del homenaje, empezaba ya a insistir a su nuera para que le probara el uniforme al niño. Si se le había quedado pequeño desde el último noviembre, el propio abuelo se apresuraba a acompañarle a una sastrería militar que había en una bocacalle de la calle Don Jaime. Juan todavía se acordaba del olor del local, un olor como a pastilla de caldo, y de la ruidosa respiración del sastre mientras le ceñía el metro bajo las axilas. Y se acordaba también de las broncas que se montaban en casa cuando su padre descubría sobre la cómoda del recibidor el paquete de la sastrería militar.

Lo primero era ver cómo su padre desgarraba el papel de estraza sin pronunciar palabra y cómo con las puntas de los dedos iba sacando las diferentes prendas: la pequeña camisa negra, el gorrito con o sin borla... Lo segundo era asistir a la reacción de Elisa, su madre, que estaba ya a la defensiva y no tardaba en saltar:

—¡A mí no me digas nada, Alberto! ¡Es tu padre, no el mío!

¿Cuántas veces habría escuchado esa frase de labios de su madre? En realidad, todas o casi todas las broncas domésticas que Juan recordaba habían sido provocadas por algo que el abuelo Raffaele había dicho o hecho, y en un momento u otro su madre acababa recurriendo a esa frase para tratar de zanjar la discusión. Pero, si la fórmula había funcionado alguna vez, debía de haber sido muy al principio, en los primeros años del matrimonio, y a Juan siempre le había parecido que su padre no terminaba de explotar hasta que escuchaba esas palabras.

—¡No hace falta que me lo recuerdes! —gritaba entonces—. ¡Ya sé que es mi padre! ¡Pero lo regalo! ¡Se lo regalo a quien lo quiera! Voy a poner un anuncio en el periódico... ¿No hay anuncios de gente que regala cachorros de perro y cosas así? «Regalo padre en perfecto estado...» ¡El primero que venga se lo queda! ¡Y que haga con él lo que le apetezca! ¡Aunque seguro que mi padre acaba disfrazándolo de fascista y llevándoselo a la mascarada esa...!

Elisa sabía que en esos casos lo mejor era dejar que su marido se desahogara. Pero también sabía que éste tendía a evitar el enfrentamiento directo con su padre, y al final era ella la que acababa haciendo de mediadora entre ambos.

—Tú lo has dicho: no es más que una mascarada —intentaba apaciguarle—. No hay que darle tanta importancia. Es como si el niño fuera a una fiesta de disfraces. Imagina que es un disfraz de... vikingo.

—¿Cuándo se ha visto que un niño falte al colegio por una fiesta de disfraces? —volvía a gritar Alberto—. ¡Pero por mí de acuerdo! ¡Que vaya! ¡Que vaya disfrazado de vikingo! ¡Mejor aún! ¡Vamos todos de vikingos! ¡Pero mi padre también! ¡Con los bigotes postizos y los cuernos!

A diferencia de su padre, que siempre que se enfadaba gritaba en italiano, Alberto lo hacía en español, y sin embargo era sólo en esas situaciones cuando Elisa tenía la sensación de haberse casado con un auténtico italiano, y no con el hijo español de un fascista italiano establecido en Zaragoza al término de la guerra.

—*Che figlio snaturato!* —bramaba el viejo fascista la mañana del 2 de noviembre, cuando ya su nuera se había atrevido a transmitirle, suavizadas, las reticencias de Alberto, y dedicaba los minutos siguientes a lanzar maldiciones contra quienes se avergonzaban de la sangre que corría por sus venas.

Al final, su perorata solía desembocar en una afirmación lapidaria y melancólica:

—*Non c'è dubbio* —decía, sacudiendo la cabeza con resignación—. *Viviamo tempi di decadenza.*

Pero esa resignación era sólo fingida, y por nada del mundo pensaba Raffaele renunciar a la compañía de su nieto durante la celebración del homenaje. Su treta última era siempre la misma. Y siempre infalible. Agarraba a Juan por los hombros, le miraba con fijeza a los ojos y le decía:

—Eres libre, Giovanni —cuando estaban en familia, no le llamaba Juan sino Giovanni—. Eres libre de venir o no venir. Si quieres, vienes y, si no, no. Tú decides. Que no se diga que te llevo a la fuerza. Te repito que eres libre. Absolutamente libre. ¿Quieres venir o no? ¿Quieres venir?

Y el niño, por no contrariarle, hacía un leve, levísimo gesto que de inmediato era interpretado por el abuelo como un asentimiento.

—¿Lo ves? ¡No soy yo! ¡Es él! ¡Es el *bambino* el que quiere venir! —clamaba con una sonrisa triunfal—. Vamos, vístelo deprisa, que llegamos tarde.

Ella obedecía con aparente diligencia. Le ponía los pantalones y las botas, le abrochaba la camisa negra, le anudaba el pañuelo, le encajaba el gorro. Y, mientras lo hacía, no dejaba escapar la ocasión de soltar algún comentario malicioso:

—Si ya le he dicho a Alberto que no había que darle importancia. Que en realidad es como vestir al niño de vikingo y llevarlo a una fiesta de disfraces...

El viejo Raffaele la observaba entonces con resentimiento:

—¿De vikingo, dices? ¿De vikingo? ¡No estarás comparando al Fascio con los vikingos, esos bucaneros de opereta...!

Elisa no se tomaba muy en serio ni a su marido ni a su suegro, y luego, cuando se reunía con Alberto, que en esas situaciones solía encerrarse en la biblioteca, le decía:

—Tu padre ha cedido.

—¿Sí? —preguntaba él con un brillo de sorpresa en la mirada.

—Sí. Ha aceptado que nos vistamos todos de vikingos y vayamos a un baile de disfraces. ¡Yo ya me estoy haciendo las trenzas! —decía entre risas, y Alberto, malhumorado, emitía un largo y ruidoso bufido.

En un momento u otro, antes de que el abuelo y el nieto se echaran a la calle con sus uniformes de fascistas, la propia Elisa se las arreglaba para hacerles una foto junto a la cómoda del recibidor. Los primeros años se la hacía con alguna de las cámaras de su marido, y sólo al final con su propia cámara, una Polaroid que Juan recordaba como uno de esos juguetes aparatosos pero sin gracia de los que los niños se cansan a los diez minutos. En aquella foto, la de 1972 o 1973, los colores se mostraban distorsionados, y donde la realidad sólo había puesto tonos ocres o grises la cámara había encontrado inesperados brillos rojizos y azulados. Pero en general (y, sobre todo, dada la escasa pericia técnica de Elisa) la foto era aceptable. Cuando Juan la observaba, creía percibir en ella detalles que sólo a él estaban reservados y que ninguna otra persona en el mundo podría interpretar correctamente. Sus sonrisas, por ejemplo: mientras la suya expresaba candor y emoción, la del abuelo Raffaele se veía ensayada y tirante y como atrapada en mitad de algo, y ese algo no era sino el estribillo del himno fascista (*Giovinezza, giovinezza, primavera di bellezza...*), que invariablemente canturreaba cada vez que posaba para su nuera. O sus miradas: ¿quién que no fuera el propio Juan podría darse cuenta de que las miradas de ambos no buscaban la Polaroid de Elisa sino el espejo que había a su espalda, el enorme espejo de pared ante el cual, durante unos segundos, habían practicado la apostura más gallarda, el gesto más resuelto y arrogante? Ni el estribillo ni el espejo (que les reflejaba a ellos pero también a Elisa) salían en la foto, y Juan intuía que sin eso (sin el estribillo y sin el espejo pero también sin Elisa) la foto quedaba a medias, incompleta, y que nadie más que él podía restituirle las partes que le faltaban.

Estaba además el asunto de los parecidos. En la familia siempre se había discutido sobre quién se parecía más al abuelo que a la abuela, etcétera, y se daba por generalmente aceptado que de los descendientes de Raffaele era Rafael, el primogénito, el más Cameroni de todos, y que Alberto era un poco más Asín que Cameroni y Paquito un poco más Cameroni que Asín, mientras que él, Juan, el único nieto, estaba a mitad de camino entre los Asín y los Mardones pero no tenía ni un ápice de Cameroni. Raffaele siempre había sido un hombre de frente amplia, barbilla afilada y hombros estrechos y, aunque era verdad que Juan no compartía con su abuelo ninguna de esas características, también lo era que la contemplación atenta de algunas de esas fotos del pasado revelaba una afinidad sutil pero profunda, como un aire de familia que no residía en este o aquel rasgo concreto sino en una serie de semejanzas menores que muy bien podrían ser adquiridas y no heredadas: la firmeza con que ambos plantaban los pies en el suelo, la tensión que se adivinaba en sus piernas y caderas, la reciedumbre del cuello. ¿Podía ser que estas similitudes fueran producto de las circunstancias y sólo existieran en los momentos en que las fotos fueron hechas? Podía ser pero, en la memoria de Juan, aquellas escasas fotos suyas junto al abuelo Raffaele rellenaban el vacío de los muchos momentos en que nadie les había fotografiado, y retrospectivamente se veía a sí mismo como un niño que se había parecido a su abuelo (pero también como un adolescente que de repente había dejado de parecérsele). La imagen del nieto y el abuelo vestidos de fascistas tenía de todas formas algo de parodia, de una parodia involuntaria en la que un niño remeda la grandiosidad de los gestos de un viejo y la reduce a lo que de verdad es, simple y hueca afectación. Como en las parejas de payasos: el payaso tonto y el payaso listo, que en realidad es tan tonto como el payaso tonto. Pero para que Juan lo percibiera de ese modo había hecho falta que pasaran unos cuantos años, y desde luego no lo percibía así entonces, cuando era un niño y se dejaba fotografiar junto a su abuelo, y ni siquiera algo más tarde, cuando finalmente desistió de acompañarle al homenaje.

Al Sacrario Militare Italiano iban siempre en taxi (de hecho, Raffaele no cogía taxis más que cuando iba al Sacrario). Llegaban media hora antes de que todo empezara, cuando allí sólo estaban los policías municipales, la banda de músicos y un puñado de curiosos que intercambiaban comentarios sobre los uniformes de unos y otros. Esa media hora daba para mucho. Daba para que el abuelo evocara a sus compañeros caídos en combate y para que volviera a contar alguna de sus viejas historias de la guerra, y a Juan habían acabado por hacérsele familiares los nombres de varios de sus protagonistas: el de Mario Basso, que había compuesto el himno del batallón; el de Fortunato Lettini, muerto de un tiro en la frente mientras hacía sus necesidades; el de Carmelo Giangrecco, el *primo capitano*, que sólo comía lechuga... Pero todo eso no era más que el prólogo. Lo importante venía después, cuando empezaba a contar su historia, la historia de su hazaña, la del día en que él, el voluntario fascista Raffaele Cameroni, se había convertido en un héroe de guerra. Era ésa la historia que al abuelo le gustaba contar, pero sobre todo la que al nieto le gustaba escuchar. La mirada encendida, los labios entreabiertos, un leve rubor en las mejillas: con qué cara de atención seguía el relato el pequeño Juan, que tragaba saliva en los momentos de tensión, arqueaba las cejas en los de incertidumbre y se entregaba sin resistencia a la placentera sensación del enardecimiento. Había escuchado esa historia otras veces, pero la reiteración no sólo no le restaba interés sino que se lo añadía, y el niño contrastaba mentalmente la nueva versión con las anteriores y a veces interrumpía a su abuelo para recordarle algún detalle omitido: las ráfagas de ametralladora, el cadáver semienterrado en el barro, la cantimplora agujereada por un balazo. Esas omisiones, involuntarias al principio, habían acabado haciéndose deliberadas, y de esta manera la narración había ido desarrollando su propia liturgia: el niño esperando con ansiedad el momento de intervenir, el abuelo exclamando ¡lo había olvidado!, el niño interrumpiendo de nuevo, el abuelo dándose una palmada en la frente, etcétera. La historia proseguía con la explosión del obús, y Raffaele guardaba un largo silencio mientras sus pupilas caracoleaban en busca de algo, en busca quizá de las palabras que debían expresar lo que había sentido en ese instante. Pero también las palabras formaban parte del ritual, y al final eran siempre las mismas: sangre, uniforme destrozado, olor a carne quemada (¡mi propia carne!), un calor súbito, un calor súbito e intenso... Y a esas alturas de la historia el niño se adelantaba ya a su abuelo y pronunciaba antes que él las palabras siguientes (la palabra resistir, la palabra luchar, las palabras hasta la última gota de mi sangre) porque había que precipitarlo todo, porque ya nada debía aplazar el momento culminante, en el que el abuelo se llevaría la mano al bolsillo y sacaría la medalla y la exhibiría con ademanes de prestidigitador.

—¡Cameroni Raffaele, medalla de bronce al valor militar! —exclamaba entonces, y ceremoniosamente se la prendía de su propia pechera.

Por supuesto, no era Raffaele el único que durante el homenaje lucía condecoraciones. A Juan le gustaba entretenerse en contarlas, y ningún año bajaban de la media docena, la mayoría de bronce. Lo más curioso es que eran siempre mujeres quienes llevaban las escasas medallas de oro: viudas de los oficiales muertos en España. La delegación italiana llegaba hacia las once y media en un autobús con matrícula de Milán, y para entonces ya se había formado ante la entrada el pequeño comité de recepción. Estaban los pocos que quedaban de los fascistas que al final de la guerra se habían establecido en la ciudad: estaba el gordo de Imbroglia, que en su juventud se había jactado de su parecido con Mussolini; estaba Rosso, menudito él, amante de la ópera, con las uñas de los dedos sucias de escamas (su mujer tenía una pescadería); estaba el irascible Angiolotti, de tez muy oscura, cejas enormes y nariz de pingüino. Y, desde luego, estaba el abuelo Raffaele, al que los otros reconocían cierta autoridad moral y que se apostaba ante la puerta del autobús para saludar uno por uno a los recién llegados. Era entonces cuando Juan, que no se separaba de él, aprovechaba para contar las medallas: dos viudas con sendas medallas de oro al valor militar, cuatro ex combatientes con otras tantas de bronce, un hombre manco con la medalla de sufrimientos por la patria.

—*Come ti chiami, bellino?* —le preguntaba siempre alguna de las viudas, que luego no esperaba a escuchar la respuesta.

Los instantes siguientes a la llegada del autobús solían ser bastante confusos. Los músicos se apresuraban a apagar sus cigarrillos y preparar los instrumentos pero, en cuanto sonaban las primeras notas, Raffaele corría indignado a hacerles callar: ¿quién les había mandado tocar?, ¿no se daban cuenta de que todavía no había empezado el acto oficial?, ¡aquello era suelo italiano y la única bienvenida era la que los italianos debían dispensar a las autoridades españolas...! Los músicos agachaban la cabeza, y él dedicaba a sus compatriotas una sonrisita indulgente (ya se sabía, españoles, no aprenderían jamás) y reanudaba las salutaciones.

Había que ver con qué soltura Raffaele (que en realidad no tenía amistad más que con Imbroglia y los otros dos) iba de aquí para allá presentando a unos y a otros, repartiendo abrazos, anunciando la inminente llegada del embajador. Actuaba como si fuera él el inspirador y responsable último de todo aquello: del homenaje a los caídos, del mausoleo en el que yacían sus restos, acaso hasta de la misma intervención italiana en la Guerra Civil. Se comportaba como si una humildad irresistible le indujera a ceder a otras personas (al embajador, al superior de los capuchinos) un protagonismo que en rigor le correspondía sólo a él, y acogía con falsa modestia los elogios que los recién llegados dedicaban a la impecable organización del acto, con la que no tenía nada que ver. Mientras esperaban al embajador, era él quien conducía las conversaciones: alababa el altísimo nivel de las delegaciones italianas de los últimos años, se interesaba por las otras etapas de su viaje por España, daba consejos para su visita del día siguiente al Valle de los Caídos... Para varios de los veteranos, aquélla era la primera vez que pisaban suelo español desde el final de la guerra, y Raffaele los reunía en un grupo y los guiaba por el interior de la torre, donde los huesos de casi tres mil soldados italianos permanecían enterrados en sus respectivos *loculi*. De vez en cuando se detenían ante uno de esos nichos, y alguien reconocía un nombre en una lápida (¡Belluscio Vincenzo!, ¡habían luchado juntos en la División Littorio!) y contaba alguna anécdota del frente, que inevitablemente refrescaba en los demás el recuerdo de otras anécdotas y hacía que de golpe todos se pusieran a hablar a la vez. Raffaele tenía que alzar la voz para hacerse oír en medio de aquel barullo y pedir que le siguieran de vuelta al exterior, donde llamaba su atención sobre los detalles más puramente fascistas del conjunto arquitectónico: las columnillas de las verjas simulando fascios, la propia disposición de la torre con respecto a los arcos de triunfo, que reproducía, aunque invertido, el motivo del hacha romana...

—*E non siamo in Italia. Siamo in Spagna* —añadía, y aquí hacía una pausa para que cada cual se dejara llevar por sus pensamientos.

Finalmente llegaba el embajador, y Raffaele, aunque sólo lo había tratado en homenajes anteriores (y siempre superficialmente), abusaba de su momentáneo prestigio para imponerle su familiaridad:

—*Vieni, ambasciatore! Devi conoscere tutti questi amici meravigliosi!*

Y el embajador se dejaba arrastrar por Raffaele y sonreía y cabeceaba y estrechaba manos, y ninguno de los presentes sospechaba que para él la cita anual con todos esos carcamales no era más que un engorro.

El acto oficial de bienvenida resultaba siempre muy vistoso, con la banda de cornetas y tambores interpretando una marcha militar junto al pórtico de la iglesia, los policías municipales montando guardia con el uniforme de gala y el casco de plumas, el embajador saliendo a recibir al alcalde y al capitán general y al arzobispo y al gobernador civil y acompañándolos despacio hasta el mausoleo, los curiosos agolpándose junto a la verja y preguntándose unos a otros quién sería ése y quién aquél... Sobre el arco de entrada a la cripta había una inscripción en granito: *L'Italia a tutti i suoi caduti in Spagna*. Era ahí donde, con sus camisas negras y sus medallas y sus coronas de flores, solía situarse la delegación italiana, y el abuelo Raffaele siempre acertaba a ponerse junto al lugar por el que por fuerza debían pasar las autoridades. Buscaba su saludo con tal habilidad que a veces hasta parecían ser ellos los interesados en presentarle sus respetos. Colocado como estaba en un punto estratégico, bastaba con que en el momento oportuno diera un paso adelante (o ni siquiera eso, medio paso, o incluso menos, una leve inclinación del tronco), y el alcalde o el capitán general o el arzobispo se detenía un instante y estrechaba su mano o le saludaba marcialmente o le impartía su bendición. Resultaba todo tan natural como si formara parte de un protocolo que se hubiera ido asentando y perfeccionando con el paso del tiempo, y el pequeño Juan, que seguía sin separarse de su abuelo, se sentía orgulloso de él, el hombre más importante, aquel al que todos deseaban saludar.

Entre unos y otros acababan llenando el espacio de la cripta. El superior de los capuchinos, que era quien más tarde debía oficiar la misa, tomaba entonces la palabra para elogiar la hermandad entre los dos países y agradecer el sacrificio de quienes habían dado generosamente la vida en cumplimiento de su deber. Luego, un veterano cargado de divisas y galones se levantaba para pronunciar una breve oración en recuerdo a los caídos, a los que consideraba dignos descendientes de las heroicas legiones romanas que habían sido la admiración del mundo. Juan se entretenía observando las caras de la gente: la expresión de recogimiento en las mujeres, la de emoción en los hombres. Le impresionaba la rara sonoridad que adquirían las voces (pero también las toses y los pasos) en aquella cripta sin techo y, cuando alzaba la vista, veía el interior de la torre, su hueco cada vez más estrecho apuntando hacia un cielo perfectamente blanco que parecía al mismo tiempo muy lejano y muy próximo.

Los asistentes volvían a ponerse en movimiento, y en algún sitio la banda de cornetas interpretaba el toque de oración mientras se preparaba la ofrenda, que era el momento que los viejos fascistas estaban esperando. Primero colocaba el embajador su corona de flores con los colores nacionales italianos, y para entonces ya todos los veteranos saludaban a la romana. Luego iban las otras coronas (las de las distintas asociaciones de ex combatientes, la de los falangistas), y durante esos dos o tres minutos aquellos viejos se mantenían bien erguidos y con el brazo en alto y los ojos cerrados, fingiendo un ímpetu y un ardor que ya no poseían, celebrando conmovidos sus últimas y ya remotas victorias (¡ellos, que habían ganado la guerra en España para perderla poco después en su país y que ahora viajaban a la España de Franco para conmemorar la época aquella en la que todavía vencían en el mundo y aún no habían sido vencidos en Italia!).

Por supuesto, también Juan levantaba el brazo al lado de su abuelo y los otros. ¿Existían fotos de aquello? ¿Existía alguna foto en la que se le viera en la primera línea del grupo, con un uniforme parecido al de los demás y el mismo gesto de exaltación contenida? La posibilidad de dar algún día con una fotografía así provocaba en él una mezcla de curiosidad y desazón, y Juan quería pensar que, al igual que en sus fotos con el abuelo, también en esa foto su imagen de niño disfrazado parodiaría sin quererlo la adusta grandeza de todos aquellos fascistas, de todos los fascistas.

Juan estaba seguro tanto de haber querido al abuelo Raffaele como de haberse sabido querido por él, y recordaba con placer la fuerza con la que su abuelo agarraba su pequeña y sudorosa mano cuando salían de paseo. Sin embargo, no era capaz de vincular ese sentimiento de cariño con ningún episodio concreto que no fuera la participación en los homenajes del 2 de noviembre. Ni con las comidas familiares, ni con los veraneos, ni con las fiestas de cumpleaños: sólo con los homenajes. Aparentemente se habían querido sólo porque sí, porque uno era el abuelo y el otro el nieto: el tipo de afectos firmes y duraderos que se establecen en el seno de la familia. Pero esos afectos no eran los habituales en alguien como Raffaele Cameroni, que había acabado siendo detestado por su propia mujer y se había granjeado la mayor o menor hostilidad de sus tres hijos, incluido el último, Francisco, el bueno de Paquito, el retrasado, una criatura elemental y se diría que angélica, incapacitada para la aversión. También la relación entre el abuelo y el nieto discurriría por el mismo camino, pero, si en los otros casos se había tratado de un deterioro paulatino, en el suyo desembocó en una ruptura, simple y repentina como todas las rupturas. Y, desde luego, con esa ruptura tuvo mucho que ver la tradición de acompañarle a las visitas en el Sacrario Militare.

Cada año eran menos los veteranos que venían desde Italia (el largo e incómodo viaje en autobús, las avanzadas edades). Cada año eran menos los italianos pero más los españoles que asistían a la ceremonia. La de 1975 congregó a una veintena larga de falangistas (que se preparaban para las inminentes exequias por su caudillo), y en las de los cinco o seis años siguientes el número no paró de crecer, frente a la cada vez más reducida presencia de veteranos italianos, que en alguna ocasión quedó limitada a Raffaele, Imbroglia y los otros dos. Entre los falangistas había algunos de los viejos, de los que habían hecho la guerra, pero la mayoría eran jóvenes. Y todos muy parecidos: el pelo con brillantina, la mirada altanera, la camisa azul arremangada. Cuando cantaban el *Cara al sol*, Imbroglia, Rosso y Angiolotti intercambiaban miradas de disgusto: ellos eran italianos antes que fascistas y temían que los españoles, por muy falangistas que fueran, acabaran adueñándose del acto. Raffaele, en cambio, coreaba a pleno pulmón el himno de la Falange, y con la mirada desaprobaba las reticencias de los otros tres. Luego acercaba los labios al oído de su nieto y le decía:

—Me recuerdan a mí mismo cuando tenía su edad. Estos muchachos son como éramos nosotros entonces: *arditi*.

Utilizaba la palabra italiana como si careciera de posible traducción, como si no existiera otra forma de aludir al *ardimento*, una variedad de coraje que consideraba desconocida para el resto del mundo. Había otras palabras así: *camerata*, que expresaba una hermandad más elevada e intensa que la simple camaradería, o *lieto*, que era como estar alegre o feliz pero de un modo especial, o *civiltà*, que nada tenía que ver con eso que los españoles llamaban civilización. O incluso *fascismo*, que, a diferencia del falangismo, no era un instrumento para hacer política sino una forma de vivir y de entender la vida. Raffaele parecía felizmente instalado en ese ámbito de lo intraducible: en esas palabras había depositado su identidad de italiano fuera de Italia y de fascista después del fascismo. Se trataba sin duda de una ensoñación, la fantasía de un viejo nostálgico, y precisamente porque se encontraba fuera de los márgenes de la realidad resultaba fácil adaptarse a ella. Al menos se lo resultaba al pequeño Juan, que no se conformaba con ser valiente (eso lo podía ser cualquiera) sino que aspiraba a ser *ardito*, que jamás querría ser falangista pero se sentía a gusto con su camisa negra de fascista. Por eso protestaba tanto cuando el abuelo calificaba de *arditi* a los jóvenes falangistas, que para él no formaban parte de ninguna fantasía sino de la realidad más prosaica.

—Son sólo unos chulos —decía—. Unos fanfarrones.

Conocía del colegio a algunos de aquellos chicos, y sobre todo conocía a uno que se llamaba Moisés. Flaco, desgarbado, algo prognato, tenía Moisés tres años más que Juan pero iba sólo un curso por delante, y era el tipo de chaval al que por nada del mundo querría parecerse cuando tuviera su edad: el abusón clásico, el típico matón del recreo que robaba meriendas e insultaba sin motivo y armaba toda clase de broncas. Juan debía de ser de los pocos que nunca habían tenido problemas con él, pero eso no lo hacía más simpático a sus ojos.

En realidad, en el Sacrario Militare sólo coincidieron en dos ocasiones, y en ambas hizo el abuelo Raffaele el irritante comentario sobre el supuesto *ardimento* de los jóvenes falangistas. Juan recordaba bien las fechas, porque una de las veces fue justo antes y la otra justo después del frustrado golpe de estado de febrero del 81. Era la época de mayor ebullición de las organizaciones de ultraderecha: llenaban las paredes de pintadas de ¡Franco vive! y ¡arriba España!, circulaban con grandes banderas en coches descubiertos, se concentraban aquí y allá para gritar sus consignas y cantar sus himnos... El homenaje de aquel 2 de noviembre de 1981 sería el último al que Juan asistiría. Ese año acudieron más falangistas que nunca, y Moisés, que entonces tenía dieciséis años, agitaba en el exterior de la cripta una enorme bandera con el yugo y las flechas. La ceremonia no varió con respecto a otras veces: la llegada del embajador, la bienvenida oficial, la ofrenda de coronas... En todo caso, los oradores insistieron algo más de lo habitual en el carácter conciliador y plural del acto, que desde su creación (y aunque se había ignorado durante esos más de treinta años) había pretendido homenajear a los italianos caídos en ambos lados: a los tres mil y pico fascistas pero también al puñado de voluntarios de la Brigada Garibaldi. Los falangistas se removían disconformes durante los discursos, y luego pusieron todo su ardor en la interpretación del *Cara al sol*, que al resonar en las paredes adquiría un raro timbre metálico, como si se tratara de una grabación antigua. Las nuevas autoridades nada podían hacer para acallarles, y fingían no oír. Más tarde, mientras colocaban con cierto apresuramiento las coronas de flores, lo hacían con los ojos entrecerrados para no ver aquellas camisas azules y aquellos brazos en alto y aquellos rostros coléricos. Siempre había alguno que les amenazaba y les llamaba traidores y rojos de mierda, pero las cosas no solían pasar de ahí, y en cuanto podían montaban en sus coches oficiales y desaparecían.

Al acabar la ceremonia, mientras Raffaele se demoraba en su despedida del embajador, Juan sostuvo su única (y brevísima) conversación con Moisés, que se le acercó y le dijo:

—No sé por qué estás con los italianos, que no hacen más que dar coba a esos politicastros. ¿Dónde naciste? En España, ¿no?

—Y qué importa eso.

—Importa. Tendrías que dejar a ésos y venirte con nosotros.

—¿Dejar a quién? Te equivocas. Yo sólo he venido a homenajear a los italianos que murieron en la guerra.

—¿A todos?

Juan asintió. El otro soltó una risita, hincó el dedo índice en la pechera de su camisa negra y dijo:

—Qué cachondo eres.

Eso fue todo. Eso fue todo, pero por primera vez Juan se vio desde fuera y no percibió grandes diferencias entre el falangista y él mismo, uno con la camisa azul, el otro con la camisa negra. A ojos de cualquiera, era como él, como Moisés, ese bravucón al que detestaba. De repente fue consciente de dos cosas. Fue consciente de que en su interior hacía tiempo que tenía planteado un dilema (¿seguir yendo al Sacrario o desistir de una vez por todas?), y también fue consciente de que ese dilema se había resuelto en el preciso instante en que lo había reconocido como tal. La misma ceremonia que de niño le había deslumbrado ahora le parecía siniestra, con esos falangistas exaltados y esas banderas ofensivas y esos himnos perturbadores, y Juan se hizo la promesa de no volver a asistir nunca al homenaje anual a los caídos italianos.

Pero cumplir esa promesa no iba a ser tan sencillo. Tenía que decírselo a su abuelo, al que seguía queriendo y admirando y que sin duda se lo tomaría como una traición, y ningún momento parecía el adecuado. Aquel día, mientras volvían en taxi a casa, rehusó hacerlo con el pretexto de que quedaba mucho tiempo por delante. Luego fueron pasando los meses, y nunca había ningún motivo especial para abordar el tema. Llegó septiembre. Un día el abuelo apareció por casa y le hizo probar el uniforme del año anterior: las mangas de la camisa se le habían quedado pequeñas, los botones del pantalón ya no abrochaban.

—¡Qué estirón ha pegado este chico! —comentó su madre.

Ése habría sido el momento, pero a Juan le faltó el

valor. Al cabo de un rato estaban en la sastrería militar, y el sastre le ceñía el metro bajo las axilas. ¿Cómo decírselo entonces, en presencia de aquel hombre de respiración ruidosa y olor a pastilla de caldo? Por otro lado, si no se lo decía entonces, ¿cómo hacerlo más tarde, cuando el nuevo uniforme estuviera ya encargado? Unas semanas después llegó el paquete de la sastrería, y su padre montó el numerito de siempre:

—Pero ¿es que ese hombre nunca se dará por vencido? ¡Esa guerra es la suya! ¡No la de los demás, y mucho menos la de mi hijo! ¡Ya va siendo hora, Elisa, de que hables seriamente con él y...!

Ése sí que habría sido el momento: mientras Elisa replicaba que era el padre de él y no el suyo y Alberto se enfurecía aún más y amenazaba con incapacitarlo y mandarlo al asilo o, mejor aún, al manicomio... Ése habría sido el momento de reclamar la atención de sus padres y decirles que no quería volver a ir al Sacrario con el abuelo Raffaele, que estaba harto de homenajes fascistas y de camisas negras y de medallas al valor militar. Pero Juan pensó que el abuelo lo interpretaría como una prohibición paterna, y eso habría sido deshonesto y cobarde, así que también entonces se mantuvo callado.

Llegó la mañana del 2 de noviembre, y Juan se había ya resignado a la idea de asistir al homenaje. Se vestiría de fascista y se haría la clásica foto y acompañaría a su abuelo... Y luego tendría todo un año para encontrar el momento de decírselo.

Sentado en su cama, oyó el ruido de la puerta y la voz del abuelo:

—*Andiamo, andiamo!* ¿Cómo es que ese chico no está preparado?

Su madre se asomó al dormitorio y enarcó las cejas como diciendo ya lo has oído, y lo que luego escuchó a través de la puerta entreabierta fue al abuelo Raffaele cantando con su arrugada voz de *tenorino* una de las primeras estrofas de *Giovinezza*:

—*Il valor dei tuoi guerrieri, la virtù dei tuoi pionieri, la vision dell'Alighieri, oggi brilla in tutti i cuor...!*

Después de todos esos años, el propio Juan había acabado aprendiéndose la letra y, mientras se abotonaba la camisa negra, se preguntó si existiría en el mundo, aunque fuera en Italia, algún otro chico capaz de cantar ese ridículo himno. Sintió una intensa oleada de lástima por sí mismo y salió al pasillo, donde el abuelo le esperaba con los brazos en jarras y la más apremiante de sus sonrisas. Elisa estaba en el recibidor cacharreando con la Polaroid. El abuelo y el nieto se situaron delante del espejo de pared. A sus catorce años, Juan era varios centímetros más alto que su abuelo. Éste alzó el brazo. Juan no.

—No voy —dijo.

Seguramente todo habría seguido el mismo curso que en años anteriores si no hubiera sido por el espejo. Sí, el espejo estaba allí desde siempre, pero sólo el último año alguien había dicho a Juan una frase que le había obligado a verse desde fuera: Qué cachondo eres... Y ahora estaba de nuevo viéndose desde fuera, sólo que esta vez en sentido estricto: observando en el espejo su estampa de joven fascista, observándose junto al fascista de su abuelo, que mantenía el brazo en alto y le miraba con incredulidad.

—¿Qué dices?

—Que no voy.

—Estás bromeando, ¿no? Claro, no puedes estar hablando en serio... Ah, este chico, qué sentido del humor.

Le hablaba en español, como si no estuviera enfadado. Y a lo mejor no lo estaba, o al menos no al principio. Pero luego sí que se fue enfadando y de todos modos siguió hablándole en español.

—Dime que estás bromeando. ¡Venga, dímelo! ¡No me gusta ese tipo de bromas! ¿Por qué te ríes de tu pobre abuelo? ¿Eh? ¿Por qué? ¡Soy Raffaele, el viejo Raffaele, tu abuelo, y tú y yo vamos a acabar ahora mismo con esta broma y nos vamos a marchar juntos! ¿Verdad que sí? ¿Eh? ¿Verdad que sí? ¡Venga, levanta el brazo para la foto!

Pero Juan se mantenía inmóvil y callado. Fue Elisa la que habló:

—Si ha dicho que no va, es que no va. Y punto.

El abuelo se volvió hacia él y le obligó a mirarle a los ojos. Pero no le dijo nada. Lo único que hizo fue eso, mirarle, y en aquella mirada había tanta decepción como reproche. Decepción porque de repente descubría a su nieto como realmente era, como un muchacho corriente, desprovisto de las energías y los anhelos de la juventud más sana, acaso un hippy (lo que para el abuelo era lo peor que se podía ser). Y reproche porque no podía imaginar un insulto peor para ese mundo suyo de ideales elevados y valores intraducibles: ¿quién se creía él que era para desdeñarlo así, para abandonarlo como se abandona un autobús en mitad de un atasco? Se había revelado como un personajillo desleal y vulgar, alguien en quien no tenía que haber depositado ninguna esperanza, y lo peor de todo es que en ese momento era así como Juan se veía a sí mismo.

—En fin —dijo el abuelo, recomponiendo ante el espejo su forzada gallardía de viejo fascista—. En fin.

Cuando el abuelo se fue, Elisa abrazó a su hijo.

—Quítate esa ropa. La guardaré donde siempre —le dijo, y Juan aspiró el cálido y dulce aroma de su cuello.

PRIMERA PARTE

1

Raffaele no era fascista en Italia. Tampoco antifascista, claro. Raffaele sólo era pobre, y sólo por sacar de la pobreza a su mujer y a su hija había aceptado marchar a hacer la guerra en un país extranjero. En el barco, el *Stelvio Domine*, conoció a bastantes que eran como él, y todos se enseñaban con orgullo las fotos de la prole que habían dejado en el pueblo. Entre aquellos soldados eran pocos (y siempre los más jóvenes) quienes se habían alistado por servir al Duce y extender los ideales del Fascio. También había quienes iban engañados: les habían asegurado que los enviaban a Abisinia, un destino tranquilo, y ahora descubrían que los llevaban a una guerra. La última parte de la travesía la hicieron de noche y con todas las luces apagadas, y los hombres se apiñaban en el sollado y escrutaban ansiosos la oscuridad. Viajaban vestidos de paisano. Cuando se disponían a desembarcar les insistieron en que todavía no debían ponerse el uniforme. Aquello era Cádiz. Aquello era Cádiz pero podía ser cualquier sitio, y de todos modos qué importaba. Luego el teniente se puso a gritar, y los hombres cargaban con sus petates y buscaban a ciegas el camino hacia la pasarela. Un soldado tropezó y arrastró a otro en su caída. Se oyeron risotadas y blasfemias, y el teniente volvió a apremiarles con sus gritos. ¿Por qué esas prisas? Raffaele pensó que en las guerras no importaban los porqués: en las guerras las cosas se hacían porque sí.

Ya de uniforme, los tuvieron varias horas esperando en el puerto antes de montar en unos camiones con el suelo cubierto de paja pisoteada. El convoy avanzaba despacio. Cuando atravesaban algún pueblo, siempre había gente que les saludaba y aplaudía. Los más guasones correspondían mandando besos a las mujeres, fueran éstas jóvenes o viejas. Los paisajes que veían desde la carretera no eran muy distintos de los que habían dejado en su tierra, y eso les ponía de buen humor. Los soldados tendían a agruparse por sus lugares de procedencia: los napolitanos con napolitanos, los sicilianos con sicilianos. Ni en el barco ni en el camión encontró Raffaele a nadie que fuera de la Toscana, y él, reservado como era, no tenía con quién compartir la nostalgia de su tierra ni a quién hablar de su mujer y su hija, *la poveretta*. A media tarde les hicieron bajar en una plaza. Alguien averiguó el nombre del pueblo: Villafranca de los Barros. En torno al campanario volaban algunas cigüeñas: a Raffaele le alegró comprobar que tampoco en eso había muchas diferencias. Repartieron a los soldados por varios edificios. A su compañía le tocó el cine, del que se habían retirado las filas de butacas para hacer hueco a un centenar largo de jergones. La brigada de Raffaele era mixta, y eso quería decir que estaba formada por militares españoles e italianos. En realidad, aquéllos eran bastante más numerosos que éstos, si no entre la oficialidad, sí entre la tropa. Los soldados españoles habían llegado antes y, sentados en el borde del pequeño escenario o medio colgados del antepecho del gallinero, les miraban con hostilidad mientras ellos trataban de acomodarse.

—¡Mucho *porco*! —gritó uno que estaba jugando a las cartas, y los otros se rieron. Pero eran unas risas ásperas, sin brillo, y Raffaele tuvo la impresión de que en España las mujeres eran alegres y los hombres sombríos.

El período de instrucción duró algo más de tres semanas, y durante todo ese tiempo no estuvo ni un minuto a solas. Había tenido gente a su alrededor mientras embarcaba en Civitavecchia y mientras viajaba en el barco o el camión, y desde entonces no había dejado de tenerla en ningún momento: cuando participaba en los ejercicios y maniobras o asistía a las clases y arengas, cuando comía o dormía, cuando se aseaba o defecaba. Pero no se quejaba. La perspectiva de tener las necesidades cubiertas y un salario que le permitía enviar dinero a casa compensaba todos los sinsabores. Además, en la vida militar había descubierto una inesperada grandeza, y le emocionaban los discursos que enaltecían las virtudes castrenses, la disciplina, el coraje, la hombría, que eran la fragua en la que se forjaban los héroes (o al menos eso había asegurado uno de los oficiales). Le gustaba pensar que, gracias al ejército, había abandonado un mundo hecho de palabras pequeñas (pan, barro, sudor) y lo había sustituido por el mundo de las grandes palabras: heroísmo, futuro, civilización.

Claro que aquello no era la guerra, aún no la guerra de verdad. De momento, la única guerra era la que había entre los soldados a propósito de las comidas. Los españoles se negaban a comer la pasta preparada por los cocineros italianos, y los italianos rechazaban el rancho de los españoles. El teniente Niccolini apareció un día con buenas noticias: el capitán Giangrecco había decidido que los cocineros cocinaran sólo para los suyos. Entre los italianos funcionaba lo que llamaban *Radiomarmitta*, las noticias que los cocineros captaban en las mesas de los oficiales y difundían más tarde entre la tropa. *Radiomarmitta* no solía equivocarse, y a finales de marzo hizo correr el rumor de que pocos días después saldrían para los montes de Córdoba: allí empezaría la guerra para el batallón de Raffaele. Cuando llegaron, tuvieron que plantar las tiendas de campaña y fortificar la alquería que debía servir de lo que unos llamaban *caposaldo* y los otros centro de resistencia. No paraba de llover, y la guerra seguía sin comenzar. Carmelo Giangrecco era el capitán de la 5.ª Compañía, la de Raffaele. En realidad, tenía la graduación de *primo capitano*, que estaba a mitad de camino entre capitán y comandante: por eso su divisa era una estrella de ocho puntas como la de los comandantes, pero bordada en plata y no en oro. A Giangrecco, un napolitano bajito que no paraba de fumar, le irritaba que sus hombres se dejaran a medias sus raciones de pasta, pero a él nadie le vio nunca comer otra cosa que lechuga. Cuando tenía que desplazarse lo hacía en moto, una Gilera con sidecar que se averiaba con facilidad. Como Raffaele sabía algo de mecánica, le tocó bastantes veces hacer de motorista. Eso le granjeó cierta familiaridad con el capitán, que en su presencia deponía su habitual rudeza y, palmeándole la espalda, le preguntaba por las noticias que tenía de su mujer y su hija.

Raffaele estaba orgulloso de esa familiaridad. Un día, Giangrecco mandó formar a la compañía y pidió treinta voluntarios para atacar un cerro que se creía ocupado por el enemigo. El grupo de voluntarios se completó antes de que Raffaele llegara a reaccionar, y no pudo evitar pensar que acababa de defraudar la confianza de su *primo capitano*. Entre los treinta hombres había mayoría de españoles, pero también media docena de italianos. Eran algunos de los fascistas más exaltados que había en el batallón. Decían haber venido a España a defender la civilización contra los bolcheviques y no tener miedo a la muerte, que en todo caso sería una *bella morte*. Raffaele experimentaba un impulso de admiración casi religiosa cuando les oía utilizar esa expresión, y se imaginaba su propio cadáver rodeado de camaradas que le homenajeaban con la emoción apenas contenida. Después supo que los treinta voluntarios habían tomado el cerro sin resistencia alguna, y entonces sintió envidia.

Entre tanto, la convivencia entre españoles e italianos iba poco a poco mejorando. Se mostraban unos a otros las fotos de sus novias y mujeres, se enseñaban entre risas las blasfemias más populares, se traducían las letras de algunas canciones. Cuando llegaron las primeras noticias sobre la derrota de Guadalajara, Raffaele estaba explicando a dos españoles el sentido de las primeras estrofas del *Inno a Roma*: *Roma divina, a te sul Campidoglio, dove eterno verdeggia il sacro alloro...* Las noticias no podían ser peores: las tropas republicanas habían tomado varias posiciones estratégicas en la provincia de Guadalajara, y los italianos del Corpo Truppe Volontarie que no se habían entregado al enemigo habían salido en desbandada... Enterarse de aquello sumió a Raffaele en una profunda desolación. Volvió la mirada hacia los dos españoles esperando encontrarlos en el mismo estado de ánimo, y lo que vio en sus rostros fue una sonrisita de desprecio.

—¡Ésta es vuestra famosa *guerra celere!* —comentó uno de ellos—. ¡Sí, ya se ve cómo aceleráis en cuanto aparecen los rojos!

Estaban en una zona minera en el límite de las provincias de Córdoba y Badajoz. La siguiente vez que solicitaron voluntarios, Raffaele fue de los primeros en presentarse. La operación se desarrolló por la noche. Siguiendo el curso de un arroyo, tenían que infiltrarse entre las líneas enemigas y capturar el mayor número posible de prisioneros. Las líneas estaban bastante más lejos de lo que a la luz del día parecía. Caminaron durante varias horas, y las ranas callaban cuando ellos pasaban. Raffaele temía que el breve chapoteo con que se zambullían en el agua pudiera delatarles. En un momento dado, el teniente mandó parar e hizo el recuento de los hombres para comprobar que no se había perdido ninguno. Luego señaló un punto en la oscuridad y llevándose un dedo al cuello hizo un gesto inequívoco: nada de prisioneros, había que pasar a cuchillo al enemigo. No era así como Raffaele había imaginado su bautismo de fuego, pero en esas circunstancias ni siquiera llegó a reparar en ello. Los milicianos que montaban guardia sólo tuvieron tiempo de soltar a ciegas un par de tiros, y los que dormían en la casamata murieron antes de estar despiertos del todo. Raffaele no tuvo que matar a nadie porque otros más experimentados o más audaces que él se le adelantaron. El teniente le ordenó que cargara con los fusiles abandonados y esperara junto al arroyo. Y eso fue lo que hizo. En el *caposaldo* fueron acogidos con canciones y gritos de victoria. Los compañeros preguntaban cuántos rojos habían caído, y

Raffaele exhibía con orgullo las armas arrebatadas al enemigo, como si fuera él quien hubiera acabado con la vida de sus antiguos propietarios. Le avergonzaba no haber sabido matar a ninguno.

Pero aquellos muertos, a los que apenas había entrevisto en la oscuridad de la noche, tenían todavía algo de abstractos, de irreales, y su auténtico primer muerto no llegó hasta mediados de junio, cuando estaban de vuelta en el frente de Extremadura. Aquel sector era con frecuencia sobrevolado por aviones de uno y otro ejército. Cuando veían acercarse una escuadrilla, los instantes que tardaban en averiguar si era de los republicanos o de los nacionales se hacían interminables. Pasados esos segundos, cuando ya estaba claro que el avión era de los suyos, alguien gritaba *siamo noi!*, y todos se ponían a aplaudir. Si por el contrario el aparato formaba parte de la aviación republicana, gritaban *sono loro!*, y corrían a buscar refugio. Esas palabras, cuyo significado escapaba a la comprensión de los españoles, acabaron dando lugar a un peculiar grito de alarma, y cada vez que aparecía un avión republicano los españoles echaban a correr y gritaban ¡que viene el loro, que viene el loro!

Mientras duraba el ataque aéreo, los soldados evitaban mirarse a los ojos porque no querían que en ellos se viera reflejado el terror. Pero eso, terror, era exactamente lo que sentían cuando se tiraban en cualquier sitio y notaban cómo, en unos segundos y sin que pudieran hacer nada para impedirlo, el mundo se deshacía a su alrededor. Concluido el ataque, todos, hasta los veteranos más templados, estaban completamente pálidos. Primero comprobaban que no habían resultado heridos, y sólo después se interesaban por el estado de los compañeros. Una de esas veces, el piloto enemigo acertó de lleno en un nido de ametralladoras cercano al lugar en el que Raffaele se había cobijado. En su interior un soldado sangraba por el pecho y sollozaba con voz de niño. Lo reconoció: era uno de los jóvenes fascistas que hablaban de tener una *bella morte*. Se apresuró a pedir ayuda. Sin embargo, era evidente que no había nada que hacer: tenía los ojos en blanco y los estertores le sacudían los hombros. Aunque ignoraba su nombre y nunca había hablado con él, le pareció inhumano permitir que muriera solo, y permaneció a su lado hasta que llegaron los sanitarios. Ése fue su primer muerto.

Había muchas cosas que Raffaele no entendía del comportamiento de los españoles, tan semejantes a los italianos en algunos aspectos y tan distintos en otros. A veces les daba por insultarse de unas trincheras a otras. Casi siempre recurrían a rimas elementales. Desde la trinchera de enfrente alguien gritaba ¡fascistillas, os vamos a hacer papilla!, y en la suya se levantaba una voz que contestaba ¡marranos republicanos! Y a eso seguían, en uno y otro lado, unas carcajadas demasiado ruidosas. En otras ocasiones, para desmoralizar al enemigo, se reunían dos o tres soldados y le cantaban canciones, y los otros no tardaban en replicar. En una trinchera cantaban *A las barricadas* o *La internacional* y en la otra el *Cara al sol* o el himno de la Legión, y al cabo de un rato tanto unos como otros se quedaban sin repertorio y acababan cantando entre todos alguna canción de la época en la que los españoles vivían juntos y en paz. Si cantaban *Suspiros de España*, luego discutían a voces sobre quiénes eran más españoles: si los rojos, ayudados por los soviéticos, o los nacionales, apoyados por italianos y alemanes. Si cantaban *Valencia* o cualquier canto regional, enseguida había alguno que preguntaba por sus posibles paisanos: ¿alguien de Segorbe?, ¿y de Pozoblanco?, ¿y de Baza...? De vez en cuando algún soldado localizaba en las líneas enemigas a uno que en su vida civil había sido amigo de algún amigo común o algún pariente, y entonces las preguntas no cesaban: ¿qué sabía del Joaquín y la Remedios?, ¿y de su hermana Encarnita?, ¡ésa sí que era buena moza...! Como con frecuencia las posiciones se mantenían estables durante semanas, esas conversaciones se repetían día tras día y a ellas se sumaban otros que en realidad nada tenían que ver con esos pueblos y esas gentes. Y era inevitable que acabaran concertando una cita para intercambiar mensajes e impresiones.

A la hora acordada se hacían señales con los pañuelos, y de cada lado salían tres hombres, que acudían a reunirse en una vaguada situada en tierra de nadie. No era ésa la idea que Raffaele tenía de las guerras, y desde su trinchera los veía sentarse junto a un olivo y encenderse unos a otros los cigarrillos. Permanecían allí cerca de una hora. Durante ese tiempo, seguramente hablaban más de sus pueblos y familias, de sus mujeres y novias, que del desarrollo de la contienda. Luego se producía el intercambio de objetos (cartas, periódicos, una botella de aguardiente o de anís), y alguien disparaba un tiro al aire desde alguna de las trincheras: era la señal que se había convenido para dar por terminado el encuentro. Entonces los enviados se despedían amistosamente y regresaban a sus posiciones, y varios soldados, desentendiéndose de todo, abandonaban sus parapetos para salir a recibir a los compañeros y ser los primeros en conocer las novedades, en hojear los periódicos del otro bando, en averiguar si había o no alguna carta o mensaje para ellos. Durante esos minutos habría sido fácil acabar con unos cuantos enemigos, pero nadie, ni de un lado ni del otro, osaba disparar.

Raffaele no acababa de entender a los españoles, que tan pronto estaban intercambiando botellas de licor como matándose entre ellos. Matándose, además, con un ensañamiento del que sólo ellos parecían capaces. Un joven médico que había conseguido escapar de la zona republicana le contó las barbaridades que el cura de su pueblo había tenido que sufrir antes de ser fusilado contra los muros de su iglesia. Y el propio Raffaele había visto a dos sargentos de su compañía jugando al fútbol con la cabeza de un soldado al que habían atrapado cuando intentaba pasarse al enemigo. Por eso no le extrañaba que, cuando una brigada mixta derrotaba a una unidad del ejército republicano, los oficiales vencidos prefirieran entregarse a las autoridades militares italianas antes que a las españolas: cualquier rasgo de humanidad entre compatriotas quedaba, por principio, descartado.

Parecía evidente que los valores de la civilización y el progreso estaban del lado de los suyos, y cuando Raffaele pensaba en los suyos se refería exclusivamente a los italianos o, mejor dicho, a los fascistas italianos. Él mismo se consideraba ya un fascista, alguien con una idea de la misión que le correspondía cumplir, y eso le hacía sentirse superior a quienes desconocían cuál era su misión en el mundo. La mayoría de sus compañeros eran así, hombres vulgares, sin espíritu ni grandeza, preocupados sólo por no resultar heridos y cobrar puntualmente su paga. Algunos de ellos, para librarse de entrar en combate, llegaban a autolesionarse, y Raffaele había sabido de varios que de ese modo habían logrado ser repatriados con honores reservados a los héroes de guerra: ¡qué escándalo!, ¡qué tremenda injusticia!, ¡recibir como héroes (y muy probablemente condecorar) a unos cobardes que no sólo no habían honrado los elevados ideales del Fascio sino que los habían mancillado!

Los propios fascistas le tenían ya por un camarada más, y Raffaele se unía a ellos para cantar himnos y dar vivas a Mussolini. Nunca olvidaría la mañana en la que un capellán español se encaramó al parapeto y se puso a arengar a los republicanos sobre el idealismo de los combatientes nacionales, sobre la nueva España que estaba a punto de surgir, sobre la amistad con Italia... ¡Estaban orgullosos de esa amistad y de la ayuda que recibían de la nación fascista! ¡Y no lo ocultaban! ¡Luchaban junto a los italianos más bravos por las mismas causas: por la civilización, por patriotismo...! En ese instante, sin poder evitarlo, Raffaele asomó de la trinchera y con toda la fuerza de sus pulmones gritó un *evviva il Duce!* que fue inmediatamente secundado por sus camaradas. Y a los pocos segundos estaban todos coreando emocionados los primeros versos de *Giovinezza*, los mismos que muchos años después cantaría tantas veces en compañía de su nieto Juan: *Salve o popolo di eroi, salve o Patria immortale, son rinati i figli tuoi con la fede e l'ideale...*

Su adhesión al fascismo no sólo dotó de sentido su vida de soldado sino que extrajo de su interior virtudes de cuya existencia no tenía ninguna certeza. El valor, por ejemplo: el *ardimento*. Tuvo ocasión de comprobarlo en verano cuando, por fin, su brigada entró en combate. Desde la noche anterior sabían que terminaban para ellos las escaramuzas y empezaba de verdad la guerra, y Raffaele, insomne, trataba de imaginarse cómo sería la batalla. Luego miraba a sus compañeros dormidos y se preguntaba cuáles de ellos estarían muertos al día siguiente. Tal vez él, ¿por qué no? Pero algo en su interior le decía que sobreviviría: desde niño había tenido la sensación de que las cosas siempre les pasaban a los demás. Cuando llegó el momento, nada fue como había imaginado. No había imaginado los graneros en llamas, ni los vehículos atascados en el fango, ni el olor de la ropa chamuscada, ni el color blanco azulado de los rostros tiznados por la pólvora. Tampoco había imaginado que el ruido fuera a ser tan atronador y que, sin embargo, cada uno de los sonidos que lo componían seguiría distinguiéndose de todos los demás: el estampido de los obuses y las granadas, el tableteo de las ametralladoras, el silbido de las balas, pero también el eco de las descargas en las colinas, los angustiosos relinchos de los caballos, los chirridos de los grillos...

El avance de la brigada era lento pero constante, lo que sin duda quería decir que la victoria acabaría siendo suya. Y el cansancio se extendía por todo el cuerpo como un veneno. Pero, al mismo tiempo, Raffaele sentía que también crecía su capacidad de resistencia. Había instantes en los que sus miembros parecían negarse a realizar el menor movimiento y, sin embargo, hasta en esos momentos la excitación de la batalla le llevaba a sobreponerse. Le habían dicho que combatir se parecía mucho a emborracharse, y era verdad. En la guerra, como en las borracheras, uno accedía a una parte ignorada de sí mismo. En la guerra se adquiría un conocimiento cabal de los propios límites, y se adoptaban con naturalidad comportamientos que en circunstancias normales habrían resultado inimaginables. A menudo, quienes en la vida cotidiana demostraban autoridad y entereza se volvían pusilánimes y apocados ante el fuego enemigo, y sólo en el campo de batalla se sabía quién tenía temple de héroe y quién no. Podía ser que Raffaele fuera de ésos, de los primeros. En todo caso, no era de los que se asustaban con facilidad. Desde el comienzo mismo de la ofensiva había visto a soldados que desoían las órdenes y se sentaban en cualquier sitio a llorar. Pero ésos eran los menos. Los más eran los que, agarrotados por la tensión o el miedo, seguían con gestos de autómata el avance de las líneas. Y Raffaele había visto cómo el cansancio acababa vaciándolos de sí mismos y volviéndolos indiferentes al peligro, guerreros sin alma a los que el fuego graneado no tardaba en alcanzar. Él, en cambio, mantenía la mente despierta. Siempre. En todas las situaciones. Incluso en las peores, como cuando, tras muchas horas de combate, los soldados seguían cayendo a su lado y Raffaele ayudaba a los sanitarios a amontonar los cadáveres junto a las tapias de una casa bombardeada. Aquello era la imagen misma del horror: las costras de sangre marrón colgando del pelo enmarañado, las cabezas arrancadas sonriendo a todos y a nadie, los puños crispados que señalaban hacia el cielo, los miembros sueltos que alguien había encajado torpemente en otros cuerpos, los intestinos brotando de los vientres rajados... Ni siquiera ante un espectáculo como ése dio Raffaele muestras de desfallecimiento, y él pensó que esa imperturbabilidad suya ante la muerte no era más que un don natural, como quien tiene buen oído para la música o buena mano para el dibujo.

La segunda noche, en una pausa de la batalla, Niccolini le puso al frente de una brigadilla y le ordenó descolgar de unos árboles los cadáveres mutilados de unos milicianos. Los cuerpos estaban ya rígidos, con la piel azulada y las caras deformes, los ojos rezumando un líquido amarillento que formaba una costra en las mejillas. Antes de descolgarlos, los soldados se entretuvieron columpiándolos con una estaca, y uno de ellos, español, sugirió que habían sido los moros. Pero Raffaele sabía que por esa parte no habían pasado las tropas moras: sólo unos españoles podían ser tan crueles con otros españoles. Aunque aquellos cadáveres despedían ya un olor nauseabundo, Raffaele no quiso enterrarlos hasta que los hubiera bendecido el capellán, que iba de aquí para allá con el uniforme caqui y la estola blanca. Varios de ellos llevaban muertos desde el inicio del combate, y cuando los movían se les partía la nuca o expulsaban por la boca un líquido turbio y sanguinolento.

Raffaele se ocupaba de los muertos con serenidad y diligencia. Pero, según él, para eso no hacía falta coraje. Sólo frialdad. ¿En qué momento supo que su valor superaba al de la mayoría de sus compañeros? No fue cuando, en la madrugada del tercer día de combates, varios trozos de metralla se le incrustaron en el hombro y él, ignorando la intensa quemazón, permaneció en la posición y siguió disparando sin soltar un gemido. Tampoco una hora más tarde, cuando un sargento reparó en la gran mancha de sangre bajo su axila y Raffaele desoyó su orden de sentarse a la espera de que los sanitarios le evacuaran. Ni siquiera cuando, después del primer desfallecimiento, se despertó en una camilla en el hospital de campaña y por primera vez concibió la idea de que esa misma tarde podía estar muerto. Sólo fue consciente de su propio arrojo cuando, ya en el tren-hospital, vio a Giangrecco abrirse camino entre heridos y moribundos para plantarse junto a él y, tras hacer el saludo militar, felicitarle por su bravura.

—*Sei stato un vero eroe*, Cameroni —le dijo, agarrándole con fuerza del brazo sano.

—*La ringrazio, capitano* —replicó Raffaele, conmovido.

Luego Giangrecco se fue y el tren se puso lentamente en movimiento. Y Raffaele se preguntó si todo lo que había hecho lo había hecho para ganarse la aprobación de su *primo capitano*, y si eso significaba que en el fondo no era tan valiente, tan *ardito*.

Para ser sincero, Raffaele no recordaba casi nada de lo que le había ocurrido entre que le alcanzó la explosión y le trasladaron al hospital de campaña. Los detalles con los que muchos años después aderezaría el episodio podían haber formado parte de la realidad pero en todo caso no de sus recuerdos. Fue en el hospital de Zaragoza donde empezó a elaborar el relato de su hazaña. En el Nucleo Chirurgico Chiurco convalecían varios centenares de soldados italianos, y Raffaele comprendió que no podía ser menos que los otros, que recreaban para todo aquel que quisiera escucharles las circunstancias en las que habían caído heridos. El cadáver semienterrado en el fango, la cantimplora agujereada...: los pormenores, todos ficticios pero no improbables, iban agregándose unos a otros con naturalidad, y Raffaele no tenía la sensación de estar mintiendo cuando contaba su historia a las madrinas de guerra, jóvenes de la ciudad que acudían a hacer compañía a los heridos para hacer más llevadera su convalecencia.

Tampoco tenía esa sensación cuando alguna de las enfermeras se interesaba por él. Muchas de esas chicas habían empezado precisamente como madrinas, y al principio lo desconocían todo sobre la práctica hospitalaria. Su misión consistía en ayudar a las monjas a cambiar sábanas y mantas y a limpiar a los heridos, y sobre todo en darles consuelo y esperanzas cuando el dolor o el miedo a la muerte les atenazaba. Luego pasaban los momentos peores, y solían ser esos mismos soldados los que, incapacitados para la gratitud, abusaban del buen corazón de las jóvenes. Empezaban con un chiste atrevido y seguían con alguna sugerencia equívoca o algún intento de aproximación... A Raffaele no le gustaba aquel coqueteo. Le parecía que había algo sucio en él, como si la familiaridad de aquellas chicas con cicatrices, supuraciones y excrementos hubiera manchado la intimidad física a la que esos soldados aspiraban. Tampoco le gustaba cómo solían reaccionar las enfermeras. Si unas, para resistirse, adoptaban una actitud de maternal severidad, otras acababan accediendo a sus requerimientos carnales. Lo raro era encontrar a alguna que supiera combinar la reserva y el cariño sin caer en ninguno de esos extremos. Isabelita era así, y eso a Raffaele al mismo tiempo le atraía y le intimidaba. A ella, por ejemplo, no había querido darle demasiadas explicaciones sobre su hazaña. Con las otras enfermeras no tenía la sensación de estar mintiendo. Con Isabelita sí, y por nada del mundo querría Raffaele mentir a una chica como ella.

¿Pero mentir y no contar toda la verdad no acababan siendo la misma cosa? En principio, se trató de algo no deliberado. Raffaele no pretendía ocultarle la existencia de su familia italiana pero, extrañamente, Isabelita había dado por sentada su soltería y él no encontró la ocasión para deshacer el malentendido. Luego sus sentimientos se fueron fortaleciendo y empezaron las cautelas en sus referencias a su vida en Italia. Le sobrecogía la simple posibilidad de que ella acabara descubriendo la verdad. ¡Isabelita, Isabelita...!

Modesto Asín, en camiseta de tirantes, se secó las manos con un trapo y miró por la ventana.

—Ahí tienes a tu italiano —dijo.

En la mesa del comedor, Isabelita limpiaba lentejas y dictaba a sus hermanos pequeños un poema sacado de un periódico viejo. Los niños silabeaban cada palabra antes de escribirla, y de vez en cuando preguntaban un significado: ¿qué quería decir mirífico?, ¿y nenúfar? Modesto insistió:

—Ahí lo tienes otra vez, hija.

La chica sacudió la cabeza: ya le había oído. Pero no interrumpió el dictado hasta que hubo acabado con las lentejas. Entonces los dos niños empezaron a discutir por el sillón: uno decía que había llegado antes y el otro que esa vez le tocaba a él. Modesto permanecía junto a la ventana con gesto expectante.

—Es que no me gusta —dijo Isabelita.

—Gustar, gustar... —rezongó su padre, poniéndose la camisa—. ¿Qué le digo?

—Que tengo dolor de cabeza. Además es verdad. ¡Niños, ya está bien!

El hombre salió del piso. Isabelita dobló y alisó el trapo con el que su padre se había secado las manos. Lo hizo sólo por hacer algo, porque de todos modos habría que lavarlo. Se detuvo un instante ante la foto familiar. Era una foto de estudio, la única en la que salían todos: su padre, los dos pequeños, ella, pero también su madre y su hermano mayor, que se llamaba igual que el padre. Aparecían todos con los labios apretados y la expresión severa, como si alguien les hubiera prohibido sonreír, y sin embargo esa foto daba testimonio de que hubo un tiempo en que estaban todos y eran felices. ¡Y pensar que sólo habían pasado tres años...!

—¡Mira qué hermoso!

Modesto estaba ya de regreso y llevaba un melón. Como lo sostenía entre las manos y el pecho, daba la sensación de pesar bastante más de lo que en realidad pesaba. Pero el melón era ciertamente hermoso, y los dos niños alborotaban alrededor de su padre e intentaban tocarlo. Isabelita, no obstante, lo miró sin entusiasmo: sí, era un hermoso melón, pero era sólo un melón. Modesto bajó la voz:

—Dice que no será más que un rato. Que mañana vuelve al frente.

—¡Para un día que no tengo que ir al hospital...! —exclamó ella con voz lastimera.

—Con más razón. Aprovecha para salir y dar una vuelta.

Isabelita soltó un bufido y se quitó el delantal. Sin duda, lo peor de la guerra era la sangre, la muerte, la desolación. Pero había también otras adversidades menores, de las que nadie se acordaría cuando todo eso hubiera concluido: ¡qué tiempos tan duros, en los que para cortejar a una chica no se le regalaba un perfume sino un melón! Ante el espejo del dormitorio, se tomó todo el tiempo del mundo para arreglarse: era su manera de protestar. Cuando salió, su padre estaba otra vez en camiseta de tirantes.

—Mujer, no estés tan enfurruñada... —le dijo, pesaroso.

—¿Y cómo quieres que esté?

Modesto la despidió con un beso y la siguió con la

mirada mientras bajaba las escaleras. Luego cerró la puerta y volvió junto a la ventana, su sitio habitual. Desde el inicio de la guerra, la ciudad estaba llena de ventanas desde las que vigilar y ser vigilado. Vio a su hija y al italiano alejarse por la polvorienta calle. Isabelita era una chica alta y bien formada, de busto firme y rasgos delicados, una de esas jóvenes cuya belleza provoca la inmediata obsequiosidad de los hombres, y Modesto sintió una punzada de orgullo y de aflicción: también Antonia, su mujer, era así cuando se casaron, veinte años antes.

—Antonia... —susurró, volviendo la mirada hacia la foto.

Isabelita se sintió ridícula al agradecer a Raffaele el melón. Él, con toda franqueza, dijo que lo había cogido en una huerta: a los militares casi todo les estaba *permesso*. Raffaele hablaba sin parar y, como todos los italianos que ella conocía, lo hacía saltando de un idioma al otro, algo que las chicas consideraban irresistible. No ella, no Isabelita, o al menos no desde que trabajaba como enfermera en el Hospital Legionario Italiano. Desde entonces, cada vez que oía hablar en italiano se acordaba de los soldaditos a los que había tenido que asistir mientras gemían de dolor o llamaban a su madre entre sueños febriles o suplicaban al médico que pusiera fin a su sufrimiento. Camino de la parada del tranvía, recordó a varios de ellos. Al pobre de Aldo, rubio y con cara de niño, que había muerto entre vómitos de sangre, a Beppe, aficionado a la ópera, que había perdido las dos piernas bajo un carro de combate, a Gino, que había prometido escribirle en cuanto llegara a Italia, a tantos otros que habían salido del hospital para, en el mejor de los casos, volver a su tierra o al frente... Era curioso: los recordaba como si con cada uno de ellos hubiera establecido una relación especial, no exactamente amorosa pero casi, y los sentimientos que todavía despertaban en ella eran tanto más poderosos cuanto mayor había sido su desgracia. Por Aldo había experimentado una piedad tan intensa que se acercaba al amor, y a Beppe y a Gino había creído quererlos de verdad mientras se ocupaba de ellos. A lo mejor era por eso por lo que no sentía demasiado cariño por Raffaele, que al fin y al cabo había ingresado en el hospital con bastantes heridas pero ninguna grave. ¡Qué desconcertante y contradictorio le parecía el mundo de los afectos!

—*Il tram* —anunció Raffaele, señalando la avenida con la cabeza.

Apuraron el paso para llegar a tiempo a la parada. No habría hecho falta porque, sin motivo aparente, el tranvía se detuvo dos calles antes. Algunos de los pasajeros bajaron y caminaron hacia ellos. Un corte de electricidad, estaba claro. Isabelita y Raffaele echaron a andar en dirección al centro de la ciudad.

Raffaele le preguntó si le gustaba el cine. Ella asintió y él se ofreció a contarle el argumento de algunas de sus películas favoritas. Ésa era su manera de comportarse. Antes de hacer una cosa, se ofrecía a hacerla. Como si necesitara su permiso. Como si la autoridad en esa relación le correspondiera a ella. Isabelita valoraba ese rasgo de gentileza, especialmente en un hombre de modales rústicos como Raffaele. Pero al mismo tiempo se preguntaba si no sería mero formulismo. ¿Cómo habría reaccionado él si le hubiera dicho no, gracias, no me apetece que me cuentes ningún argumento? Tal vez se habría irritado. O tal vez no, y en ese caso quién sabía si no le habría contado algo realmente interesante, algo que tuviera que ver con su vida y sus anhelos, y no con la vida y los anhelos de unos héroes de película. Tanta zalema, en definitiva, no era sino un bonito muro tras el que Raffaele se escondía y resguardaba. Durante las primeras dos semanas le había curado heridas y cambiado vendajes, aseado y dado de comer, tomado la temperatura y hecho compañía, y los últimos días, cuando ya podía valerse por sí mismo, había salido con él de paseo o al cine, aceptado sus invitaciones, atendido a su cháchara... Y después de todo eso, ¿qué era lo que sabía de Raffaele? Que era de un pueblo del interior. Que nunca antes había estado tan lejos de su tierra. Que leer le aburría pero el cine le encantaba... Bien poca cosa, la verdad, y eso lo hacía muy poco atractivo a sus ojos. Isabelita creyó comprender de golpe que las novelas de amor estaban equivocadas. Qué gran necedad eso de que las mujeres siempre se enamoren de hombres enigmáticos: la experiencia, su breve y precipitada experiencia, le había enseñado que conocer a las personas inducía a quererlas.

—Pero las películas que más me gustan son las históricas —seguía diciendo Raffaele.

Para ir al centro tenían que cruzar el camino de las Torres, no muy lejos del colegio de los Agustinos, en el que estaba instalado el hospital. Un poco antes de llegar vieron acercarse al tranvía, que iba atestado de gente. Lo dejaron pasar.

—¿Qué te apetece hacer? —preguntó Raffaele, y ella se encogió de hombros.

Isabelita no acababa de explicarse la atracción que Raffaele parecía sentir por ella, que seguramente se comportaba ante él como uno de esos personajes misteriosos de las novelas baratas. Al fin y al cabo, si ignoraba el secreto de Raffaele sobre su mujer y su hija, era en cambio muy consciente de su propio secreto: en presencia de él, ella nunca había mencionado a su hermano Modesto, anarquista al que unos jovenzuelos de la Falange habían detenido y asesinado en los primeros días de la guerra.

—¿Tomamos algo en La Maravilla? —preguntó Raffaele.

En el paseo se celebraba un desfile militar. Desfiles como aquél eran habituales desde el comienzo de la guerra pero por esas fechas, con las tropas republicanas combatiendo a una veintena de kilómetros de la ciudad, se habían vuelto más frecuentes. Se organizaban para levantar el ánimo de la población, que respondía acudiendo en masa a vitorear a sus héroes: era su manera de conjurar el miedo. Entre la gente se veían bastantes hombres de Acción Ciudadana con sus brazaletes con el escudo de España, pero sobre todo muchos ancianos, niños y mujeres, y los escasos jóvenes que había eran falangistas del servicio de orden o seminaristas. El sonido de las cornetas y el retumbar de las botas militares se mezclaba con el griterío del público y los cantos de los requetés, y la suma de todo ello creaba un ambiente de exaltación al que era difícil sustraerse. Si una voz gritaba ¡arriba España!, cientos de voces se levantaban para repetirlo al unísono, ¡arriba! Luego arreciaban los aplausos, y algún chiquillo inflamado de ardor patriótico lanzaba a destiempo otro arriba España, que ya no era coreado por nadie. En el jardín de Santa Engracia se había levantado una tribuna, de cuyo toldo colgaban unos gallardetes como los de los barcos de vela. Todas las compañías se detenían un instante ante esa tribuna para que les impartiera la bendición un orondo sacerdote al que flanqueaba media docena de monaguillos. Después reanudaban la marcha con renovada marcialidad y marcaban el paso con fiereza.

—Ven, *vieni* —dijo Raffaele, abriéndose camino entre un grupo de mujeres.

Sin ser alto ni guapo, era delgado y casi atlético, y el uniforme le sentaba muy bien. Isabelita tenía que reconocer que, cuando paseaba con Raffaele, las otras chicas la miraban con envidia, y eso la halagaba. Pero no podía ser que el amor fuera sólo eso. Le vio estirar el cuello entre la gente y volverse hacia ella con los ojos brillantes.

—¡Están los míos! ¡Está mi brigada!

Isabelita sólo veía una columna de falangistas imitando voluntariosamente el paso de la oca. Pero se asomó un poco más y vio que, en efecto, una representación de Flechas Azules cerraba el desfile. Raffaele avanzó medio metro, y al levantar el brazo hizo un gesto de dolor. A ella no le pareció que lo hiciera por coquetería: le dolía de verdad. Se puso a su lado: ¿se encontraba bien? Raffaele asintió, e Isabelita pensó que el interés que acababa de expresar era sincero, pero desde luego un interés de enfermera y no de enamorada o de novia. Pasaron muy lentamente cuatro tanquetas Fiat. Detrás marchaban los italianos, y la verdad es que a ellos sí que daba gusto verlos desfilar, con esa sincronía perfecta, con esa sensación de alegría y desenvoltura.

—¡Los míos! —volvió a decir Raffaele.

Seguía con el brazo en alto, y a su alrededor ya todos lo habían levantado. Isabelita, intimidada, lo levantó también. Se preguntó cuántas de aquellas personas hacían el saludo fascista sólo por miedo. Cuanto más sospechosa era para las nuevas autoridades la familia de alguien, tanto más entusiasmo tenía que poner en esos gestos. Todas esas mujeres que con tanto fervor saludaban a los combatientes, algunas con la boina roja, otras con la camisa azul...: ¿cuántas de ellas no estarían en una situación como la suya o peor?, ¿cuántas no tendrían un pariente encarcelado o huido, acaso asesinado como su propio hermano? Trató de intuir el drama en algunos de aquellos rostros y, sin proponérselo, sintió por esa gente una lástima parecida a la que sentía por sí misma.

A varios de los Flechas Azules a los que acababan de ver desfilando se los volvieron a encontrar en la terraza de La Maravilla, un café de soldados y jovencitas. Los compañeros de Raffaele sostenían conversaciones de mesa a mesa y hacían grandes aspavientos cuando pasaba alguna chica guapa. Luego uno de ellos empezó a cantar una canción napolitana y los demás, Raffaele incluido, la corearon. Isabelita sonreía pero no podía evitar sentirse ajena a todo aquello, como una intrusa en una fiesta. Y el problema no tenía que ver con aquellos extranjeros, siempre tan simpáticos con las españolas. El problema tenía que ver con la alegría, que había desaparecido de su vida con el estallido de la guerra. En su niñez pensaba que la vida estaba hecha a partes iguales de penas y alegrías; ahora, con diecisiete años recién cumplidos, le daba la sensación de que ese orden se había alterado y en el nuevo reparto sólo le habían tocado las penas.

El batallón se encontraba ahora en Villanueva de Gállego, a poco más de media hora en dirección a Huesca. Por esa zona los combates habían sido intensos durante meses pero, cuando a Raffaele le tocó reincorporarse, las milicias republicanas habían iniciado el repliegue y una parte de los efectivos había sido enviada a Zaragoza para disfrutar del preceptivo *riposo*. Y en Villanueva tampoco había mucho que hacer. La compañía de Raffaele se alojaba en unos almacenes a las afueras del pueblo. Alguien había pintado toscamente en los muros media docena de fascios y alguna que otra cruz gamada. En atención a su todavía reciente restablecimiento, Raffaele fue relevado del servicio y autorizado a decorar las paredes con motivos pictóricos destinados a elevar la moral de la tropa. Le gustaban los lemas del Corpo Truppe Volontarie. Le gustaba la idea de que, siempre que entraran o salieran, los soldados leerían consignas como *Credere, obbedire, combattere* o *Chi si ferma è perduto*. También le gustaba que junto al escudo de la división figuraran el escudo de la Casa de Saboya y, en letras góticas, la frase *Saluto al Re*. Pero lo que más le gustaba era imitar la firma del Duce, que presidía todas y cada una de las paredes de los dormitorios y que a su juicio transmitía una sensación de respaldo y proximidad, como si Mussolini en persona estuviera entre ellos, formando parte de ese mismo batallón de Flechas Azules, compartiendo con los camaradas la alegría de las victorias y el dolor por los caídos.

El tiempo se le iba en eso y en urdir maquinaciones para conseguir una medalla. Nunca se había preocupado demasiado por esas cosas, pero le molestaba que otros con menos méritos que él se consideraran acreedores a una condecoración. ¿Qué habían hecho Rota y Tagliacarne salvo cubrir el avance de la infantería desde la seguridad de la trinchera? ¿Y Ramezzana y Antellini, a los que nadie recordaba haber visto en el campo de batalla? ¿Y Delfini, que había sido evacuado en los primeros momentos con una más que sospechosa herida en el pie? Ellos y otros como ellos habían sido los primeros en solicitar su inclusión en la propuesta de medallas, y seguramente también eran ellos quienes ahora se obstinaban en sembrar dudas sobre el valor de otros que habían arriesgado (y en muchos casos perdido) la vida en primera línea de fuego. Proliferaban las rencillas, la envidia, la maledicencia, y a Raffaele le parecía que la atmósfera en la compañía se estaba volviendo irrespirable. Él estaría dispuesto a renunciar a toda condecoración si los demás hicieran lo mismo. Pero era evidente que eso no iba a ocurrir, y Raffaele se sentía legitimado para, con la excusa de revisar su Gilera o conseguirle cajetillas de Bisonte (sus favoritas) a cambio de las suyas de Tre Stelle, abusar de la familiaridad que tenía con Giangrecco y recordarle las palabras pronunciadas en el tren-hospital. *Un vero eroe.* Giangrecco le había dicho que se había comportado como un verdadero héroe y le había felicitado por su coraje, y eso era algo que el *primo capitano* debía tener muy presente cuando diera el visto bueno a la propuesta definitiva de promociones y medallas. Pero Giangrecco guardaba una estricta reserva acerca del asunto, y sólo gracias a *Radiomarmitta* supo Raffaele que las cosas iban bien.

—*Ho visto il tuo nome nelle proposte per i bronzini...* —le susurró el cocinero mientras le servía la ración de pasta.

Raffaele fue incapaz de sonsacarle una palabra más: ni en qué puesto estaba ni qué méritos se le reconocían. Pero la medalla de bronce, *il bronzino...* En algún momento había llegado a fantasear con la de plata pero *il bronzino* tampoco estaba mal, y Raffaele tenía la certidumbre de que en Roma no pondrían ningún impedimento. Al cabo de unas semanas le confirmarían la concesión, y sin duda su vida sería diferente desde entonces. Se habría convertido oficialmente en un héroe de guerra. Sus compañeros de armas le tratarían con admiración y respeto. Y quién sabía cómo reaccionaría Isabelita... Porque Raffaele ya no se imaginaba a sí mismo en su pequeño pueblo al lado de Giulia, su mujer, y de Margherita, su hija deficiente. Ahora sólo se imaginaba al lado de Isabelita, y se veía a sí mismo como un Raffaele nuevo, superior. ¿También ella le vería así? ¿Y se sentiría orgullosa de él? Si así fuera, ¿cómo se lo manifestaría? ¿Se arrojaría a sus brazos deslumbrada? ¿Serviría al menos esa medalla para reducir la distancia que todavía les separaba? ¿Por qué no creer que era lo único que le faltaba para conquistar su corazón?

Corrían tiempos difíciles para la familia Asín. No era fácil mantener en funcionamiento una fábrica de pastas alimenticias, no al menos para alguien como Modesto, considerado desafecto al nuevo régimen. Aquella pequeña fábrica, apenas un taller, era el resultado de todos sus esfuerzos y sus privaciones. Había entrado a trabajar como aprendiz con sólo catorce años y, diez años después, cuando el propietario sufrió un ataque de apoplejía que estuvo a punto de costarle la vida, le había convencido para que le arrendara el local y la maquinaria. Desde entonces, manteniendo la marca de siempre, La Confianza, elaboraba sus propias pastas, y el negocio no había parado de crecer. Hasta tal punto era así que llegó a tener empleadas a ocho personas. Pero la prosperidad acabó con el estallido de la guerra, y pocos meses después Modesto era a la vez el director de la empresa y su único trabajador. Él mismo se ocupaba de mezclar en la amasadora la harina de trigo con el agua en ebullición, y de eliminar los grumos en una máquina llamada amaceradora, y de hacer pasar la masa por los moldes de la prensadora, y de extender finalmente la pasta sobre los secaderos, que eran unos bastidores con rejillas de alambre dispuestos sobre grandes cartones. Todo eso lo hacía Modesto sin la ayuda de nadie. Pero el verdadero problema consistía en abastecerse de materia prima. Desde el comienzo de la contienda toda la producción de cereal estaba bajo control de la autoridad militar, y sólo gracias a su amistad con algunos de sus antiguos proveedores obtenía de vez en cuando algún saco de harina que se había logrado distraer a la inspección del ejército. También para comercializar el producto tenía que recurrir a sus contactos anteriores a la guerra, que siempre encontraban pretextos para rebajar el precio. Pero al menos pagaban, y Modesto estaba dispuesto a cualquier cosa con tal de salvar el negocio y sacar adelante a su familia. La muerte de su mujer y sobre todo la de su hijo le habían sumido en un estado de fatalismo y desesperanza en el que ese tipo de penurias se le antojaba menor. Estaba siempre como preparado para lo peor. Ninguna desgracia podía cogerle desprevenido, y seguramente no se sorprendió demasiado la mañana en que un automóvil se detuvo ante la entrada del taller y unos jóvenes le llamaron varias veces por su nombre.

Isabelita se enteró de su desaparición porque Rosario, una vecina que solía hacerse cargo de los dos pequeños, fue a buscarla al hospital. Le bastó con verla allí para comprender que había ocurrido algo grave. Salieron al jardín para que nadie las oyera.

—Pero ¿quiénes eran?

—¡Ay, hija! ¿Cómo lo voy a saber?
—¿Falangistas?
—Yo no te he dicho nada. No quiero líos.

Rosario había trabajado en La Confianza hasta que mataron al hermano de Isabelita. Se había despedido ella misma, pero no como un gesto de reprobación o rechazo hacia ningún miembro de la familia Asín. Lo había hecho por cautela. O por temor, más bien. Su marido había tenido amistad con anarcosindicalistas y, si alguien llegaba a denunciarle, su relación con el taller de Modesto sólo podría perjudicarle: al fin y al cabo, al otro Modesto, al hijo, lo habían matado precisamente por ser de la CNT. Un año después de aquello, Rosario era una mujer marchita y arrugada: esos doce o trece meses de miedo se le habían grabado en el rostro con todas sus horas, todos sus minutos.

—He dejado a los críos solos —dijo, rehuyendo la mirada de Isabelita—. Por tus hermanos descuida. Si hace falta, duermen en casa.

Isabelita hizo un desolado gesto de agradecimiento. Rosario se alejó cabizbaja. Antes de llegar a la calle, volvió sobre sus pasos.

—Creo que son los mismos que cuando lo de Modesto —le susurró al oído—. Estaba ese chico, el Rubio. ¡Pero no digas que te lo he dicho yo!

—Gracias, Rosario —murmuró Isabelita cuando ya la otra no podía oírla.

Se sentó en un banco y cerró con fuerza los ojos. ¿Qué hacer? ¿A quién recurrir? Pensó en don José, el cura de la parroquia, que había casado a sus padres y bautizado a los cuatro hermanos, y en el prefecto del colegio de los pequeños, siempre tan afectuoso y considerado, y en la familia del anterior dueño de La Confianza, toda ella católica y de derechas... Pero todos aquellos en los que pensaba iban siendo inmediatamente descartados, unos porque un año antes ya se habían negado a interceder por su hermano, otros porque lo habían intentado y no habían conseguido nada. Cuando los falangistas estaban por medio, ni siquiera ser católico y de derechas servía de mucho.

—¡Dios santo, qué más nos puede pasar! —se lamentó en voz alta.

Luego entró en el hospital y, pretextando un fuerte dolor de cabeza, pidió permiso a la enfermera jefe para irse a casa. Por supuesto, no se fue a casa. Cogió un tranvía y al cabo de unos minutos llegó al Coso. La gente se paraba delante del Bazar X a mirar el escaparate, decorado con motivos patrióticos. A su lado estaba la Horchatería Mas, y encima de la horchatería el piso en el que los falangistas decidían qué hacer con sus detenidos: si matarlos esa misma noche o dejarlos para más adelante o, cosa que ocurría raras veces, ponerlos en libertad. Aquello no era un juicio porque no pretendía serlo. Un mando de la Falange, quienquiera que fuese, preguntaba en qué organización había militado o qué cargo había ocupado el detenido, y luego indicaba a sus camaradas que podían llevárselo. Y al que se llevaban de allí nunca se le volvía a ver. Eso era todo. Modesto había estado encerrado en ese piso, y luego se lo habían llevado y nunca más se había vuelto a saber de él. Así de simple.

Durante todo un año Isabelita se había negado a pasar por ese sitio. El recuerdo era demasiado doloroso: los falangistas encendiéndose unos a otros los cigarrillos mientras montaban guardia en el portal, su padre y ella implorando el permiso para visitar a Modesto y después cambiando de acera para tratar de distinguirlo a través de algún balcón, la fila de hombres y mujeres con la cabeza rapada y el letrero que decía COMUNISTA O MASÓN... ¿Qué letrero le habrían puesto a él? ¿El de ANARQUISTA? ¿Simplemente el de ROJO? Ni su padre ni Isabelita habían llegado a verle en ningún momento, y sólo tuvieron la certeza de que Modesto había sido asesinado cuando uno de los falangistas del portal se encaró con ellos y arremangándose la camisa les dijo:

—¿No os dije que no quería volver a veros por aquí? No iba a servir de nada y no ha servido de nada.

Isabelita había intentado borrar todo eso de su memoria, y ahora, de golpe, se veía obligada a pasar por lo mismo. Por el mismo horror. En esta ocasión no había nadie en el portal. Subió al primer piso, tragó saliva y llamó al timbre. Le abrió un falangista jovencísimo, apenas adolescente.

—Soy la hija de Modesto Asín.
—¿De quién?
—Sé que está aquí. Necesito hablar con él.

El falangista negó con la cabeza y cerró la puerta. Isabelita volvió a llamar. Esta vez le abrió otro, tan joven como el anterior. Casi todos eran así. Un par de años antes estaban haciendo sumas y restas, y ahora se dedicaban a matar gente.

—Quiero hablar con el Rubio.
—¿Qué rubio? ¡Aquí todos somos rubios! —dijo el chico, y a su espalda se oyeron unas risotadas.

La puerta se abrió del todo y apareció el Rubio con sus ojitos claros y su sonrisa desdeñosa. Isabelita sólo lo había visto dos veces. La última, cuando, en compañía de otros falangistas armados, se presentó en su casa y no paró de amenazar a unos y a otros hasta que Modesto salió de su escondrijo bajo el fregadero y se entregó. La primera, durante unas fiestas del Pilar de cuatro o cinco años antes, cuando las familias de ambos se encontraron en las ferias y el padre del Rubio insistió en invitar a todos a zarzaparrilla. Entonces Isabelita era sólo una niña, y no prestó ninguna atención cuando uno de los dos hombres (¿su propio padre?, ¿el del Rubio?) declaró que se habían conocido en una tertulia de un ateneo republicano. Ahora Isabelita sospechaba que en ese primer encuentro estaba el origen de buena parte de sus desgracias. Recordaba el gesto de resignación de su hermano mientras los falangistas lo zarandeaban y lo arrastraban escaleras abajo. Recordaba a su padre corriendo detrás del Rubio y suplicándole que no se llevara a Modesto. Y recordaba sobre todo la mueca de odio que el Rubio había dedicado a su padre después de que éste le preguntara qué pensarían en su casa cuando se enteraran: su padre y él eran amigos desde hacía años, se veían todos los domingos en las tertulias del Ateneo... ¡Mi padre y tú sois unos rojos!, gritó el Rubio, ¡ya os llegará el momento! En ese mismo instante Isabelita comprendió que no volvería a ver con vida a su hermano y que la amistad de los padres de ambos no había hecho más que perjudicarle. Pero nunca llegó a tomarse realmente en serio las amenazas del Rubio contra su propio padre y contra el de ella, republicanos moderados los dos, azañistas de mayor o menor intensidad, gente de orden en todo caso, personas a las que atemorizaba la simple mención de palabras como socialismo o revolución. Sólo ahora que Modesto, su padre, acababa de ser detenido vislumbraba el fondo siniestro y enfermizo del asunto. ¿Podía haber alguien tan monstruoso? ¿Alguien que hasta tal punto se avergonzara del pasado de su padre como para tratar de eliminar a todo aquel que pudiera recordárselo? Si realmente el Rubio era como ella creía que era, ¿cuántas vidas humanas costaría ese propósito suyo de corregir el pasado?

—Soy la hija de Modesto Asín. Sé que está aquí.

—Te equivocas.

Aludir a la amistad entre su padre y el de él era lo último que Isabelita estaba dispuesta a hacer. Pero entonces, ¿qué podía decir? Se acordó de aquella tarde en las ferias, tan lejana ya. El padre del Rubio había regalado a los niños unas insignias del Colegio de Farmacéuticos y luego había comprado boletos para todos en una tómbola. Modesto y el Rubio, entonces de quince o dieciséis años, habían probado su puntería en una barraca. Luego el tiempo había pasado, y uno de ellos había matado al otro. Pero ahora Isabelita no podía referirse a nada de eso, a nada que tuviera que ver con el pasado.

—Mi padre nunca se ha metido en política —dijo—. En toda su vida no ha hecho otra cosa que matarse a trabajar...

—Te he dicho que no está aquí.

—No te lo pido por mí. Te lo pido por mis hermanos. Te ruego que pienses en ellos. Son pequeños, mi madre murió hace tiempo... ¿De qué van a vivir sin él?

—Tu padre es un rojo.

—¡No es verdad! ¡No lo es! ¡Pregunta a cualquiera! Y pregunta por mí en el hospital de los italianos. Allí me conocen bien. Trabajo de enfermera, curando a soldados que luchan contra los rojos...

El Rubio soltó un bufido de incredulidad. La voz de Isabelita se quebró en un sollozo:

—Déjame verlo. Sólo te pido eso. Que me dejes verlo un minuto.

—Lárgate. Si te he dicho que no está, es que no está —volvió a decir el Rubio, y cerró dando un portazo.

Qué perverso era todo: ser la víctima y al mismo tiempo sentirse culpable. Culpable de no ser lo bastante fascista, culpable de tener familiares que no eran lo bastante fascistas... Pero Isabelita estaba dispuesta a hacer lo que hiciera falta con tal de rescatar a su padre. Pensó en pasar por casa de Rosario y regresar con sus hermanos al piso de los falangistas: nadie podía ser tan bárbaro para no conmoverse, siquiera un poco, ante el llanto de unos niños... Pensó eso y se sintió aún más culpable, culpable ahora por no haberlo pensado antes. ¿Qué más podía hacer por su padre? ¿Qué otra idea que no se le hubiera ocurrido hasta ese momento podía ocurrírsele todavía? Se hacía estas preguntas mientras vagaba sin rumbo por la ciudad, y de pronto descubrió que estaba pasando justo por delante del café La Maravilla. Pensó en Raffaele. ¿Por qué no? ¿Por qué no creer que Raffaele podría ayudarla? Entró en el bar, que a esas horas estaba medio vacío, y paseó entre las mesas. El trabajo en el hospital la había familiarizado con distintivos y uniformes militares. Junto a la barra localizó a tres Flechas Azules. En su rudimentario italiano les preguntó si conocían a Raffaele Cameroni. Los soldados bromearon sobre su acento y ella insistió. Uno de ellos asintió con la cabeza. Isabelita llamó al camarero y pidió recado de escribir.

Cuando la nota llegó a manos de Raffaele, éste había recibido ya la orden de Roma por la que se le reconocían los méritos de guerra con el ascenso a sargento y la concesión de la medalla de bronce. Se consideraba acreditado que en numerosos combates había demostrado *freddezza e sprezzo del pericolo dando costante pro-*

va di ardimento, di alto senso del dovere, di elevato spirito militare. Eso al menos decía el documento, y Raffaele se miraba en el espejo de bolsillo y lo que veía reflejado era el rostro de un hombre que, en efecto, despreciaba el peligro y poseía un alto sentido del deber, un elevado espíritu militar... Poco importaba que el redactado de esas órdenes fuera casi siempre el mismo. Raffaele lo sabía, pero no por ello dejaba de creer que esas palabras le describían y, sobre todo, le contenían. Le contenían del mismo modo que el mapa de una región contiene la región entera, y en los momentos de euforia llegaba a pensar que esas virtudes le correspondían casi en exclusiva y que a él debían su vigencia: ¿no es verdad que los mapas existen sólo porque la región existe?

El héroe tenía ahora una nueva misión que cumplir y, como en las narraciones tradicionales, esa misión le había sido encomendada por la mujer a la que amaba. Tan pronto como terminó de leer la nota, se encaminó hacia la plaza del pueblo, que era donde estaban las casas en las que se había acomodado a los oficiales. Giangrecco salía en ese momento de la suya en compañía del comandante Nannini, un *bersagliere* al que le gustaba exhibirse con el uniforme de gala, incluido el extraño sombrero adornado con plumas de gallo. Raffaele esperó a que se produjera una pausa en la conversación y se acercó al *primo capitano*. Empezó a hablar, y lo hizo de un modo tan confuso que inmediatamente Giangrecco le interrumpió con un gesto de sagacidad e impaciencia. Una mujer, ¿verdad? ¡No podía ser de otro modo! ¡Siempre que alguno de sus hombres se metía en un lío de faldas acababa recurriendo a él! ¡Y todos le venían con la misma cara! Raffaele trataba de aclarar las cosas pero Giangrecco, que hablaba dirigiéndose a Nannini, no le daba pie para intervenir. ¡Siempre lo mismo! ¿Cuándo se darían cuenta de que allí habían ido a hacer la guerra, y no a perseguir a todas las chicas que les pasaran por delante? Raffaele renunció a deshacer el malentendido y pensó que éste podría incluso serle útil. Al fin y al cabo, todos los oficiales que conocía sentían simpatía por los soldados mujeriegos, y Giangrecco no era la excepción. ¡Bueno! ¿De qué se trataba? ¿Se lo iba a contar o no? Raffaele contestó que era una cuestión de honor, y el otro hizo un gesto de complicidad a Nannini y sacudió la cabeza impetuosamente. ¡Ya lo decía él! ¡Una cuestión de honor! ¡Es decir, un lío de faldas! ¿También él, Cameroni, un hombre casado y padre de familia...? A partir de ese instante no hizo falta que Raffaele formulara ninguna mentira. Pero sí que sugiriera unas cuantas: una guapa española que no se había mostrado insensible a sus galanteos, un antiguo novio que por recuperarla era capaz de cometer cualquier insensatez, unos falangistas amigos suyos que estaban aún más locos que él, etcétera. Nannini y Giangrecco le miraban condescendientes y entendían exactamente lo que querían entender.

Sólo había pasado un día desde la detención de Modesto. A la mañana siguiente, después de dejar a los niños en la escuela, Isabelita fue al hospital con la intención de solicitar un par de días de permiso. Pero acababan de llegar dos camiones con heridos a los que había que instalar, y la enfermera jefe le dijo que no podía prescindir de nadie. A eso de las tres, las cosas parecían haber recuperado la normalidad e Isabelita pudo por fin escabullirse. En esa ocasión, sin embargo, fue incapaz de subir al piso de los falangistas. E incluso de entrar en el portal. Al igual que cuando lo de su hermano, se limitó a deambular por la otra acera mirando de reojo los balcones y esperando que algo ocurriera. Pero al menos aquella vez había esperado en compañía de su padre. Esta vez estaba sola porque su padre era el detenido, y el que muy probablemente desaparecería para siempre... Isabelita no había podido comer nada desde el día anterior y se sentía próxima al desfallecimiento. Una desconocida se acercó a preguntarle si se encontraba bien. Ella trató de sonreír y cruzó la calle para pedir un vaso de agua en la horchatería. Alzó la mirada al techo. Allí mismo, a pocos metros de su cabeza, debía de estar encerrado su padre, y ella no podía ni verle ni hablarle ni tocarle. ¡Qué desesperación! ¡Qué impotencia! Pensó en la última imagen que conservaba de él: en pijama, con el pelo despeinado y restos de espuma de afeitar en la cara. Era una imagen de la mañana anterior, tan parecida a la de otras mañanas. ¿De verdad iba a ser la última? Casi sin darse cuenta se puso a llorar, y el dueño de la horchatería le pidió en voz baja que se marchara a casa.

—Tiene usted muy mala cara —le dijo, tratándola con una deferencia que ella muy pocas veces a lo largo de sus diecisiete años de vida había conocido.

Si Isabelita no le hubiera hecho caso y hubiera seguido en ese sitio apenas media hora más, habría podido ver lo que sí vieron el dueño de la horchatería y sus clientes, y también las dependientas y los clientes del Bazar X, y las dependientas y los clientes de los otros comercios de la calle, y los vecinos de las casas, y los no pocos transeúntes que entonces pasaban por el Coso. Si hubiera seguido en ese sitio, habría visto a varios camiones militares detenerse no muy lejos de allí, en la esquina de Escolapios, y a un centenar de Flechas Azules formar una columna de a dos y desfilar hasta el portal de los falangistas entonando con alegría el *Inno a Roma*. La gente los vitoreaba y aplaudía y ellos correspondían con saludos y sonrisas, y los propios falangistas, desconcertados, se asomaron a los balcones para recibirlos con el brazo en alto.

Lo que vio Isabelita lo vio una media hora después desde la casa de Rosario, adonde había acudido a recoger a sus hermanos, y fue bastante menos espectacular, sólo un automóvil que se detenía ante la puerta de su casa y del que bajaba el capitán Giangrecco. Éste, con los brazos en jarras y un Bisonte en las comisuras de los labios, no paraba de protestar en voz alta:

—*È pazzesco! Questi spagnoli sono veramente pazzi!*

Realmente, para alguien como él, que seguía creyendo que Modesto había sido maltratado sólo para que presionara a su hija a volver con su prometido, todo aquello tenía que ser una locura. Isabelita le oía protestar desde la ventana y no empezó a comprender lo que ocurría hasta que también Raffaele salió del coche. Echó entonces a correr hacia las escaleras y las bajó a toda velocidad, y en dos zancadas cruzó la calle y se plantó delante del coche. Isabelita todavía no podía imaginar que para Raffaele la cosa había sido tan fácil como llamar al piso de los falangistas y pronunciar el nombre de Modesto Asín, ni que los aturdidos falangistas se habían apresurado a entregárselo sin pedir explicaciones. Isabelita no podía imaginar nada de eso, y lo que veía era a Raffaele ayudando a salir del vehículo a un hombre de aspecto avejentado, con la cabeza al cero y moraduras en la cara. Era él. Sí, era su padre, y ella, temblorosa, corrió a abrazarse a él mientras sus hermanos pequeños los observaban a cierta distancia, abrumados por la gravedad de la escena, casi solemnes.

2

Hacía ya cuatro años que le había enseñado a fabricar jabón, pero todavía la tía Milagros se comportaba como si fuera la depositaria del secreto, la única que sabía hacerlo.

—No te habrás equivocado, ¿verdad? Primero el sebo y después la sosa cáustica —decía, inclinándose sobre la olla con expresión alerta, como el cazador que se asoma a una madriguera—. Lo revolvemos un poco, dejamos que se cueza... Luego lo pasamos a la caja de madera y esperamos a que se enfríe. Y ya está. Listo para cortarlo en tajos.

—¡Buagh! —exclamó Isabelita—. ¡Qué asco!

Sólo delante de su tía mantenía esa actitud infantil: ella, que durante años había tenido que hacer de madre para sus hermanos y que desde hacía dos meses era madre de verdad. Ahora que Modesto estaba en el sanatorio, la tía Milagros era la única familiar de cierta edad que le quedaba, y en su presencia Isabelita recuperaba algunos de esos melindres de la niñez a los que había tenido que renunciar antes de tiempo.

—Huele que apesta —insistió, pinzándose la nariz con los dedos.

—¿Qué quieres? Con algo os tenéis que lavar. Si reservas el jabón del racionamiento para el niño...

Como si se hubiera sentido aludido, el pequeño Rafael empezó a berrear, y la tía y la sobrina, entre falsos gritos de alarma, corrieron a la habitación a tranquilizarle: ¡menudo glotón!, ¿cómo podía tener hambre si todavía faltaba un buen rato para su hora...? En apenas un instante Isabelita recuperaba su papel de madre, y la tía Milagros, que no se había casado y sabía poco de niños, accedía a convertirse en una figura auxiliar.

—Yo creo que le ha despertado el olor —dijo—. Te cierro la puerta y ventilo un poco la cocina.

Isabelita se acomodó al pequeño en el regazo y sonrió al ver cómo buscaba afanosamente su pecho con la boca.

—Ya va, ya va... —susurró.

El niño atrapó por fin el pezón entre los labios y, tras unos segundos de ansiedad, cerró los ojos y siguió mamando con mansedumbre. Isabelita se sentó en el borde de la cama y meció a la criatura con suavidad. Dejó que su mirada se posara en los cuadritos de las paredes, unas marinas y unos paisajes de colores muy vivos y composición sencilla, casi pueril. Aquellos cuadritos formaban parte de su ajuar. Isabelita los había comprado semanas antes de la boda para alegrar su habitación, que siempre le había parecido un poco lóbrega. Entonces la idea de la pareja era instalarse en esa habitación sólo durante unos meses, mientras buscaban su propio piso. Pero luego las cosas salieron como salieron, y ahora ella veía sus cuadritos en aquella habitación, la de su padre, y no podía reprimir una mueca de extrañeza. Saltaba a la vista que aquellos cuadros no estaban pensados para esas paredes. Entre ellos y el resto del mobiliario (la cama de hierro, el armario de tres cuerpos, la lámpara) no había ninguna armonía, y a Isabelita se le aparecían como el recordatorio y la prueba de que estaban ocupando un dormitorio que no era el suyo. ¿Llegaría algún día a sentirlo como propio?

Al principio, recién ingresado su padre en el sanatorio, todos creían que no estaría ausente más de uno o dos meses, y ni a Raffaele ni a Isabelita se les pasó por la cabeza la posibilidad de alterar la distribución de los cuartos. Pero la convalecencia de Modesto se fue alargando, y cada vez tenía menos sentido mantener clausurado el dormitorio más grande de la casa. Cuando por fin el matrimonio se instaló en la habitación, lo hizo de forma cautelosa y provisional, sin cambiar otra cosa que la ropa de cama. Pero enseguida nació Rafael, y con él llegaron la cuna, los pañales, las ropitas de niño... ¡Un dormitorio tan hermoso!, solían exclamar, porque todavía tenían la sensación de que Modesto podía volver en cualquier momento y ellos tendrían que arreglárselas para acomodarse en su pequeño cuarto con la cuna y las otras pertenencias del bebé. Éstas, además, no paraban de aumentar, y poco a poco iban invadiendo todos los rincones de la habitación. Si se decidieron a desalojar el contenido de una parte del armario para hacer sitio a las cosas del niño fue sólo por una cuestión de orden: no podía ser que allí todo estuviera manga por hombro... Y, ya puestos, ¿qué razón había para no sacar la ropa de Modesto y poner la suya en su lugar? Al fin y al cabo, lo mismo que se tardaba en quitar se tardaba en poner y, cuando Modesto recibiera el alta, seguro que tendrían tiempo de dejarlo todo como estaba. En aquella época aún empezaban las frases aludiendo al futuro regreso de Modesto. Cuando tu padre vuelva..., decía Raffaele. Cuando mi padre esté otra vez con nosotros..., decía Isabelita. Y lo que ninguno de los dos se atrevía a formular con claridad era un pensamiento que ambos sabían que compartían: el pensamiento de que, cuando Modesto volviera, tendrían que hablar con él, y seguro que lo comprendería y no le importaría cambiarles la habitación... Pero, a efectos prácticos, creer eso equivalía a creer que Modesto nunca volvería a vivir con ellos. De hecho, hablaban del futuro regreso de Modesto pero vivían como si ese regreso nunca fuera a producirse, y no tenía nada de extraño el que, concluida la ocupación del armario, los cuadritos hubieran iniciado la de las paredes. Isabelita pensó que las casas se comportaban como organismos vivos y complejos, y no siempre reaccionaban del mismo modo. Por ejemplo: la ausencia de su hermano Carlos, que estaba haciendo el servicio militar en Tetuán, duraba ya un mes más que la de su padre, y sin embargo todo en la habitación de los chicos seguía como si nunca se hubiera marchado. ¿Por qué las casas respetaban más unas ausencias que otras? ¿Por qué se adaptaban mejor a unas que a otras? ¿Podía ser que tuvieran una especie de alma y que esa alma intuyera hasta el estado de salud de los ausentes y supiera cuál de ellos iba a volver y cuál no? Isabelita sacudió la cabeza para alejar los pensamientos tristes y observó con arrobo la carita de Rafael, que se había quedado dormido y seguía succionando con los labios.

—¿Dónde está? ¿Dónde está mi príncipe? —dijo Raffaele, entrando en el dormitorio con el abrigo a medio quitar.

Cogió con delicadeza al pequeño y se lo acercó al cuello. El niño abrió mucho los ojos y soltó un ruidoso eructo, que Raffaele celebró con una risotada. Isabelita terminó de quitarle el abrigo.

—¿Qué tal el día? —preguntó mientras lo plegaba con el forro para fuera.

—Problemas y más problemas... Como siempre.

—¿La comisión?

Raffaele resopló y ella lo interpretó como una afirmación. En los últimos meses, cuando Raffaele hablaba de problemas sólo podía referirse a la comisión de ciudadanos italianos que colaboraban en la construcción del mausoleo. Ahora Isabelita, intranquila, le veía sostener al pequeño sobre su cabeza.

—Ten cuidado, que acaba de comer.

—¿Y nosotros? ¿Cuándo comemos?

La tía Milagros ya había puesto la mesa, y de la cocina llegaba el olor espeso del cocido. Isabelita volvió a meter al niño en la cuna y lo meció un poco para que cogiera el sueño.

—La única solución es venderles el convento a los capuchinos —dijo Raffaele, como contestando a una pregunta que su mujer no había formulado—. Y con ese dinero terminar la torre.

—¿Y los capuchinos querrán pagar?

Raffaele volvió a resoplar, pero esta vez Isabelita no supo si interpretarlo como una afirmación o una negación.

—Lo de la visita a tu padre mejor dejarlo para más adelante...

—¡Raffaele!

—¿Quién sabe? Puede que todo se arregle esta misma semana...

—Eso espero. Mi pobre padre...

—No te sientas culpable. ¿Cómo ibas a meterte por

esas carreteras, en tu estado? Habría sido una locura.

Podía ser que estuviera justificado, pero Isabelita no se lo perdonaba a sí misma. En todos esos meses, no habían ido ni una sola vez al sanatorio, y el último recuerdo que tenía de su padre era el de la despedida en la estación de autobuses: su rostro delgado sonriéndole a través de la ventanilla abierta, ella conteniendo las lágrimas y lanzándole besos con la mano...

—Todavía no conoce a su único nieto —murmuró con voz quejumbrosa.

Raffaele la agarró por la cintura y la besó en la frente. Trató de consolarla:

—Te prometo que iremos a verle muy pronto. Te lo prometo.

Ella se apretó contra su pecho. Era agradable sentir a su lado una presencia sólida, protectora.

—¡A comer! —oyeron la voz de la tía Milagros.

Ramón, el hermano menor de Isabelita, estaba ya en su sitio, preparado para bendecir la mesa. Se santiguaron, y la tía Milagros empezó a servir el cocido y comentó que tendrían que cambiar de sitio la jaula del canario para que le diera un poco el sol.

—Huele que alimenta —dijo Raffaele, al que divertía emplear ese tipo de expresiones de difícil traducción.

—Hummm... —asintió su mujer, y volvió un instante la cabeza para escuchar los gorjeos del canario, al que llamaban Pipo.

La comisión estaba formada por Raffaele, el gordo de Imbroglia y un calabrés llamado Benedetti, que acompañaban al capellán Giovanni Bergamini a las entrevistas oficiales y le ayudaban en las gestiones. Al capellán todos lo conocían como padre Pietro. Era éste un hombrecillo enjuto, de ojos pequeños y gesto crispado, al que la guerra española había facilitado la oportunidad de dar satisfacción a sus dos vocaciones, la de fascista y la de capuchino. Como capuchino pero sobre todo como fascista, había acompañado a diferentes divisiones de voluntarios italianos, animándoles a derramar su sangre en la lucha contra el enemigo. Como fascista pero sobre todo como capuchino, se había ocupado de dar el último consuelo a los caídos y procurarles una sepultura digna. Para alguien como él, nada podía superar en importancia al proyecto de la Torre-Osario, la construcción de un gran mausoleo que fuera al mismo tiempo un homenaje a esos nuevos mártires de la cristiandad y un reflejo cabal del creciente poder del Fascio. Debía ser algo colosal e imperecedero, un legado de grandeza y honor para las futuras generaciones de héroes, y el padre Pietro, con la ansiedad propia de quien se siente responsable ante la Historia, dedicaba a las obras todo su tiempo y energías.

—¡Será como la Meca para los musulmanes! ¡De todos los rincones del mundo vendrán fascistas a visitarlo! —bramaba, y era tal su vehemencia que ni el alcalde ni el gobernador civil osaban replicarle.

Pero el entusiasmo generalizado que un par de años antes había concitado el proyecto se había ido poco a poco enfriando, y a finales de 1943 nadie estaba seguro de nada, ni siquiera de si las obras llegarían algún día a concluirse. Por esas fechas los trabajos de construcción se habían paralizado por falta de presupuesto y, aunque la iglesia estaba prácticamente terminada, la altura de la torre sólo alcanzaba veinte de los ochenta metros previstos. Hacía falta más de un millón de pesetas para concluirlo todo, y el nuevo embajador italiano, nombrado poco después de que Mussolini fuera derrocado y encarcelado por orden del Gran Consejo Fascista, acusaba al padre Pietro de haber hecho un uso indebido de los fondos.

—¿Uso indebido? —protestaba el capuchino—. ¿A qué llama ese hombre uso indebido? ¿A poner calefacción en el templo? ¿A encargar unas artísticas vidrieras que todo el mundo ha elogiado? ¡Lo que pasa es que el embajador es un bolchevique! ¡Un comunista!

A esas alturas, la única autoridad que seguía recibiendo a la comisión italiana era el jefe local del Movimiento. Tenía su despacho en un piso del número 33 del Coso, y para llegar hasta él había que anunciarse primero a unas secretarias con el uniforme de la Sección Femenina. De alguna de las puertas salía con aire indolente Amadeo Serrano, un falangista que tenía un cargo impreciso en la Jefatura y les hacía compañía mientras su superior despachaba otros asuntos.

—¿Qué? —preguntaba—. ¿Cómo van las cosas por su país?

—Bueeeno —decían.

Decían eso para evitar tener que dar explicaciones. En verdad, la situación italiana no era nada sencilla de explicar, con los norteamericanos en el sur, los fascistas en el norte y los alemanes por todas partes. Serrano insistía:

—Pero ¿resistirán o no?

No hacía falta que especificara quiénes eran los que debían resistir. Todos sabían que se refería a los alemanes, que un par de meses atrás habían conseguido detener en Monte Cassino el avance norteamericano sobre la capital.

—No diga tonterías, Serrano —intervenía el padre Pietro—. ¡Claro que resistirán!

Con eso el tema quedaba zanjado, y el gordo de Imbroglia, tan parecido entonces a Mussolini, dedicaba a Serrano una mirada displicente, como diciendo: ¿Es que no lees los periódicos? Porque era cierto que la prensa española se empeñaba en celebrar las lecciones de bravura que los ejércitos italiano y alemán estaban dando al mundo, y ninguno de aquellos fascistas quería dar crédito a algo que una lectura atenta de esa misma prensa no dejaba de sugerir: que la derrota definitiva era sólo cuestión de tiempo. No, eso sí que no. No querían ni pensarlo. ¿Qué sentido tendría entonces todo? ¿Qué sentido tendría esa guerra española que habían ayudado a ganar? ¿Qué sentido tendrían sus uniformes, sus himnos, sus promesas y homenajes, sus sacrificios y desvelos, ese mausoleo cuya construcción se esforzaban por sacar adelante...? A aquellos fascistas les parecía que sus vidas se quedarían vacías si la guerra en su país se acababa perdiendo.

Entraron al despacho del jerarca, un gordo con la camisa azul a punto de reventar. Los miembros de la comisión le saludaron brazo en alto mientras Serrano trataba de recordar sus nombres:

—El padre Pietro y los camaradas Benedetti, Imbroglia y...

—Cameroni —dijo Raffaele, al que aquella pequeña desconsideración no pareció incomodar.

—Eso. Cameroni.

Sin más preámbulos, el capellán se echó las manos a la cabeza y anunció con dramatismo que, si nadie lo impedía, querido camarada, iba a ocurrir una cosa horrible, aterradora. El jefe del Movimiento, parapetado detrás de un retrato de Franco y otro de José Antonio, daba chupadas a un puro apagado al que prestaba bastante más atención que al religioso. Debía de estar harto del histérico del padre Pietro, que siempre que aparecía por su despacho era para quejarse y denunciar quién sabía cuántas conspiraciones contra él.

—¡He aceptado la venta del convento a mi propia orden! ¡De acuerdo! ¡He aceptado que se rebaje la altura de la torre! ¡De acuerdo también! ¡Y he aceptado que se terminen las obras con materiales menos nobles de los previstos!

El jerarca le escuchaba con expresión de oso aletargado, y nada de lo que decía el padre Pietro parecía interesarle.

—Pero ya no pueden imponerme nada más —proseguía el capellán—. Ya no les queda ninguna nueva humillación que infligirme... ¿Verdad? ¿Verdad que no? ¡Pues sí! ¡Y esto rebasa todos los límites de lo admisible! ¡Esto es un atropello, un atentado, un...!

En su exaltación casi no le salían las palabras. Se levantó de la silla, apoyó los puños sobre la mesa y acercó su frente a la del jerarca.

—¿Sabe usted lo que pretenden ahora? —dijo, y entonces bajó de tal manera la voz que ni siquiera Serrano, que estaba al lado del jefe, logró oír sus palabras.

El falangista le escuchó aún un par de segundos más con aire adormilado. Luego dio un respingo, abrió mucho los ojos y empezó a aspirar y expulsar grandes cantidades de aire por la nariz. Pegó un puñetazo en la mesa que hizo temblar los retratos de Franco y José Antonio, y al ponerse en pie derribó ruidosamente la silla.

—¡No lo toleraré! ¡No lo to-le-ra-ré! —rugió, señalando enfurecido algún lugar inconcreto al otro lado de la ventana—. ¿Para eso hemos ganado una guerra? ¿Para eso hemos derrotado al comunismo internacional? ¿Para luego tener que honrar a sus muertos? ¡A esos rojos tendríamos que haberlos quemado, para que no quedara ni rastro de ellos! ¿Y ahora viene ese Scotti o como se llame a decirnos que los van a enterrar junto a nuestros hermanos, los fascistas? ¡Me río yo de ese Scotti! ¡Me río de ese embajador comunista! ¿Dónde se cree que está? ¿En la Rusia soviética? ¡Estaría bueno, un extranjero diciéndonos lo que tenemos que hacer!

Una vez que se hubo desahogado, volvió a la silla, que ya Serrano había puesto en su lugar.

—No se preocupe, padre Pietro —añadió, más calmado—. Los brigadistas esos jamás serán enterrados en su mausoleo. Eso se lo garantizo. Le doy mi palabra de camisa vieja —en realidad no lo era: hasta finales de agosto del treinta y seis no se había afiliado a la Falange—. Le juro por mi honor de camisa vieja que esos rojos seguirán donde están. Hablaré con quien tenga que hablar. Mejor dicho: hablaré con Franco. Y si hace falta dinero para acabar las obras —aquí el religioso hizo un apesadumbrado gesto de asentimiento—, pues se consigue. ¡Usted se encarga, Serrano! Organice una campaña de donativos, una suscripción popular, lo que sea... ¡Ningún español bien nacido negará su dinero a una causa tan noble! Y ahora, si me disculpan...

—¡Por supuesto, camarada! —exclamó el capellán con alborozo, y antes de abandonar el despacho hizo una seña a Raffaele, al gordo de Imbroglia, a Benedetti, para que alzaran el brazo y gritaran con él—: ¡Arriba España!

Por aquellas fechas, Raffaele estaba construyendo el primer secadero estático de La Confianza. Había visto uno en la Feria de Muestras, en la que se exhibía maquinaria que nadie tenía dinero para adquirir, y mientras pedía todo tipo de informaciones al atento vendedor tomaba mentalmente nota de las medidas y los detalles. Estaba claro que no podía comprar un secadero así, pero ¿había alguna ley que prohibiera copiarlo?

—Acércame el plano —dijo a Ramón.

El plano era un papel en el que el propio Raffaele, nada más salir de la Feria, había dibujado unas cuantas rayas y escrito unos signos indescifrables. Raffaele echó un vistazo al papel que le tendía su cuñado y dijo:

—Un par de clavos y ya está.

Ramón asintió con la cabeza, aunque no encontró muchas semejanzas entre la máquina y el dibujo. Éste era lo suficientemente vago para que cualquiera pudiera imaginar lo que quisiera, y el secadero acabó siendo poco más que un armario grande con un viejo ventilador de techo en su interior.

—Pronto sabremos si aquel hombre exageraba o no —comentó Raffaele.

Al día siguiente comprobaron que el vendedor no había exagerado. Había dicho que en un secadero estático la pasta tardaba sólo veinticuatro horas en secarse, y Raffaele pasó la mano por encima de los fideos para confirmar que no quedaba el menor resto de humedad. Sonrió.

—Felicidades —dijo Ramón, que por aquella época era un chico reservado y triste.

—Me gustaría saber cuántas fábricas habrá en España que tengan un secadero así... —dijo Raffaele, satisfecho.

Si La Confianza no había desaparecido durante la guerra, se había debido a la tenacidad de Modesto. Pero también esos primeros años de la posguerra estaban siendo muy duros, y ahora la mayor parte del mérito correspondía a Raffaele, que se había incorporado a la pequeña empresa familiar poco después de ser desmovilizado. Tenía Raffaele grandes proyectos para la fábrica, y entre ellos estaba lo que él llamaba proceso de mecanización, que consistía en construir tantos secaderos estáticos como hiciera falta. Sin embargo, el verdadero problema no era el tiempo que tardara la pasta en secarse. El verdadero problema seguía siendo el abastecimiento de harina, y para solucionarlo Raffaele debía recurrir a la gente del régimen que las reuniones de la comisión le habían permitido conocer. El contacto que más útil le había sido era Amadeo Serrano, el falangista de la Jefatura Local del Movimiento: de ahí el que, por una simple cuestión de cautela, fingieran no acordarse el uno del otro cuando había gente delante.

Esa misma semana, con la excusa de enseñarle el secadero en funcionamiento, le invitó a pasarse por el taller.

—Es ingenioso. No se puede negar —dijo Serrano, encajando el pulgar entre la camisa azul y el tirante.

—¿Ingenioso? —replicó Raffaele—. ¡Es el primer gran paso en el proceso de mecanización de la empresa!

Serrano sacudió la cabeza con aire de suficiencia, como diciendo: ¿Y a quién le importa la mecanización? Raffaele se hizo el ofendido:

—Se acelera sustancialmente el ciclo de producción...

—¿Y por qué esas prisas?

—Se prescinde de mano de obra superflua...

—¡Pero si la mano de obra es lo único de lo que andamos sobrados en este país!

—El futuro, Amadeo —dijo Raffaele con gravedad—. ¿Has oído hablar de él?

—¡El futuro, el futuro! ¡Tú siempre a vueltas con el futuro! —le agarró del brazo y añadió, confianzudo—: Que no es bueno ser tan futurista, Raffaele. Que no.

Los dos hombres se veían con regularidad. Los pretextos a los que Raffaele recurría para citarse con Serrano eran siempre variados: alguna consulta relacionada con la construcción del mausoleo, la entrega del boletín que los fascistas editaban en España, la preparación de algún acto de confraternización con los falangistas... Pero el motivo auténtico nunca cambiaba, y Serrano esperaba pacientemente el momento en el que Raffaele le preguntaría si se había distraído alguna partida de harina al control de los inspectores.

—Porque, en ese caso, ya sabes que yo... —añadía, y se iniciaba entonces un diálogo en el que las frases quedaban sin terminar, las últimas sílabas agitándose durante unos segundos como rabos de lagartijas.

—No sé, no sé...

—¡Me conoces! ¡Sabes que siempre...!

—No es eso, Raffaele. Es que la cosa no está...

—Pues si no está...

—Tú déjame. Déjame a mí, que yo...

Media docena de frases inconclusas solían bastarles para alcanzar un acuerdo, y a los pocos días recibía Raffaele la harina suficiente para que sus máquinas siguieran fabricando pasta alimenticia durante unas cuantas semanas más.

Del precio ni siquiera se molestaban en hablar porque todo había quedado claro cuando hicieron el primer trato. Entonces Raffaele había apelado a su condición de ex combatiente, y por una vez el otro le había hablado sin tapujos. Le había dicho:

—Aquí ex combatientes lo somos todos, así que el patriotismo lo dejamos a un lado. Además, mejor que no toques ese tema, con un suegro como el que tienes. ¿Quieres saber lo que valen los favores que te hago? Pues pásate un día por la Fiscalía Provincial de Tasas y echa un vistazo a las listas de sancionados. Ocultación de mercancías... En otras épocas no era delito. En otros países tampoco. Pero aquí y ahora lo es. Y por ley le corresponde al denunciante el cuarenta por ciento de la multa. Si la ley dice que es el cuarenta, y no el treinta ni el cincuenta, por algo será, ¿no te parece?

Raffaele se había limitado a asentir con la cabeza, y desde ese día no habían vuelto a discutir el asunto. Convertido en algo así como un socio en la sombra, Serrano se dejaba caer de vez en cuando por el taller y, con ese código común hecho de sobreentendidos, no tardaban en acordar la entrega de una nueva partida de harina:

—¿Cómo vamos de...? ¿Sabes si hay...?

—Está jodido, pero a ver si...

—A ver, a ver...

Luego Raffaele le mostraba los libros de contabilidad y en un sobre cerrado le entregaba su dinero, un cuarenta por ciento sobre los beneficios de la operación.

Aquel día, justo cuando Serrano acababa de guardarse el sobre, apareció Ramón con aspecto alarmado:

—Está ese hombre, el capuchino. Y parece nervioso.

Antes de que Ramón hubiera concluido la frase, el padre Pietro ya se había metido en la oficina. Estaba furioso y en la mano agitaba un sobre arrugado. ¿Sabía qué había dentro de ese sobre? ¿Lo sabía? ¡Pues si no lo sabía, se lo diría él! ¡Su destitución! ¡Sí, su carta de despido!

—*Quel figlio di puttana, quel traditore di Scotti mi butta via!* —gritaba—. *Io, destituito! Io, il cappellano centurione Giovanni Bergamini! Io, Pietro di Varzi, alma mater del monumento! Chi è questo ambasciatore per licenziarmi? Un comunista, un nemico dell'Italia, un...!*

Hablaba en italiano porque todavía no había advertido la presencia de Serrano. Tardó aún unos segundos en calmarse un poco y reparar en él, y tuvo entonces un instante de confusión, como cuando alguien atrapa involuntariamente a una pareja de adúlteros en circunstancias comprometedoras. Raffaele trató de justificar la situación, con lo que sólo consiguió hacerlo todo más sospechoso:

—Padre Pietro, se acuerda de Serrano, ¿verdad? —carraspeó—. Pasaba por aquí y ha tenido la gentileza de entrar a saludar. Le estaba enseñando...

—Falangistas... —el religioso miraba con desprecio al español—. ¿De qué vale vuestra palabra? Muchas promesas, pero luego nada. ¡Tendría que daros vergüenza!

Serrano intentó replicar, pero el capuchino le hizo callar con un gesto de la mano. Luego miró a Raffaele a los ojos, sonrió con astucia y volvió a mirar a Serrano:

—Así que pasaba por aquí... Es usted muy gentil, Serrano. Muy gentil.

Para Isabelita, aquéllas iban a ser las primeras navidades sin su padre. También las primeras sin su hermano Carlos. Éste, en su carta mensual, había anunciado que volvería a casa de permiso, y ella se apresuró a prepararle la habitación. Una habitación sólo para él, la misma que hasta el nacimiento de Rafael ocupaba el matrimonio y que en las últimas semanas se había ido llenando con los muebles y pertenencias de Modesto. Pero antes de lo previsto llegó otra carta de Carlos, y no hizo falta que Isabelita la leyera para adivinar su contenido: el permiso había sido cancelado. Se detuvo en el salón a mirar la foto familiar e hizo un rápido cálculo mental. Hacía ya diez años de las últimas navidades que habían pasado todos juntos. Desde entonces, desde que tenía trece años, su vida había consistido en ver cómo algunas de esas figuras se borraban. Primero su madre, después su hermano mayor, ahora de golpe Carlos y su padre... Era verdad que entre tanto se habían incorporado nuevas figuras (Raffaele, el pequeño Rafael), pero a ella le daba la sensación de que ésa era ya otra foto. Tan bonita seguramente como la anterior, pero otra foto.

Esperó a que llegara la tía Milagros, que le hacía compañía por las mañanas, y le pidió que se hiciera cargo del niño. Luego se pasó por el taller. Ramón estaba trabajando en la amasadora, pero a Raffaele no se le veía por ningún lado.

—Se ha ido a primera hora. Ha dicho que tardaría.
—¿Y no ha dicho dónde iba?

Ramón se lavó y secó las manos antes de coger el sobre. Ella insistió, ¿seguro que no había dicho dónde iba?, y él se encogió de hombros mientras leía la carta de su hermano con aire concentrado. Isabelita se despidió, hizo un par de recados y volvió a casa. La tía Milagros cortaba unas cebollas en la cocina y se enjugaba las lágrimas con la manga.

—Es que no es la primera vez —dijo Isabelita—. La semana pasada también fui a verle y no estaba. Y luego no hizo ningún comentario. Pero le pregunto a Ramón y no dice nada. El otro día, medio en broma, le dije: ¿Me juras por Dios que mi marido no está haciendo nada malo a mis espaldas? ¡Jurar por Dios!, dijo él, ¡qué cosas tienes! O sea que ni juró ni prometió ni nada. ¿Tú qué crees, tía?

—¡Ay, los hombres...! —suspiró la otra, y el lagrimeo dio a sus palabras una gravedad inesperada.

Cuando Raffaele y Ramón llegaron para comer, las dos mujeres ya los habían condenado: al primero por lo que hubiera hecho, al segundo por encubrirle. Isabelita permanecía pendiente del comportamiento de Raffaele. Le veía atusarse un poco el pelo ante el espejo e intercambiaba con su tía una mirada de inteligencia: ¡Es como todos los maridos infieles, que se vuelven coquetos de repente! Le veía jugar con el pequeño y volvía a mirar a su tía: ¡Qué fácil resulta ocultar las culpas cuando se tiene en brazos a un bebé! Todo lo que Raffaele hacía le parecía sospechoso: lo que era sospechoso porque lo era, y lo que no porque lo interpretaba como la clásica afectación de naturalidad de los adúlteros... Y si su naturalidad no era afectada sino auténtica, peor aún, porque eso quería decir que en el alma de Raffaele no había sitio para los remordimientos. ¿Y cómo iba ella a pasar toda su vida junto a un hombre que no tenía remordimientos ni, por tanto, conciencia?

Durante la comida, la tía Milagros intentó sonsacarle:

—Isabelita ha ido a verte y no estabas...

—Ya me ha dicho Ramón... ¡Qué rica está esta cebolla!

—¿Y? —intervino Isabelita.

—¿Qué?

—Que dónde estabas...

—Ah... —dijo Raffaele—. Con la comisión.

—Cuéntame —insistió Isabelita—. Me gusta que me cuentes cosas.

—Te aburriría. Líos y nada más que líos... ¡Lo dicho! ¡Esta cebolla está riquísima!

En cuanto acabó la comida y los dos hombres se fueron de vuelta al taller, Isabelita acudió a su tía en busca de consuelo: ¡había mentido!, ¿no se había dado cuenta?, ¡eso de la comisión se lo había inventado! La tía Milagros abrazó en silencio a su sobrina, que apoyó la cabeza en su pecho y siguió profiriendo lamentos: ¿qué estaba ocurriendo?, ¿por qué su marido se echaba en brazos de otras mujeres si ella nunca le había negado el cariño?, ¿se había vuelto vieja y fea de repente?

—Dime, tía —insistió, llorosa—. ¿Me he vuelto fea de repente?

—Estás más guapa que nunca —la tranquilizó la otra.

—Entonces, ¿por qué me hace esto? —dijo entre sollozos Isabelita, que luego se limpió las lágrimas y añadió en tono amenazador—: ¡Me gustaría saber cómo son esas reuniones de la comisión! ¡A ver qué clase de orgías se montan! ¡Ese padre Pietro debe de ser un Rasputín!

A la tía Milagros, que había crecido en Monzón y había pasado la guerra en Barcelona, nunca se le había conocido ningún novio o pretendiente. Con respecto a los hombres era, por tanto, tan inexperta o más que la propia Isabelita, y sin embargo ésta consideraba sus opiniones poco menos que infalibles.

—Debes tensar la cuerda pero teniendo cuidado de que no se acabe rompiendo —le aconsejó.

—¿Qué quieres decir?

—Hazle saber que le has descubierto, pero sin decírselo. Para que recapacite y vuelva a portarse como Dios manda.

En esas circunstancias, Isabelita notaba doblemente la ausencia de su padre, que le hacía sentirse más vulnerable e insegura. Esa misma tarde le escribió una carta. En ella no le decía nada especial. Le hablaba del pequeño Rafael, de lo fascinante que le resultaba observarle cuando estaba dormido, de cómo cada día descubría en él algo nuevo, un gesto, un mohín, un rasgo en el que no había reparado antes... A Raffaele y a Ramón sólo los mencionaba al final para decir que estaban bien y le enviaban abrazos y el deseo de un rápido restablecimiento. Y en la posdata añadía que tenían todos muchas ganas de verle y que irían a visitarle en cuanto el tiempo mejorara. Esta última frase reavivó el rencor que sentía hacia su marido. ¡No, Raffaele no podía perder ni un día en viajar al sanatorio, pero quién sabía cuánto tiempo dedicaba a esas amigas suyas, esas pelanduscas...!

Sólo entonces se dio cuenta Isabelita de que en esa casa no había sitio ya para su padre. Los cambios pequeños y provisionales habían acabado dando lugar a una gran transformación con aires de definitiva. Ellos dos y el niño habían tomado posesión del dormitorio de Modesto, Ramón se había quedado con el que había sido suyo y de Carlos, y a éste, a la espera de que Rafael creciera y necesitara su propio cuarto, se le reservaba lo que primero fue la habitación de Isabelita, más tarde la de Isabelita y Raffaele y al final una especie de trastero. ¿Y su padre?, ¿cuál se suponía que era su dormitorio? La cosa estaba clara: le habían expulsado de su propia casa. Como si ella misma no hubiera tenido ninguna intervención en aquel proceso, Isabelita hizo a su marido responsable de esa expulsión, y las puertas y paredes del piso reflejaban su resentimiento y al mismo tiempo lo alimentaban. Pero las cosas iban incluso más allá, y de golpe Raffaele se le aparecía como un intruso y un aprovechado, el hombre que había ido desplazando a su padre en todo: en la casa y también en el taller, que ahora regentaba como si fuera suyo y nada más que suyo y como si Modesto jamás hubiera existido.

—¡Mi pobre padre! —exclamó, dejándose caer sobre la colcha y dando la espalda al lado de la cama en el que Raffaele solía dormir.

Raffaele, por supuesto, había reparado en el humor cambiante de su mujer, que últimamente sólo le dirigía la palabra para interrogar e inquirir. Pero no le concedía mayor importancia. Esas cosas, como los dolores de cabeza o los resfriados, llegaban cuando menos te lo esperabas, y del mismo modo que llegaban se acababan marchando. Además, en aquella época tenía otros asuntos en los que pensar.

Estaba, desde luego, el trabajo en La Confianza. Estaba también la cuestión de los muertos. El padre Pietro había sido cesado como responsable de la construcción del mausoleo, pero seguía ocupándose de la búsqueda y conservación de los cadáveres. Aprovechándose del oscuro poder que había adquirido sobre Serrano y sobre Raffaele desde que los encontró juntos, recurría con frecuencia a ellos en petición de ayuda, y ninguno de los dos osaba negársela. Al primero, en virtud de su puesto, le reclamaba autorizaciones, vehículos oficiales, vales de gasolina... A Raffaele, que al fin y al cabo era italiano y formaba parte de la comisión, lo utilizaba como ayudante en algunas labores de localización y traslado.

Una mañana fueron a Villanueva de Gállego, donde el batallón de Raffaele había combatido mientras él se reponía de sus heridas en el Nucleo Chirurgico Chiurco. Viajaban en uno de los vehículos que solía cederles Serrano, un furgón negro con el yugo y las flechas pintados en rojo, y con ellos iba un joven capuchino español, el hermano Iluminado.

—*Il cimitero* —dijo el padre Pietro, señalando hacia un lado—. Por allí.

—Por aquí —le contradijo Raffaele, que conducía.

—Por allí.

—¿Me lo va a decir usted a mí? *Ho fatto la guerra qui!*

—*Anch'io ho fatto la guerra qui!* ¡En estos pueblos habré bautizado a cientos de niños! Es por allí. Seguro.

Al final ninguno de los dos tenía razón, y el hermano Iluminado indicó hacia otro sitio:

—Miren. Allí está. El cementerio.

Buscaron las cruces: Onofri Antonio (1912-1937), Camporese Vittorio (1918-1937), Battaglia Giuseppe (1914-1937). Aunque llevaban tres palas, el único que cavaba era el hermano Iluminado. El padre Pietro se entretenía mirando unos papeles y Raffaele aprovechaba para fumar.

—Conocí a Camporese —comentó—. *Un bravo ragazzo, un buon fascista.* Si todos fueran como él, los americanos nunca habrían desembarcado en Sicilia.

—Clase de tropa —dijo el hermano Iluminado mirando al capellán.

Eso quería decir que la botella con su identificación estaba atada a una pierna. Cuando el muerto pertenecía a la oficialidad, llevaba la botella atada a un brazo.

—Al furgón —dijo el padre Pietro.

Fueron después a otro pueblo cercano y repitieron

la operación. Durante la guerra habían pasado por la zona varios batallones del Corpo Truppe Volontarie, y en todos los cementerios había algún italiano sepultado. Pasado el mediodía, emprendieron el viaje de vuelta. En el furgón llevaban los restos de cinco hombres. Tres de ellos iban dentro de unas cajas de madera que, aunque rudimentarias, se conservaban en bastante buen estado. A los otros dos, en cambio, los habían enterrado envueltos en sábanas, y éstas se habían podrido con el tiempo y dejaban al descubierto unos huesos descoyuntados y sucios de tierra. De tanto trajinar con muertos, al hermano Iluminado se le habían revuelto las tripas. Tuvieron que parar un par de veces para que se aliviara. Raffaele le veía regresar al furgón con los ojos húmedos y la cara blanca y, lejos de compadecerse de él, le dedicaba una sonrisa burlona.

—Me parece que tú no vas a probar la carne en mucho tiempo —le decía.

No le gustaban nada aquellas expediciones con el padre Pietro, y volver a casa le ponía de buen humor. Cruzaron el río por el Puente de Piedra. Ahora sólo le faltaba librarse de la carga.

—¿Dónde vamos? —dijo Raffaele.

—*Da te* —dijo el capellán.

—*Come? Da me?* —exclamó Raffaele, dando un respingo—. ¡No pretenderá que guarde a esos muertos en mi casa...!

El padre Pietro sonrió melifluo y negó con la cabeza: al decir *da te* no se había referido a su casa sino a su fábrica, a La Confianza. Aquello cogió tan desprevenido a Raffaele que no supo qué replicar, y el padre Pietro aprovechó su desconcierto para abrumarle con explicaciones: el almacén estaba ya lleno, el sinvergüenza del embajador no le daba dinero para alquilar otro, ¿y qué iba a hacer él si no paraban de llegarle muertos?, menos mal que siempre habría buenos italianos como Raffaele, dispuestos a contribuir al enaltecimiento del recuerdo de los héroes... Cuando el furgón se detuvo ante la entrada del taller, el religioso tuvo palabras de elogio para el edificio, con un almacén tan espacioso...

—*Ma è il magazzino della farina!* —protestó Raffaele, implorante—. ¿Qué pretende? ¿Que quite la harina para poner a los muertos? ¿Y dónde pongo yo la harina?

—Ah, la harina. No querrás que hablemos de la harina... —exclamó el capellán, y no hizo falta que añadiera nada para que Raffaele le supiera al tanto de sus manejos con Serrano por el asunto de la harina.

En realidad, el edificio no era nada del otro mundo, y desde la calle parecía aún más pequeño: dos ventanucos con rejas, un reloj de sol encima del viejo rótulo de La Confianza y un estrecho portal que daba acceso al tabuco utilizado como despacho. Sólo desde el camino que había en la parte de atrás transmitía una sensación algo mejor: una chimenea de ladrillo, una alta pared sin ventanas y una entrada de mercancías que daba a un patio soleado. El camión de la Falange estaba parado en mitad del patio, y Ramón, silencioso como siempre, ayudaba al hermano Iluminado a descargar los muertos y meterlos en el almacén. Mientras tanto, junto al secadero estático, Raffaele acogía con gesto sombrío los comentarios del padre Pietro, que sostenía que para un buen fascista dar cobijo a aquellos restos no debía considerarse un sacrificio sino un honor.

—*Certo, certo. Un onore* —asentía Raffaele, y en su fuero interno deseaba al padre Pietro todas las desgracias imaginables.

Raffaele sólo le acompañaba a los cementerios de la provincia. De los muertos enterrados en lugares más alejados se ocupaban el padre Pietro y los otros capuchinos, y él ni siquiera se molestaba en preguntar. Un día llegaron con tres nuevos cadáveres, los tres envueltos en sudarios. Raffaele veía al hermano Iluminado ir y venir con la carretilla.

—¿Y éstos por qué no llevan botella? —preguntó.

El padre Pietro hizo un gesto de impaciencia y Raffaele comprendió.

—¡Oh, no! —exclamó, consternado.

En ese momento, un minúsculo ratón cruzó el patio y el hermano Iluminado abandonó la carretilla, lo persiguió dando voces y de una tremenda patada lo estampó contra la pared. El capellán se cruzó de brazos y le esperó junto a la carretilla. El hermano regresó aguantándose la risa. No debía de tener ni dieciocho años. El padre Pietro le reconvino como se hace con los niños traviesos:

—¡Iluminado...!

Raffaele, ajeno a todo, se acercó lentamente al padre Pietro.

—*Ma non può essere...* —dijo, aún con aire de desolación.

—Claro que puede ser.

—Pero... ¡eran comunistas!

—Eran italianos.

No había vuelta de hoja: los brigadistas italianos caídos en España iban a ser enterrados junto a los fascistas en la Torre-Osario. Y no sólo eso, sino que además él, Raffaele Cameroni, tenía que hacerles sitio en su fábrica mientras se terminaban las obras del mausoleo... En circunstancias normales, el ataque de cólera habría estado más que justificado, y sin embargo Raffaele se sentía incapaz de enfurecerse:

—*Che cosa dice Muffone?* —preguntó.

Muffone era el representante en España de la República Social Italiana, es decir, de la Italia fascista. El padre Pietro se encogió de hombros:

—¿Qué va a decir? Que los americanos acabarán retirándose y entonces...

—¡Es verdad...! —protestó débilmente Raffaele—. Los americanos acabarán retirándose. Los alemanes nunca abandonarán Monte Cassino.

—Qué estupidez —el padre Pietro hablaba sin acritud—. ¿Cuánto pueden aguantar? ¿Un mes? ¿Dos meses más? Luego los americanos llegarán a Roma, y allí se terminó el fascismo. Para siempre. Para siempre.

Un par de semanas después, los cadáveres almacenados en La Confianza superaban la treintena. El capellán había prometido meterlos en cajas de madera, pero la cosa se retrasaba. Sus explicaciones parecían convincentes: no se podían encargar las cajas mientras no se supieran las medidas exactas, y eso dependía del espacio que se les iba a destinar en la torre, un espacio que los nuevos responsables seguían empeñados en recortar y recortar (al parecer, la altura de la torre iba a quedar reducida de los ochenta metros previstos hasta los cuarenta y dos). El caso es que, entre tanto, Raffaele tenía en su almacén los restos de treinta y tantos hombres, y casi la mitad de ellos carecía de ataúd. No era, ciertamente, un espectáculo agradable: las calaveras agrietadas o rotas, los huesos enredados en jirones de sábanas, dos brazos descarnados asomando de un ataúd sin tapa... Con la única salvedad de la temperatura (el almacén estaba situado en el lado más fresco de la fábrica), aquello se parecía mucho a las representaciones tradicionales del infierno cristiano.

Y ese infierno fue lo que Isabelita descubrió la víspera de Navidad.

Aquel 24 de diciembre era viernes. Un gélido viernes para quienes, como ella, se habían pasado más de una hora en la cola del racionamiento. No había previsto ningún plato especial para la cena de Nochebuena, pero la tía Milagros la había convencido para que pasaran la tarde juntas preparando algún postre. Las cartillas de racionamiento, que hasta poco antes habían sido familiares, eran ahora individuales, y cada una de ellas autorizaba a comprar todos los meses un litro de aceite, un kilo de azúcar y cien gramos de chocolate. Con eso, más unas cuantas almendras y la harina que Raffaele le traía del taller, intentarían entre las dos hacer un pastel que resultara al menos decoroso. Isabelita había decidido que, dentro de las limitaciones habituales, esa noche debía ser especial, y de vuelta a casa compró también cigarrillos de estraperlo, no fuera a ser que se le acabaran a Raffaele. Pero estas atenciones hacia su marido no indicaban ningún cambio de actitud. Más bien al contrario: en la confusa e ingenua interpretación que Isabelita hacía de la realidad, ese pastel y esos cigarrillos pretendían recordar a Raffaele cuáles eran su casa y su familia, cuáles sus obligaciones hacia su mujer y su pequeño hijo. Aquel pastel y aquellos cigarrillos eran una manera de decirle: ¡Piensa en cómo serían tus Nochebuenas sin tu mujer y tu niño!, ¿quién se preocuparía de que no te faltara tabaco?, ¿quién sería capaz de sacrificar sus tardes para hacerte un pastel...? Persistían, por tanto, las suspicacias de Isabelita, y eso a pesar de que seguía sin tener una sola prueba que de verdad acusara a su marido: ningún pelo enroscado en el hombro de su americana, ninguna nota misteriosa en los bolsillos de su abrigo, ningún nombre de mujer pronunciado entre sueños... Pero eso no demostraba nada. En todo caso demostraba la alarmante habilidad de Raffaele para ocultar sus infidelidades, lo que obligaba a Isabelita a redoblar la vigilancia. Con cualquier pretexto se dejaba caer por La Confianza, buscando únicamente comprobar si también ese día tenía su marido alguna de las supuestas reuniones de la comisión.

Aquella mañana, cargada como iba, no había previsto detenerse en la fábrica. Pero hubo algo que la hizo cambiar de opinión. Cuando se disponía a volver la esquina de su calle, vio pasar a cierta distancia un furgón negro con los símbolos de la Falange. Lo siguió con la mirada. La dirección que tomó el furgón llevaba al camino de atrás de La Confianza. Podía ser que su destino no fuera ése sino cualquier otro de los locales próximos al taller, pero lo cierto es que aquello la inquietó: ¿cómo ver un vehículo así y no acordarse de las detenciones de su hermano y su padre? Corrió al portal de la casa, dejó la compra en un rincón y dio un grito a la tía Milagros para que bajara a recogerla. La tía se asomó a la ventana y la vio encaminarse con rapidez hacia la fábrica.

En lugar de llamar a la puerta delantera, Isabelita prefirió rodear el edificio. La entrada de mercancías seguía abierta, y el furgón estaba cruzado en medio del patio, con la puerta trasera orientada hacia el almacén de la harina. Ramón y el hermano Iluminado descargaban trabajosamente un ataúd, pero Isabelita no podía verlos. Desde donde estaba veía a su marido charlando con un hombre con el hábito de capuchino. Le llamó por su nombre, ¡Raffaele!, y éste reaccionó con nerviosismo:

—Hola, querida. ¿Qué haces tú aquí? ¿Conoces al padre Pietro?

Isabelita intuía que estaba a punto de descubrir algo importante y, aunque no sabía si de verdad lo deseaba, ya era tarde para echarse atrás. Avanzó hasta la parte trasera del furgón y vio a los otros dos sosteniendo inclinado el ataúd.

—¿Me queréis explicar...? —dijo, pero no llegó a terminar la frase.

Entrecerró los ojos para echar un vistazo al interior del almacén. De algún modo había adivinado que lo que debía descubrir, fuera lo que fuese, estaba allí dentro. Era como si por todas partes (en el furgón y el ataúd, en los cuerpos de unos y las miradas de otros) hubieran aparecido flechas e indicaciones, y como si todas esas flechas e indicaciones señalaran el almacén. Echó a andar, y Raffaele trató de interponerse.

—¡No entres ahí! ¡Te lo prohíbo! —dijo, y hasta Ramón rompió su habitual laconismo para decir:

—¿No le has oído? ¡Te ha dicho que no entres!

Pero en ese momento no había nada que pudiera detenerla. Entró con paso decidido en el almacén y esperó unos instantes a que las pupilas se le adaptaran a la oscuridad. Y entonces lo vio. Entonces vio las cajas cerradas y las abiertas, los esqueletos que se conservaban enteros y los que habían quedado reducidos a simples montones de huesos, los cráneos sueltos, los fémures con o sin botella, los costillares caídos, los restos de los sudarios. Lo observó todo en silencio mientras, a su lado, Raffaele sólo acertaba a decir:

—Isabelita, yo... Isabelita...

Isabelita se mantenía seria, pero algo en su interior le decía que la situación era bastante ridícula: el celo con el que su marido le había ocultado todo ese trajín de italianos muertos, las sospechas que ella había alimentado durante varias semanas, ¡la supuesta infidelidad, que al final había quedado en nada...! Quiso improvisar una frase cualquiera para salir del paso, pero no se le ocurrió nada. Luego no pudo contener la risa. La primera carcajada brotó con tal fuerza que ella misma se sorprendió, y a esa carcajada siguieron otras igual de potentes e incontenibles. Allí, en mitad de aquel espectáculo de muerte y putrefacción, Isabelita no podía parar de reír. Reía con un alborozo insólito, como sólo los niños son capaces de reír, y la expresión entre alarmada y perpleja de los cuatro hombres no hacía sino avivar su hilaridad. Y así (el cuerpo desmadejado, las lágrimas corriéndole por las mejillas, la risa impetuosa y liberadora brotando de toda ella) fue como la encontró la tía Milagros, que la había seguido desde el portal y, sin entender nada, miraba sobrecogida ese depósito del horror. Isabelita seguía riendo, y su tía, pasados unos segundos, dijo con aire de preocupación:

—¿Pero esta chica se ha vuelto loca?

La visita al sanatorio no se hizo hasta finales de febrero. Modesto había sido avisado por carta, y aquella mañana se despertó nervioso. Estaba muy delgado, pero la piel bronceada por los baños de sol le confería un engañoso aspecto de salud. Acudió a desayunar y ocupó su sitio habitual junto a un madrileño bajito que poseía una relojería, un joven de Bilbao con veleidades de artista y dos hermanas navarras que estaban siempre juntas y se pasaban el día discutiendo. La vida en el sanatorio se organizaba en función de la clase social del enfermo: según la tarifa se dormía en un pabellón u otro, se tomaba el sol en un lado concreto de la terraza, se comía en esta o aquella mesa. La de Modesto era una mesa de clase media, pero las conversaciones que en ella se desarrollaban no se distinguían mucho de las de las mesas de los enfermos ricos o las de los pobres. De hecho, todos hablaban de lo mismo: de la enfermedad, de sus síntomas, de su tratamiento. Modesto había observado que sólo los pacientes recién ingresados se obstinaban durante un tiempo en hablar de su vida anterior. Pero bastaba con que pasaran dos o tres semanas para que se olvidaran de sus antiguos quehaceres, de sus casas, de sus mujeres o maridos, y exhibieran una rara familiaridad con el idioma nuevo de la enfermedad. Entonces ya sólo hablaban de disneas, velocidades de sedimentación, dolores pleurales, plastias, punciones, hemoptisis.

—Ayer eché un esputo rojo grande y cuatro pequeños —dijo el relojero madrileño—. Serán de garganta, ¿no creen?

Todos los enfermos llevaban la cuenta de sus esputos, y siempre había alguno que trataba de engañarse y buscaba el apoyo de los demás. Modesto se imaginó a sí mismo como un extraño que llegara de visita y asistiera a una conversación de ese tipo: le parecería siniestro, aterrador. Pero es que todo en el sanatorio le había parecido siniestro y aterrador el día de su ingreso: la certeza de que en su cama habían muerto muchos de los enfermos que le habían precedido, la noticia de que en la bodega había medio centenar de ataúdes esperando, los murmullos con que alguien anunciaba que cierto paciente no salía ya de su habitación y con toda seguridad desaparecería de la forma más discreta una de esas noches... Allí la presencia de la muerte lo impregnaba todo, y acaso fuera esa presencia lo que justificaba la impudicia con que unos y otros hablaban de las intimidades del cuerpo, de sus desarreglos y trastornos. Las décimas de fiebre, los esputos pequeños y grandes, los vómitos de sangre se incorporaban con naturalidad a las conversaciones habituales, y Modesto recordaba las antiguas comidas en familia, tan ruidosas pero también tan pudorosas e higiénicas, y comprendía que todo eso pertenecía a otro mundo, al mundo de los sanos, no al suyo, el mundo de los enfermos, el de los tísicos. De ahí su nerviosismo: ¿cómo le verían Isabelita y los demás, llegados de ese otro mundo que tan lejano le parecía en el espacio y en el tiempo? ¿Tendría su hija las mismas sensaciones que había tenido él el primer día? ¿También a ella se le aparecería aquel sanatorio como una embajada de la muerte, un lugar al que se entraba con facilidad pero del que tan difícil resultaba salir?

Tras el desayuno, los enfermos fueron pasando a la terraza de la mañana, la que miraba al este. Lo primero que el paciente aprendía era el modo de envolverse en la manta: se hacía concienzudamente, cuidando de que los pliegues tuvieran la debida tensión y no quedara ningún resquicio para el frío. Luego pasaba la enfermera para tomarles la temperatura, y a Modesto le gustaban esos minutos en los que todos permanecían inmóviles y en silencio: hasta que la enfermera volviera para sacarles el termómetro de la boca no tendría que escuchar al relojero madrileño hablando de sus esputos ni a las hermanas navarras discutiendo. Esa vez la enfermera llegó antes de tiempo.

—Visita para el cincuenta y seis —dijo.

Modesto se incorporó. El cincuenta y seis era el número de su habitación, el que asimismo tenía bordado en sábanas, toallas y pañuelos, y a las enfermeras les resultaba más sencillo identificar a los enfermos por sus números que por sus nombres.

—Dígales que me esperen en el vestíbulo —dijo.

El vestíbulo era uno de los pocos sitios del sanatorio en los que no se percibía el olor de la enfermedad. No había allí escupideras ni cubos ni enfermeros en bata, y el mostrador de la entrada recordaba la recepción de un hotel de cierta categoría, acaso la de un balneario. Antes de acudir al encuentro con su familia, Modesto pasó por la habitación para asearse un poco y peinarse. Quería estar presentable. Quería que elogiaran su aspecto y le trataran como a una persona sana. Quería que se hablara lo menos posible de su enfermedad.

En efecto, los recién llegados le esperaban en el vestíbulo. Habían viajado todos: Isabelita, Raffaele, el pequeño Rafael, la tía Milagros, Ramón. Como no existía una buena combinación de autobuses para llegar hasta allí, Raffaele se había tomado la libertad de utilizar el furgón negro de la Falange, y en los pueblos por los que pasaban siempre había gente que les saludaba brazo en alto. Ellos les correspondían sacando algún brazo fuera de la ventanilla, pero lo hacían de un modo maquinal, sabiendo que devolvían un saludo que no les estaba destinado.

—No estés preocupada —susurró Raffaele a su mujer.

Isabelita trató de sonreír. Desde que descubrió los cadáveres en el almacén de la fábrica, todo iba bien en el matrimonio. Qué tonta había sido al desconfiar de su marido, y con qué intensidad le había vuelto a querer.

Tenía ahora una imagen de él que en nada se parecía a la de los peores momentos. Raffaele no era ya el hombre que había usurpado el negocio familiar sino el que todos los días luchaba y se sacrificaba por mantenerlo vivo, no ya el que había desplazado a su padre de todas las habitaciones de la casa sino el que generosamente costeaba su tratamiento en el sanatorio...

—Seguro que está casi curado —dijo Raffaele, y por algún motivo Isabelita se sintió orgullosa de él.

Tuvieron que esperar aún unos minutos más a que Modesto se presentara en el vestíbulo. Isabelita lo vio aparecer, avejentado y flaco pero sonriente como en sus recuerdos de infancia, y corrió a arrojarse en sus brazos. Luego él fue saludando a unos y a otros hasta llegar al niño, que la tía Milagros sostenía en brazos.

—¡Mi nieto! —exclamó.

Fue ése el único tropiezo en un día perfecto. Modesto acercó las palmas de las manos como disponiéndose a coger al pequeño, y la tía Milagros, poniéndose de costado, se las arregló para que pudiera verlo pero no tocarlo. Hubo entonces un múltiple intercambio de miradas. Se miraron Isabelita y Raffaele, la tía Milagros miró a Isabelita, y Modesto los miró a todos y supo que en ese instante sólo pensaban en la posibilidad de que el niño pudiera contagiarse.

—¡Qué chiquitín tan bonito!, ¡qué preciosidad de niño! —dijo la tía Milagros para aliviar la tensión.

En lugar de enseñarles el sanatorio, Modesto propuso dar un paseo:

—Ya veréis qué paisaje.

Había nevado unos días antes, y todavía quedaban restos de nieve en las zonas de umbría. Modesto se agachó a coger un puñado y lo lanzó al otro lado del camino. Estaba muy animado, o al menos lo parecía, e insistía en hablar de cosas intrascendentes: de las aburridas veladas musicales con una violinista aficionada, de un enfermo al que habían sorprendido fumando y amenazaban con la expulsión, de cómo menudeaban los enamoramientos entre internos...

—¡A ver si también tú vas a encontrar pareja! —bromeó Isabelita, que caminaba cogida de su brazo.

En un lado del camino estaba un pintor con el caballete, el lienzo y los pinceles. Era el joven bilbaíno, que en los casi ocho meses que llevaba en el sanatorio había hecho unos treinta paisajes del Moncayo y sus alrededores. Estuvieron un rato viéndole pintar y elogiando su talento. Luego siguieron andando, y Modesto insistió en ponerse al día en los asuntos de la empresa.

—Me lo tienes que contar todo —le decía a Raffaele—. Yo estoy ya bastante bien, y los médicos pueden darme de alta en cualquier momento. ¡Qué ganas tengo de recuperar el tiempo perdido! No sabéis cómo me molesta verme convertido en una carga... Pero, por supuesto, en cuanto vuelva a trabajar arreglaremos cuentas. Los gastos del internamiento se descontarán de mi sueldo. Hasta la última peseta.

El camino serpenteaba entre bosques de pinos y hayas. Llegaron a un claro, y todos, como girasoles, volvieron la cara hacia el cielo.

—¡Qué solecito tan rico! —exclamó la tía Milagros, cerrando los ojos.

De vuelta hacia el sanatorio, Raffaele y Ramón exponían a Modesto sus proyectos para La Confianza, mientras Isabelita y la tía Milagros se turnaban para llevar al pequeño Rafael. Pasaron junto al caballete, que sin duda el bilbaíno había abandonado para acudir a la comida. Modesto se detuvo a contemplar la pintura y, de paso, recuperar el resuello. La caminata le había fatigado y provocado palpitaciones, pero no quería que los demás lo notaran. Ahora que el artista no estaba delante, los comentarios sobre el cuadro eran bastante más maliciosos, y la tía Milagros e Isabelita fingían escandalizarse.

La conversación prosiguió en el vestíbulo del sanatorio. Cuando empezaron a notar movimiento de gente en el comedor, Modesto se levantó:

—Se me va a pasar la hora de la comida... —dijo.

Esta vez, al despedirse, no intentó acercarse al niño, y todos bromearon sobre futuras visitas: ¿para qué hacer planes, si en una o dos semanas estaría de nuevo con ellos? Modesto salió a despedirles y no hizo ningún comentario acerca del yugo y las flechas del furgón. Estaba feliz porque en todo ese rato no había escupido sangre y casi no había tosido. Isabelita siguió sonriéndole y diciéndole adiós con la mano hasta que lo perdieron de vista tras la primera curva de la carretera. Y justo en ese momento cerró los ojos y comenzó a llorar en silencio. Lloraba, claro está, por su padre. Lloraba porque sabía que nunca más lo volvería a ver.

3

—¡Llegaremos tarde al cine, Isabel! —gritó Raffaele desde el pasillo.

Isabelita había comenzado a ser Isabel tras el nacimiento de Francisco, su tercer hijo, y apenas un par de meses después sólo la tía Milagros seguía utilizando el diminutivo para referirse a ella. Ahora Isabelita era Isabel para casi todos. Lo era para sus dos hermanos: para Carlos, que andaba por Madrid metido en negocios de compraventa de máquinas de coser y de vez en cuando le escribía alguna carta de prosa envarada y administrativa («Querida hermana Isabel, en respuesta a tu carta del 3 de los corrientes...»), y para Ramón, que había sentido la llamada de la religión y acababa de ingresar en un seminario en Gerona. Y, por supuesto, era Isabel para su marido, que a veces, en presencia de algún empleado de La Confianza o algún vecino, llegaba incluso a agregarle el doña: ¿Ha venido doña Isabel?, ¿me ha dejado doña Isabel algún recado?

Desde entonces, desde el nacimiento de su tercer hijo, habían pasado dos años, y todavía había ocasiones en que el sonido de su nombre le seguía resultando extraño y fuera de lugar. ¿Qué es lo que ha cambiado?, se preguntaba para sus adentros, ¿qué es lo que ha cambiado en mí para que todo el mundo me haya retirado la familiaridad de siempre y empezado a tratar como a una señorona? Y lo cierto es que en apariencia nada había cambiado en Isabel. En el otoño de 1949 tenía casi treinta años pero sus rasgos suaves la hacían parecer bastante más joven, y a pesar de los embarazos mantenía una bonita figura y una piel tersa y lozana. Y, en cuanto al carácter, el nacimiento de sus hijos le había aportado una jovialidad olvidada desde su primera adolescencia... ¿Por qué entonces se empeñaba la vida en tratarla como si fuera mayor de lo que era?

—¡Isabel, por favor! —seguía clamando Raffaele.

Cuando por fin Isabel terminó de arreglarse, tardaron aún unos minutos más en despedirse de la tía Milagros y los niños. Raffaele besó a Rafael y a Alberto en la frente, y luego se detuvo ante la cuna de Francisco, acercó su rostro al del niño en un intento de atrapar su mirada y le susurró unas palabras al oído. Isabel se interpuso para ajustarle el embozo y regañó a su marido. ¡Otra vez atosigando al pequeño! ¿Por qué tenía que estar siempre preguntándole lo mismo? ¡El niño sabía muy bien quién era quién! ¡Lo que ocurría era que no le apetecía hablar! Luego le acarició los mofletes y aflautó la voz para preguntarle:

—¿A que sí, tesoro? ¿A que tú ya sabes que este señor es tu papá?

—Bueno, nos vamos —volvió a apremiarla Raffaele.

En realidad, quedaba tiempo de sobra para el inicio de la sesión, y las prisas de Raffaele obedecían únicamente a su deseo de hacer una parada a mitad de camino. Desde hacía unos meses buscaban un piso para comprar, y el favorito de Raffaele estaba en la calle Bolonia, a no más de cincuenta metros de la esquina con General Mola. Siempre que iba al centro le gustaba detenerse unos minutos ante el portal. Escrutaba a la gente que entraba o salía, miraba los balcones y ventanas, se asomaba a los comercios cercanos. Trataba de imaginarse a sí mismo comprando en esas tiendas, viviendo en esa calle, departiendo con esos vecinos. Necesitaba un signo inequívoco que le dijera: Sí, éste es el piso que andas buscando, un piso en el que podrías vivir el resto de tu vida. Pero ese signo lo había encontrado en el mismo momento en que vio en el periódico el anuncio de la venta. «Calle Bolonia véndese piso 200 metros...» Calle Bolonia: antes de la guerra se había llamado calle del Arte, y el municipio, en agradecimiento al envío de armamento y tropas ordenado por Mussolini, le había cambiado el nombre por el de la ciudad italiana. ¿Qué otro signo podía necesitar alguien como Raffaele? ¿No estaba claro que era ése el piso que debía comprar?

—Sí, pero es tanto dinero... —dijo, como hablando consigo mismo.

Tampoco es que fueran una ganga los otros pisos que habían visto, e Isabel, cogida del brazo de su marido, iba repasando en voz alta los defectos de unos y otros: el de Hernán Cortés tenía poca luz, en el de General Franco había que hacer obras, el de Predicadores estaba en un barrio que no le gustaba demasiado... Pensándolo bien, si vamos a comprar un piso, espero que sea éste, dijo ella, y Raffaele se mostró más dubitativo que nunca. ¿Estaba segura de que le gustaba la calle? Sí. ¿Y el piso? También. ¡Pues entonces no había mucho más que hablar!, y Raffaele hacía un gesto de falsa resignación, como si estuviera dispuesto a comprar ese piso por complacer los caprichos de su mujer y no porque fuera el que él había elegido desde el principio. ¡Ah, pero si a ti no te convence...!, protestaba entonces Isabel, y Raffaele se apresuraba a mover la cabeza: ¡Que sí!, ¡que sí!, ¡que me parece bien! Lo que él quería era que fuera su mujer la que tomara la decisión, una decisión que él ya había tomado en su fuero interno, y ahora miraba la fachada de la casa y se le antojaba más familiar, más suya.

—Está en la parte más distinguida de la calle —dijo—. ¡Y acuérdate de lo espacioso que es! Ahora podremos tener una muchacha y no hará falta que molestemos a tu tía cada vez que...

—¡No hay quien te entienda! —le interrumpió Isabel—. ¡Hace un minuto decías que era mucho dinero y ahora estás hablando de contratar chicas para el servicio! Y vámonos ya. ¿No tenías tanta prisa?

Llegaron al cine cuando ya habían apagado las luces y se estaba proyectando el NODO. Siguieron la linterna del acomodador hasta la primera fila, la única en la que quedaban butacas libres. El cine, el Dorado, se había reinaugurado muy pocos días antes, y su decoración vanguardista era objeto de debate entre los zaragozanos: había algunos, los más benévolos, que la defendían por original y moderna, pero la mayoría la consideraba una mamarrachada y un adefesio. Isabel y Raffaele tendrían que esperar a que la película terminara para poder juzgar por sí mismos. Lo malo era que, desde la esquina de la primera fila en la que estaban, tampoco disfrutaban mucho de la película. Si no hubieras tardado tanto..., murmuró Raffaele, malhumorado, e Isabel replicó: Si no nos hubiéramos parado a mirar la casa... La película era *Noche y día*, con Cary Grant en el papel de Cole Porter. Raffaele se desentendió de la historia y recordó los comienzos de su relación con Isabel, cuando se juntaban para comentar con entusiasmo (o así lo recordaba él) sus películas favoritas. Entonces sí que les gustaba el cine, y durante los últimos meses del noviazgo y los primeros dos años del matrimonio se acostumbraron a ver tres y a veces hasta cuatro películas semanales: en aquella época no se les escapaba ningún estreno importante. Luego empezaron a llegar los niños, y todo cambió de repente. Por un motivo u otro (pero siempre por un motivo justificado), cada vez que hacían planes para ir al cine acababan aplazándolos para otro día. O directamente cancelándolos, y eso no parecía provocar el menor fastidio a su mujer, que ya ni siquiera estaba al tanto de las novedades de la cartelera. Ahora no hacían planes así porque, sencillamente, el cine había dejado de formar parte de sus vidas, y para que se decidieran a ver una película hacía falta una razón especial. Como, por ejemplo, que se reabriera una sala con una decoración de la que todo el mundo hablaba... En realidad, Raffaele reconocía que no le importaba demasiado la película, a la que apenas si estaba prestando atención. Pero, en lugar de atribuir esa falta de interés a la propia historia (¿desde cuándo le habían importado a él las vidas de los compositores americanos?), lo que hacía era responsabilizar a su mujer de su afición extinguida, una pérdida que por un instante se le apareció como una verdadera tragedia. Se volvió hacia ella y se fijó en su rostro iluminado y sus ojos brillantes. Curiosamente, Isabel sí que parecía seguir con interés lo que estaba ocurriendo en la pantalla, pero eso no impidió que Raffaele sintiera dentro de sí una intensa punzada de resentimiento.

A la salida se detuvieron ante una pared en la que

estaba pintado algo que podía ser un banderín antiguo pero también un toro de patas delgadas o una cabeza geométrica dibujada por un niño. Todas las figuras que decoraban el cine tenían esa misma ambigüedad: peces que parecían gotas de agua, bocas con forma de pájaros, ojos como dianas. Isabel se lo pensó mucho antes de hablar, y al final dijo:

—Es... abstracta.

Lo dijo como si el término implicara algún tipo de valoración, y Raffaele lo interpretó como un elogio.

—¿Abstracta? ¡Mariconadas! —replicó con displicencia, y su mujer pensó que esa palabra la habría aprendido de alguno de los amigos con los que desde hacía un par de años solía ir a los toros.

De camino a casa, entraron a tomar una caña con limón en Espumosos. En una de las mesas había unos conocidos. Isabel les saludó con una sonrisa. Raffaele, en cambio, fingió no verles. Isabel conocía muy bien esos accesos de mal humor de su marido. De repente algo le sentaba mal y su rostro adoptaba una expresión ensimismada y sombría. En esos casos podía pasarse varias horas casi sin hablar, atrincherado en un laconismo que quería decir: Recuerda que estoy enfadado, recuérdalo bien. Encontraron sitio en la barra, por desgracia no muy lejos de la mesa de los conocidos. Isabel dio un sorbo a su caña y se preguntó qué sería lo que esa vez le habría irritado. ¿El retraso con que habían llegado al cine? ¿La propia película? ¿Acaso algo que tuviera que ver con el piso que pensaban comprar? Prefirió no darle muchas vueltas y le habló de la salud de los niños: Rafael había tenido unas décimas de fiebre, ella creía que eran anginas, por la mañana avisaría al médico... En realidad, la cuestión era hablar. Hablar precisamente porque él no hablaba. Hablar de cualquier cosa para que nadie pudiera pensar que eran un matrimonio que no tenía nada que decirse. Es verdad que habría preferido no estar tan cerca de la mesa de los conocidos, pero en el fondo no le preocupaba demasiado lo que esas personas pudieran pensar. Lo que le preocupaba no era el quién sino el qué. Si alguien, quienquiera que fuese, tenía una opinión negativa sobre su vida conyugal, eso significaba que ésta tal vez no mereciera una opinión mucho mejor. O, lo que es lo mismo, el hecho de que se pudiera dudar de su armonía doméstica amenazaba con sembrar esa misma duda en su interior, y con tal de no admitir esa posibilidad Isabel estaba dispuesta a hablar durante horas y horas. Hablar de las anginas de Rafael. Hablar de la última carta de su hermano Carlos. Hablar de la compra de esa mañana en el mercado. Hablar de... ¡Algo tan sencillo como hablar, y qué difícil se lo ponía Raffaele cuando se ponía así!

—Raffaele, hombre, no estés tan callado —se atrevió a protestar—. Di algo.

—¿Y qué quieres que diga?

—No sé. Cualquier cosa.

Raffaele negó con la cabeza y pareció que iba a sumirse de nuevo en el silencio. Y sin embargo dijo:

—¿Por qué nunca me contaste lo de tu hermano?

Isabel agitó la cabeza:

—No te entiendo.

—¿Por qué me lo ocultaste? Sabías que tarde o temprano me acabaría enterando... ¿Por qué tuve que enterarme de todo cuando los falangistas se llevaron a tu padre?

—Estábamos en guerra, Raffaele, y yo... Ha pasado tanto tiempo...

Isabel, confundida, hablaba con el tono avergonzado y bisbiseante que adoptan las niñas en sus primeras confesiones. La voz de su marido siguió sonando severa.

—Tú no tienes la culpa de haber tenido un hermano así —dijo—. No, claro que no. A cualquiera le puede ocurrir: un hermano rojo, un anarquista... ¿Por qué, entonces, me lo ocultaste?

Isabel cerró los ojos y no dijo nada. Por un instante, como el día en que fue a interceder por su padre ante el Rubio, volvió a ser una víctima que se sentía culpable.

—Da lo mismo —dijo Raffaele, e hizo una seña al camarero—. ¿Cuánto le debo?

Al día siguiente llegó el médico y echó un vistazo a las amígdalas de Rafael, que en efecto estaban inflamadas. Isabel se revolvía nerviosa alrededor del médico y lo asaeteaba a preguntas. ¿Qué tenía que hacer si le subía mucho la fiebre? ¿Seguro que no había riesgo de complicaciones? ¿Creía él que el resto de la familia acabaría contagiándose? El hombre, cachazudo, hacía con la mano el gesto de abanicarse, y con eso quería indicar a Isabelita que no había motivos para inquietarse. Luego rellenó un par de recetas, miró a Alberto por encima de las gafas y le preguntó qué quería ser de mayor. Abre la boca y saca la lengua, le dijo, y poco después volvió a abanicarse con la mano: todo bien. Su expresión bonachona y un poco adormilada sólo se alteró cuando quiso examinar también a Francisco, que lo observaba todo con una sonrisa cándida. Venga, hombretón, ahora te toca a ti, dijo, pero Francisco ni abrió la boca ni sacó la lengua. ¿Cuántos años tiene?, preguntó el médico. Este mes ha hecho dos, dijo Isabel. ¿Y todavía no habla? Isabel bajó la vista, avergonzada: la verdad era que no. El hombre agarró con delicadeza la carita redonda de

Francisco y la movió varias veces a un lado y a otro. Luego dio tres o cuatro palmadas, cada una de ellas a una distancia diferente del niño. Daba la sensación de estar jugando, y Rafael y Alberto intercambiaron una mirada guasona. Puede que tenga algún problema de oído, dijo el médico, pensativo. ¿Usted cree?, preguntó Isabel. Habrá que hacerle algunas pruebas, contestó el hombre, que esta vez no hizo ningún gesto con la mano.

A Raffaele, en realidad, no le gustaban los toros. Le parecía un espectáculo brutal y primitivo y, cuando veía al desdichado animal desangrándose entre bramidos, tenía que hacer un esfuerzo para no cerrar los ojos o apartar la mirada. Pero qué importaba que aquello le gustara o no, si de lo que se trataba era de hacer negocios y para ello no había ningún sitio mejor que la plaza. Estaba abonado a una barrera en un tendido de sombra, y junto a él, además de Amadeo Serrano, solían ponerse uno de los jefecillos de Abastos, un par de oficiales de Intendencia, unos funcionarios del Gobierno Civil... Ninguno de ellos ocupaba un puesto de gran responsabilidad, pero todos tenían lo que a Raffaele le interesaba: capacidad para decidir compras y ventas, para flexibilizar o endurecer condiciones, para autorizar pagos, para traspapelar expedientes... Era fundamental llevarse bien con esa gente, y lo difícil había sido conseguir que le aceptaran como uno de los suyos. Habían sido muchas tardes de pegarse a Amadeo y hacerse el encontradizo, de regalar puros a unos y otros, de seguirles la corriente y reír sus chistes. Pero al final lo había logrado, y ahora ya nadie discutía su derecho a ponerse con ellos en la barrera. Lo único que tenía que hacer era seguir fingiendo que le gustaba el espectáculo. Y, por supuesto, esforzarse por no cerrar los ojos ni apartar la mirada cuando el toro agonizaba a muy pocos metros de donde ellos estaban.

—¡Así, así! ¡Arriesgando! ¡Como los hombres! —se lanzaba en ocasiones a jalear al matador (tampoco estaba mal que le consideraran un entendido).

—¡Con garbo, con torerío! —se sumó a sus gritos alguno de los otros—. ¡Como tú sabes, Luis Miguel!

La figura de aquel año era Luis Miguel Dominguín, que toreaba en cuatro de las cinco corridas de la feria. Pero además de las corridas estaban las novilladas (a las que Raffaele y los otros no siempre asistían), y quien de verdad causó sensación fue un novillero que había cortado las cuatro orejas, los dos rabos y dos patas. Raffaele oía a unos aficionados comentar la proeza y se preguntaba si se habrían vuelto locos. ¡Dos patas! La simple idea de que pudieran cortarle una pata a un toro para que luego el torero la exhibiera como un trofeo le causaba estupefacción. ¡Cortársela allí mismo, en la arena, en mitad de la plaza, a la vista de todos! ¿Con qué lo harían? ¿Con un hacha? ¿Con una sierra? ¿Con uno de esos grandes cuchillos de los carniceros? ¡No podía ser tan sencillo cortar una pata así! En otras circunstancias, Raffaele habría dejado escapar un gesto de repugnancia, pero aquella tarde nadie que le estuviera observando habría percibido nada raro en la expresión de su rostro. Había aprendido a ser como Amadeo Serrano y los otros, y por tanto a ocultar todas aquellas reacciones que pudieran distinguirle. Había aprendido a ser como ellos, y gracias a eso había conquistado una situación de privilegio que por nada del mundo querría poner en peligro.

Al fin y al cabo, la simulación era lo natural en los negocios. Para sacar algo adelante con aquella gente tenías que estar siempre fingiendo. Tenías que fingir que te interesaba poco lo que de verdad te interesaba, tenías que fingir que sabías más de lo que sabías y podías más de lo que podías, tenías que fingir unas amistades que sólo eran alianzas inspiradas por la conveniencia... Si uno dominaba ciertas claves y respetaba unas cuantas reglas básicas, podía llegar a bastantes acuerdos ventajosos en aquellas tardes de toros. Los negocios que allí se cerraban no solían ser muy grandes, pero también había días en que se manejaban cifras de alguna consideración. En todo caso, se trataba siempre de negocios que debían ser llevados con reserva y discreción, y Raffaele prefería no saber demasiado de los oscuros manejos que Amadeo se traía a cuenta de ciertas partidas de penicilina importadas de Francia. De hecho, él mismo podía haber participado en el asunto junto a Amadeo y alguno de los otros, pero en el último momento había preferido retirarse. Lo había hecho sobre todo por una cuestión de escrúpulos. Era posible que tuviera razón Amadeo cuando decía que, a fin de cuentas, los enfermos que habían accedido a pagar una cantidad extra por la penicilina no estaban menos necesitados de ayuda que los que no lo habían aceptado. Sí, el resultado final podía acabar siendo el mismo, y seguramente el número de personas que se curarían no variaría. Pero no serían las mismas personas, y Raffaele no quería cargar con la responsabilidad de determinar quiénes se salvarían y quiénes no. En algún hospital o sanatorio habría alguien a quien aquellos negocios de Amadeo acaso condenarían a morir, y él no quería tener nada que ver con eso, por mucho que jamás hubiera conocido a ese desdichado ni fuera a saber nada de él. Lo suyo, en cambio, no hacía daño a nadie. ¿A quién podía perjudicar que uno de esos hombres le facilitara el suministro de harina y que luego otro autorizara la compra de unas cuantas partidas de pasta alimenticia?

Visto con distancia, podía parecer un negocio redondo: la administración le proporcionaba la materia prima, la administración le compraba el producto una vez elaborado. Pero las cosas no eran tan sencillas, y en realidad Raffaele no se sentía a sus anchas en un mundillo como aquél, en el que los arreglos se apalabraban y no existía otra garantía que la confianza mutua. Tenía además la sensación de estar corriendo muchos riesgos. Corría el riesgo de que se interpusiera alguna oferta más lucrativa y el socio de turno no respetara la palabra dada. Corría el riesgo de que alguno de aquellos hombres (entre los que no siempre las relaciones eran armoniosas) amenazara con dar un chivatazo y la operación se frustrara. Y, aunque toda esa gente gozara en principio de la protección del régimen, corría también el riesgo de que un día se iniciara una investigación por quién sabía qué cuestión y todo se fuera al traste... Por supuesto, esos riesgos había que cobrarlos. Raffaele creía que sus ganancias estaban más que justificadas y batallaba con dureza cuando uno u otro de aquellos hombres pretendía aumentar su propia comisión o recortarle el margen de beneficio. Y en general no podía quejarse. El volumen de negocio de La Confianza no había dejado de crecer en los últimos años, y sus ambiciosos planes se habían ido cumpliendo punto por punto. Disponía ahora la fábrica de media docena de secaderos nuevos, bastante más perfeccionados que el primero, y trabajaban en ella diez empleados, dos más que en sus momentos de esplendor anteriores a la guerra. Era Raffaele muy aficionado a hacer cuentas, y la referencia que solía adoptar era el mes de la muerte de Modesto, su suegro. Desde entonces, mayo de 1944, las ganancias de la empresa se habían triplicado. Y no había ningún motivo para pensar que en un futuro próximo las cosas no pudieran ir igual de bien o incluso mejor. En principio, la compra del piso de la calle Bolonia no tenía por qué provocar ningún trastorno en sus finanzas. Claro que todo dependía de Amadeo y los otros. Sólo el temor de que algo pudiera estropearse en su relación con ellos le hacía vacilar. Pero ya se encargaría él de que todo siguiera como siempre.

—¿Un purito? —preguntó cuando ya el tercer toro asomaba por los toriles, y ofreció su cigarrera de cuero a quienes tenía más cerca.

Una noche, de regreso de una corrida, encontró a su mujer llorando junto a la cuna del pequeño. Rafael y Alberto estaban en una esquina de la habitación con aire contrito y expectante. Raffaele les hizo salir y abrazó a Isabel, que entre sollozos trataba de reproducir las explicaciones del médico. El angelito..., decía, el angelito no es como los otros niños..., y las palabras salían de sus labios entrecortadas y confusas. Pero Raffaele le escuchaba sólo a medias, porque hacía meses que se había dado cuenta de todo. De ahí su inquietud cada vez que le tendía el dedo y el niño se negaba mansamente a agarrarlo. De ahí también su disgusto cuando le pedía que pronunciara alguna palabra y Francisco no reaccionaba de ningún modo.

¿Desde cuándo sabía Raffaele que su tercer hijo no era un niño normal? ¿Cuál había sido el gesto concreto o el rasgo preciso que se lo había revelado? Era incapaz de recordar el momento exacto en que lo había notado, pero sí sabía que, desde muy pequeño, el niño le había recordado a Margherita, *la poveretta*, la hija deficiente a la que había abandonado en Italia. Esa mirada suya que nunca parecía detenerse en ningún punto, ese rostro se diría que inconcluso, esa ausencia de sentido en sus actitudes y reacciones: todo eso lo había visto antes en Margherita, y no le costaba el menor esfuerzo reconocerlo ahora en Francisco. ¡Y qué incómodo se sentía en presencia del pequeño, que inocentemente resucitaba en su interior recuerdos que había creído sepultados y le devolvía el sentimiento de culpa por su ya lejana traición! Durante meses había estado preparándose para aquel momento, y casi con sorpresa descubrió que la escena que se estaba desarrollando en el dormitorio coincidía en buena medida con la que él había prefigurado. El plácido sueño del pequeño en la cuna, el interminable lagrimeo de su mujer, su propio brazo agarrándola por los hombros y estrechándola despacio contra sí... Lo único que no encajaba eran los informes escritos del médico, que Isabel estrujaba con fuerza contra su pecho. Raffaele siempre había creído que acabaría descubriéndolo por sí misma, sin necesidad de médicos, pero estaba claro que Isabel se había resistido hasta el final a aceptar la realidad.

—No estés tan triste. Esto no quiere decir que el niño no pueda ser feliz y que no pueda hacernos felices a nosotros... —le susurró al oído.

Sus palabras de consuelo, suaves, cálidas, convincentes, brotaban de su boca como si las hubiera estado ensayando durante meses:

—A veces estos niños son mucho más capaces de dar amor que los otros niños, los que llamamos normales. Puede incluso que sean más generosos que ellos, más humanos, mejores en muchos sentidos... ¡Al fin y al cabo, son inocentes! ¡Ellos no tienen la culpa de ser como son! Es cierto: nunca podremos pedirle grandes triunfos académicos o profesionales. Y seguro que no descubrirá ninguna fórmula matemática que revolucionará la historia de la humanidad... ¡Pero quién sabe las satisfacciones de otro tipo que llegará a darnos en el futuro!

Mientras Raffaele hablaba, pensaba por igual en Francisco y en Margherita, a la que había visto por última vez cuando tenía más o menos la edad de Francisco, y sus palabras sonaban como un arrullo en los oídos de su mujer. Ésta iba poco a poco calmándose y dejando de llorar. Abandonó después los papeles del médico sobre la colcha, y con los ojos fuertemente cerrados se abrazó a su marido. Hacía calor en la habitación, pero era un calor agradable. Un calor como el de la cama en los inviernos de la infancia, con la bolsa de agua escondida entre las sábanas. Raffaele soltó un hondo suspiro junto al cuello de Isabel, y por paradójico que parezca sintió en el rostro la levísima pero inequívoca caricia de la felicidad. Duró sólo un segundo, tal vez menos, y durante esa minúscula fracción de tiempo Raffaele se descubrió pensando que aquella desgracia, la desgracia de su hijo Francisco, le estaba uniendo en ese momento a su mujer como pocas cosas les habían unido en los últimos años. Cerró también él los ojos y, como quien se despierta en mitad de un sueño agradable y se esfuerza por prolongarlo, trató de retener el instante. Pero no fue posible, porque enseguida Isabel se apartó de su lado y volvió a agitar el informe médico.

—A ver cómo se lo decimos a los niños —dijo.

Rafael tenía entonces seis años y unos ojos pequeños y claros que observaban las cosas como si fueran a atravesarlas. Tres años menor, Alberto era un niño de buen carácter y mejillas coloradas que se sometía sin protestar a la autoridad de su hermano mayor. Estaban los dos en el pequeño salón, recortando papel de periódico y en realidad vigilándolo todo con el rabillo del ojo: habían intuido que en la casa estaba ocurriendo algo. Entraron Isabel y Raffaele, y los dos niños abandonaron los recortes y aguardaron. Raffaele los vio tan cariacontecidos que no pudo reprimir una sonrisa. Luego pensó que recordarían ese momento durante toda su vida, y tardó unos segundos en elegir las palabras. Y lo curioso es que entre las palabras que eligió no estaba Francisco sino Paquito. Dijo Raffaele que Paquito era un niño especial. Dijo que entre todos tendrían que cuidar a Paquito. Dijo que eso no quería decir que Paquito... Dijo Paquito unas cuantas veces más, y a su lado Isabel trataba de sonreír y ni siquiera se sorprendía ante la irrupción de ese diminutivo. Pero, en el fondo, ¿por qué habría de sorprenderse? ¿Por qué habría de sorprenderse precisamente ella, que con el paso del tiempo había dejado de ser Isabelita para convertirse en Isabel? ¿No entraba dentro de la misma lógica el que su hijo Francisco hubiera pasado a ser Paquito justo entonces, cuando supieron que vivía instalado en una infancia definitiva, interminable?

—Paquito, Paquito... —repitió en voz baja, y lo que ahora le extrañaba era que en algún momento le hubieran podido llamar de otro modo.

Podía ser que Isabel no se hubiera dado cuenta pero era evidente que había cambiado, y mucho. Estaba, por ejemplo, esa nueva facilidad suya para obsesionarse por las cosas más simples. Cuando a Rafael se le cayó el primer diente de leche, ella lo envolvió en papel de seda y lo guardó durante semanas en un bolsillito de su neceser, a la espera de decidir lo que haría con él. Desde luego, no pensaba tirarlo. Aquella minúscula pieza no era para ella una excrecencia o un desecho sino una verdadera piedra preciosa, una joya. Como las perlas que los buceadores de ciertos mares exóticos encontraban dentro de las ostras, pero con el añadido de que aquella perla se había formado en el interior del organismo de un hijo suyo. ¿Cómo iba a tirar una cosa así? Isabel veía aquel dientecito y le conmovía su humilde belleza. ¡Qué extraño era el cuerpo humano, que prescindía de esos dientes cuando se encontraban en un estado de perfección y plenitud y aún no habían tenido tiempo de estropearse! ¿No contravenía eso las leyes de la naturaleza, que para todos los miembros de todos los seres vivientes prescribía una etapa de deterioro previa a la expiración definitiva? Tenía Isabel la sensación de que con los dientes de leche la vida y la muerte se saltaban sus propias reglas, y esa excepción y esa rareza los hacían doblemente valiosos. ¿Y no representaban también todas las cosas bonitas que el tiempo y la vida obligaban a dejar atrás? Quien no fuera capaz de emocionarse al menos un poco ante uno de aquellos dientecitos carecía por completo de sensibilidad.

Cuando a Rafael se le cayó el segundo, Isabel buscó entre sus pertenencias una cajita con tapa de carey en la que guardaba una medalla que había sido de su madre. Y allí, junto a la medalla, puso los dos dientes. Pero estaba claro que se trataba de un remedio provisional. Tenía que encontrar una solución que fuera definitiva y que sirviera también para el futuro, para sus otros dos hijos, y la verdad es que no sabía muy bien en qué consistiría esa solución. ¿Qué era preferible? ¿Tres cajitas distintas o un estuche con tres compartimientos independientes? ¿Y por qué no buscar algo que aportara una pizca de fantasía? ¿Qué tal una caja de música? Sí, no era mala idea pero ¿qué canción sonaría cada vez que ella la abriera para revisar los dientes de leche de sus hijos...? Las dudas la mantenían en un ligero pero casi constante estado de alerta, y siempre que se iba de tiendas estaba atenta a la posibilidad de que en cualquier sitio se le apareciera de golpe la solución que andaba buscando. Por supuesto, todo eso lo hacía a espaldas de Raffaele, pero no por temor a que él se lo prohibiera o desaprobara. Había, sencillamente, cosas que no compartía con él, secretos pequeños e inofensivos que le pertenecían sólo a ella. Entre esas cosas estaban también las pocas cartas que Isabel había enviado y recibido antes de conocer a Raffaele, un muñeco de la infancia al que siempre había tenido cariño, un fósil recogido en una antigua excursión con la escuela, la medalla que había sido de su madre... Todas esas baratijas carecían de interés para su marido, y sin embargo para Isabel eran su tesoro, un tesoro modesto en todo caso. A él se incorporaron los primeros dientes de leche de Rafael y, algo más tarde, las cajitas que finalmente compró para los dientes de leche de sus tres hijos. Las encontró en la vitrina de una farmacia en la que se exponían diferentes modelos de pastilleros. Las que a ella le gustaron eran de baquelita, chatas, ovaladas, con una inicial en el centro. Compró una con la erre, otra con la a y otra con la efe, porque entonces Paquito era todavía Francisco. Luego, cuando llegó a casa, cambió de caja los dientes de Rafael y colocó las cajitas junto al resto del tesoro. Y tuvo la sensación de estar haciendo algo que, pese a su pequeñez, era importante. Era importante porque era para siempre, como las carreteras o los puentes.

Isabel, en el fondo, se resistía a aceptar el paso del tiempo. Le molestaba que todo se empeñara en recordarle la caducidad de las cosas. Las personas crecían y envejecían, las hojas de los árboles se caían y secaban, los objetos perdían lustre y se deterioraban... ¿No había nada a su alrededor que pudiera transmitir una sensación de permanencia e inmutabilidad? El empeño que ponía en cuidar el mobiliario de la casa o las prendas de vestir hablaba a las claras de esa necesidad suya de aferrarse al pasado. Y todo lo que usaba se conservaba como nuevo durante mucho tiempo. Los cacharros de cocina habían aguantado años y años sin mellarse, la ropa de casa seguía siendo la misma que cuando se casaron, y hasta las suelas de su calzado parecían no sufrir el menor desgaste, como si en vez de caminar se hubiera acostumbrado a deslizarse a unos centímetros del suelo. Sólo muy de vez en cuando, para adaptarse a los gustos del momento, acudía a la modista a renovar su vestuario, y entonces las prendas desechadas iban a parar a unas cajas que guardaba en los altillos de un armario. Se esmeraba en plegar y amontonar las blusas, las batas, las chaquetas, que una vez metidas en las cajas parecían recién compradas y aún por estrenar. Ver aquellas prendas viejas convertidas de golpe en nuevas le procuraba un placer desmayado y melancólico. Era como cuando un sabor o un olor le hacía recuperar algún recuerdo de la niñez. Por un instante lograba aliviar la sensación de pérdida, y la ilusión de que el tiempo podía ser abolido se volvía tan real como las lágrimas o la risa en algunos de sus sueños.

Cajas pequeñas, cajas grandes, siempre cajas... Tenía Isabel la manía de no tirarlas. Si compraba una vajilla o unos zapatos o unas tijeras, se resistía a desprenderse de las cajas porque hacerlo habría sido como condenar a esos artículos a un súbito e irremediable envejecimiento: hacía un minuto esa vajilla o esos zapatos o esas tijeras, metiditos como estaban en sus cajas, eran nuevos, y un minuto después, sólo porque se los había sacado de esas cajas, habían dejado de serlo. Aunque seguramente habría sido incapaz de expresarlo con palabras, Isabel tenía la sensación de que, destruyendo las cajas, ponía en marcha un proceso de desgaste que no admitía vuelta atrás. O al menos le parecía que de ese modo certificaba lo irreversible de ese proceso. ¿Por qué, entonces, no guardarlas? ¿Por qué no guardar esas cajas durante unos días, unas semanas, acaso unos meses? Todo lógico, todo razonable. Pero la consecuencia fue que los altillos del armario se llenaron de cajas. Cajas grandes que contenían cajas medianas que contenían cajas pequeñas que contenían cajas aún más pequeñas... Y eso ya no era tan lógico ni tan razonable. Las cajas ya no guardaban sino que eran guardadas. La caja, pensada y hecha para contener, se había convertido en el contenido.

Isabel siempre estaba guardando, empaquetando, ordenando cosas, pero su aparente obsesión por el orden sólo encubría su miedo a los cambios. Para alguien como ella, pocas experiencias podían resultar más duras que una mudanza.

—Ya está comprado —dijo una mañana Raffaele quitándose los guantes—. La semana que viene firmamos la escritura.

—Pero ¿así?, ¿tan de repente? —dijo Isabel, aunque

hacía más de dos meses que su marido le había hablado por primera vez del piso de la calle Bolonia.

La casa era más bonita por fuera que por dentro. La elegante fachada modernista sugería una suntuosidad que no se veía correspondida por la estrechez del zaguán y las escaleras. Tenía, eso sí, ascensor, y Raffaele se imaginaba a sí mismo atusándose el pelo ante el espejo cada vez que llegara a casa después del trabajo. De hecho, la idea que él tenía de la distinción y el lujo incluía una anormal abundancia de espejos. Espejos en el recibidor, en el salón, en el comedor, en el dormitorio... Para Raffaele eran como el cuadro perfecto, un cuadro que mostraba, no un paisaje o un bodegón que nada tenían que ver con la casa ni con sus moradores, sino la casa misma, y su gente, y su vida. Si Isabel se lo hubiera consentido, habría acabado llenando de espejos la nueva vivienda familiar. Pero Isabel le dijo que con tantos espejos la casa parecería una peluquería, y Raffaele cedió. Lo que nadie pudo impedir fue que colocara en el recibidor un gran espejo de pared, el mismo espejo ante el que mucho tiempo después él y su nieto se fotografiarían una vez al año vestidos de fascistas.

Fue ésa su principal y casi única aportación a la decoración del piso. De todo lo demás se ocupó Isabel, que trató con fontaneros y electricistas, discutió con albañiles y cristaleros, coordinó a escayolistas y pintores. Raffaele se pasaba por el piso cada dos o tres días y comprobaba con inquietud que las cosas avanzaban más despacio de lo previsto. Y casi ni se daba cuenta de que su mujer estaba cada día más cansada y nerviosa.

—Ya tengo solucionada la mudanza —le decía—. Amadeo me deja uno de sus camiones. Y de subir y bajar los trastos se encargarán mis empleados. ¿Qué tal los niños?

Mientras Raffaele estaba en la fábrica, Isabel no sólo se ocupaba de supervisar la reforma del piso sino también de preparar las cosas para la mudanza. Y esto último, por supuesto, no iba a ser fácil. Había que seleccionar, había que ordenar, había que empaquetar y meter en cajas...: por fin todas sus cajas iban a servir para algo. Isabel guardaba primero los objetos que no fueran a tener una utilidad inmediata y pegaba en las cajas unas etiquetas que decían ROPA-NIÑOS-VERANO O MANTELERÍA-CUADROS O CANDELABROS-BANDEJAS. Al cabo de un tiempo, cuando faltaba poco para el traslado, las cajas habían invadido ya buena parte de la casa, pero misteriosamente los armarios parecían tan llenos como al principio. ¿Cómo podía ser que todos aquellos objetos ocuparan mucho más espacio ahora que cuando estaban ordenados y en su sitio? Rafael y Alberto, excitados, saltaban y correteaban entre las cajas, y el pobre de Paquito emitía con la boca cerrada unos gritos prolongados que recordaban el ulular de las lechuzas. En esos momentos Isabel habría deseado tener a su lado a su marido y compartir con él sus incertidumbres y preocupaciones, y lo cierto es que Raffaele nunca estaba cuando lo necesitaba. Isabel se sentía sola, muy sola, entre los gritos de sus hijos y todas aquellas cajas. ¡Por Dios, que acabe cuanto antes esta maldita mudanza!, murmuraba.

Pero no era la mudanza lo único que le causaba desazón. Desde hacía algunas semanas venía observando el comportamiento de Raffaele y tenía la sensación de que éste nunca hacía el menor caso a Paquito. Llegaba a casa y agarraba a Rafael y a Alberto y les hacía cosquillas, los levantaba sobre su cabeza, los revolcaba sobre la alfombra... A Paquito, en cambio, ni siquiera le dedicaba una caricia o un gesto, y luego pasaba por su lado y era como si en ningún momento hubiera advertido su presencia en la cuna. La comparación se le antojó terrible, pero Isabel llegó a pensar que para él Paquito era poco más que un animalito doméstico encerrado en una jaula. Como un canario o un jilguero. O ni siquiera eso, porque entonces Raffaele se detendría de vez en cuando a su lado, aunque sólo fuera para escuchar su canto... ¡Qué triste sería si fuera cierto! ¡Qué triste pensar que podía considerarlo inferior a un simple pájaro! Había intentado insinuárselo en alguna ocasión. Le había dicho que lo mejor para Paquito era que lo trataran como a un niño normal, y Raffaele la había mirado con irritación: ¿Qué quieres decir?, ¿que lo trato peor que a los otros dos? Era muy típico de Raffaele eso de hacerse el ofendido. También era muy típico suyo el que con el gesto dijera una cosa y con la voz dijera la contraria. Isabel le hablaba de los tímidos avances de Paquito, que había aprendido a hacer torres con unos dados de cartón, y Raffaele decía qué bien, cómo me alegro, pero con el gesto daba a entender que le avergonzaba ese hijo suyo que no sabía hacer nada de nada. Y la cuestión es que Isabel estaba más atenta a lo que decían sus gestos que a lo que decían sus palabras, y entonces le hacía algún reproche y acababan discutiendo. ¡Pero si yo sólo he dicho que me parecía muy bien y que me alegraba mucho!, se lamentaba luego Raffaele, ¡tampoco es para que te pongas así! En fin... Se acordaba Isabel de las palabras de consuelo que Raffaele había pronunciado cuando les llegó el informe del médico, y se preguntaba cómo había podido cambiar tanto desde entonces. ¿Qué había ocurrido mientras para que en el corazón de su marido no hubiera ya sitio para su pobre hijito retrasado? Aunque, pensándolo bien, tampoco recordaba que su comportamiento anterior hubiera sido muy distinto. Era extraño: al bueno de Paquito jamás le había demostrado ese afecto alborotado y risueño que desde el primer instante había manifestado hacia sus otros dos hijos. ¿Quería eso decir que ni siquiera le habría querido como a los otros aunque hubiera sido un niño sano y normal? ¿O tal vez quería decir que nunca lo había considerado ni sano ni normal? Ah, Isabel no estaba segura de nada, y cuantas más vueltas le daba más complicado le parecía todo. Había momentos en que creía que podían no ser más que figuraciones suyas. ¡Era imposible, era antinatural que un padre no quisiera a un hijo suyo! ¡Lo que ocurría era que no podía, que no sabía tratarlo igual que a los otros! Vistas así, las cosas parecían bastante más claras, y la pregunta era por qué iba a prestar Raffaele a Paquito la misma atención que a sus hermanos, siendo como era tan diferente de éstos. ¿Y cómo no excluirle de unas diversiones y unos juegos en los que Paquito, sencillamente, era incapaz de participar? Fuera como fuese, Isabel se había acostumbrado a proporcionar al pequeño esas dosis de cariño que no recibía de su padre. Tenía que quererle por sí misma y por Raffaele. Tenía que velarle por los dos. Y de vez en cuando, mientras le limpiaba o le cambiaba la ropa o le daba la papilla, percibía en su mirada bovina y casi ausente un brillo levísimo de gratitud que la conmovía: ay, Dios, qué vida esperaba al pobrecito.

Inexplicablemente, Isabel se había formado la idea de que todo aquello era provisional y de que las cosas irían mejor en cuanto estuvieran instalados en el nuevo piso. Entonces contratarían una chica para que la ayudara con la casa y con Paquito, y los niños dispondrían de un cuarto para jugar, y Raffaele tendría su propio despacho y pasaría más tiempo con la familia... En esas circunstancias nada podía ir mal, y el piso de la calle Bolonia se le aparecía en la imaginación bastante más bonito de lo que realmente era. Por mucho que se esmerara en su decoración, habría cosas que de ningún modo podría arreglar: el pasillo alargado y estrecho, unas habitaciones que eran o demasiado grandes o demasiado pequeñas, una estructura repleta de rincones inútiles, una cocina irregular a la que se habían agregado trozos de los cuartos adyacentes... Pero qué importaba todo eso. Donde una persona exigente habría visto desproporción, tosquedad, improvisación, Isabel sólo veía amplitud, luminosidad, armonía. Se resistía a encontrar defectos al nuevo piso, porque habría sido como admitir que su vida en él iba a ser también defectuosa, y su impaciencia y su ilusión crecían por igual a medida que se acercaba la fecha prevista para la mudanza.

Cuando por fin llegó el día, Raffaele apareció con uno de los camiones de Jefatura y cinco o seis de los chicos de la fábrica. En apenas cuatro horas se había completado el traslado, e Isabel premió a los trabajadores con un almuerzo frío preparado en casa de la tía Milagros y llevado en unas fiambreras. Pero lo más duro empezaba después. Había que sacarlo todo de las cajas y ponerlo en orden. Había que acabar con aquel desbarajuste y hacer que el piso fuera de verdad un piso. Y eso no iba a ser cosa de uno o dos días, ni siquiera de una semana.

—Éste será nuestro cuarto y ése, o sea el de enfrente, será el del niño, quiero decir de Paquito —decía, hablando de esa manera embarullada y nerviosa que se había vuelto característica en ella—. ¡Paquito, hijo mío! ¿Te gusta tu habitación? Lo que no entiendo es por qué el tendedero tiene que estar en esta ventana... Haré que lo cambien. Me lo apunto. Y el timbre de la puerta también. ¿A ti te gusta, Raffaele? A mí nada. ¡Suena como las esquilas de las vacas!

Fue realmente una temporada de mucho trajín para Isabel, que vivía en un estado de constante ansiedad. Se pasaba el tiempo recordando en voz alta las mil cosas que tenía que hacer, y ni siquiera anotarlas en una lista la libraba de seguir recitándolas: comprar hule y chinchetas para forrar los estantes de la despensa, cambiar las bombillas del dormitorio, ajustar la puerta de la fresquera... Agobiada y tensa como estaba, transmitía agobio y tensión a quienes la rodeaban, y nada le producía descanso ni satisfacción. Si Raffaele mandaba a algún chico de la fábrica para que la ayudara, la presencia en casa de aquel extraño sólo le parecía una nueva fuente de preocupaciones. Veía en todas partes nuevas obligaciones, nuevos deberes. ¿Por qué no sería todo más sencillo? Vivía como si siempre la acechara algún peligro, pero luego ese peligro era sólo un cajón mal cerrado o una luz que alguien había dejado encendida o una puerta que amenazaba con dar un portazo. Y andaba siempre con prisas, haciendo demasiados aspavientos, demasiados gestos menores e innecesarios: era de esas mujeres que daban la sensación de hacer muchas más cosas de las que de verdad hacían.

—¡Raffaele!

La voz de Isabel sonó apremiante, desgarrada, como si algo verdaderamente grave acabara de ocurrir. Raffaele, que en ese momento estaba leyendo el periódico, salió del despacho y en el otro extremo del pasillo vio a su mujer sosteniendo algo en el cuenco de las manos.

—¡No, Dios mío! ¡No! —volvió a oírla gritar.

Raffaele corrió hacia ella y envolvió sus manos con las suyas, sin saber muy bien lo que temía encontrar en su interior. Pero allí sólo había una cajita vacía.

—Los dientes —gimió Isabel—, los dientes de leche de Rafael... ¿Dónde están?

—Ah, ¿era eso? No sé. Me la encontré un día abierta, durante la mudanza. Vi eso y pensé que era una porquería y...

—¿Y los tiraste? ¿Tiraste los dientes a la basura? ¡Raffaele, por Dios! ¿Cómo pudiste? ¿Cómo pudiste hacer una cosa así?

Raffaele balanceó la cabeza y dedicó a su mujer una de esas sonrisas condescendientes que suelen reservarse a los niños pequeños.

—Pero, mujer... —dijo—. ¡Si sólo eran unos dientes amarillentos y medio podridos!

Isabel cerró los ojos y empezó a llorar en silencio, y Raffaele, que parecía encontrarlo todo muy divertido, emitió una risita y le dijo que le perdonara pero que tampoco fuera tan niña, que qué importancia podían tener esos dientes sucios, que a quién se le ocurriría ponerse así por tan poca cosa... Isabel le escuchaba sólo a medias, y apretaba los párpados con fuerza porque no quería llorar. O, mejor dicho, los apretaba porque no quería que su marido la viera llorar.

4

Entre los libros de Rafael había uno titulado *Españoles esclavos en Rusia*. Era muy breve y estaba repleto de palabras que no acababa de entender. Palabras que hablaban de niños abandonados en inhóspitas regiones (¿qué quería decir inhóspitas?) en las que la noche duraba nueve meses, y de niños que se pasaban el día despiojándose y contando los piojos, y de niños que veían a sus hermanos pequeños morir víctimas de las más diversas epidemias (¿epidemias?), y de niños que eran enviados a trabajar como bestias mientras el hambre los consumía poco a poco, y de niños que con tal de escapar de aquel mal sueño se escondían en maletas o baúles... Y esos niños eran españoles. Como él. Como sus hermanos. Como sus compañeros del colegio. Se le había quedado grabada una frase del libro, y alguna vez la pronunciaba en presencia de Alberto:

—«Siberia, la asiática Mongolia, Samarkanda y otros lugares malditos son cementerio de muchos niños españoles.»

—¿Samarqué? —preguntaba Alberto.

—¡Samarkaannda! —decía Rafael, ahuecando la voz.

—¿Y eso dónde está?

Rafael se imaginaba Samarkanda como un oscuro desierto por el que vagaban sin descanso cientos de niños encadenados. Pero esa imagen procedía directamente del dibujo que ilustraba la cubierta. En realidad, era ese dibujo lo que más le había impresionado del libro. En él se veía a media docena de niños que, atados unos a otros con cadenas, caminaban hacia un horizonte en el que sobresalían gigantescas golosinas con forma de pajaritas, sombrillas, piruletas. ¿Por qué esos brazos abiertos y esos rostros inexpresivos? ¿Por qué ese aire ausente, como el de los hipnotizados? A Rafael aquella ilustración le parecía tan desasosegante como esas pesadillas en las que distinguía una escalera suspendida sobre el abismo y de repente sus pies le desobedecían y echaban a andar hacia ella y no había manera de rectificar su avance ni de frenar...

—¡Aquí está Samarkanda! —exclamó, mostrándole el librito, y percibir un brillo de temor en los ojos de su hermano le resultó reconfortante.

Los autobuses esperaban con las puertas abiertas y los motores en marcha. Delante de la facultad de Medicina había una docena. Los demás estaban en la otra acera, la de Capitanía. La gente iba de un lado para otro buscando alguno en el que hubiera plazas libres. Los primeros autobuses cerraron las puertas y emprendieron la marcha, y por un momento Raffaele llegó a temer que se quedarían en tierra. Se volvió hacia Rafael y Alberto, que bostezaban y se frotaban los párpados. No os preocupéis, les dijo, aunque el único preocupado era él. En las escaleras de la facultad había unos hombres que sostenían banderas de España y pancartas con lemas contra la Unión Soviética. Entre esos hombres vio a un conocido. Esperadme aquí, dijo Raffaele con ese tono autoritario que se había vuelto habitual en él, y los niños le vieron subir los escalones de dos en dos. Alberto, cansado, se sentó encima del maletín y se acarició el brazo izquierdo, que llevaba todavía entablillado como consecuencia de un absurdo accidente de dos meses antes. Su padre reapareció enseguida, abriéndose camino entre la gente y haciéndoles señas con las manos.

—¡Venid! —dijo—. En aquel de allí tenemos tres plazas.

Raffaele agarró el maletín y echó a andar hacia Capitanía. Los dos niños cruzaron detrás de él. El conductor miró a Raffaele con fastidio: ¿para qué tanto equipaje, si esa misma noche iban a estar de vuelta? Raffaele le volvió la espalda y apremió a sus hijos: ¡Vamos!, ¡vamos! Luego metió el maletín donde pudo y localizó las plazas libres, que finalmente no eran tres sino dos.

—Iremos un poco apretados pero... —dijo.

Se acomodaron en los asientos: Rafael en el lado de la ventanilla, Alberto en el centro, Raffaele en el otro lado. De pie en el pasillo, un hombre con un brazalete rojigualda aguardaba con impaciencia el comienzo del viaje.

—Por lo menos hay cuarenta autocares —comentó, mirando a Raffaele.

—Si hubiera habido sesenta, se habrían llenado los sesenta.

—¡Y cien! —asintió el otro con vehemencia.

El autobús arrancó y Alberto, embutido entre los otros dos, no tardó en dormirse. Rafael observó a su padre, que mantenía la mirada fija en el cenicero del respaldo.

—Yo también quiero uno de ésos... —susurró el niño, haciendo una seña al brazalete.

Su padre asintió vagamente y volvió a concentrarse en el respaldo. Rafael pensó que con esa expresión parecía más viejo de lo que era. Pero ese pensamiento le ocupó apenas un segundo, y enseguida se incorporó en el asiento para echar un vistazo a los otros viajeros. Algunos llevaban brazaletes y medallas, pero la mayoría no llevaba nada. Una sábana cubría la luna trasera del vehículo. En ella estaba escrito BIENVENIDOS PATRIOTAS - RUSIA ASESINA, pero desde el interior del autobús las letras se veían del revés y Rafael tardó unos segundos en descifrar su significado. Cuando quiso volver a sentarse, Alberto se había deslizado hasta ocupar su sitio, y él, sin el menor miramiento hacia su brazo lesionado, lo empujó contra su padre. Alberto emitió un leve bufido de protesta y siguió dormido. Rafael se acordó entonces del libro sobre los niños españoles en Rusia. A lo mejor esos militares a los que esa tarde iban a recibir en el puerto de Barcelona sabían algo de ellos. A lo mejor habían estado en Siberia o en la asiática Mongolia o en Samarkanda y se los habían encontrado vagando encadenados por uno cualquiera de aquellos desiertos de noches interminables...

También él acabó quedándose dormido. Cuando despertó, el autobús, medio vacío, estaba detenido frente a un restaurante de carretera. Se asomó a la ventanilla y echó un vistazo a los otros autobuses. Entre el hormiguear de la gente que entraba y salía del restaurante distinguió a su padre y a su hermano, que compartían un bocadillo. Bajó del autobús y corrió hacia ellos. Consiguió llegar antes de que Alberto se hubiera terminado su parte del bocadillo. Le arrancó un trozo de pan.

—¿Dónde estamos?

—En Fraga —contestó su padre con la boca llena.
—¿Dónde?

Esta vez Raffaele no contestó, porque estaba pendiente de lo que se decía en un corrillo cercano. Alguien, con la punta del zapato, había trazado en la tierra seca lo que pretendía ser el itinerario del *Semíramis*: aquello era Odesa, esto el Bósforo y Estambul, ahora debían de estar por aquí... Los otros hombres le discutían algún detalle: ¿y Marsella?, ¿se había olvidado de Marsella? Pero en general nadie parecía tener más conocimientos geográficos que los que hubiera podido adquirir en los periódicos de los últimos días, para los que ninguna información había competido en importancia con la de la repatriación de los divisionarios españoles. Del restaurante salió un hombre con un porrón de vino y noticias frescas, y el grupo se esponjó para acogerle y luego se apretó en torno a él. Raffaele, de puntillas, trataba de oír algo por encima de las cabezas de los otros. Alberto, agarrado a su pantalón, le tiraba de la pernera:

—¿Qué dice?, ¿qué dice?

El hombre estaba diciendo que, sólo un rato antes, unos periodistas de Radio Madrid habían conseguido entrar en contacto con el barco y toda España había asistido al primer reencuentro, de momento sólo verbal, entre algunos repatriados y sus familias. Había sido desgarrador oír a una mujer romper a llorar al escuchar la voz de su hijo, del que no había sabido nada en los últimos trece años y al que hacía tiempo que daba por muerto y enterrado. Luego ese mismo divisionario había contado algunas de sus experiencias en la Unión Soviética: su apresamiento en la batalla de Krasny Bor, la larga marcha hasta Leningrado mientras los compatriotas que desfallecían eran asesinados sin contemplaciones, las operaciones en las que a otros compañeros, sin ningún tipo de anestesia, les habían amputado dedos de la mano o extraído esquirlas del pulmón... Entonces habían tomado la palabra otros divisionarios, y todos coincidían en lo mucho que habían sufrido, sobre todo en los primeros años, los de los campos de concentración, cuando eran tratados como auténticos esclavos, obligados como estaban a pasarse el día acarreando madera y carretillas de tierra. ¡Y no sólo no disponían de medicamentos para cuando caían enfermos sino que ni siquiera recibían una alimentación suficiente, y se comían hasta las hierbas y las raíces y las setas que encontraban junto a los caminos...! Los repatriados se habían turnado ante el micrófono para dar su testimonio, a cuál más estremecedor, y de vez en cuando el periodista les interrumpía para entrevistar nuevamente a la madre del primero, que nuevamente se había echado a llorar y había sido incapaz de articular una frase completa. ¡Mi hijo, mi pobre hijito...!, exclamaba nada más, y también los divisionarios se habían echado a llorar, y hasta al propio locutor le había costado contener las lágrimas...

—¡Jodidos comunistas! —exclamó alguien.

De nuevo en el autobús, Rafael trató de asustar a su hermano con espeluznantes detalles de la vida en la Unión Soviética: ¿sabía él que la religión estaba prohibida y que a los sacerdotes se les asesinaba?, ¿y que también se asesinaba a los familiares de los sacerdotes y luego se alimentaba a los cerdos con su carne?, ¿y que se bebían la sangre de los cristianos y brindaban con ella como si fuera vino? Alberto le miraba con los ojos muy abiertos y después se volvía hacia su padre, y Rafael se volvía también y decía: ¿Verdad que sí, papá?, ¿verdad que se beben la sangre? Algunas de esas historias las había oído contar, otras se las inventaba sobre la marcha, pero la excitación del momento le impedía distinguir entre lo oído y lo inventado, y en todo caso no le parecía que sus invenciones fueran exactamente falsedades: ¿por qué no se iba a brindar con sangre humana en un país en el que a los sacerdotes se les asesinaba?

—¡En Rusia manda el demonio y cualquier horror es posible! —exclamó Rafael, y Alberto abrió aún más los ojos.

En realidad, las historias de Rafael eran su particular contribución a la exaltación que se respiraba en el autobús. Contando todo aquello, se sentía más próximo a los jóvenes que, en los asientos del final, coreaban consignas cargadas de fervor patriótico y anticomunismo, y a su manera no hacía otra cosa que imitar a esos hombres y mujeres que, a uno y otro lado del pasillo, hablaban con unción de los valerosos voluntarios de la División Azul o relataban algún episodio memorable de la Guerra Civil o recordaban emocionados a algún familiar muerto en el frente... Por supuesto, tampoco faltaban elogios a la proverbial sagacidad del Caudillo, que se las había arreglado para rescatar a esos tres centenares de prisioneros españoles sin tener que dar nada a cambio a los soviéticos, y los gritos de ¡Franco, Franco, Franco! recorrían el autobús entero enardeciendo el corazón de los viajeros. Era difícil sustraerse a esa atmósfera de triunfalismo y afirmación colectiva. De hecho, el único que parecía no participar de ese entusiasmo era Raffaele, que mantenía una expresión concentrada y ausente y se limitaba a asentir con la cabeza cada vez que su hijo mayor le hacía una consulta: ¿Verdad que sí, papá?, ¿verdad que en Rusia apartan a los niños de sus familias y luego nadie sabe quién es su padre ni quién es su madre?

En la siguiente parada, a las afueras de Igualada, Raffaele no bajó a estirar las piernas. Se limitó a cerrar los ojos y a pensar en su mujer, cuyo rostro por un instante se le apareció como si lo tuviera delante o lo estuviera viendo en una fotografía. Un rostro en el que no quedaba nada de la desvalida ingenuidad que tanto le había atraído cuando se conocieron. Un rostro crispado por un rictus de aspereza y severidad. ¿Quién habría imaginado unos años antes que esa carita dulce e infantil fuera capaz de adoptar una expresión así? Sacudió la cabeza con disgusto y se puso de pie para asomarse por la ventanilla. Los dos niños corrían ya a informarle de las novedades: ¡el barco (decían el barco porque ninguno de los dos había aprendido a pronunciar correctamente *Semíramis*) estaba ya en aguas españolas!, ¡en la radio habían dicho que se le podía ver desde los pueblos de la costa!

—Qué buena noticia... —comentó él, y les dio unas monedas para que se compraran algo de fruta.

Volvió cada uno de ellos con dos hermosas manzanas. Se las comieron con avidez y lanzaron los restos a la carretera. El autobús estaba de nuevo en marcha y faltaban pocos kilómetros para llegar. Los viajeros, con energías renovadas, cantaban himnos falangistas y canciones de misa.

—¡Barcelona! —gritó el conductor a la salida de una curva, y todos se incorporaron para mirar.

La entrada a la ciudad estaba atascada por los cientos, seguramente miles de vehículos que habían acudido a dar la bienvenida al *Semíramis*. Había coches y autobuses llegados de los lugares más lejanos (de Andalucía, de Extremadura, de Galicia...), y un clamor semejante al de las fiestas de los pueblos se había apoderado de las calles. Sonaban cláxones y bocinas. De los autobuses escapaban deshilachados fragmentos de cánticos, que enseguida se entretejían con los gritos de ¡España, España! Jóvenes temerariamente asomados a las ventanillas agitaban banderas en las que se leía PAMPLONA CONTRA EL MARXISMO o ALBACETE SALUDA A SUS HÉROES, y desde los balcones más cercanos la gente aplaudía y saludaba con la mano. Entre tanto se iba poco a poco organizando la caravana hacia el centro de la ciudad, y los guardias indicaban a unos y a otros los mejores sitios para encontrar aparcamiento. El autobús en el que viajaba Raffaele bajó por el paseo de San Juan y se detuvo en un descampado próximo al parque de la Ciudadela. La gente empezó a salir mientras el conductor, incansable, repetía:

—Esa calle lleva directa a Colón. A las ocho, la vuelta. ¡A las ocho en punto!

Raffaele agarró el maletín e hizo un gesto a sus hijos para que le siguieran. En la dirección indicada por el conductor avanzaba una auténtica marea humana que parecía espesarse en la distancia. Raffaele, en cambio, echó a andar hacia el parque. Tenía ganas de orinar. Junto a un árbol que crecía pegado a un muro encontró el rincón apartado y discreto que andaba buscando.

—Vosotros también —les dijo a los niños.

Y allí estaban los tres, meando contra un árbol mientras del otro lado del muro seguían llegando los gritos de ¡Franco, Franco! y ¡España, España! de la gente que bajaba de los autobuses. Rafael fue el primero en acabar y, nervioso como estaba, no se le ocurrió otra cosa que agarrar el maletín, que su padre sostenía entre el codo y el costado, y marcharse corriendo.

—¡Eh, tú! ¡Ven aquí! ¡Devuélveme eso! —gritó Raffaele, apurando las últimas gotas—. ¿No me has oído? ¡Que me devuelvas eso!

El niño, riendo, llegó al sendero de gravilla y se acurrucó detrás de una adelfa con el maletín sobre las rodillas. Desde allí vio a su padre salir en su búsqueda con el pantalón todavía a medio abotonar.

—¡Maldito crío! ¿Dónde se ha metido? ¡Alberto! ¡Busca a tu hermano!

Rafael, en su escondrijo, tenía que hacer grandes esfuerzos para contener la risa. Entre las ramas del arbusto veía a su padre ir de aquí para allá desgañitándose, y con la excitación le parecía que nuevamente le habían entrado ganas de orinar.

—¡Sé que me estás oyendo! —le oía gritar—. ¡Como te encuentre te voy a dar una buena zurra! ¡Sal ahora mismo si no quieres que ocurra algo peor! ¿Me estás oyendo? ¡Te digo que salgas!

Su tono de voz resultaba inequívoco. En sólo unos segundos, lo que había empezado como un juego se había convertido en algo serio y, si al principio el niño se había negado a salir por diversión, ahora se negaba por temor. Conocía esa entonación furiosa y ese gesto desencajado, y sabía que después de ellos venían las reprimendas, los castigos, los azotes. Pero también sabía que cuanto más tiempo tardaran en encontrarle más graves serían las consecuencias. Vio a su padre detenerse en mitad del sendero, mirar para todas partes y decir:

—¡Está bien! Voy a contar hasta diez. Si sales antes de que termine de contar, no te pasará nada. ¡Si no, ya puedes ir preparándote! ¡Uno, dos, tres...!

Rafael contuvo la respiración y, tembloroso, se dispuso a levantarse. Antes de que llegara a hacerlo, oyó la voz de su hermano gritando ¡está aquí, papá!, ¡lo he encontrado!, ¡está aquí! Entonces todo sucedió muy deprisa. Su padre se plantó delante de él en dos zancadas y le arrancó de las manos el maletín. Lo apretó por un instante contra el pecho. Luego lo sostuvo con la mano izquierda, y con la otra dio a su hijo un bofetón tan fuerte que lo tiró al suelo. Rafael se protegió la cabeza con los brazos y oyó a su padre gritar:

—*Cosa facevi? Imbecille! Stupido! Non mi sentivi?*

A partir de ese momento, todo fue mal entre ellos. Caminaron hacia el puerto, donde miles y miles de personas esperaban la llegada del barco, y Rafael, enfurruñado, fantaseaba con la idea de perderse entre el gentío. ¿Cómo reaccionaría su padre si de repente se volviera hacia él y descubriera que había desaparecido? ¿Se alarmaría? ¿Se sentiría culpable? Pero lo que de verdad desearía era que entre toda esa gente hubiera algún secuestrador de niños y que le secuestrara precisamente a él y que luego le asesinara y unos submarinistas recuperaran su cadáver del mar y su padre tuviera que identificarle... ¡Entonces sí que se sentiría culpable y lloraría por él y se arrepentiría del bofetón que le acababa de dar! Y en ese instante no había nada tan sencillo como perderse. Bastaría con detenerse un par de segundos y la muchedumbre le devoraría y le apartaría de su padre y de su hermano. Pero, pensándolo bien, así sólo conseguiría que su padre volviera a enfadarse con él y que de nuevo le gritara algunos de esos insultos suyos que tan ásperos sonaban en italiano. Se preocupó, por tanto, de no perderle de vista, y cuanto más se aproximaban al puerto más densa era la multitud y mayores los esfuerzos que tenía que hacer para no alejarse. En torno a la estatua de Colón era ya prácticamente imposible dar un paso. La policía había establecido un cordón de seguridad y sólo dejaba pasar al muelle de la Estación Marítima a los familiares de los divisionarios. Alberto se subió a los hombros de su padre.

—¿Ves algo?
—Cabezas. Sólo cabezas.
—¿Y en el mar?
—Muchos barquitos con banderas.

Al cabo de un cuarto de hora empezó a percibirse entre la gente una agitación que Raffaele interpretó como un presagio.

—¿Ves algo? —volvió a preguntar.

Antes de que el niño tuviera tiempo de contestar, se hizo audible el sonido lejano de una sirena. A ese sonido siguió el de varios cohetes lanzados desde el mar. Era el *Semíramis*, que anunciaba así su presencia justo antes de atravesar la bocana. Ahora también las embarcaciones que habían salido a recibirle hacían sonar sus sirenas, y desde el puerto se elevaban nuevos cohetes al tiempo que desde el cuartel de Montjuïc se realizaban varios disparos de mortero. En algún lugar, una banda de músicos se arrancó con los briosos acordes de una marcha militar. Todo era ruido alrededor, y los gritos de entusiasmo de la gente formaban como una masa densa y compacta en la que ninguna voz se alzaba por encima de las demás ni se distinguía de ellas. No era fácil ver el barco entre las cabezas de la gente, y Raffaele se bajó a Alberto de los hombros y se puso de puntillas sobre un bordillo. ¡Ya los veo!, ¡ya veo a los del barco!, exclamó. ¡Por Dios, que me ahogo!, gritó entonces una mujer, y acto seguido cerró los ojos y para no caer al suelo se agarró del hombro de quienes estaban más cerca. Entre dos hombres trataron de sostenerla mientras un tercero la abanicaba con un sombrero. ¡Hagan sitio, que se ha mareado!, gritaban, y espontáneamente se formó un estrecho pasillo que llevaba hacia el cordón policial. Mientras los hombres cargaban con la mujer en busca de un lugar más despejado, la multitud se desplazaba como por oleadas y no tardó en desbordar los límites que los policías defendían tan denodada como inútilmente. Apenas unos segundos después, Raffaele y sus hijos se habían situado en el borde mismo del muelle y seguían avanzando hacia el lugar en el que previsiblemente atracaría el barco. Los empujones se sucedían sin cesar y Raffaele llegó a temer que en una de esas avalanchas pudieran caerse al mar. Alberto se agarró con fuerza a su mano. Una mujer vestida de negro agitó con frenesí una fotografía y gritó ¡mi hijo, mi hijo! Y todos la miraron con simpatía y piedad porque supusieron que acababa de reconocer a su hijo entre los hombres que se agolpaban en la cubierta del *Semíramis*. El clamor era ahora enorme, y la emoción se contagiaba con facilidad. Era como si cada una de aquellas personas tuviera un hijo o un hermano entre los repatriados del *Semíramis*. Como si todas ellas, y no sólo las doscientas o trescientas que esperaban junto a las autoridades, fueran a reencontrarse con un ser querido al que hacía muchos años que no veían.

—¡Aplaudid! —gritó Raffaele a sus hijos, pero ninguno de los dos obedeció, Rafael porque seguía enfadado, Alberto porque si aplaudía le dolía el brazo.

El barco atracó por fin. Parecía que a partir de ese momento todo iba a ocurrir con rapidez, pero no fue así. Unos operarios del puerto iniciaron las interminables maniobras para colocar la pasarela, y mientras tanto, en la cubierta, los divisionarios no paraban de hacer aspavientos y llamaban a gritos a sus padres y hermanos. Se respiraba ansiedad, y a Raffaele no le gustó que sus hijos se mostraran tan poco participativos.

—¡Si no aplaudís, nos vamos! —les amenazó.

Tenía la sensación de estar viviendo un momento histórico, trascendente, y no entendía que Rafael y Alberto, por muy niños que fueran, no lo percibieran en toda su grandeza. Aquel barco lleno de hombres demacrados, llorosos y gesticulantes era una señal inequívoca de la derrota del comunismo frente a las fuerzas del orden y la civilización. Sólo la certidumbre de que durante toda la vida recordaría ese instante alejó de él el desasosiego que le atenazaba desde hacía horas o, mejor dicho, desde hacía meses e incluso años. ¡Ya pensaría en su vida y su destino dentro de un rato, cuando todo eso hubiera terminado! ¡Qué pequeños eran al fin y al cabo sus problemas al lado de las penurias que esos hombres habían tenido que soportar! ¡Y qué reconfortante resultaba dejarse llevar por la exaltación del triunfo...! Unas palabras de Rafael vinieron a sacarle de su ensimismamiento.

—Yo no aplaudo —oyó.

—¿Qué?

—Que no tengo ganas de aplaudir. Has dicho que si no aplaudíamos nos íbamos. ¡Pues yo no aplaudo! ¡Vámonos!

—Tú aplaudes y te callas.

—Que no.

—¡Que sí!

—¡Que no! ¡Y Alberto tampoco aplaude! ¿Verdad que no, Alberto?

—¡Vamos, Alberto! ¡Te quiero ver aplaudiendo! ¡Y fuerte! ¡Que se oiga!

Alberto, intimidado, miraba a uno y a otro y no sabía qué hacer. Su naturaleza conciliadora y pacífica le había acostumbrado a sortear las crisis domésticas adoptando actitudes neutrales y equidistantes. Pero en esa ocasión no eran posibles ni la neutralidad ni la equidistancia. O aplaudía o no aplaudía. O se enfrentaba a su hermano o se enfrentaba a su padre.

—Me duele —dijo para ganar tiempo, y se señaló el brazo entablillado.

—No es verdad. Ya no te duele.

—¡Cuidado con ése! ¡Que se cae! —empezó justo en ese momento a gritar la gente.

Un joven, exasperado por la lentitud de los operarios, se había colgado de un salto de una de las cuerdas que amarraban el barco. Ahora, ante la expectación general, se afanaba por llegar a bordo, y desde la cubierta se alargaban decenas de brazos deseosos de acogerle y ayudarle. Su ejemplo fue bien pronto seguido por otros jóvenes, y cada vez que alguno de ellos lograba su objetivo la multitud lo celebraba con vítores y ovaciones. Entre tanto acabó de instalarse la pasarela y los oficiales del *Semíramis* se aprestaron a recibir a las autoridades presentes. Con ellas subieron también algunos ex divisionarios empleados en Correos que llevaban sacas de correspondencia llegada de todas las regiones de España. El delirio general se desbordó cuando los primeros repatriados, ayudados por personal de la Cruz Roja, empezaron a bajar por la pasarela. Los gritos y los aplausos arreciaron mientras cientos de pancartas y banderas se agitaban al viento. Los divisionarios lloraban al pisar tierra firme y se abrazaban al primero que veían, fuera conocido o desconocido. Uno de los repatriados se hincó de rodillas y besó con fervor lo que parecían ser unas tarjetas o esquelas, y alguien explicó que eran los recordatorios del funeral que se había celebrado en su memoria cuando oficialmente se le había dado por muerto. ¡Qué lágrimas de felicidad las de esas madres que doce años antes habían despedido al hijo de veintidós años y ahora lo recuperaban con treinta y cuatro! Los fotógrafos y los periodistas pugnaban por captar toda la intensidad del instante. No muy lejos de Raffaele y rodeado por un montón de curiosos, uno de los divisionarios recitaba ante un micrófono las muchas penalidades que habían tenido que pasar. Hablaba de tuberculosis y de cirujanos que operaban con herramientas de carpintería. Hablaba del hambre y de un pan que comían, hecho con peladuras de patatas. Hablaba de los castigos inhumanos que se imponía a quienes, en los campos de concentración, no cumplían con su trabajo... Los otros repatriados seguían bajando uno a uno por la pasarela, y a todos se les acogía con el mismo alborozo. De vez en cuando se destacaba algún grito aislado, ¡Manolo, soy yo!, ¡Ramiro, hijo mío, estoy aquí!, y el aludido echaba a correr entre la gente y, llorando, se arrojaba en brazos de alguien. Tenía aquello algo de catarsis colectiva. De ese violento choque entre el dolor y la alegría los corazones salían repentinamente limpios, purificados, y el propio Raffaele experimentaba la rara y placentera sensación de haberse convertido por unos instantes en una persona distinta, superior. Volvió a pensar en Isabel, y en esta ocasión, inexplicablemente, se le apareció con el aspecto lozano y candoroso e irresistible de cuando la vio por primera vez, diecisiete años antes. De hecho, la veía en una de las salas de curas del Hospital Legionario Italiano, vestida con el uniforme de enfermera, sonriendo con timidez mientras ordenaba sobre una mesita unos rollos de vendas y unos apósitos... ¿Por qué? ¿Por qué su memoria y su imaginación se aliaban ahora para evocar una imagen de aquellos tiempos lejanos y dichosos? ¿Tal vez su alma estaba tratando de transmitirle algún mensaje? En ese caso, ¿qué mensaje podía ser?

De nuevo, unas palabras de Rafael interrumpieron sus pensamientos.

—¿Nos vamos o no?

—Pero ¿cómo nos vamos a ir justo ahora? —contestó su padre—. ¿No ves que todavía no han bajado todos? ¡Y luego hay que ir a la catedral para la acción de gracias!

—¡Eso sí que no! ¡Yo a la catedral no voy!

—¡Tú te callas! —le gritó Raffaele, haciendo el ademán de abofetearle.

Lo que más le molestaba era que con sus impertinencias hubiera alejado definitivamente de él aquella imagen feliz de Isabelita. Porque en realidad también él estaba empezando a cansarse, y en ese momento le habría gustado poderse sentar en cualquier lugar tranquilo, apartado de todo aquel alboroto y aquel gentío. Hasta el maletín, que pesaba bastante poco, le resultaba ahora una carga molesta, y con la mirada buscó la mejor vía para irse de allí. Entre la muchedumbre se había abierto un pasillo para que los divisionarios y sus familiares se metieran en unos autobuses que luego subirían por las Ramblas, así que lo razonable era encaminarse hacia el paseo de Colón y la Barceloneta.

—Está bien. Nos vamos —dijo—. ¡Pero porque yo quiero!

Era la primera vez que los niños viajaban a otra ciudad. Raffaele, que en realidad había pasado muy brevemente por Barcelona al poco de acabar la guerra, se armó de paciencia y les dio un par de desganadas explicaciones: en esa zona habían vivido los romanos hacía casi dos mil años, la montaña que se veía al fondo se llamaba Tibidabo... Pero tampoco sus hijos mostraban un interés especial, y enseguida se calló y buscó una cafetería donde sentarse a esperar. Pero ¿esperar a qué? Si de verdad tenía previsto escapar de su mujer y su casa, no había nada que esperar. No desde luego al autobús, que sencillamente volvería sin él y sin los niños, y nadie les echaría de menos mientras ellos dieran los primeros pasos hacia su nueva vida. El problema era que Raffaele ya no tenía tan claro el verdadero propósito que esa misma mañana le había llevado a montar en un autobús y viajar hasta Barcelona.

Miró el reloj de pared de la cafetería. Faltaban unos minutos para las siete, lo que quería decir que todavía podría aplazar la decisión durante una hora. ¡Una hora! ¿Cómo tomar en tan poco tiempo una decisión de la que iba a depender el resto de su vida? Muy pocas veces se había tenido que enfrentar a una situación similar. Por ejemplo, dieciocho años antes, cuando había dejado su país para luchar en España contra el marxismo. ¿Se arrepentía ahora de la decisión que entonces había tomado? ¿Se arrepentía de todo lo que había hecho después: de haber sacado adelante una empresa arruinada, de haber proporcionado a sus hijos una vida decente y sin privaciones? Lo malo era, precisamente, que tenía muchos motivos para sentirse orgulloso de sí mismo. Pero el problema seguía existiendo, y el problema se llamaba Isabel...

—¿Qué va a tomar, señor? —preguntó un camarero a su lado.

Estaba tan abstraído que ni siquiera le había oído llegar. Pidió cualquier cosa e hizo un gesto para que también los niños pidieran. Luego echó un vistazo a un grupito que se había apiñado junto a la radio para seguir la transmisión del oficio religioso desde la catedral. Rafael y Alberto esperaban a que el camarero llegara con la bandeja para abalanzarse sobre los refrescos, y él los observó con atención y trató de identificar en sus rostros los rasgos de Isabel y los suyos propios: esa nariz y esas orejas de Rafael y esos ojos y esas pestañas de Alberto que eran igualitos a los de ella, esas barbillas y esas frentes en las que todo el mundo reconocía la barbilla de Raffaele y su frente. Extrañamente, le vinieron a la memoria la última cena de Nochebuena y las risas de Rafael cuando Alberto, con absoluta inocencia, preguntó: Papá, ¿hasta qué edad se puede creer en los Reyes? Eran buenos chicos, cada uno a su manera (gritón y temperamental el mayor, acomodaticio y consentido el segundo), y en todo caso él, Raffaele, no tenía ningún reproche serio que hacerles.

Recordó el momento exacto en que había decidido abandonar a su mujer. Había sido la tarde anterior, a la vuelta de La Confianza, cuando en casa anunció que de madrugada viajaría con los niños para recibir al *Semíramis*. ¿Estás loco?, ¿con los niños?, había protestado Isabel. Raffaele tenía la sensación de que su mujer le llevaba la contraria sistemáticamente, y en ese instante pensó que, si hubiera anunciado que iba a viajar solo, ella le habría espetado: ¿Y no te piensas llevar a los niños? Pero el caso era que no tenía previsto viajar con tres de los niños sino sólo con dos, los mayores, y eso provocó una nueva discusión entre ambos. Isabel, que era capaz de defender con idéntico ardor dos opiniones contrapuestas, protestó otra vez: ¡ah, no!, ¡si se llevaba a los niños, se los llevaba a todos!, ¡también Paquito tenía derecho! Entonces iré solo, dijo Raffaele, e Isabel se puso hecha una furia y le acusó de ser un mal padre... O sea que primero le prohibía que viajara con niños y luego le insultaba porque le daba la razón y aceptaba ir sin niños:

¡a Isabel no había quien la entendiera! En el fondo de todo estaban los eternos reproches de Isabel a Raffaele con respecto a Paquito, con el que según ella nunca se mostraba tierno ni afectuoso. Pero, si normalmente esos reproches daban lugar a discusiones que solían desembocar en desagradables salidas de tono (¡No es que lo trate como a un subnormal!, ¡es que es subnormal, Isabel!, ¡nuestro hijo es tonto!), en aquella ocasión Raffaele optó por callarse y aguantar, y sólo al cabo de un rato se fue de casa con la excusa de que había olvidado unos papeles en el despacho de la fábrica, que desde hacía unos meses ocupaba unos locales modernos y espaciosos cerca del Canal Imperial. Por supuesto, lo que Raffaele iba a buscar no eran papeles. Tenía un plan, y en ese momento le parecía un plan perfecto. Abrió la caja fuerte y colocó ordenadamente en el interior del maletín todos los fajos de billetes. Era el dinero destinado a sufragar una parte de la definitiva mecanización de la empresa: una prensadora que permitiría reducir a la cuarta parte la mano de obra, una amasadora automática que aceleraría de forma considerable el proceso de producción... ¿A quién le importaban ahora la mecanización de la empresa, el proceso de producción...? Por lo que a él respectaba, La Confianza se podía ir con todas sus máquinas al infierno. ¡Sí, al infierno! Raffaele quería ser libre, libre de empezar una nueva vida lejos de la opresiva tutela de Isabel, y para lograrlo estaba dispuesto a renunciar a la fábrica, a la casa, a lo que hiciera falta. ¿No compensaba así generosamente el hecho de que Isabel tuviera que quedarse con el hijo deficiente? Él, de momento, se establecería en otra ciudad con los otros dos niños, y luego ya se vería. La cuestión era que entonces, mientras metía los fajos de billetes en el maletín, nada fallaba en su plan, y en cambio ahora, en aquella cafetería barcelonesa, sólo le veía defectos. ¿Y si los chicos querían volver con su madre? ¿Y si Isabel le denunciaba? ¿Y si, a consecuencia de esa denuncia, se descubría que años atrás ya había abandonado a una mujer y una hija? Por supuesto, la idea de regresar junto a ellas estaba descartada. A Giulia, su mujer italiana, nunca había estado seguro de haberla querido y, en cuanto a Margherita, lo único que su recuerdo le inspiraba era lástima y sensación de culpa. Pero abandonar otra vez a una mujer y un hijo subnormal... ¿No eran demasiadas traiciones para la vida de un solo hombre? Por suerte, la cosa todavía tenía arreglo. Bastaba con subir a ese autobús, saludar a su mujer con un beso en cuanto llegaran a casa, reponer al día siguiente el dinero con el que hacer frente a los pagos por la maquinaria... Y nadie nunca sospecharía lo que había estado a punto de ocurrir. ¿Qué hacer, entonces? ¿Volver a casa o dejar que el autobús partiera sin él? El problema era que ninguna de las dos posibilidades resultaba satisfactoria, lo que quería decir que las dos eran erróneas. Hiciera lo que hiciera, estaba condenado a equivocarse. ¡Ay!, ¿cómo había podido la vida llevarle a ese callejón sin salida? Volvió a mirar el reloj de la cafetería. Las ocho menos veinticinco. La radio había concluido la transmisión religiosa, y en la calle, aunque de forma ya algo cansina, volvía a sentirse la anterior animación de los gritos, las pancartas, las banderas. Dedicó a su mujer un último pensamiento de odio y se puso de pie.

—Vamos, chicos —dijo, agarrando el maletín—. No vayamos a perder el autobús.

5

Una historia de los absurdos accidentes de la familia Cameroni: así podría titularse este capítulo. Y no es que fueran muchos accidentes. No, no fueron tantos como para merecer un capítulo aparte, pero la mayoría de ellos refleja muy bien cómo era y vivía aquella familia, y alguno, como se verá, condicionó para siempre su historia.

Lo más curioso es que esos accidentes siempre se producían durante los años acabados en cuatro. El primero ocurrió en el 44, y más concretamente un día de finales del mes de mayo. Por aquella época, la tía Milagros seguía aleccionando a su joven sobrina en sus muy variados saberes domésticos, y entre ellos estaban las diferentes técnicas para aprovechar de la manera más decorosa posible los alimentos sobrantes de la comida o la cena. Por una razón simple de economía no se tiraba nada, y el modo en que esas sobras reaparecerían convertidas en algo distinto pero igualmente sabroso constituía todo un desafío para la creatividad culinaria de las dos mujeres. Con el pan no había problemas: migas, sopas de ajo, pan rallado. Con la carne tampoco: relleno para empanadillas o croquetas, tropezones para los fideos, algún sofrito. Y para todo lo demás siempre podían recurrir a la palabra mágica: puré. La tía Milagros había regalado a Isabel (que entonces todavía era Isabelita) un pasapuré, y por él pasaban habitualmente zanahorias, bisaltos, acelgas, tomates, lentejas, berenjenas, berzas, pero también pepinos, calabacines, manzanas, remolachas. El pasapuré constituía un destino inevitable para casi todas las sobras más o menos comestibles, y el resultado (el plato más frecuente en la mesa de los Cameroni junto, por supuesto, a los fideos de La Confianza) era una crema que casi nunca acababa teniendo el mismo sabor o color pero que siempre, indefectiblemente, evocaba sabores y colores recientes. Aquella mañana de mayo del 44, cuando la vecina llamó a la puerta, había en el puchero un puré preparado con lentejas de la comida del día anterior y judías verdes de la cena, así como con unos boniatos que la tía Milagros había echado para rellenar. Isabelita cogió a Rafael en brazos y acudió a abrir. La vecina le entregó la carta que el cartero había dejado para ella, y desde la cocina la tía preguntó de quién era. Pero Isabelita no contestaba. ¿De quién es? Salió la tía a ver qué ocurría y se encontró a su sobrina con los ojos cerrados y la frente apoyada en la pared. Al ver en la carta el membrete del sanatorio se lo imaginó todo. Madre del amor hermoso..., murmuró, e Isabelita se abrazó a ella y escondió el rostro en su cuello para llorar: ¡su padre, su pobre padre...!, ¡y ella ahí, sin pensar en él, sin preocuparse...!, ¡a saber lo que estaba haciendo mientras él agonizaba...! Sentía un dolor tan intenso que sólo podía expresarlo a través de reproches a sí misma, que casi no le había visitado en el sanatorio, que lo había abandonado en sus últimos meses, que se había comportado como una mala hija... La tía Milagros le acariciaba la cabeza y hacía lo que podía por consolarla, y entre tanto pensaba ya en las cuestiones prácticas: avisar a Raffaele y a Ramón, escribir a Carlos, encargar el funeral. A la vecina (que, por supuesto, no se había alejado del descansillo) se unieron pronto tres o cuatro más, que enseguida invadieron la casa y se ofrecieron para ayudar en lo que hiciera falta. Unas le decían que se sentara y otras que se acostara, y la tía Milagros, que veía menoscabada su autoridad, se oponía por igual a unas y a otras e improvisaba opiniones y consejos contradictorios. Excitado por el guirigay, el pequeño Rafael gateó un poco entre los pies de todas. Luego vio la puerta abierta y salió tranquilamente, sin que nadie lo viera. Se asomó al primer escalón. Aquella perspectiva de las escaleras era insólita para él, porque hasta entonces siempre lo habían subido y bajado en brazos. Pero ahora era distinto. Ahora podía tocarlo todo. Podía asomarse al borde mismo del escalón y comprobar la rara proporción que aquello mantenía con su propio cuerpo. Alargó el brazo hacia el escalón siguiente. Demasiado lejos. Pero aquel descenso seguía siendo apetecible. Se arrastró hacia la barandilla y se agarró a los barrotes. Logró incorporarse, lo que le produjo una inmediata satisfacción. Esperó unos segundos hasta sentirse afianzado sobre los pies y se volvió sonriendo hacia la puerta. Pero nadie en la vivienda había sido testigo de su hazaña. Ahora sólo tenía que avanzar la pierna derecha y bajarla hasta notar el contacto con el escalón. Lo intentó. El escalón, sin embargo, seguía estando demasiado lejos. Cuando ya el pie estaba a punto de encontrar apoyo, una de las manos se soltó de su barrote. El cuerpo menudo de Rafael, llevado por su propio peso, dio entonces un brusco giro, y por un instante quedó medio en el aire, con un pie apoyado en el borde del segundo escalón, una sola mano agarrada a la barandilla y la cabeza y el tronco balanceándose en difícil equilibrio sobre los escalones inferiores. Si en ese instante hubieran cedido los dedos de su mano izquierda, el pequeño se habría precipitado escaleras abajo hasta el portal. Pero los dedos aguantaron, y Rafael, algo asustado, se apresuró a regresar al descansillo: curiosamente, subir le resultó mucho más fácil que bajar. Se asomó al interior del piso justo en el momento en que se producía el accidente, el primero de los absurdos accidentes de la familia Cameroni. Sonó un estallido seco seguido de un ruido metálico, y las mujeres dejaron de parlotear y echaron a correr hacia la cocina. El puchero, tapado y olvidado en el fuego, había acabado explotando, y el puré, convertido en una maloliente argamasa, había salido disparado hacia el techo. Como si fuera metralla, unos grumos oscuros y humeantes se habían incrustado en paredes y cacharros, y de la jaula del canario colgaban grandes churretones. La tía Milagros corrió a abrir la ventana para que todo se ventilara, y al detenerse junto a la jaula descubrió al pajarillo caído tripa arriba. ¡Pobre Pipo!, ¡ha muerto abrasado!, exclamó, pero lo cierto es que debía de haber muerto del susto, porque el puré había alcanzado las rejas de la jaula pero no había llegado a atravesarlas.

Diez años después se produjo el accidente por el que Alberto tuvo que llevar el brazo entablillado en el viaje que hizo junto a su hermano mayor y su padre para recibir al *Semíramis*. Todo se debió a una broma que Rafael había ideado y en la que Alberto le secundaba con su habitual mansedumbre. Se ponía cada uno en un lado de la calle Bolonia y, cuando veían acercarse algún vehículo, se agachaban, agarraban sendos cabos de una cuerda imaginaria y tiraban con fuerza, fingiendo tensarla a media altura. El vehículo, por supuesto, frenaba con brusquedad, y luego ellos salían corriendo entre los improperios del conductor. En una ocasión lo hicieron al paso de una bicicleta, pero el corpulento ciclista, en lugar de frenar, dio un violento giro al manillar, recorrió unos metros haciendo zigzag y, cuando definitivamente perdió el control del vehículo, fue a caer justo sobre Alberto, al que aplastó con su peso y fracturó el brazo izquierdo. Alberto tenía entonces ocho años y se puso a berrear como un desesperado, y el buen hombre, un empleado de una carbonería de la calle La Paz, no sabía si enfadarse con él o tratar de excusarse. Ninguno de los dos hermanos olvidaría nunca la expresión aturdida del hombre ni su rostro y sus manos tiznados por la carbonilla.

En el verano del 74, Alberto volvería a romperse el mismo brazo, además de la nariz y unas cuantas costillas. Por entonces Elisa y él se acababan de comprar un coche, un Renault 10, y con la excusa de hacerle el rodaje solían salir de excursión los fines de semana. Aquellas excursiones consistían en hacer kilómetros y kilómetros en el Renault hasta que Alberto encontraba un paisaje bonito, exclamaba ¡allí! y paraba el coche. Entonces Elisa cogía de la mano a Juan, se colocaba donde su marido le indicaba y pacientemente se sometía a la enésima sesión de fotos. A Alberto nada le parecía más hermoso que aquellos retratos de su mujer y su hijo en un paraje singular. El problema era que su ideal de belleza sólo admitía los paisajes montañosos y escarpados, y tarde o temprano tenía que ocurrir lo que ocurrió.

Aquel día estaban en la Foz de Lumbier, en Navarra, y la foto que Alberto se empeñó en hacer debía incluir el antiguo túnel del ferrocarril, la pared de la garganta en la que anidaban los buitres y al menos un trocito de río. Y por supuesto a Elisa y a Juan. Pero, para que todo ello cupiera en la misma foto, el fotógrafo debía encaramarse a unas piedras colocadas en el borde mismo del desfiladero. La mujer y el niño llevaban ya unos segundos posando con una sonrisa algo forzada, y Alberto, en busca de la ubicación perfecta, los observaba a través del objetivo y seguía retrocediendo centímetro a centímetro sobre las piedras. Era tan evidente que, de continuar así, iba a terminar cayéndose que Elisa ni siquiera creyó necesario advertírselo. Y de golpe le vieron desaparecer y las sonrisas se les congelaron en el rostro. Corrieron a asomarse al despeñadero y alcanzaron a verle dar los últimos tumbos justo antes de llegar al río. ¡Estoy bien!, ¡no ha sido nada!, gritó Alberto con la cara llena de sangre y el cuerpo totalmente molido.

Pero el más absurdo y, desde luego, el más trágico de los accidentes familiares fue el de 1964, que provocó la muerte de Isabel y marcó para siempre la vida de los Cameroni.

Para entonces hacía dos años que Isabel se había marchado de casa y su matrimonio se había roto definitivamente. La convivencia había seguido deteriorándose, y los roces entre ella y Raffaele eran cada vez más frecuentes. Tan frecuentes que se habían convertido en lo habitual. A pesar de todo, Isabel prefería seguir considerándolos ocasionales: sí, discutían mucho, pero era porque por casualidad surgían muchas razones para el desacuerdo, y un día, también por casualidad, dejarían de surgir razones así y ellos dejarían de discutir. El problema, por tanto, no estaba en ellos sino fuera de ellos, en el exterior, en todo lo demás, y a Isabel le resultaba reconfortante creerlo porque así se veía exenta de toda responsabilidad y felizmente inhabilitada para la búsqueda de soluciones. Desde luego, jamás pensó en la separación. Al menos no pensó seriamente en ella hasta que una tarde, después de una de sus discusiones, Raffaele le hizo la misma pregunta que varios años atrás le había hecho en una cafetería. ¿Por qué no me contaste lo de tu hermano?, le dijo, ¿por qué intentaste ocultarme que tenías un hermano así, un rojo? Isabel le miró, descorazonada. Había pasado casi un cuarto de siglo desde entonces. ¿Hasta cuándo tendría que seguir avergonzándose de pertenecer a los vencidos? ¿Y cuántos años más tendrían que pasar para que prescribiera su delito, un delito que ni siquiera había cometido? Porque, inevitablemente, ella sería para siempre la hermana de su hermano... Fue en ese instante cuando Isabel pensó que, en realidad, el problema de su matrimonio sí que estaba en ellos, y que ya no tenía remedio.

—Me voy —dijo.
—¿Y adónde vas a ir? —dijo Raffaele.
—A casa de la tía.
—¡Ya volverás!

A casa de la tía Milagros llegó rabiosa y sollozante. Entre las dos arreglaron la habitación de invitados, y mientras tanto Isabel recordaba en voz alta algunas de las humillaciones sufridas a lo largo de los años. ¿Es para irse o no es para irse?, preguntaba después, ¡mucho antes me tendría que haber ido! La tía Milagros arqueaba las cejas y dejaba que se desahogara, pero no acababa de darle la razón. Para ella estaba claro que tarde o temprano tendría que volver. No se lo dijo hasta la mañana siguiente, mientras desayunaban unas torrijas. ¡Que venga aquí y me lo pida!, replicó Isabel. La cosa habría sido sencilla si Isabel y Raffaele hubieran tenido un poco menos de orgullo y un poco más de flexibilidad. En el fondo, tanto ella como él estaban convencidos de que Isabel acabaría volviendo, pero ninguno de los dos quería hacer la menor concesión. La tía Milagros, convertida en mediadora, iba de una casa a la otra con mensajes optimistas y esperanzadores que sólo a medias reflejaban las posturas: Tu marido estaría dispuesto si..., tu mujer aceptaría volver si... Pero su estrategia, lejos de conseguir el efecto deseado, afianzaba a ambos cónyuges por igual en su calidad de agraviados, y las nuevas condiciones que ponían para una reconciliación eran cada vez más difíciles de cumplir: ¡Primero me tiene que pedir perdón!, ¡antes quiero ver cómo se humilla...! Pasados tres días, la solución parecía bastante más lejana que al principio. Al final, en uno de sus encuentros con Raffaele, la tía Milagros se derrumbó: ¡No puedo más!, ¡estoy mayor!, ¡estoy vieja!, ¿por qué me tienen que pasar estas cosas? Raffaele, conmovido, le prometió que esa misma tarde iría a pedirle a su mujer que volviera. Cuando llegó, Isabel estaba ya avisada. Ella sabía que él sabía que estaba avisada, y él sabía que ella sabía que sabía. Pero eso no impidió que cada uno de ellos preparara el encuentro como si se tratara de algo espontáneo e inesperado. Isabel, contra el parecer de la tía Milagros, se empeñó en lavar y cambiar los visillos y cortinas de toda la casa, y en ello estaban la tía y la sobrina cuando sonó el timbre. Quería Isabel que su marido la viera subida a una escalera, ocupada en introducir una barra por unas anillas y en colgarla de unas escarpias: ¡que no se creyera que se había dedicado a llorar por él ni a quedarse cruzada de brazos a la espera de su llegada!, ¡que comprendiera que nunca tendría problemas para incorporarse a otro hogar o iniciar otra vida! Tenía incluso previsto hacerle esperar unos segundos y no bajar de la escalera hasta que hubiera terminado con aquella cortina o aquel visillo, y lo que no había imaginado era que, cuando llamaran a la puerta, no sería Raffaele quien entrara en la casa sino sus tres hijos. Paquito tenía quince años, Alberto dieciséis y Rafael estaba a punto de cumplir los diecinueve, e Isabel, que no los había visto en cuatro días, dejó a medias lo que estaba haciendo y se apresuró a bajar de la escalera para abrazarlos y cubrirlos de besos. Raffaele, según dijeron los chicos, estaba haciendo unas gestiones y no podría llegar hasta algo más tarde, pero lo cierto es que llegó muy poco después, justo cuando ella repasaba con aire preocupado la indumentaria de sus hijos: los botones mal abrochados de Paquito, la camisa sin planchar de Alberto, los zapatos nuevos de Rafael. La escena era, por lo tanto, bien distinta de la que Isabel había previsto, y en la actitud de Raffaele percibió una ligera altanería que le pareció irritante: era como si con la estratagema esa de hacer subir primero a los tres chicos supiera que había logrado desarmarla y ganar una pequeña batalla. Isabel, de todos modos, había tomado una decisión, y esa decisión era la de regresar. Y lo habría hecho si, en el último momento, cuando ya los chicos habían salido y ella estaba despidiéndose de su tía, Raffaele no hubiera pronunciado aquella frase.

—Ya me dirás qué ibas a hacer tú sola, por tu cuenta —dijo Raffaele, e Isabel se volvió hacia él y le dijo:

—¿Por qué tienes siempre que estropearlo todo? Vete de aquí. Lárgate y déjame en paz.

El siguiente mensaje que la tía Milagros hubo de transmitir a Raffaele decía que Isabel no sólo descartaba la posibilidad de volver al hogar conyugal sino que había empezado a buscarse un piso de alquiler. Raffaele se enfureció: ¡ya estaba harto de tanta tontería!, ¡lo único que ella tenía que hacer era volver con su marido y sus hijos!, ¡y que no se lo pensara mucho, que a lo mejor luego se llevaría una sorpresa! Pero, si Raffaele creía que se trataba de un ardid o un farol, se equivocaba. A los pocos días, Isabel había ya apalabrado un pisito en la calle San Miguel y solamente faltaba que su marido le diera el dinero para las primeras mensualidades y la autorizara a firmar el contrato. La tía Milagros asistía algo temblorosa al aluvión de novedades, y la propia Isabel no tuvo valor para pedirle que hiciera nuevamente de mensajera.

Cogió un taxi y dio al conductor la dirección de La Confianza. El negocio no había dejado de crecer. Aunque no habían pasado ni diez años desde la inauguración de la nueva fábrica junto al Canal, las instalaciones, en un proceso de ampliación cuyo fin no podía preverse, seguían invadiendo los locales y solares más cercanos. Las oficinas se mantenían, sin embargo, en la parte más antigua. Isabel recorrió el pasillo sin entretenerse en devolver saludos y se detuvo un instante ante el despacho de Raffaele. Pero no se detuvo para llamar a la puerta sino para aspirar una profunda bocanada de aire. Al verla entrar, su marido pensó por un momento que venía a rendirse. Por eso fue mayor su indignación cuando supo de las verdaderas intenciones de Isabel. ¿Qué?, ¿que se iba a vivir por su cuenta y encima pretendía que le pagara el alquiler del piso?, ¿qué se había pensado ella?, ¿que se había vuelto loco? Las voces de Raffaele debieron de oírse hasta en el rincón más alejado de la última ampliación de la fábrica. Pero eso no intimidaba a Isabel, que permanecía tranquilamente sentada mientras él seguía gritando. ¡Qué disparate, una mujer casada viviendo lejos de su familia!, ¿cuándo se había visto una cosa igual?, ¡una perdida!, ¡eso es lo que ella era!, ¡una perdida y una inmoral!, ¿qué ejemplo era ése para sus hijos...? Isabel, de momento, tenía ya ganada una cosa: pese a la rabia y los gritos, su marido había renunciado a exigirle el regreso inmediato al piso de la calle Bolonia y parecía conformarse con que se quedara a vivir en casa de la tía Milagros. Era, por supuesto, una cuestión de salvar las apariencias, pero a ella en ese momento las apariencias le importaban bien poco, y eso aumentaba la desesperación de Raffaele. ¡Mi respuesta es no, no y no!, se desgañitaba éste, ¡no voy a dejar que te salgas con la tuya, y en todo caso no pienses que me vas a sacar ni un céntimo...! Cuando por fin Raffaele se cansó de gritar e intentó buscar una salida más o menos decorosa, Isabel supo que había llegado el momento de atacar. Dijo: ¿Pero aún no has entendido que ni la casa ni la tía Milagros tienen nada que ver?, ¿aún no has entendido que lo que quiero es separarme, separarme de ti? Y Raffaele volvió a negar con la cabeza: no sólo no pensaba pasarle ninguna asignación sino que, como cabeza de familia, le prohibía firmar ningún contrato de alquiler, ¿había entendido ella eso? Isabel se levantó, muy tranquila, y pronunció las palabras decisivas: Te recuerdo que todo esto sigue siendo mío. Que La Confianza sigue siendo mía y de mis hermanos. Puedo hacer algo peor que separarme de ti. Puedo despedirte.

Esa misma semana, tras otro encuentro tan tenso

como aquél pero bastante menos ruidoso, arreglaron lo de la autorización y lo del dinero, y a comienzos del siguiente mes Isabel estaba ya instalada en su nueva vivienda de la calle San Miguel. El portal tenía ese olor un poco agrio de las casas modestas, y el borde de madera de los escalones estaba desgastado por la parte central. El piso no era mucho más lujoso. Oscuro, pequeño, con los suelos mal nivelados y delgadas grietas que recorrían las paredes de arriba abajo, aquello reclamaba con urgencia unas reformas más que severas. La cocina, por ejemplo: las manchas de hollín y de grasa llegaban hasta el techo, y la madera de los estantes estaba alabeada y medio podrida. O el cuarto de baño, que únicamente disponía de una letrina y una minúscula bañera con los grifos oxidados y el plomo asomando por las melladuras del esmalte. Pero Isabel no tenía prisa. Una vez que hubo adecentado todo un poco e instalado los muebles y enseres estrictamente necesarios, consideró que el pisito reunía unas condiciones mínimas de habitabilidad y optó por dejar para más adelante cualquier reforma que implicara algún tipo de obras. No era que no quisiera hacer esas obras. Era que no se sentía con fuerzas para hacerlas en aquel momento. Y pronto descubrió que, viviendo sola como vivía, no resultaba difícil adaptarse a aquella precariedad. La escasa provisión de alimentos que necesitaba cabía en cualquier parte, y para calentarse la comida le bastaba con un hornillo. En cuanto a la higiene personal, Isabel sabía que tarde o temprano tendría que instalar un lavabo y cambiar la estropeada bañera por una ducha, pero entre tanto había desarrollado su propia técnica de aseo, que consistía en proceder por partes: primero se arrodillaba sobre la bañera para hacer unas abluciones y lavarse la cabeza, luego metía las piernas hasta las rodillas y se las lavaba a conciencia, finalmente iba deslizándose dentro del agua y las partes del cuerpo que quedaban fuera se las frotaba con una esponja... Desde luego, no había motivos para hablar de nada parecido al confort, pero Isabel pensaba que, si podía vivir una semana de ese modo, podía vivir toda su vida. No dejaba de ser curioso. Con lo cuidadosa y detallista que había sido con el piso de la calle Bolonia, qué pocas preocupaciones se tomaba ahora por aquél. Era como si no lo considerara importante. Como si, al no ser para su familia sino sólo para ella, no mereciera los mismos desvelos y atenciones. La tía Milagros se escandalizaba por su dejadez y la amenazaba con presentarse cualquier día con una cuadrilla de albañiles y pintores. Y la reprendía como a una niña pequeña: ¿Por qué lo haces?, ¿para mortificarte?, ¡pues no sigas mortificándote o te acabarás volviendo loca!, ¡ninguna persona en sus cabales podría vivir en esta pocilga! También Alberto pensaba que aquella vivienda no era digna de su madre y, ayudado por Paquito, dedicaba algunas de sus horas muertas a adecentarla: taparon grietas, pintaron paredes, barnizaron puertas. ¡Ya está bien!, se rebelaba Isabel de vez en cuando, ¡venís a visitar a vuestra madre y no sois capaces de parar un minuto a darme conversación!

Rafael, en cambio, jamás se preocupó por las condiciones en que vivía su madre. Extrañamente, fue a él a quien más dolió la separación. O más bien le ofendió. Para Rafael las cosas estaban claras: la única responsable de la ruptura era ella por haber abandonado el hogar, y el resentimiento y la rabia de su padre le parecían más que justificados. ¿Qué derecho creía tener ella a abandonar la casa, el marido y los hijos e irse a vivir sola a un piso, como una cualquiera? ¿Cuándo se había visto que una mujer decente hiciera una cosa así? Pero una madre que renunciaba a sus hijos no podía luego extrañarse de que éstos no tuvieran ganas de verla. Él, desde luego, no quería volver a saber nada de ella. ¿No había sido ella la que se había marchado? ¡Que se atuviera a las consecuencias! Rafael era entonces un jovencito guapo y altivo, aficionado a la ropa cara y la brillantina, acostumbrado a alternar con los hijos de las mejores familias, y la nueva situación doméstica le avergonzaba profundamente. Si los demás habían optado por llevar el asunto con discreción, él directamente rechazaba la realidad. A los ojos de todo el mundo debían seguir siendo una familia normal, y nadie tenía que sospechar que su madre les había dejado. Pero eso implicaba una elaborada estrategia de ocultación que, por ejemplo, le impedía invitar a sus amigos a casa, y le sumía en un temor constante a que alguien se interesara por las frecuentes entradas y salidas de su madre de un portal de la calle San Miguel o (¡peor aún!) a que pudieran verla en compañía de otro hombre. Se consideraba, la verdad, muy injustamente tratado por el destino: ¿por qué sus amigos no se veían forzados a ocultar nada y él sí?, ¿por qué ellos vivían libres de la zozobra que continuamente le atenazaba? En sus fantasías, prefería creer que su madre no los había abandonado sino que había muerto. Qué distinto habría sido todo entonces: no sólo no sufriría por su culpa, sino que incluso habría podido seguir queriéndola en el recuerdo. Se comportaba, de hecho, como si su madre jamás hubiera existido: ninguna de sus amistades le oía mencionarla, nunca preguntaba por ella a sus hermanos, en ningún momento se le pasó por la cabeza la posibilidad de visitarla. Si la idea de que alguien pudiera compadecerse de él por su situación familiar le resultaba repulsiva y atroz, no le habría disgustado, en cambio, que su hipotética condición de huérfano inspirara algún sentimiento de lástima y simpatía.

El distanciamiento de su hijo mayor angustiaba a Isabel. Lo había visto en casa de la tía Milagros el día de las cortinas y luego no había vuelto a saber de él. Y nunca contestaba a los afectuosos mensajes que le hacía llegar a través de Alberto.

—Pero ¿qué te ha dicho? —le preguntaba Isabel, y Alberto se encogía de hombros, dando a entender que su hermano no había dicho nada.

Después fue peor, porque Rafael le prohibió que volviera a darle ningún mensaje de parte de esa mujer. Así lo dijo: esa mujer. Cuando Isabel lo oyó, tuvo que hacer un gran esfuerzo para reprimir las lágrimas. No lo entendía. No entendía la reacción de su hijo. ¿Por qué se lo había tomado así, a la tremenda, y no como el propio Alberto, que había aceptado sin mayores problemas la nueva situación? Ay, qué complicado le parecía el ser humano...

A primeros de noviembre Rafael cumplió diecinueve años, e Isabel compró un impermeable y se lo dio a Alberto y a Paquito para que se lo entregaran. No era un impermeable cualquiera. Era una de esas gabardinas cortas y sin cinturón que entonces estaban de moda y, aunque para su nueva economía constituía un sacrificio enorme, lo daba por bueno si servía para extraerle a su hijo alguna palabra o señal. Al día siguiente, Alberto y Paquito regresaron con el paquete y lo dejaron sobre una silla: su hermano Rafael ni siquiera se había dignado a abrirlo. El último intento de Isabel por restablecer algún tipo de contacto con su primogénito lo realizó durante las navidades. Daba por supuesto que no podría estar con sus hijos en ninguna de las citas más significadas (la cena de Nochebuena, la comida de Navidad), porque eso para Raffaele sería como reconocerle dentro de la familia una posición y una autoridad que había perdido al marcharse. Pero no había ningún motivo para que no pudiera comer con Rafael, Alberto y Paquito el primer domingo, el 23. Reservó una mesa para cuatro en el restaurante del Gran Hotel y le pidió a Alberto que se lo dijera a su hermano.

—Mamá, ¿tú crees que...? —empezó a decir Alberto.
—Tú díselo y ya veremos —le interrumpió ella.
Cuando llegó el momento, Isabel entró en el restaurante con la bolsa de los regalos. Alberto y Paquito, algo aturdidos, la esperaban en la mesa, y por supuesto Rafael no estaba. Isabel les besó y repartió los regalos. Los de los dos chicos y también los de Rafael: los guantes de piel que había comprado para él se los dio a Alberto y la bufanda de lana escocesa a Paquito. Llamó después al maître y con su mejor sonrisa dijo que finalmente serían sólo tres. A partir de ese instante trató de resignarse. Había tenido tres hijos pero ahora sólo tenía dos: así de sencillo. Claro que la cosa no iba a resultar tan fácil, y el rostro de Rafael se le aparecía en los sueños y duermevelas y luego no había manera de que se le fuera de la cabeza. Al cabo de unas semanas se reconoció a sí misma que tenía una irreprimible necesidad de verle, de hablar con él, de abrazarle y pedirle perdón. Pero, desde luego, acercarse a la casa de la calle Bolonia estaba descartado: Raffaele le había dicho que sólo regresara por allí para arrodillarse ante él. Las siguientes navidades volvió a comer con Alberto y Paquito. Había pasado un año y en todo ese tiempo sólo había visto a su hijo

mayor en dos ocasiones, y las dos de lejos: una vez conduciendo una Vespa, la otra esperando para entrar en un cine. Ninguna de esas veces se había atrevido a acercarse o a llamarle, pero el simple hecho de verle bastaba para avivar su ansia. Había renunciado a preguntar a Alberto si alguna vez, aunque fuera por error, hablaba de ella en su presencia. A lo que no podía renunciar era a averiguarlo todo sobre él. O al menos a preguntárselo a Alberto. A preguntarle cómo le iban los estudios, con qué amigos salía ahora, si tenía novia o no, si le creía feliz. Alberto le informaba con cierta desgana porque tampoco sus relaciones con su hermano eran demasiado buenas, pero eso a Isabel le bastaba para saber que todo iba bien.

Un día, Alberto le dijo que Rafael tenía previsto pasar una temporada en Italia.

—¿En Italia? —preguntó ella—. ¿Y para qué?

—Vete a saber —contestó Alberto—. A lo mejor se piensa que todavía manda Mussolini.

Hacía tiempo que Rafael hablaba de viajar a Italia. Solía decir que era su otro país y que, si encontraba una chica guapa, se quedaría a vivir. Pero nadie tomaba en serio sus palabras. Sólo su madre. Sólo Isabel, que soñaba con la reconciliación y comprendía que ésta sería imposible si por la razón que fuera Rafael se marchaba a otra ciudad u otro país. En ese caso le habría perdido definitivamente. Y parecía que el proyecto de viaje iba en serio. Alberto la mantenía al corriente de los preparativos, y su desasosiego aumentaba sin cesar.

Cuando se enteró de la fecha y la hora de la partida, pensó que era su última oportunidad. Ahora o nunca. Aquel día de comienzos de julio del 64, Isabel se despertó con la sensación de que todo se venía abajo: su vida, su mundo, todo. Y la única posibilidad de remediarlo pasaba por ver a su hijo, aunque sólo fuera un instante. ¿Quién se lo iba a impedir? ¿Quién podía impedirle el acceso al andén? Llegó a la estación cuando sólo faltaban unos minutos para que el tren saliera. Raffaele y Paquito estaban en ese momento despidiéndole a la entrada del vagón. Cuando él la descubrió entre el gentío, se quedó como paralizado. La observó durante unos segundos casi con asombro, y luego retiró con brusquedad la mirada y apuró los últimos abrazos antes de subir al tren. Por supuesto, no hizo la menor seña a su madre, que sin embargo estaba dispuesta a permanecer allí hasta que el convoy se hubiera marchado. Lo de Isabel era todo un desafío: Si tú no quieres verme, yo sí quiero, y seguiré mirándote mientras pueda. Rafael, con el billete en una mano y la maleta en la otra, avanzaba por el pasillo en busca de su asiento, y su madre le seguía por el andén, deteniéndose cuando él se detenía, reanudando la marcha cuando él lo hacía. Se metió finalmente en un compartimiento en el que había tres monjas, colocó la maleta en la red y ocupó la plaza más alejada de la ventanilla. Isabel, desde fuera, le vio clavar la mirada en una de las fotos con paisajes típicos españoles que decoraban las paredes. Pegó la cara al cristal y las monjas la miraron con curiosidad. Rafael, en cambio, siguió mirando la foto, y su expresión era concentrada y ausente, como la de un científico mirando por un microscopio. En el reflejo vio Isabel que alguien se paraba detrás de ella. Era Raffaele, que le dijo: ¿Pero no te das cuenta de que no te quiere ni ver? Entonces sonó el silbato del jefe de estación y el tren se puso lentamente en marcha. Isabel avanzó unos cuantos metros en paralelo y, aunque sabía que su hijo la seguiría ignorando, levantó la mano para decir adiós. Rafael desapareció enseguida de su vista, y ella tuvo la sensación de que ese adiós era para siempre.

Así las cosas, no parece injustificada la sorpresa que sintió Isabel cuando, dos semanas y media después, de vuelta del mercado, se encontró a su hijo esperándola delante del portal. Llevaba la misma maleta que el día de la estación, pero como sucia y raída. De hecho, todo en él transmitía una impresión de sucio y de raído.

—No me preguntes nada, por favor —dijo Rafael—. ¿Puedo subir?, ¿puedo quedarme a dormir en tu casa?

En el piso sólo había una cama, e Isabel insistió en cedérsela. Tenía Rafael aspecto de agotado y enfermo. Los tres primeros días los pasó prácticamente dormido. Sólo de vez en cuando se levantaba para comer en silencio algo de fruta, e Isabel aprovechaba para alisar las sábanas y ventilar la habitación. Se comportaba con él como una enfermera: como la enfermera que había sido durante la guerra. El poco rato que pasaban juntos, ella se limitaba a sonreírle y a sostenerle las manos entre las suyas. Por nada del mundo intentaría hacerle decir nada que él no quisiera. Rafael tardó toda una semana en recuperarse por completo, y lo que entonces le dijo fue:

—Perdona. Pérdoname por haber sido tan idiota.

—¿Le has dicho ya a tu padre que has vuelto? —le preguntó Isabel.

—No quiero volver a saber nada de él.

Su transformación había sido radical. El señorito petulante y casquivano había dejado paso a un joven desaliñado y doliente que enseguida rompió con sus antiguos amigos y abandonó la carrera de Derecho para matricularse en la de Medicina. Pasaba poco tiempo en casa y, cuando estaba, solía encerrarse a estudiar en la minúscula habitación que su madre había arreglado para él. Durante las comidas y las cenas hablaban sólo de asuntos superfluos. En todo caso, nunca hablaban de Raffaele ni del viaje a Italia, y entre los pocos temas de conversación que le interesaban estaba el papel que la familia había tenido durante la Guerra Civil. A menudo preguntaba a su madre por su tío Modesto, el anarquista, y por el otro Modesto, su abuelo, el que había sido ilegalmente detenido por unos falangistas, y cuando ella, con gran dolor, recordaba lo ocurrido a uno y a otro, él no se recataba en manifestar su odio hacia los sicarios del franquismo. Sus vagas simpatías por el fascismo italiano se habían desvanecido de golpe, y su lugar lo estaban ocupando unas severas reticencias hacia el régimen de Franco. Isabel le contemplaba temerosa y preocupada. Hijo mío, le decía, ¿no te estarás metiendo en cosas de política? Pero ni siquiera esa inquietud turbaba la armonía que se había instalado entre madre e hijo. Isabel, que por fin pudo comer con todos sus hijos en el restaurante del Gran Hotel, era entonces una mujer feliz.

Esa felicidad, sin embargo, no iba a durar mucho. Fue Rafael quien, de regreso de la universidad, vio el agua que salía del cuarto de baño y encharcaba ya medio pasillo. Fue también él quien abrió la puerta a empujones y quien descubrió a Isabel con la cabeza hundida en el agua de la bañera. ¡Mamá!, ¡mamá!, gritó con un timbre de voz extrañamente infantil, y al agarrarla del pelo y tirar hacia atrás comprobó con horror que estaba muerta. Había muerto ahogada. Debido al calor excesivo del agua o tal vez a una bajada de tensión, había perdido el conocimiento en el peor momento, justo cuando, siguiendo sus particulares técnicas de aseo, se inclinaba sobre la bañera y se disponía a lavarse el pelo. Y la mala fortuna había querido que el peso del cuerpo no se desplazara hacia atrás sino hacia delante y que la cara se le quedara hundida en el agua. Cuando Rafael se abrazó con desesperación a su madre muerta, ésta tenía el rostro enrojecido, desfigurado, monstruoso. La piel había adquirido la consistencia de la cebolla hervida, y por la frente y las mejillas se le desprendía como una máscara mal encajada. Aquél fue sin duda el más lamentable de los accidentes de la familia Cameroni.

¿Qué era lo que había sucedido en Italia durante ese verano del 64?

Habría que empezar diciendo que las veleidades fascistas de Rafael eran sobre todo decorativas. En aquella España provinciana y uniforme, su cincuenta por ciento de sangre italiana le daba un toque de exotismo y distinción que alguien como él no podía desaprovechar. Por eso enfatizaba sus rasgos más genuinamente italianos: se peinaba como los actores de ese país que salían en las revistas, adoptaba al hablar una modulación suave y cantarina (que contrastaba con el duro acento aragonés) y se despedía siempre con un enérgico *ciao, ciao*. A veces hasta fingía que en mitad de la conversación se le escapaba alguna expresión como *per carità, mamma mia* o *porca miseria*. Su mentalidad fabuladora había levantado un mito alrededor de lo italiano. Seguramente porque le convenía: el hecho de que Italia se le apareciera como un país superior le permitía (a él, medio italiano) sentirse un poco por encima de la realidad española, tan adocenada. Y a Mussolini lo defendía por los mismos motivos por los que defendería cualquier cosa que viniera de Italia: los Fiat 500, el sabor del Martini, las canciones de Rita Pavone, las películas de Sofía Loren. Ante sus amigos, todos de familias del régimen, ensalzaba a los italianos que habían venido a luchar por Franco, y en los homenajes del Sacrario Militare se colocaba por supuesto entre los fascistas italianos y no entre los españoles, que le parecían ruidosos y vulgares. A veces daba la sensación de que se comportaba como un italiano que estuviera de paso por España, y cada vez le daba más vergüenza reconocer en público que jamás había estado en el país de su padre. Tenía Rafael motivos más que suficientes para no seguir posponiendo el viaje, y ese verano, cuando apenas le faltaban cuatro meses para cumplir los veintiún años, se decidió a partir hacia su adorada Italia.

Para llegar a Génova tuvo que cambiar tres veces de tren. Cogió habitación en un hostal próximo a la estación y se tumbó a descansar. Durmió hasta las siete. Luego salió a conocer la ciudad. Paseó por el barrio del puerto y por los alrededores de la catedral. Todo lo que veía le parecía interesante pero en todo encontraba imperfecciones: manchas de humedad en las fachadas, ropa tendida en los balcones, letreros de neón a medio fundir. No sabía qué era exactamente lo que esperaba encontrar pero, fuera lo que fuese, tenía que ser superior a lo que él ya conocía, a España. Y aquellas imperfecciones demostraban que tampoco había tantas diferencias. Buscó un sitio donde cenar y se dio cuenta de que, para los horarios italianos, era ya un poco tarde. Consiguió que le admitieran en una *trattoria* en la que estaban ya desenchufando los ventiladores. La mujer que atendía las mesas tenía un diente de oro. Rafael trató de entablar conversación con ella pero le costaba entender lo que le decía. Primero se preguntó si aquella mujer le estaría hablando en dialecto; luego, si los genoveses tenían su propio dialecto. Pero lo peor era que tampoco él conseguía expresarse con corrección: a mitad de las frases se encontraba con que no sabía cómo terminarlas, y las que acertaba a concluir le sonaban huecas y artificiales. Qué decepción. Siempre había creído que hablaba bien el italiano, y ahora que por primera vez lo ponía realmente a prueba se daba cuenta de que apenas lo chapurreaba. En cuanto acabó de cenar, pidió por señas la cuenta y salió del local. No tuvo problemas para encontrar el camino de vuelta al hostal. Pero aún no era demasiado tarde, y para matar el tiempo entró en la estación. Observó los paneles con los horarios, y por un instante se le pasó por la cabeza la idea de regresar. Al fin y al cabo, lo principal ya estaba hecho: ahora no se podría decir que nunca había estado en Italia... Se dijo: Qué curioso, basta con que hayas estado una vez en un sitio y ya has estado para siempre. Una vez. Sólo una. Qué grande es el salto que hay entre el cero y el uno, desde luego mucho mayor que el que hay entre el uno y cualquier otro número, por elevado que sea... Bostezó. Tenía sueño y tenía una cama, así que tampoco se podía quejar.

Por la mañana estaba de mejor humor, y las deficiencias del día anterior le pasaban ahora inadvertidas. De golpe todo en Génova le gustaba: la luminosidad, el olor del mar, el constante bullicio de niños y gaviotas. También le gustó el viaje por la costa ligur, y cada vez que el tren se detenía en algún apeadero se imaginaba a sí mismo formando parte de cualquiera de los ruidosos grupos de veraneantes que subían o bajaban. Pensó en cómo habría sido su vida si, en lugar de instalarse su padre en España, se hubiera llevado a su madre a Italia. ¿Qué amigos tendría? ¿Qué costumbres? ¿Se enorgullecería de su parte española como ahora se enorgullecía de la italiana? Tenía la sensación de que estaba viviendo sólo una de las vidas que le correspondía vivir y de que al menos una de las otras vidas estaba allí, en Italia. Por eso todo lo que veía a través de la ventanilla despertaba su curiosidad: cualquiera de esas casas podría haber sido la suya, y cualquiera de esas personas su amigo, su novia, su vecino... En Pisa no le resultó tan fácil como en Génova encontrar pensión, y acabó acomodándose en casa de una familia que alquilaba habitaciones. La familia estaba compuesta por una viuda, su anciana madre y dos adolescentes que se pasaban todo el rato desmontando y volviendo a montar una vieja Guzzi. Aunque su trato con ellos era escaso, compartir la cocina y la ducha y el cuarto de estar le permitió vislumbrar algo de esa vida paralela que nunca llegaría a vivir. Pero, una vez visitados los principales monumentos, tampoco en Pisa había demasiadas cosas que hacer, y al cabo de dos días cogió un tren con destino a Florencia. El trayecto le inspiraba cierta curiosidad porque hacia la mitad del camino entre ambas ciudades estaba Montecarlo, el pueblo de su padre. Sonrió Rafael al recordar ese nombre: cuántas veces, al mencionarlo ante desconocidos, había dado a entender que su familia procedía del otro Montecarlo, el de los aristócratas y los famosos. Pero él ya sabía que el suyo era un Montecarlo de campesinos, gente sencilla. De hecho, eso era casi todo lo que sabía del pueblo de su padre, que nunca hablaba de su vida en Italia antes de la Guerra Civil. Desde que el tren se puso en movimiento, Rafael se mantuvo atento al paisaje que se veía por la ventanilla, un paisaje hecho de suaves colinas, de olivares, de viñedos, de casitas de campo en las que siempre había algún perro dormitando bajo una higuera. En la estación de Lucca dijeron que el tren tardaría un cuarto de hora en reemprender la marcha, y Rafael, como otros viajeros, aprovechó para bajar al andén y tomarse un refresco. Volvió a su asiento. El tren echó a andar. Al cabo de unos minutos supuso que debían de estar cerca ya de Montecarlo. En cuanto notó que el convoy reducía la velocidad se puso de pie para asomarse a la ventanilla. La estación era muy modesta, y el pueblo, pequeño y de casas bajas, se adivinaba detrás del muro y los árboles. El tren se detuvo apenas unos segundos, el tiempo justo para que bajara una mujer de negro a la que había visto subir en Lucca. Pero esos segundos bastaron para que Rafael se preguntara si no quedaba en el pueblo nadie de la familia. ¿No era extraño que su padre no le hubiera dado ninguna dirección, ningún recado? Siendo la primera vez que uno de sus hijos viajaba a Italia, lo lógico habría sido que le hubiera encomendado visitar a los parientes y que les mandara saludos o les llevara pequeños regalos o fotografías. Porque también él, su padre, tendría que sentir curiosidad por lo que había sido de la familia que había dejado en Italia... Y sin embargo Raffaele, al enterarse del viaje de su hijo, no había hecho la menor alusión a nada ni a nadie. ¿Sería que de verdad no quedaba nadie? Pero eso no podía ser. Siempre quedaba alguien: un tío, un primo, quienquiera que fuese.

En Florencia tuvo Rafael la primera noción de lo que era el fenómeno del turismo. Mientras paseaba por las calles principales y hacía cola para visitar los monumentos escuchaba conversaciones en inglés, francés, alemán. Eso, paradójicamente, le hacía sentirse al mismo tiempo protegido y desamparado. Protegido porque no era él el único extranjero, y desamparado porque en realidad los extranjeros ni siquiera despertaban curiosidad. Pero, en definitiva, lo que más se sentía era solo. En su hotel se alojaban varias jóvenes norteamericanas que estaban en viaje de estudios. Durante el desayuno compartió mesa con dos de ellas y, medio en francés, medio en italiano, las convenció para quedar después del almuerzo a pasear juntos por la ciudad. Pero después del almuerzo no apareció nadie por el vestíbulo del hotel, y Rafael las disculpó pensando que no habrían comprendido bien la hora de la cita. Verlas aparecer por la noche borrachas y abrazadas a dos jóvenes italianos le dolió en lo más profundo de su amor propio. Fue entonces cuando se dijo que ya había tenido una ración suficiente de monumentos y decidió dar a su viaje un sentido diferente. ¿Por qué no desandar una parte del camino y tratar de averiguar algo sobre los orígenes de su familia? A la mañana siguiente volvió a la estación y compró un billete para Montecarlo: allí sí que no tendría dificultades para imaginar cómo habría sido su otra vida, la vida que habría llevado si hubiera nacido en Italia.

Como en su anterior paso por esa estación, nada más una persona se apeó del tren. Sólo que esta vez era él. Cargó con la maleta hacia lo que le pareció que era el centro del pueblo. Hacía calor y las calles estaban desiertas. Unos visillos se agitaron en una ventana y Rafael se supo observado desde el interior de las casas. Había previsto alquilar una habitación y quedarse algunos días, pero ¿realmente valía la pena? En una plazoleta había una puerta con un anuncio de Pepsi-Cola. Entró. Sus ojos tardaron un par de segundos en adaptarse a la penumbra, y entonces vio que todos los presentes, diez o doce hombres que jugaban a las cartas, se habían vuelto hacia él y le miraban. Saludó con un movimiento de cabeza. Los hombres volvieron a lo suyo y él se sentó en un rincón al lado de una pecera. Uno de los jugadores gritó ¡Tommasina! y enseguida apareció una mujer con delantal. Primero le preguntó qué quería tomar, y luego, mientras le servía, si era la primera vez que estaba en el pueblo, si hacía tanto calor en el lugar del que venía, etcétera. Rafael pensó que su locuacidad podía servirle de ayuda y supo orientar la conversación hacia el asunto que le interesaba. Tommasina hizo el gesto ceñudo de quien se esfuerza por hacer memoria. ¿Cameroni?, repitió, y entre los hombres hubo algunos que la miraron y asintieron vagamente, como si aquel nombre les sonara de algo pero no supieran de qué. Entonces, sin dejar de jugar, empezaron a hablar entre ellos, pero hablaban tan deprisa que Rafael sólo les entendía a medias. Hablaban de un tal Graziani y de unos campos que había al otro lado del monte, y discutían entre ellos sobre la localización exacta de esos campos. Luego hablaron de una viuda. *La vedova, la vedova*, repetían, y Tommasina le miraba como diciendo: Ya lo has oído. Sí, Rafael lo había oído pero como si no. Trató de averiguar algo más, y uno de los hombres comentó que el que de verdad podría informarle era el cura, *il prete*. Rafael hizo un gesto de agradecimiento, y Tommasina le dijo que esperara y se fue del bar. Los hombres, enfrascados en sus partidas, se despreocuparon de todo lo demás. Rafael, mientras tanto, mataba el rato contemplando las escasas fotografías que decoraban las paredes. Llegó Tommasina con una dirección anotada en un papel. Era una dirección de Lucca. Rafael quiso preguntar más cosas, pero la mujer ya sólo hablaba de don Francesco, *il prete*, y de la excelente memoria que conservaba a sus ochenta y cuatro años. Bueno, al menos tengo un dato que antes no tenía, se dijo, echando un nuevo vistazo al trozo de papel.

Durante el breve viaje en tren trató de poner en orden lo que había averiguado y descubrió que eran más las dudas que las certezas. Sí, había una viuda Cameroni que vivía en Lucca, pero en realidad no sabía ni quién era. ¿Una hermana de su padre? ¿Una prima? ¿La viuda de algún hermano o algún primo? Como su padre nunca hablaba de su familia, habían dado por supuesto que ésta no existía. Pero todo el mundo tenía a alguien en algún sitio. Cuando llegó a Lucca era demasiado tarde para ponerse a indagar y se conformó con encontrar habitación en un hotelito fuera de las murallas de la ciudad. Cenó cualquier cosa en un bar de la carretera y se acostó temprano. Al día siguiente, antes de reanudar sus investigaciones, aprovechó para hacer un poco de turismo. Dio un paseo siguiendo el curso del foso, deambuló entre los puestos del mercado de la plaza del Anfiteatro, se asomó al interior de alguna mansión y algún jardín. Cuando vio las altas torres que coronaban los *palazzi*, fantaseó con la posibilidad de que, en el pasado, alguno de aquellos ricos edificios hubiera sido propiedad de un antepasado suyo. Estaba claro que su padre había nacido en el seno de una familia pobre, pero ¿quién podía asegurar que en algún siglo anterior los Cameroni no hubieran sido poderosos e ilustres? Llevaba en el bolsillo la nota del cura de Montecarlo. Desde luego, la dirección no correspondía a la de ninguna de aquellas construcciones señoriales. Preguntó a un transeúnte, que a su vez preguntó a un repartidor, que asimismo preguntó a uno de una tienda que había salido a curiosear. Únicamente este último conocía la calle, pero dijo que allí no había nada, *solo gatti e immondizie*. Rafael siguió sus indicaciones y dio con la calle, que era poco más que un callejón ciego y maloliente. A un lado había unos cubos amontonados sin ningún orden, y enfrente estaba la única puerta. Pero era imposible que allí viviera alguien. Rafael se acercó con algo de aprensión y buscó en vano algún timbre o llamador. Luego se encaramó a unas cajas para mirar a través del cristal resquebrajado de una ventana. La luz era escasa pero suficiente para comprobar que aquello ni era ni había sido nunca una vivienda: más bien un almacén o un taller. En la pared más alejada había viejos carteles con dibujos de pantalones y chalecos. Entornó los párpados. ¿Qué ponía debajo? ¿Manifatture qué? ¿Podía ser Manifatture Vittoria? Bueno, tampoco es que a esas alturas tuviera mucha importancia... Rafael había decidido abandonar la búsqueda. ¿Qué era lo que tenía? Una familiar de su padre que, tiempo atrás, había emigrado a Lucca y trabajado en un taller de confección. Eso era todo. O ni siquiera eso, porque el taller llevaba años cerrado, y quién sabía qué se habría hecho realmente de la mujer. Eso tenía: una pista que no conducía a ningún sitio. Nada, por tanto, y a Rafael le bastaba con pensar que al menos tendría algo interesante que contar cuando estuviera de regreso en España. Contaría que había estado en el pueblo de la familia y que había sabido de la existencia de una pariente viuda a la que finalmente no había podido encontrar, y preguntaría a su padre quién era la viuda esa, qué grado de parentesco les unía, etcétera. Volvió al hotel con la intención de descansar un poco. Más tarde, durante la cena, decidiría el itinerario del día siguiente. ¿Bajaría hasta Roma o volvería a Florencia para seguir hacia Venecia? Lo cierto es que se quedó dormido y que no se despertó hasta que, por la mañana, empezó a oír en el pasillo el cacharrear de las señoras de la limpieza. Bajó a la cafetería. Mientras desayunaba, vio a alguien comprar fichas para el teléfono y se le ocurrió pedir el listín al camarero. En las películas nunca se recurría a algo tan cotidiano como el listín cuando se trataba de localizar a alguna persona, pero él no vivía en una película sino en la realidad, y tal vez habría tenido que empezar por ahí. Buscó la ce y no aparecía nadie que se apellidara Cameroni. Sonrió. Habría sido demasiado simple. Habría sido como si la *vedova* le estuviera esperando y le hubiera preparado el camino. Dejó el listín sobre el mostrador y siguió con el desayuno. Luego lo volvió a coger y lo abrió por la eme de Manifatture. Ahí estaba. La empresa no había cerrado sino que se había trasladado. Copió la dirección en una servilleta de papel y salió a la calle.

El nuevo taller estaba en una pequeña zona industrial a las afueras de la ciudad. Ante la entrada de mercancías, unos hombres descargaban de un camión enormes rollos de tela estampada. La oficina estaba al fondo del local, pasadas las máquinas cortadoras. Nadie pareció reparar en su presencia hasta que, tras recorrer todo el pasillo, llamó a la puerta del primer despacho. Al joven que le atendió no le sonaba de nada ese apellido, Cameroni. Pero no le importó perder unos minutos revisando unos ficheros que tenía a sus espaldas. Entre tanto apareció un hombre mayor, que tal vez fuera su padre, y el joven le informó del objeto de su búsqueda. Cameroni, Cameroni, repitió el viejo, y agitó la cabeza como si le resultara familiar.

—*Una vedova, no? Di Capannori?* —preguntó.

—*Di Montecarlo* —corrigió Rafael.

—*Una donna così...* —dijo el viejo, y los brazos en jarras y el mentón hundido sugirieron algo que podía interpretarse como temperamento pero también como corpulencia.

Rafael asintió con la cabeza, aunque por supuesto no podía saber si se trataba de una cosa o de la otra. El caso era que ya la tenía. Tenía la dirección y podía hacerle una visita esa misma mañana. Así no haría falta que cambiara de planes, y por la noche estaría en Roma o en Venecia.

La mujer vivía en un segundo piso sin ascensor de la plaza San Francesco. Mientras se dirigía hacia allí, calculaba Rafael el tiempo que, a la vuelta, tardaría en llegar a la estación tras pasar por el hotel para recoger la maleta: si no se entretenía demasiado, podría coger un tren a eso de la una... Con lo que no contaba era con que en ese momento no habría nadie en la casa. Llamó varias veces al timbre pero no se oyó ningún ruido al otro lado de la puerta. ¿Qué hacer? Si se quedaba a esperar, corría el riesgo de que eso trastocara definitivamente sus planes. Pero tampoco podía marcharse así como así, ahora que había dado con ella. En la placa del buzón leyó el nombre: Giulia Rossi. Decidió dar un último paseo por Lucca y volver a intentarlo al cabo de un rato. Si tampoco entonces la encontraba, le dejaría una nota de salutación. Llegó hasta la plaza Napoleone y se sentó a escribir en un velador. Qué difícil le resultaba elegir las palabras. Optó por encabezar el texto con un *Cara Giulia* y se presentó como Rafael Cameroni, el mayor de los tres hijos de Raffaele Cameroni, que se había establecido en España tras combatir en la Guerra Civil. Explicó los motivos de su viaje por Italia, *la mia secon-*

da patria, y lamentó no haber podido saludarla personalmente en su breve paso por Lucca. Completó el escrito con alguna frase de cortesía y se despidió expresándole sus mejores deseos. Luego metió la nota en un sobre y se encaminó de nuevo hacia la plaza San Francesco. Subió al segundo piso y llamó al timbre. Tampoco ahora había nadie. Bajó al portal, dejó el sobre en el buzón y se marchó.

Pero en realidad no llegó a marcharse del todo. Al poco de salir se cruzó con dos mujeres que le observaron un instante con curiosidad. Una de ellas tendría cincuenta y tantos años; la otra, unos treinta. Rafael se fijó en ésta, la más joven, y percibió algo en ella que le resultaba familiar, inquietantemente familiar. Se detuvo, se volvió a mirarlas y comprobó que entraban en el mismo portal del que él acababa de salir. Eso sin duda explicaba su curiosidad anterior, y el cerebro de Rafael trabajaba a toda velocidad, tratando de hacer que las piezas del puzzle encajaran. Lo primero era descubrir de una vez a quién le había recordado aquella mujer, la treintañera. Ese rostro que sería hermoso si no careciera de tensión, esa mirada húmeda y algo aletargada, esa sonrisa sin carácter... Todo eso lo había visto antes en otra persona. De hecho, estaba acostumbrado a verlo. Sí, pero ¿dónde?, ¿en quién? La otra mujer, por supuesto, tenía que ser Giulia Rossi, *la vedova*, y esta palabra se le apareció de repente como la clave de todo. Un presentimiento aterrador le recorrió la columna vertebral. Si esa mujer era la viuda y la otra era su hija, podía ser que... Echó a andar hacia el portal. Se asomó al hueco de la escalera temiendo que sus intuiciones se hicieran realidad. Porque para entonces ya sabía a quién le había recordado la hija. A su hermano pequeño. Al inocente de su hermano pequeño. A Paquito. Llegó al rellano pero no llamó al timbre. Los pensamientos se agitaban en su cabeza como peces atrapados en una red. Supo que la falsa viuda estaba entonces leyendo las primeras frases de su nota. Supo que, a la vez que él trataba de reconstruir toda su existencia a la luz de los descubrimientos, ella estaba haciendo lo mismo con los últimos veintisiete años de su vida. Supo que en cualquier instante abriría la puerta con la certeza de que se lo encontraría esperando en la penumbra de la escalera...

Abrió Giulia, en efecto, y durante unos segundos permanecieron los dos inmóviles, mirándose nada más, mientras la otra, desde el pasillo, saludaba con ambas manos al recién llegado y se bamboleaba como un tentetieso. Luego la mayor soltó un sollozo, o ni siquiera eso, un hipido, y cayó al suelo sin conocimiento. Rafael se apresuró a socorrerla. La arrastró al cuarto de estar, la tendió como pudo en el pequeño sofá, la abanicó con una revista. Su hija intentaba ayudar, pero no hacía sino entorpecerlo todo. No parecía preocupada, sólo nerviosa. Rafael la envió a la cocina (*Presto! Un bicchiere d'acqua!*), y entre tanto descubrió las fotos de su padre encima de la cómoda. Eran tres fotos, y eran las únicas que había en la habitación: un homenaje a un pasado feliz. En la de la boda, un envarado y delgadísimo Raffaele miraba con arrobo a Giulia sobre un artificioso telón de flores. En la de la familia al completo aparecía con la sonrisa desdibujada, los hombros subidos y la niña sentada sobre las rodillas. En la tercera se le veía sólo a él, de uniforme y con *il bronzino*, junto a la enseña del batallón: el héroe de guerra que ya nunca volvería a casa. ¿Había fantaseado Rafael con las diferentes vidas que a toda persona le correspondería vivir? En esas tres fotos estaba concentrada la otra vida de su padre, y en esa vida ni él ni sus hermanos habían existido jamás, como de hecho tampoco habían existido jamás para Giulia ni para Margherita, su desconocida hermanastra. Rafael observaba las fotografías estremecido y absorto, con la turbación de no saber cuál de las dos vidas era la verdadera: si la suya y de sus hermanos o la otra, la de Giulia y su hija deficiente. *La lettera, Margherita!, la lettera!*, oyó a su espalda, y se volvió un instante para ver cómo Giulia con una mano agarraba el vaso y con la otra señalaba un armarito. Miró a la madre y a la hija. Se parecían poco: sólo en los grandes pechos y el cuello ancho. A quien de verdad se parecía Margherita era a Paquito. En realidad, lo que Rafael reprochaba a su padre no era su bigamia. Tampoco que hubiera abandonado a una mujer y una hija. Lo que le reprochaba era que treinta años antes hubiera abandonado a su niña por ser subnormal y que, algún tiempo después, hubiera discriminado a otro hijo suyo por el mismo motivo... Aquellas fotos explicaban tantas cosas sobre su padre. Explicaban los misterios acerca de su origen y su pasado, pero sobre todo explicaban su constante aunque nunca reconocida hostilidad hacia Paquito. O hacia sí mismo: ¿qué había pensado al notar por primera vez que el pequeño Francisco mostraba los mismos síntomas de retraso mental que su hija? Aquellos días, mientras el médico se preparaba para dar un diagnóstico que Raffaele conocía por adelantado, debió de creer que algún tipo de maleficio le perseguía. Daba lo mismo que fuera en Italia o en España, con una mujer o con otra... La mala sangre, pensó Rafael, la mala sangre. Ahora Giulia daba a su hija confusas indicaciones acerca de las cosas que guardaba en el armarito: algún contrato antiguo, varios recibos amarillentos, la documentación del habilitado para el cobro de la pensión, bastantes cartas y postales. Margherita estaba acuclillada, y entre todos aquellos papeles desparramados encontró el sobre que su madre estaba buscando. Rafael extendió la mano, Giulia asintió con la cabeza y Margherita le dio el sobre. No figuraba en él ningún remite, y la carta estaba firmada por un Giuseppe a secas, sin apellido. En realidad, más que una carta era una nota de pésame, y en ella el tal Giuseppe se declaraba profundamente *addolorato* por la muerte de su compañero de batallón y buen amigo Raffaele Cameroni, que tan heroicamente había defendido el buen nombre de Italia en tierras españolas... ¿Por qué en ese escrito Raffaele era Raffaele Cameroni y él, en cambio, era sólo Giuseppe? ¿Y por qué esa prosa inconcreta y protocolaria, impropia de alguien que había compartido padecimientos con el muerto y había tenido que estar muy cerca de él en los últimos momentos? Prestó atención a la caligrafía. Las mayúsculas le resultaban extrañas, casi pintorescas, pero en algunas minúsculas no le costó reconocer, voluntariosamente deformada, la irregular letra de su padre... ¡Viejo tramposo! Lo curioso era que se imaginaba a su padre en el acto de escribir esa carta y Rafael se lo representaba con la edad y el aspecto que tenía entonces, en el verano de 1964, y no con la edad y el aspecto que debía de tener ese día de principios de enero del 39 en que estaba fechada la carta. Al que él odiaba no era a aquel joven soldado anterior a su nacimiento; al que él odiaba era a su padre, y su padre era el Raffaele de la actualidad. Dejó caer la carta junto a los otros papeles y se volvió hacia las dos mujeres. Giulia se había tapado la cara con las manos y emitía un largo e inarticulado lamento que recordaba el bramido de los toros al morir. Margherita, a su lado, seguía sin entender nada y miraba a su madre con expresión asustada. Rafael se dijo que tenía muchas más cosas en común con esas dos mujeres que con su padre. Al fin y al cabo eran, como él mismo, víctimas inocentes. Se acercó al sofá, se acuclilló ante ellas, las cogió de la mano. Pero no dijo nada. Ya tendrían tiempo de decírselo todo.

SEGUNDA PARTE

1

El chico que la había invitado a salir se llamaba nada menos que Escolástico, y a Elisa no le gustaba nada. No le gustaba el chico, no le gustaba el ciclismo, tampoco le gustaban las aglomeraciones... No había ningún motivo para que esa calurosa tarde de mayo estuviera allí, siguiendo el trotecillo nervioso de Escolástico, avanzando despacio entre los grupos de gente que esperaba a los corredores. El chico se volvía cada pocos segundos y la apremiaba con sonrisitas impacientes. ¿Por-por qué esas prisas?, decía Elisa. En su familia, cuando una mujer tartamudeaba, era que había algo que no iba bien. Lo hacía su abuela, lo hacían su madre y sus tías. Los labios crispados, el cuello un poco tirante, el tartamudeo...: las mujeres de su familia se parecían más cuando estaban enfurruñadas. Elisa lo estaba aquella tarde, pero el chico no tenía por qué saberlo. ¿Por-por qué esas prisas?, le decía, y él a lo mejor pensaba que tartamudeaba por curiosidad o por excitación.

Debían de haber lanzado cohetes porque olía a pólvora. Olía también al aceite quemado de las churrerías, y por los altavoces sonaba una música estridente que de golpe se interrumpía para que una voz recitara una lista de nombres. Anunciantes, supuso ella, o patrocinadores. Había una roulotte gigante con propaganda de gaseosa, y dos jovencitas vestidas de amarillo regalaban globos hinchados con helio. De vez en cuando alguno de esos globos escapaba volando hacia el cielo, y entre el alboroto se distinguía el grito desolado de un niño. Elisa caminaba cada vez más despacio. En cierto momento creyó haber perdido a Escolástico entre la multitud. Se paró. La gente desfilaba en todas las direcciones, y recibió un empujón por el que nadie trató de disculparse. Se acabó, me vuelvo a casa, pensó, pero justo entonces apareció el chico con dos viseras de cartulina. Se ajustó la suya a la frente y le tendió la otra:

—Me las han dado en la caseta de información. No creas que le dan a todo el mundo...

—No puedo más. Hace demasiado calor —protestó.

Escolástico ni la escuchó. Te voy a llevar al sitio mejor, dijo, y la cogió por el codo y trató de guiarla entre la gente. Elisa no supo en ese instante resistirse y, mientras se dejaba llevar, miraba a uno y otro lado como buscando una escapatoria. ¿Por qué no nos sentamos en cualquier parte?, ¿por qué no esperamos en una cafetería?, propuso, pero el otro se limitó a encogerse de hombros, al tiempo que seguía guiándola por el codo. Elisa levantó la mirada y vio la palabra META en grandes letras rojas. Luego la pancarta quedó a su espalda, y al trasluz se leía ATEM. En el otro lado, el de la basílica, distinguió la tarima de las autoridades: señores con corbata y gafas oscuras, sudorosos hombres de uniforme, también la reina de las fiestas rodeada de las damas de su corte, todas ellas con el traje regional. Para entonces, Escolástico le había soltado por fin el codo. Estaban junto a la línea de vallas, y un hombre con una inmensa peca en la mejilla derecha levantó la voz por encima del estruendo de los altavoces para decir: ¡No!, ¡aquí no hay nadie que se llame así! Por lo visto, Escolástico decía conocer a una persona que trabajaba en la organización, y con tal motivo pretendía que les dejaran acceder a la zona reservada, junto a los periodistas y a los técnicos de los equipos. Pronunció otra vez el nombre de su amigo, pero el de la peca, empleado del servicio de orden, insistía en que no los podía dejar pasar y le indicaba por gestos que no obstruyera el paso. La discusión no tardó en atascarse: ¡Pero yo le digo lo que él me dijo!, ¡pues yo le digo lo que le digo...! Harta, Elisa decidió marcharse y dejarles ahí plantados. ¿Qué interés tenía ella en ver el final de la etapa desde ese sitio o desde cualquier otro? Ninguno, absolutamente ninguno. ¿Por qué entonces tenía que aguantar todo aquel calor y aquel griterío mientras esperaba a que esos dos idiotas se pusieran de acuerdo?

Pero ocurrió que justo en ese instante el hombre apartó la valla metálica para que entraran tres personas, y eso la irritó.

—¿Por qué ellos pasan y nosotros no? —preguntó, agitando en el aire la visera de cartulina.

El empleado, que no había reparado en ella, dijo muy serio:

—Porque están acreditados.

—¡Pues muy bien! ¿Dónde hay que acreditarse?

De repente, la ofendía la prohibición de cruzar una valla que nunca había deseado cruzar. Por muy contradictorio que fuera, su indignación crecía por momentos:

—¡Venga! ¡Usted díganos dónde y nosotros nos

acreditamos! ¿O es que esos de ahí son más guapos o más listos que nosotros?

El hombre de la peca dijo señorita, cálmese, y sus palabras sólo consiguieron el efecto contrario. ¿Que se calmara?, ¿quién era él para decirle que se calmara?, ¡estaba calmada, calmadísima...! Bien pronto apareció otro empleado del servicio de orden, y algo más tarde un tercero, y éste, que parecía ser el jefe, amenazó con llamar a la policía municipal.

—¡Eso es! ¡Pedid refuerzos, que sois sólo tres contra una pobre chica! —se burlaba Elisa.

Pero para entonces Escolástico la había ya agarrado del brazo y la sacaba de allí a trompicones. Luego quiso darle las gracias, y ella, arrojando al suelo la visera, le interrumpió:

—¿Y tú no podías haberte inventado una historia mejor?

Su madre decía de ella que era de esas chicas que siempre creen merecer más de lo que tienen. Desde luego, en aquel momento Elisa creía merecer un acompañante más interesante que aquel chico de nombre estúpido. Y también un pasatiempo más entretenido que aquel espectáculo ciclista que tanto se hacía esperar. Se preguntaba a sí misma por qué tenían que pasarle esas cosas, por qué precisamente a ella... La breve disputa con el vigilante se había convertido en una humillación irreparable, y en su interior el disgusto había dejado paso al rencor. Ah, pero estaba ese sentido, cómo llamarlo, ese sentido del decoro que le impedía hacer lo que de verdad le estaba apeteciendo: soltar cuatro frescas a aquel canelo y largarse. Escolástico, además, se comportaba de nuevo como si nada hubiera ocurrido, y ya estaba otra vez conduciéndola entre la multitud y apremiándola porque los ciclistas estaban a punto de llegar. Elisa trataba de no pensar en nada. Se decía a sí misma: Me resigno. Se decía: Me resigno y aguanto unos minutos más.

¿Fue entonces cuando oyó por primera vez el nombre? Y si no, ¿cuándo fue exactamente? ¿Mientras el chico y ella se abrían paso entre codazos y protestas hasta una de las vallas? ¿Antes o después de que fuera a parar a su blusa el helado que un niño sentado a hombros de su padre trató de tirar a la calzada? En todo caso, lo había oído en uno de los momentos de mayor agobio: cuando estaban a punto de sonar los primeros aplausos, cuando ya la gente se removía excitada y comenzaba a agitar las banderitas de España. Aparecieron por fin las motos de la organización. El ruido de los altavoces quedó ahogado bajo un estrépito de bocinas. Entre las cabezas y las banderitas, Elisa acertó a ver a dos ciclistas que se levantaban sobre los pedales y esprintaban. ¡El de la izquierda es Manzaneque!, ¡y el otro, Colmenarejo!, anunció Escolástico, exultante. ¡Por lo menos esta vez ganará un español!, exclamó un hombre gordo que no paraba de empujar. Muy poco después apareció el resto de ciclistas, que en su gran mayoría parecían gandulear. El hombre gordo volvió a hablar: ¡Ahí va Bahamontes!, ¡está acabado! Pasó el pelotón, pasaron los coches y las furgonetas. Un par de minutos fue todo lo que aquel absurdo desfile tardó en pasar por delante de Elisa y perderse fuera del alcance de su mirada... ¿Ya estaba?, ¿ya había terminado? Ella había deseado con toda su alma que aquello acabara cuanto antes, y sin embargo ahora no encontraba razones para el alivio sino para un nuevo resentimiento. ¿Tantos preparativos para eso? ¿Tanta espera, tantas incomodidades para luego asistir a un espectáculo que no había durado más que unos pocos minutos?

Pero ésa tampoco fue su última contradicción. Enseguida el público apartó las vallas e invadió el asfalto. La cola de la caravana había quedado atascada. La gente iba de un lado para otro ignorando las protestas de los conductores y los aspavientos de los guardias. Entonces Elisa vio que Escolástico le dedicaba un gesto ambiguo (pero más de despedida que de invitación) y que aprovechaba el desorden para colarse entre los vehículos de la organización. ¡Lo había conseguido el muy...! Había conseguido meterse en la zona reservada, y ella, tan fastidiada hasta entonces en su compañía, se descubrió a sí misma improvisando nuevos reproches: ¿quién se había creído que era ese mamarracho?, ¡no podía dejarla así como así!, ¡nunca nadie la había ofendido de esa manera...! Estaba muy enfadada. Estaba tan enfadada que no sabía si marcharse a casa o esperar a Escolástico para recriminarle su actitud. De momento, mientras la zona se iba despejando, lo único que hizo fue reconcomerse, sentirse cada vez más humillada y más sola.

Entonces oyó aquel nombre:

—¡Alberto Cameroni!

Entonces, al menos, fue consciente de estar oyendo aquel nombre, y también de haberlo oído no mucho antes. Alberto Cameroni, repitió para sus adentros, y casi simultáneamente volvió a oírse por megafonía:

—¡Alberto Cameroni! ¡Acuda a la caseta de organización!

Elisa conocía películas y canciones en las que se hablaba de amores a primera vista. Pero nunca había oído hablar de ningún amor a primer oído, y eso fue lo que le ocurrió a ella. Que se enamoró de aquel Alberto Cameroni, quienquiera que fuese. Que se enamoró al menos de su nombre. Que esas dos palabras la sedujeron con la promesa de una vida superior y más intensa. Que su musicalidad extranjera le habló de mundos mejores pero accesibles y por primera vez sintió que podía ser rescatada de su ciudad, de su gente, de sí misma...

Un instante después, corría en busca de la caseta de la organización. La circulación seguía atascada bajo la pancarta de meta, así que rodeó el área vallada y logró colarse por la parte de atrás, donde unos cuantos ciclistas apuraban grandes botellas de agua mientras los reporteros esperaban para entrevistarles. Una cara y una peca conocidas le salieron al paso. El empleado del servicio de orden le mostró las palmas de las manos, y Elisa supo que esa vez no iba a andarse con miramientos.

—Estoy buscando a un amigo —dijo—. Se llama Alberto Cameroni.

—Aquí no hay ningún Camarones. ¿Cómo se llamaba el de antes?

—¡Pero si le acaban de llamar por los altavoces!

El hombre la agarró con fuerza del brazo y la llevó hasta el otro lado de la valla. Le estaba haciendo daño el muy bruto, que luego señaló un punto indeterminado al final de la plaza y la soltó con un leve empujón: ¡hala!, ¡largo de ahí!, ¡fuera!, ¿le estaba oyendo? Elisa se frotó el brazo lastimado y con la mayor dignidad de que fue capaz protestó: ¡Aquí puedo estar!

Sí, podía estar allí, pero desde allí sólo se veía la parte trasera de la caseta de la organización. La puerta o el mostrador o lo que hubiera en el otro lado escapaba al alcance de su visión, y ella miraba con atención a los hombres que iban y venían porque cualquiera de ellos podía ser Alberto Cameroni. ¿El de la gorra azul que sostenía en alto una aparatosa cámara de fotos? ¿El de las gafas de sol que imploraba cómicamente con las manos? ¿El pelirrojo al que los demás festejaban con abrazos y sonrisas? Podía ser que Alberto Cameroni fuera uno de esos hombres pero también podía ser que no, y eso autorizaba a su fantasía a agregarle con liberalidad rasgos y virtudes: fotógrafo quizás o periodista, divertido y sociable, buen amigo de sus amigos... Pero, fuera quien fuese, lo único seguro era que Alberto Cameroni resultaba inalcanzable para ella. Lo imaginaba viajando siempre de aquí para allá, recorriendo sin descanso los cinco continentes, y se decía a sí misma que tal vez la vuelta ciclista volvería a acercárselo el año siguiente o tal vez no, pero que en todo caso difícilmente llegarían a conocerse. ¡Ay!, suspiraba, ¡qué triste sería que Alberto Cameroni fuera de verdad el hombre de su vida!

Echó un último vistazo a la caseta y se decidió a marcharse. El vigilante, entre tanto, no le había quitado el ojo de encima. Elisa se alejó unos cuantos metros y, antes de apurar el paso, se volvió hacia él y gritó: ¡Imbécil!

Estaba segura de que nunca volvería a oír ese nombre, pero se equivocaba.

Pasó más de medio año. Una compañera de PREU comentó que en la avenida de Madrid estaban rodando una película y se acercaron a curiosear. Unos tipos malcarados les indicaron dónde podían ponerse y dónde no. Obedecieron. Desde allí veían muy poca cosa: el paso subterráneo de la avenida convertido en boca de metro, los figurantes esperando en sus sitios con aire pensativo, el equipo técnico rodeando al que parecía ser el realizador. Y una y otra vez ocurría lo mismo: que el ayudante de dirección daba una orden y la gente se ponía en movimiento, y que enseguida se oía el grito de ¡corta! y todos miraban a los técnicos como preguntando qué era lo que en esa ocasión había fallado. ¿Ése de ahí no sale en un anuncio?, dijo Elisa. Qué aburrido es esto del cine, suspiró Alicia, su amiga. Vieron cómo el ayudante, exasperado, agarraba del brazo a uno de los figurantes, se lo llevaba a un lado y le obligaba a quitarse la gabardina. Luego uno de los tipos malcarados se acercó al grupo de Elisa y preguntó:

—¿Cameroni? ¿Alguno de ustedes se llama Alberto Cameroni?

—¿Cameroni? —repitió ella, casi sin aliento: le parecía inconcebible que la vida le hubiera concedido esa segunda oportunidad.

A la espalda del tipo estaba el figurante. Uno o dos años mayor que Elisa, estatura mediana, pelo castaño, la frente amplia, la nariz muy recta. Tendría que parecerle guapo pero no se lo parecía.

—¿Lo conoce o no? —dijo el ayudante.

—En realidad... —dijo.

—Aquí se lo dejo. Hágase cargo.

El otro avanzó hacia Elisa con expresión avergonzada y sumisa, como los niños cuando saben que van a ser castigados. Alicia dio un codazo a su amiga y sofocó una risita nerviosa.

—¿Cómo te llamas? —preguntó Elisa.

—Francisco.

—¿Y Alberto? ¿Y Alberto? —lo dijo dos veces porque pronunciar ese nombre le provocaba un raro placer.

—Es mi hermano. ¡Vamos a buscarle!

Alicia se reía porque bastaba con verle para comprender que aquel chico no era normal. Elisa propuso esperar a Alberto, pero Francisco la cogió de la mano y dio un par de tirones. ¡Vamos a buscarle!, volvió a decir. Tenía unos andares bastante dislocados. A cada paso ladeaba el tronco como si el tórax pugnara por mirar hacia un lado y el abdomen hacia otro.

—¡Adio-o-ós! —canturreó Alicia, burlona.

La situación no podía ser más absurda: Elisa de la mano de un retrasado mental, buscando por las cafeterías de la zona a un hombre al que nunca había visto pero del que se creía enamorada... Entraron en una de ellas, y Francisco se acercaba a mirarles la cara a los clientes y luego se volvía hacia ella y le hacía un gesto de extrañeza. Entraron después en otra, y su extrañeza dejó paso a la decepción. ¿Por qué lo estás buscando?, preguntó Francisco. Eres tú quien lo está buscando, precisó Elisa, aunque sólo a medias era cierto. Es verdad..., admitió él con tristeza, y se sentó en el escalón de un portal. Sus gestos recordaban los de los actores del cine mudo. En él los estados de ánimo se expresaban con todo el cuerpo. Con los brazos y las manos, con los hombros, con la cabeza, con los ojos y las cejas, que en cada momento se coordinaban para transmitir un mensaje inequívoco y elemental. ¿Y ahora qué hacemos?, preguntó, y para hacer el gesto de reflexionar se llevó una mano a la barbilla y frunció el entrecejo. Vamos a ver, dijo ella, ¿dónde vives? Hombros encogidos, balanceo lateral de la cabeza: no se acordaba. Elisa se agitó con impaciencia, y por un instante temió que se le estuviera contagiando su expresividad rudimentaria. ¿Por qué calle habéis venido?, preguntó. El otro se levantó de un salto, miró para todos lados y preguntó dónde estaba La Espiga. ¿Se refería al bar La Espiga, junto a Independencia, en lo más céntrico de la ciudad? El chico estaba totalmente desorientado, y sin embargo echó a andar sin esperarla: ¡si iban hacia La Espiga se lo encontrarían...! Llegaron hasta la iglesia del Portillo y la rodearon en dirección a la plaza de toros. Cuando se disponían a cruzar, alguien le llamó por su nombre: ¡Paquito! Éste dedicó a Elisa una sonrisa triunfal:

—¡Te lo había dicho! ¡Te había dicho que teníamos que ir hacia La Espiga! ¿Es verdad o no que te lo había dicho?

Alberto. Alberto Cameroni. Alberto Cameroni se acercaba por detrás de ellos, y en un par de segundos Elisa lo tendría delante. Entonces su pelo, sus ojos, su boca serían como realmente eran, y no de ninguna de las muchas maneras en que los había imaginado. Cerró los ojos mientras le sentía llegar. Un paso, otro paso, otro más y ahí estaba. Alberto Cameroni. Estatura mediana, pelo castaño, la frente amplia, la nariz muy recta...

—¿Dónde te habías metido, Paquito? ¿No te había dicho que no te movieras del sitio? ¿Por qué serás tan desobediente? Nos tenías muy preocupados. ¿Y si te ocurre algo?

Paquito y él eran muy parecidos, tan parecidos que a primera vista podrían pasar por hermanos gemelos. Pero sólo a primera vista. Bastaba con verlos discutir para que las diferencias superaran a las similitudes. Elisa pensó en dos versiones de una misma canción, una ejecutada por un solista experimentado, la otra por un tosco aprendiz.

—¡No soy desobediente! —protestaba Paquito—. ¡No lo soy! ¡No, no, no! ¡Fue ese hombre, el que me quitó la gabardina...! ¡Me quitó la gabardina y me dijo que estaba hasta los huevos! ¡Pero yo sólo intentaba hacerlo lo mejor posible! —soltó de repente un fuerte hipido, se echó en brazos de Alberto y rompió a llorar. Decía entre sollozos—: Los miraba a ellos para ver si lo estaba haciendo bien, y ellos se enfadaban conmigo y me decían que no mirara a la cámara... Volvíamos a empezar y yo no podía evitarlo. Los miraba otra vez para ver qué tal lo estaba haciendo, y ellos volvían a enfadarse...

Alberto trataba de consolarle dándole palmaditas en la espalda: bueno, bueeno, ya estaba, ya había pasado todo... Elisa no encontraba el momento de intervenir. ¿Cómo se llama?, preguntó. Paquito, dijo Alberto. No, sonrió Elisa, la película. Alberto sonrió también y dijo que no tenía ni idea, y Paquito se apartó de su hermano y protestó. Él quería salir en la película. ¡Quería salir, quería salir! Alberto trató de disuadirlo: estaba claro que no le dejarían. Pero Paquito insistía: ¡por lo menos quería ver cómo la hacían! El otro cabeceó y dijo:

—De todos modos tenemos que recoger a Belén. Se ha quedado con los del rodaje por si volvías.

¿Belén? ¿Quién sería esa Belén? Su hermana en el mejor de los casos, su novia en el peor. Elisa conocía el nombre de esa hermana o novia o lo que fuera, pero ni Alberto ni Paquito mostraban la menor curiosidad por conocer el suyo. ¡Voy con vosotros!, anunció con falsa despreocupación al ver que echaban a andar. Caminaban despacio, dando tiempo a que Paquito se asomara a los portales.

—Es como un niño de seis años —comentó Alberto—. Si supieras la de veces que he tenido que salir a buscarlo... En el bolsillo lleva un papel con mi nombre, el número de teléfono, las señas. Cuando se pierde, ya sabe que sólo tiene que buscar a un guardia y enseñarle el papel.

—¿Como el día de la vuelta ciclista?

Por primera vez se sintió observada con interés. Le

pareció que Alberto tenía una mirada muy bonita, con aquel parpadeo tan lento y aquellas pestañas tan largas. Se dieron la mano. Se presentaron: Alberto, Elisa.

—¡Alberto, Alberto...!

La que ahora repetía su nombre era una rubita con el uniforme del Sagrado Corazón: falda de franela hasta las rodillas, jersey azul marino, medias también azules. Durante unos segundos, Elisa odió a esa tal Belén como nunca antes había odiado a nadie. Odió su bonita figura y sus andares de bailarina y su sonrisa ingenua. La típica cursi del Sagrado Corazón, se dijo para consolarse, pero es verdad que no conocía a ninguna chica que estudiara en el Sagrado Corazón. ¿Se puede saber dónde estabas?, preguntó a Paquito, y al hacerlo le acarició la barbilla con alarmante familiaridad. Paquito contestó: Por ahí, con ella. ¡Pero yo quiero salir en la película! ¡Quiero salir! Fueron hacia el lugar del rodaje. Belén sugería a Alberto posibles regalos para una tía llamada Milagros, que la semana siguiente cumplía setenta años. ¿Un reloj? Ni pensarlo: a los viejos no había que recordarles el poco tiempo que les quedaba. ¿Qué tal un marquito de plata? Una mujer tan religiosa... ¿Y un marquito con una foto del Papa? Elisa estaba a su lado pero era como si no estuviera. Luego Alberto preguntó por el ayudante de realización, y la chica y Elisa no se dijeron ni mu mientras le veían hablar con unos y con otros. Paquito, junto a ellas, seguía la escena con nerviosismo: ¡Ése es! ¡Ése es el que siempre se enfada conmigo! Junto a la silla del director, apoyada en unas cajas, estaba la claqueta. En ella, escrito en grandes letras blancas, figuraba el título de la película, *Culpable para un delito*. Alberto volvió al cabo de un rato:

—Dice que nosotros nos hacemos responsables.

Que puede ponerse junto a aquella farola pero que por nada del mundo debe volverse hacia la cámara. Que nosotros dos tenemos que estar con él.

Por supuesto, Elisa no estaba incluida en ese nosotros dos. Alberto hablaba mirando a Belén, que agitó la cabeza: ¿Así?, ¿en uniforme y sin arreglar?, ¡ni pensarlo! Alberto juntó las manos en actitud implorante, y Paquito reanudó su cantinela de ¡quiero salir, quiero salir! El ayudante se acercó y les apremió malhumorado: ¡Bueno!, ¿qué? Elisa comprendió que ésa era su ocasión. ¿Y si salgo yo en su lugar?, preguntó. La chica la observó boquiabierta, odiándola tanto como Elisa la había odiado unos minutos antes. ¡Claro, claro!, dijo el ayudante, ¡pero rapiditos!, ¡poneos allá y esperad instrucciones! Fueron. A Paquito le devolvieron la gabardina. A Elisa le dieron un bolso negro y a Alberto un paraguas. ¿Un paraguas con este tiempo?, protestó. Elisa no habría sabido decir si estaba irritado o confundido. Seguramente las dos cosas, y ella, que en otras circunstancias ya se habría arrepentido de su propio descaro, se sintió por el contrario orgullosa de su astucia. Deseó que Alicia no se hubiera ido y que fuera testigo de lo que estaba ocurriendo. Más tarde se lo habría explicado todo. Le habría explicado que tenía al hombre de su vida. Que lo tenía ahí delante, a su disposición, obligado a mirarla y a escucharla y a hacerle caso mientras su novia la detestaba desde la distancia. Y pensó que su felicidad de entonces tenía un matiz perverso, y que ese matiz era como una especie que intensificaba el sabor de aquélla. Repitió con aire profesional las palabras del ayudante:

—Ya lo habéis oído: comportaos con naturalidad. Somos un grupo de amigos que va a coger el metro. En cuanto digan acción, echamos a andar y hacemos como que conversamos de cualquier cosa. Luego nos paramos en las escaleras y miramos al hombre del puñal... ¡Y tú, Paquito, acuérdate de no mirar a la cámara!

Paquito, muy excitado, no parecía escucharla. Alberto la observaba con seriedad.

—¿Qué sabes tú de la vuelta ciclista? —le preguntó en voz baja.

—Estaba allí y oí tu nombre. Lo dijeron varias veces por los altavoces.

—¡Pero eso fue hace meses! ¿Cómo puedes acordarte?

—Me acuerdo.

—¿Tú qué eres? ¿Una de esas chicas superdotadas?

Ella soltó una carcajada que no sonó muy sincera y se apresuró a hablarle de sí misma: de sus malas notas del curso anterior, de la academia en la que la habían matriculado sus padres. Alberto, más que escuchar, estudiaba sus palabras como buscando en ellas una clave escondida. Elisa era consciente de sus recelos pero no sabía cómo combatirlos, y su monólogo se volvía cada vez más confuso. Que si su intención era hacer una carrera pero aún no sabía cuál, que si ella no era de esas que sólo pensaban en casarse, que si por supuesto no tenía novio ni ganas de tenerlo...

—Y esa chica, Belén, ¿hace mucho que salís juntos? —añadió, y mientras lo decía se daba cuenta de que su curiosidad la estaba delatando.

—¡Atención! ¡Vamos a rodar! —gritó alguien del equipo a través de un megáfono de hojalata.

Se mantuvieron en silencio hasta que escucharon la orden de acción. Al igual que los otros figurantes, también ellos avanzaban hacia la falsa boca de metro. La gente iba y venía, y todo el mundo sabía lo que tenía que hacer. Unos fingían tener prisa, otros parecían remolonear. A ellos les habían dicho que conversaran un poco, así que Elisa se puso a hablar y dijo lo primero que le vino a la cabeza:

—En realidad no me importa si Belén y tú salís juntos... Quiero decir que sí me importa pero que no tendría que habértelo preguntado. Todavía no tenemos la suficiente confianza... ¡Borra lo de todavía! ¡Lo que quiero decir es que nos acabamos de conocer y...! Bueno, me parece que me estoy embarullando...

Paquito estaba demasiado excitado para prestarles atención. Alberto, de todos modos, habló en voz baja:

—Sólo voy a decirte una cosa. No sé qué es lo que sabes del día de la vuelta ciclista. Pero espero que no se te ocurra ir contándolo por ahí.

Estaban ya en las escaleras. Un actor cayó al suelo, otro sostuvo en el aire un pequeño puñal ensangrentado. Se volvieron todos hacia él. El ayudante les había dicho que debían fingir sorpresa y espanto.

—Te quiero, Alberto... —le susurró Elisa al oído, y la sorpresa y el espanto de Alberto no le parecieron fingidos.

Los días siguientes no fue a la academia. Se sentía enferma, enferma de verdad, aunque su padre no se atrevía a emitir ningún diagnóstico. La auscultaba, le ponía el termómetro, le tomaba el pulso y la tensión. Y luego daba unas palmaditas en la almohada y decía:

—Malestar general, falta de apetito, debilidad... Es cierto que tienes mala cara. Pero no puede ser muy grave. Nada que no se cure con reposo y comida sana.

Su padre era médico y casi todo lo resolvía del mismo modo, recomendando reposo y comida sana. Tal vez fuera ésa una de las razones por las que no le faltaban pacientes, que acudían a él con la certidumbre de que convertiría sus jaquecas y lumbalgias en un trastorno menor que no requería un tratamiento específico. Curar, puede ser que no curara mucho, pero sus maneras suaves y su hablar calmado inspiraban confianza en los enfermos, que seguramente no buscaban sino unas palabras de ánimo y una vaga promesa de mejoría. En todo caso, sus métodos no surtían ningún efecto en Elisa, y con el paso de los días su estado de salud no hacía otra cosa que empeorar: le costaba conciliar el sueño y, cuando lo conseguía, se despertaba en mitad de la noche envuelta en sudores fríos. Su madre, que trabajaba de enfermera con su marido, abandonaba con frecuencia la consulta para hacerle compañía sentada a los pies de la cama. De vez en cuando la miraba preocupada y comentaba que, como siguiera así, avisaría a Bellido o a Romero, dos compañeros de promoción de su marido (al fin y al cabo, su fe en la competencia profesional de éste no era ilimitada). Elisa, por supuesto, sabía cuál era el origen de sus males, pero a ellos no podía decírselo. Para sus padres, por lo menos para sus padres tal como ella los veía entonces, hablar de depresión o mal de amores habría sido como degradar el problema, convertirlo en una pequeñez: ¡o sea que eso era todo!, ¿sólo porque un chico no le hacía caso se ponía así? Elisa se lo imaginaba a él arqueando teatralmente las cejas y exclamando: ¡Eso te pasa por ver tantas películas!, ¡las chicas de hoy no tendríais que ir tanto al cine! Y a ella se la imaginaba asintiendo condescendiente con la cabeza: Siempre he dicho que eras una chica demasiado sensible...

En sus comentarios nunca percibía divergencias. Para Elisa cada una de las opiniones de sus padres era la misma, una opinión común que en los labios de su padre podía modularse de una manera y en los de su madre de otra. Acaso eso fuera lo habitual entre los jóvenes de la época, que tendían a ver a sus padres como una unidad consistente, un ensamblaje sencillo y perfecto. Así los veían y así les exigían que fueran: matrimonios estables, sin altibajos ni crisis, obligados en todo momento a profesarse el mismo afecto que el primer día, fortalecidos por el tesón con que combatían amenazas que siempre venían de fuera. Con diecisiete años, a Elisa todavía le costaba creer que hubiera existido un tiempo en el que sus padres no se conocían. A veces se preguntaba cómo serían en aquella época y se le aparecían como criaturas borrosas e incompletas, simples esbozos de lo que sólo empezarían a ser en cuanto el destino los uniera. Se preguntaba, por ejemplo, si ya entonces su padre olía a betún y a pastillas de alcanfor y si después de las comidas se quedaba dormido en el sillón con la boca abierta. Se preguntaba también si su madre era ya aficionada a las sopas de letras y los crucigramas y si se metía en el bolso los azucarillos sobrantes de las cafeterías. Sí, estaba claro que habían tenido una vida anterior, pero su fatuidad o su inocencia se la presentaban como un mero prólogo, una etapa de preparación para la auténtica vida, que se había iniciado con su nacimiento y que sus propios recuerdos ilustraban con nitidez y profusión. Así, los distintos empleos en los que su padre había trabajado para financiarse la carrera no eran sino pistas falsas con las que el destino le había distraído antes de empujarle al camino correcto, y ese camino le había llevado (con un catálogo de artículos de ortopedia bajo el brazo) a la tienda de su abuelo y, por supuesto, a su madre, que a la salida del colegio solía echar una mano en el negocio familiar. Después habían venido el breve noviazgo con música de Antonio Machín, una boda con ropa prestada pero digna, las estrecheces de los primeros años, la ansiedad por tener una descendencia que se empeñaba en retrasarse y, por fin, la irreprimible dicha de su nacimiento, y a Elisa le parecía que todo lo anterior no eran sino los pasos necesarios para llegar a ese final (que en realidad era el comienzo) y que ese final (que era el comienzo) los justificaba y dotaba de sentido.

El proceso, por tanto, se había iniciado muchos años atrás (¿cuando su abuelo abrió la ortopedia?, ¿cuando su padre decidió estudiar Medicina?), y el resultado había sido la providencial unión de sus padres, una pareja compacta y sin secretos cuyas existencias eran en realidad una sola existencia, entregadas como estaban la una a la otra y subordinadas las dos a la felicidad de Elisa, su hija. Pero la idea que ellos tenían de la felicidad de su hija no coincidía con la de ésta. Ellos pensaban en su seguridad y su porvenir, y a Elisa nada de eso le importaba. Habían previsto para ella una vida sin grandes riesgos pero también sin grandes cambios, y ella estaba dispuesta a correr cualquier riesgo con tal de cambiar de vida. O, por lo menos, con tal de probar otras vidas: en otras ciudades, en otras casas, con otras personas. Cualquier vida le parecía mejor que la suya. ¿Cómo hablarles de su amor por Alberto sin hablarles de todo eso? ¿Y cómo hablarles de todo eso sin hacerles daño? No podía contar nada a su padre porque se ofendería, y no podía confiar nada a su madre porque se lo contaría a su padre y entonces se ofenderían los dos. Su amor solícito y vigilante la mantenía recluida en su propia casa. Guardó cama durante cinco o seis días, y en todo ese tiempo no se le iba de la cabeza el recuerdo de los instantes pasados con Alberto. Revisaba mentalmente lo que esa tarde había dicho y hecho, y se preguntaba en qué había fallado, en qué momento se había equivocado. ¿Había sido al mencionarle la vuelta ciclista? ¿O cuando con toda la desvergüenza del mundo había suplantado a su novia en el rodaje? ¿O algo más tarde, cuando no fue capaz de contener su atolondramiento y dijo tantas cosas que no debía decir, entre ellas ese intempestivo te quiero? El caso es que aquella tarde, después de rodar la última toma, Alberto se había marchado casi sin despedirse, y que desde entonces Elisa permanecía postrada en la cama, sin ganas de hacer nada ni de salir ni de ver a nadie.

Su padre había heredado algunos pacientes de un médico ya retirado con el que había compartido consulta. A esos pacientes, ancianos todos, se les seguía cobrando una iguala, y la encargada de hacerlo era ella, Elisa, que el segundo sábado de cada mes dedicaba toda la mañana y parte de la tarde a hacer la ronda por sus domicilios. Su madre preparaba los recibos en el cuarto de estar: los metía en sobres de color sepia, escribía a máquina las direcciones, estampaba con delicadeza el sello de la Clínica Mardones (así llamaban a la consulta, instalada en la propia vivienda de la familia). Aquel segundo sábado de febrero, Elisa oyó a su madre ir y venir por el pasillo. Del ruido de sus tacones dedujo que se disponía a salir. La llamó desde la cama:

—¿Me has dejado los sobres?

—Tú sigue durmiendo —dijo su madre a través de la puerta entreabierta.

—Estoy curada.

Era cierto. Se habían terminado el abatimiento, la debilidad, los sudores nocturnos: para qué cerrar los ojos y aferrarse al sueño, para qué llorar y lamentarse. De repente, lo último que le apetecía era seguir respirando el aire gastado de su habitación.

—Con este frío, mejor que no salgas —dijo su madre.

—Te digo que estoy curada.

En su casa la llamaban la ronda de la iguala. Hasta dos o tres años antes se ocupaba su madre de ella. Elisa solía acompañarla en esa época, y los pacientes le decían qué guapa estás o le preguntaban por sus estudios o adoptaban un aire sigiloso para darle un caramelo balsámico. La conocían desde niña. La habían visto crecer, y todavía se extrañaban de que esa mujercita fuera la misma que de pequeña solía apretarse contra el abrigo de su madre. A Elisa, por el contrario, ellos siempre le habían parecido viejos. Se lo habían parecido la primera vez que les vio abrir la puerta y se lo seguían pareciendo ahora. Lo único que cambiaba era que de vez en cuando alguno se moría y ella ya no tenía que volver por su casa con el recibo. Su itinerario, por tanto, había ido cambiando, y Elisa se acordaba de esos pasatiempos en los que hay que completar una figura uniendo una línea de puntos. Sus pasos trazaban al principio una trayectoria definida, y su centro se situaba en torno a la calle Cervantes, que era donde el antiguo socio de su padre había tenido la consulta. La muerte, sin embargo, había borrado varios de esos puntos, y la figura había ido perdiendo el centro y desmadejándose hasta volverse irreconocible.

Pero aquel sábado de febrero el punto que de verdad orientaba su trayectoria se encontraba fuera de esa figura, en una zona en la que no vivía ninguno de los pacientes de la iguala. Hacia la una, mediada la ronda, acudió a la tienda de su abuelo, un local estrecho y tenebroso, decorado con dibujos de seres humanos en los que siempre asomaba el esqueleto: en unos era la columna vertebral, en otros un hueso del brazo o de la pierna. Los negocios de ortopedia habían alcanzado cierta prosperidad en los cuarenta y los cincuenta, cuando España era un país lleno de mutilados, pero las cosas habían cambiado y lo raro era que en sus visitas coincidiera con algún cliente. Su abuelo había tenido incluso que prescindir de los dependientes y, solo como estaba, agradecía que de vez en cuando Elisa le hiciera una visita. La de aquel día fue particularmente breve.

—¿Ya te vas? ¡Pensaba que venías a hacerme compañía! —protestó al ver que se disponía a salir.

—¡Uf! —resopló ella—. ¡Tengo un montón de cosas que hacer!

Bueno, tenía que hacer una cosa, la única que le importaba, la que la había llevado hasta allí. ¿Qué habría pensado su abuelo si hubiera sabido que se había acercado a visitarle sólo porque su tienda estaba en la misma calle que el bar supuestamente frecuentado por el hombre al que amaba? Era cruzar la calle y recorrer cincuenta metros en dirección al paseo. Y allí estaba. La Espiga. La única referencia precisa que Elisa poseía sobre las costumbres de Alberto. El lugar que aquella mañana había organizado su mapa imaginario. El epicentro de todo. La sacudían por igual la curiosidad y la vergüenza, el ansia y el miedo. ¿Qué hacer si se lo encontraba? ¿Qué cara poner, qué palabras decir? Llegó hasta la entrada del bar (una cristalera, unas escaleras que bajaban) y contuvo la respiración. Luego se limitó a pasar despacio por delante y a echar un largo vistazo a su interior: quince o veinte personas, pero no él, no Alberto. Soltó un suspiro que era al mismo tiempo de disgusto y de alivio, y siguió avanzando hacia el paseo.

Su encuentro con él acabaría siendo muy distinto del que Elisa imaginaba. El 28 de febrero cumplió dieciocho años (en realidad había nacido el 29 pero ese año, como tantos otros, lo celebró el 28) y sus padres le regalaron una Velosolex, que era como el eslabón perdido entre las bicicletas y las motos: una bici algo más grande de lo habitual con un motor y un depósito bastante más pequeños de lo habitual. La de Elisa era negra, con sillín de piel y una rejilla para llevar las carpetas, y le encantaba cubrirse el pelo con un pañuelo y montarse en su Velosolex para ir a la academia.

Alberto la esperaba a la salida de las clases. Elisa lo vio más bajito que la otra vez. Lo vio también más nervioso e inseguro.

—¡Hola! —dijo él, tratando de hacerse el simpático—. ¡Tú por aquí! Ah, eres de esas chicas modernas que van en moto... ¡Muy bien, muy bien! Me recuerdas a Audrey Hepburn en *Vacaciones en Roma*. ¿La has visto?

—Ésa era una Vespa.

Lo curioso era que ella no estaba nerviosa en absoluto. De alguna manera intuía que el encuentro no era del todo casual, y eso le permitía comportarse con naturalidad y hasta con indiferencia. Alberto insistió:

—Te gusta el cine, ¿verdad?

Las chicas de la academia observaban con curiosidad a Elisa y le hacían guiños a espaldas de Alberto. Ella estaba casi más pendiente de sus compañeras que de él.

—Claro que te gusta —seguía Alberto—. Por eso estabas aquel día en el rodaje. A mí también. A mí me encanta. La semana pasada...

Elisa le dejaba hablar mientras ordenaba sus carpetas y se acomodaba en el sillín, y le pareció que eso le ponía aún más nervioso.

—No irás a marcharte —dijo con aire contrariado, y ella se encogió de hombros porque no quería marcharse pero sí fingir que se marchaba—. Tengo que hablar contigo.

—Supongo que no te tomarías en serio lo que te dije.

—¿El qué?

Ahora a Elisa le molestaba la proximidad de sus amigas, que intercambiaban codazos y sonrisitas. Bajó la voz:

—La tontería esa, la tontería esa de que te quería. Hace falta estar loco para pensar que una chica a la que acabas de conocer...

—¡Te refieres a eso! ¡Ni me acordaba! —soltó una risotada y enseguida cambió de tono—: Tengo que hablar contigo de lo que pasó el día de... la vuelta ciclista. ¿Podemos ir a otro sitio?

—Aquí se está bien.

—Como quieras —dijo—. El caso es que ocurrió aquel incidente... Ya sabes, lo de Paquito y las azafatas. El otro día me preguntaba si no serías tú una de ellas. ¿O tal vez amiga de alguna? Da lo mismo. Pero trata de entenderme. Yo no puedo estar todo el tiempo encima de él. Hay veces que se me escapa y... Bueno, puede ser que no haga nada y puede ser que haga cosas como lo de ese día. ¡Su cerebro es el de un niño de seis años pero para todo lo demás es un mocetón de diecinueve! De todos modos, tampoco fue tan grave: lo único que hizo fue espiarlas mientras se cambiaban...

—Ahórrate las explicaciones —le interrumpió ella, algo abrumada—. Yo no era ninguna de esas chicas.

—No he venido a darte explicaciones. He venido a pedirte un favor.

—¿Un favor? —repitió Elisa, y él, de repente, empezó a hablar muy deprisa:

—Su dormitorio y el mío están pegados, y hasta hace poco todas las noches le oía... ¿Entiendes lo que quiero decir? Los muelles del somier, el frote de las sábanas, unos gemidos que parecían los de un animal... He dicho todas las noches y lo repito: ¡todas las noches! Paquito no puede dormir si antes no se alivia. Algunas noches le oía hacerlo hasta dos y tres veces...

—¿Es necesario que me cuentes todo eso? —protestó ella, temerosa de que sus amigas pudieran oírle, pero él no le hizo caso y prosiguió:

—Yo creo que está siempre cachondo. Que estar caliente es su estado natural. El caso es que un día me decidí a enseñarle. Me entiendes, ¿verdad? Lo hice para evitar lo de todas las noches pero también por, digamos, motivos de higiene.

—¿Quieres decir que le...?

—Me encerré con él en el cuarto de baño y le dije: Te la coges así y te la estiras, te la frotas así y así y así, y te la limpias así...

Al mismo tiempo que lo decía hacía con las manos unos gestos escandalosamente gráficos.

—¡Ya está bien! ¡Para de hacer eso! ¡No me interesa saber cómo se masturban los hermanos Cameroni!

—¿Qué pasa? ¿No te parece que hice bien?

—Me has dicho que querías pedirme un favor...

—Sí, pero ya no hace falta.

Temerosa de haberle defraudado, le pidió que se lo dijera y él dijo que no se lo decía, y ella que sí y él que no, y así hasta que se cansaron. Luego iniciaron otro diálogo absurdo, él diciéndole que no quería que se enfadara y ella asegurándole que no se enfadaría, y él que sí y ella que no, etcétera, hasta que Elisa se hartó y exclamó:

—¡Te prometo que no me voy a enfadar!

—¿Lo ves? —dijo él con una sonrisa—. Ya te has enfadado.

Elisa tuvo que sonreír, qué remedio, y él aprovechó para soltarlo:

—Quiero llevar a mi hermano de putas y necesito que me ayudes. Tenemos que llevar a Paquito a un burdel.

Entonces era cuando ella debería haberse enfadado, y sin embargo no se enfadó. Simplemente se quedó sin habla. Alberto prosiguió como si nada: ¿no le parecía que era lo justo?, alguna vez tendría que saber Paquito lo que era tocar a una mujer desnuda, abrazarla, follar con ella. ¡Tantas pajas, tantas pajas, y ni un solo polvo en su vida! Qué tristeza, la verdad... Además, ¿quién decía que eso no le ayudaría a calmarse un poco? Alberto le hablaba como si Elisa no fuera la virgen que era sino una mujer experimentada y mundana, y ella no encontraba la manera de contradecirle sin sentirse ridícula. Pero incluso callada se sentía ridícula. Se sentía ridícula, pequeña, aturdida, tonta. ¿Siempre pasaba eso? ¿Siempre que una chica decía te quiero acababa acompañando a alguien a un burdel?

—Compréndeme —dijo él—. Nunca he ido de putas. Necesito que alguien me acompañe.

—¿Por qué yo? —dijo ella.

—Porque casi no te conozco. Si te conociera más, no me atrevería a pedírtelo.

Elisa se retrepó en el sillín e hizo con la mano una seña expeditiva: ¿Te apartas? Pero seguía sin enfadarse. Las cosas habían tomado un derrotero que le resultaba embarazoso, y ella sólo quería irse de allí, escapar. Lo malo era que para escapar tenía que poner en marcha la Velosolex, y que para ponerla en marcha primero tenía que maniobrar un poco y luego dar media docena de pedaladas. Las Velosolex funcionaban así. Dabas a los pedales hasta alcanzar un mínimo de velocidad y sólo entonces podías encender el motor, que solía anunciarse con un breve petardazo seguido de un murmullo. Había pues unos segundos en los que la Velosolex era todavía una bici y aún no una moto, y a Elisa aquel día esos segundos se le hicieron eternos. Qué manera tan ridícula de escapar, con Alberto a su lado, avanzando sin esfuerzo a la misma velocidad que ella, suplicándole que no se lo tomara a la tremenda, recordándole que había prometido no enfadarse...

—¡Elisa, por favor!

Había pronunciado su nombre. Seguramente fue eso lo que le hizo apretar los frenos. Que Alberto se acordara de su nombre significaba mucho para ella, acaso porque lo primero que había conocido de él había sido precisamente su nombre. Paró la Velosolex junto al bordillo y esperó a Alberto, del que al final se había distanciado unos pocos metros.

—Me ayudarás, ¿verdad? —dijo él.

El burdel estaba en las afueras, en un camino a medio asfaltar que salía a la carretera de Logroño. A un lado había un sombrajo de cañizo y al otro un descampado que, a juzgar por las huellas de neumáticos, se usaba como aparcamiento para camiones. Pero aquella tarde no había ningún camión. Alberto aparcó donde el sombrajo, entre un coche con aspecto de abandonado y una furgoneta de reparto de una panadería. Salieron del Seat 600 y se encaminaron hacia la entrada, ante la que había tres grandes cubos llenos de restos de comida.

—¿No podías haber encontrado otro sitio? —preguntó Elisa.

—¿Conoces tú uno mejor?

Orientado hacia la carretera había uno de esos sonrientes cocineros de madera que sostienen una pizarra con el menú del día. Aquello funcionaba como restaurante y como burdel: tal vez unas horas de un modo y otras de otro, tal vez las dos cosas al mismo tiempo. Cuando entraron, no debía de ser horario de restaurante pero tampoco de burdel, y lo cierto es que el local estaba vacío. Paquito lo miraba todo con los ojos muy abiertos. Unas cuantas mesas forradas de hule, una barra de ladrillo visto con la superficie de baldosa, un sombrero mexicano clavado en la pared, una repisa con botas de vino y porrones de distintos tamaños. Paquito lo miraba todo, y luego se volvía hacia los otros dos y se encogía de hombros como preguntando dónde demonios estaba la gente. Alberto le limpió con los dedos la saliva de las comisuras de los labios. Luego carraspeó: ¿Hola? Oyeron ruidos detrás de una puerta y apareció un hombre alto con una llave inglesa y la camisa manchada de grasa. Alberto volvió a carraspear y pidió hablar con la encargada. El hombre contempló a Paquito con expresión divertida, como si hubiera algo en él que le recordara algún chiste viejo. Luego soltó un grito,

¡Amalia!, y habló de la compañía eléctrica y de los apagones y del acierto que había supuesto comprar un generador: si no fuera por el generador, las chicas acabarían la mitad de las noches jodiendo en la cabina del camión...

—Y eso sí que no —añadió—. ¡Amalia!

—¡Que ya voy! —oyeron, y el hombre siguió hablando del generador.

Alberto y Elisa no sabían qué decir y de vez en cuando asentían con la cabeza. Paquito, incapaz de contener su nerviosismo, golpeteaba con los nudillos sobre el tablero de una mesa. El del burdel le dedicó un guiño entre pícaro y paternal, y adoptó un aire profesional para preguntar si querían tomar algo: a los refrescos invitaba la casa, pero la chica había que pagarla por adelantado. Alberto depositó unos billetes sobre la barra. Elisa supuso que había preguntado el precio por teléfono y que había apartado la cantidad exacta en un bolsillo. El hombre contó el dinero, y por un momento pareció que les iba a extender un recibo. Alberto y Elisa intercambiaron un vistazo fugaz. Se comportaban como si en realidad estuvieran acompañando a Paquito al podólogo o al dentista. De hecho, cuando por fin llegó Amalia y se lo llevó escaleras arriba, Elisa pensó que tenía modales de enfermera.

—Ven conmigo, cariño, verás lo bien que te vas a encontrar —le decía, al tiempo que con una mano se quitaba una horquilla y con la otra agarraba a Paquito de la mano.

El hombre les dejó a solas. Elisa dijo:

—Eres capaz de haber llamado para pedir hora...

—No sé cómo funcionan estas cosas. ¿Por qué crees que te pedí ayuda?

—Pues se la podías haber pedido a tu novia.

Dijo eso esperando que replicara algo así como: Belén no es mi novia. O bien: Lo era pero ya no. O incluso: Rompí con ella al poco de conocerte, rompí con ella por ti... Pero estaba claro que eso era esperar demasiado, y Alberto se limitó a dar un trago a su naranjada. Hablaron de cualquier cosa. Paquito y la puta estaban dándose unos revolcones a muy pocos metros de allí, y ellos mantenían la más convencional de las conversaciones. Y cada vez que el silencio se instalaba entre ellos el pensamiento de Elisa echaba a correr escaleras arriba y se detenía a escuchar ante una puerta que imaginaba oscura y roñosa. Es posible que a Alberto le ocurriera lo mismo, y el caso es que los dos, envarados como estaban, hablaban sólo por hablar o, lo que es lo mismo, por alejar de ellos la amenaza del silencio. Claro que en algún momento habría sido mejor que se hubieran quedado callados, porque en esas circunstancias cualquier gesto o alusión se cargaba de sentidos imprevistos. Como cuando Elisa preguntó la hora y Alberto dijo que todavía era pronto.

—¿Quieres decir que tienen polvo para rato? —dijo ella con descaro.

—Quiero decir que...

—Da lo mismo. No te sonrojes.

—No me sonrojo.

Era innegable que una parte de ellos seguía plantada ante la puerta de la habitación, imaginando los preliminares de ella, calculando el aguante de él, cronometrándolos. Y a Elisa eso había acabado por hacerle gracia.

—¿Te imaginas que justo hoy hubiera una redada? —dijo.

—¿Una redada?

—Te recuerdo que la prostitución no es legal. Sería divertido, ¿no? A mí la policía me tomaría por una prostituta, y a vosotros por unos salidos. ¡Menudos pájaros los hermanitos, que no son capaces ni de esperar a que el burdel abra las puertas!

La cara que puso Alberto significaba que aquello le parecía cualquier cosa menos divertido. Elisa sonrió para indicar que sólo estaba bromeando. Estás muy tenso y no hay motivo, dijo, y llevó las manos a los hombros de él para hacerle un suave masaje. ¿De dónde sacaba ella esa espontaneidad? Estaban en la barra de un burdel, estaban solos un chico y una chica, estaban además esperando a que otro chico terminara de follar... Fuera cual fuese la actitud adecuada a una situación así, parecía evidente que escapaba por completo a lo habitual. Elisa pensó que uno intuía cómo comportarse en un autobús, en un teatro o en un funeral aunque fuera la primera vez, pero que las pautas que valían para la vida normal no valían entonces. De modo que podía inventarse sus propias pautas, como los niños cuando juegan y se hacen pasar por lo que no son. Sí, seguramente esa espontaneidad suya se parecía mucho a la de los niños, y el caso es que cuando sonaron las primeras risas estaban ya abrazados. Paquito apareció en lo alto de la escalera. Con una mano se agarraba a la cintura de Amalia y con la otra a la de una puta desconocida. Se reían porque, así cogidos, cabían apenas entre la barandilla y la pared, y sus pies tropezaban en cada escalón.

Alberto dio un respingo y se apartó de Elisa. ¡Estrecho!, susurró ella, y él ahuecó la voz: ¿Todo bien, Paquito? Éste sonreía con una expresión de felicidad absoluta y parecía más bobo que nunca. ¡Tenemos que volver!, decía, ¡prométeme que volveremos! Las putas se quedaron en el primer escalón y, mientras Alberto le abotonaba la cazadora a su hermano, éste les decía adiós con las dos manos. Parecía un niño después de una merienda de cumpleaños.

Aquel rato pasado en el burdel determinó la relación entre ambos, y la intimidad y el sexo ya sólo eran cuestión de tiempo. De muy poco tiempo, de hecho. Esa misma tarde, tras hacerla esperar unos minutos en el interior del 600, Alberto recogió a Elisa y, medio a escondidas, la hizo subir a un piso de la calle Marcial. Ella se detuvo a observar una pared llena de cuadros de tema religioso: varias vírgenes, una Última Cena, un Descendimiento. Pero ¿quién vive aquí?, preguntó cuando ya Alberto le había bajado la cremallera de la falda y la apremiaba:

—¡Corre, corre! ¡Tenemos cuarenta minutos! ¡O menos, que las misas son cada vez más cortas!

El razonamiento era de lo más absurdo, pero Elisa no estaba para ponerse a desmenuzarlo. Alberto le desabrochaba la blusa con nerviosismo y ella luchaba con los botones de su bragueta. De golpe, la ropa se había vuelto un estorbo y no había manera de desembarazarse de ella. Las prendas se les quedaban enredadas en las muñecas y los tobillos, y ellos se abrazaban con fuerza y rodaban torpemente sobre la alfombra. Pero, en esos instantes, qué hermosos se veían el uno al otro: qué belleza descubría él en las facciones de ella, qué intensidad ella en la mirada de él... ¡Y qué placer experimentaban besando y sintiéndose besados! Elisa recorría con las manos el cuerpo de Alberto y notaba cómo las manos de éste recorrían su propio cuerpo, y las sensaciones de tocar y ser tocada se confundían gozosamente. ¿Cuántos rincones de sus cuerpos quedaban todavía por explorar? ¿Qué parcelas de su piel no habían recibido aún el contacto de los dedos? Cada una de esas partes era distinta. Cada una tenía una consistencia, una textura, un tacto, hasta una temperatura diferente..., y éstos no eran siempre iguales sino que cambiaban según el sitio y el momento y la postura, de modo que el cuerpo, tanto el propio como el ajeno, les abrumaba con lo ilimitado de sus posibilidades. ¡Qué maravilla poder creer que aquella promesa de belleza y placer rozaba el infinito! ¡Y, ante eso, qué poco importaba que la manga de la camisa siguiera enganchada a la muñeca de él, y que la hebilla del cinturón se les clavara por turnos en la espalda, y que una y otra vez se golpearan en la cabeza con las patas de la mesa...!

No poseía Alberto una gran experiencia erótica. Una amiga con la que había perdido la virginidad, un par de aventuras con chicas que luego habían fingido no conocerle, algún que otro polvo apresurado y furtivo con su novia: eso era todo. Belén tenía una visión culpable del sexo, y siempre que se acostaban juntos acababa repitiendo entre lágrimas: ¡Trátame como a una puta porque es lo que soy!, ¡sí, soy una puta!, ¡ay, si mi madre supiera lo que acabo de hacer! Pero eso había sido sobre todo al principio de la relación. Después ni siquiera eso. Después Belén había optado por poner freno a los apetitos de Alberto, y lo único que le consentía eran algunos besos y achuchones en los andenes de la estación (allí la tolerancia era mayor porque nadie distinguía entre las parejas que se despedían de verdad y las que, como ellos, sólo lo simulaban). A eso había quedado reducida la vida sexual de Alberto. A eso y a las inevitables pajas con que aliviar los ardores. De hecho, cuando había acudido a Elisa y le había expuesto el problema de Paquito, estaba en parte hablando de su propio problema: también él andaba muy necesitado de tocar a una mujer desnuda y de abrazarla y de follar con ella. ¿Qué hacer con todo ese deseo que le mantenía en un estado de combustión permanente? ¡Si tanta y tan pujante energía seguía careciendo de finalidad, acabaría quemándole por dentro! El encuentro con Elisa resultó particularmente dichoso porque por primera vez sintió que su vigor tenía un sentido, y ese sentido era ella. Pese a los tropiezos y los coscorrones, qué sublime armonía percibió entre sus cuerpos... Como todos los amantes felices, llegó a creer que el suyo era un caso único en el universo. No era sólo que estuvieran hechos el uno para el otro. Era que sólo ellos estaban hechos el uno para el otro. ¡Nunca antes en la historia de la humanidad había habido una acoplamiento tan perfecto, y seguramente nunca lo habría!

—¿No has dicho que teníamos cuarenta minutos? —preguntó Elisa.

—Es verdad... ¡Vístete! ¡Rápido!

Volvieron a verse a la tarde siguiente, y a la siguiente, y bastantes tardes más de las semanas siguientes. La tía Milagros solía ir a misa de ocho, y no había misa que ellos no aprovecharan para hacer el amor en su piso. Alberto acudía con Paquito a buscar a su tía y les acompañaba a la iglesia. Los dejaba bien sentados en uno de los primeros bancos y corría a recoger a Elisa, que le esperaba cerca del portal. Mientras subían en el ascensor, ella preguntaba temerosa: ¿Seguro que tu hermano aguantará y no aparecerá de repente? Él la besaba en el cuello y decía: ¡Qué va! A Paquito le encantan las misas.

Está siempre muy atento a la ceremonia. Es como si fuera una obra de teatro en la que no cambia casi nada... Llegaban al piso, y era cerrar la puerta y arrancarse la ropa para entregarse de inmediato el uno al otro. Y ante la mirada arrobada de las vírgenes y el gesto afligido de los apóstoles comenzaba una nueva celebración de la carne y los sentidos. ¿Cómo vamos de tiempo?, preguntaba ella de vez en cuando. Y él contestaba: Nos queda un ratito; todavía andarán por el ofertorio. O bien: ¡Qué corto se me ha hecho!, ¡seguro que ya estará el cura con la bendición! Luego, mientras Alberto se vestía a toda prisa, Elisa curioseaba entre los objetos de la tía Milagros. En una vitrina había pequeñas antigüedades: abanicos, figuritas de porcelana, una pequeña colección de dedales de plata, una Biblia encuadernada en pergamino. También un estuche de nácar con un mechón seco de pelo oscuro.

—¿Y eso? —preguntó, sofocando una risita.

—De mi madre —dijo Alberto.

—Perdona. No sabía que estuviera muerta.

Lo poco que entonces supo de la familia de Alberto lo supo por las fotos que la tía Milagros tenía en el cuarto de estar. En casi todas las fotos aparecía Isabel. Había una en la que se la veía de niña con sus hermanos, otra del día de su boda, varias fotos rodeada de sus hijos a diferentes edades... Había asimismo una, la más reciente, en la que Isabel, medio sentada en el respaldo de un banco, señalaba la cámara y sonreía. Del lado del pasillo llegó el sonido de la descarga de una cisterna. Alberto entró remetiéndose los faldones de la camisa y vio a Elisa observar la foto.

—Se la hice yo —dijo—. ¿Te gusta?

—Era muy guapa. ¿Y ése?

—Mi hermano Rafael. Está en las Canarias, haciendo la mili. ¡Vámonos! ¡Es tardísimo!

Elisa, cada día, esperaba con impaciencia el momento de encontrarse con Alberto. Si sus padres habían notado algún cambio en su comportamiento se guardaban mucho de exteriorizarlo, y lo único que a ella le parecía percibir era cierto retintín especial cuando su padre la despedía diciendo: ¡Adiós, hija!, ¡ya nos presentarás a tu novio! Pero era la misma broma privada que su padre había usado con ella desde que había empezado a salir por su cuenta, y seguramente el retintín sólo existía en su imaginación. Mi novio, pensaba luego Elisa, qué palabra tan extraña. Ella no sabía lo que era tener novio. Ella sólo sabía lo que era estar enamorada. Amor: esa palabra sí que era hermosa... El amor lo presidía todo en su vida y daba sentido a todos sus actos, por pequeños que fueran, y acostarse con Alberto se le presentaba como la máxima realización (y acaso la única posible) de ese amor. Tenía, es cierto, la sensación de que Alberto la había tomado por una golfilla, y se decía que serlo no dependía de ella. Si esa novia suya, Belén, hubiera sido un putón, tal vez ella habría podido comportarse como una damisela virtuosa y recatada. Pero las cosas eran como eran y, de hecho, la primera tarde hasta le había ocultado su condición de virgen. A veces, cuando estaba a solas, le daba por pensar que en ese momento Alberto y Belén estarían juntos, y entonces se veía a sí misma como el hueco que dejaba vacío una desconocida. Tan poca cosa como eso: si la otra fuera astuta, ella tendría que ser ingenua, y si la otra cautelosa y responsable, ella temeraria y atolondrada. Y se compadecía de sí misma: Elisa, la chica bisiesta, que incluso celebraba sus cumpleaños cuando eran otros y no ella los que cumplían años...

Paquito quería que le llevaran de nuevo al burdel y no paraba de insistir. Alberto protestaba: ¡Te llevamos hace muy poco, Paquito!, ¡esto no es necesidad!, ¡esto ya es vicio! Pero acabó cediendo y volvió a pedir ayuda a Elisa. Ésta se vio a sí misma como una peculiar hada madrina que contribuía a la satisfacción sexual de buena parte de la familia Cameroni.

—Ya sólo falta que me ocupe también de tu padre —bromeó.

Las cosas aquella tarde ocurrieron más o menos como la primera vez. Fueron al burdel de la carretera de Logroño, aparcaron en el sombrajo, preguntaron por Amalia... Luego, cuando ésta bajó a llevarse a Paquito, ellos volvieron al coche a esperar. Empezó a llover, y los cristales no tardaron en empañarse. Se dijeron palabras de amor, se besaron, se metieron mano. Elisa, juguetona, le sacó la cartera del bolsillo e hizo el ademán de abrir la ventanilla para tirarla. ¡Ni se te ocurra, que hay un charco!, dijo Alberto. Ella la agitó en el aire y él, riendo, alargó la mano. ¡A que no me la quitas! ¡A que sí! La cartera salió disparada, se abrió en el aire, rebotó en el volante y acabó cayendo de pie en el pequeño hueco del salpicadero. Quedó ahí como encajada, y en un lado estaba el carnet de identidad de Alberto y en el otro una foto de Belén con el uniforme del Sagrado Corazón.

—¿Ésta también la hiciste tú? —preguntó Elisa.

Alberto se apresuró a esconder la cartera. Luego, como si nada hubiera sucedido, volvió a meterle la mano por debajo de las faldas para buscar sus nalgas. Pero ya no era lo mismo. ¿Qué pasa?, dijo él. Es-estoy pensando, dijo ella, con el tartamudeo de los momentos difíciles. ¿En qué?, preguntó él. Elisa se encogió de hombros. Si Alberto creyó que estaba pensando en Belén y en él, se equivocó. Por extraño que parezca, estaba pensando en el negocio de ortopedia de su abuelo, en todos esos dibujos de vértebras, fémures y clavículas que asomaban en los cuerpos de unos jóvenes aparentemente sanos. Voy a ver si ya han terminado..., dijo Alberto, abriendo la puerta. Elisa asintió en silencio.

La lluvia había arreciado cuando Paquito y él salieron del burdel. Corrieron hacia el sombrajo y no notaron la ausencia de Elisa hasta que abrieron la puerta del coche. Alberto salió a la carretera y la vio alejarse por el arcén. Montó en el 600 y aceleró para alcanzarla. Llegó a su altura. Se estiró para abrir la puerta del copiloto. ¡Sube!, dijo. Elisa siguió andando, llorosa, empapada, con la ropa descompuesta, y el coche avanzaba a su lado con la puerta abierta. ¡Que subas, te digo!, insistió él. ¡Déjame en paz!, gritó ella, apretando el paso. ¿Pero se puede saber qué te pasa?, preguntó Alberto, y Elisa agitó la cabeza: ¡No me pasa nada! Un camión que se acercaba por detrás hizo sonar la bocina. En el asiento trasero, Paquito, asustado, se tapó la boca con la mano. Sonó otra vez la bocina del camión, muy cerca ahora, intimidatoria. Alberto dio un volantazo y abandonó la calzada. La puerta rebotó contra la carrocería y el 600 quedó medio cruzado, cortando el paso a Elisa. Ésta se detuvo, desafiante. ¿No te he dicho que me dejes en paz?, gritó. Luego agarró la puerta y la cerró con toda la fuerza de que era capaz, y esquivando el coche siguió su camino bajo la lluvia.

2

—¿Se supone que ése soy yo? —preguntó Raffaele. El dibujo mostraba a un hombre con delantal que se inclinaba sonriente sobre un rodillo de cocina.

—¿Se supone que soy yo? —volvió a decir—. ¿Y de qué me habéis vestido? ¿De cocinero? ¿Vosotros me habéis visto alguna vez disfrazado de cocinero? ¿Eh? ¿Me habéis visto?

Alberto, apurado, agitó la cabeza. Uno de los hombres de la agencia, el que parecía mayor, se aclaró la garganta.

—No se trata de quién es o quién no es el del dibujo —dijo—. Se trata de transmitir una idea y...

—¡No! ¡Se trata de que yo os pago para que penséis!

—Papá, por favor... —quiso interrumpir Alberto.

—¡Déjame! —Raffaele le hizo callar con un gesto y siguió dirigiéndose a los otros dos—. Os pago para que penséis y eso es todo lo que se os ha ocurrido... ¡Dibujarme vestido de cocinero! ¿Y por qué no de monaguillo? ¿O de astronauta? Eso. Tampoco me habéis visto nunca vestido de astronauta. ¿Por qué no me dibujáis con el casco y el tubo y todo lo demás?

—Es una marca de pastas alimenticias... —razonó el de la agencia, y el otro, el que tenía el pelo más largo, intentó intervenir:

—Los creativos han pensado que...

—¡Los creativos! ¡Una panda de...!

Alberto temió que su padre fuera a concluir la frase con la palabra maricones. Pero Raffaele, tras un instante de vacilación, prosiguió:

—¡Una panda de ilusos! ¡Eso es lo que son! Llevo muchos años en este negocio y sé muy bien lo que hay que hacer para que la gente compre mis productos. A ver —señaló con aire inquisitivo la parte del dibujo en la que se leía MACCHERONI CAMERONI—. ¿A quién se le ha ocurrido el jueguecito de palabras? ¿Y la tontería esa de LOS AUTÉNTICOS MACARRONES? ¡Que la gente no es idiota! ¡Que ya ven que son macarrones y no hace falta que se lo pongan en distintos idiomas!

Dedicó todavía unos minutos más a sacar nuevos defectos al dibujo de la campaña, y su irritación se alimentaba a sí misma y no paraba de crecer. ¿Cómo habían podido elegir un tipo de letra tan espantoso? ¿Y a quién creían que engañaban con esos colores, los de la bandera italiana? ¡Si había algo que él no aguantaba era la ineptitud...! Señaló luego una de las fotos de la pared. Era una foto de cuando se fundó La Confianza, tan antigua que entre los empleados que en ella posaban ante el viejo almacén de la harina todavía no estaba Modesto Asín. Por supuesto, tampoco Raffaele, pero eso a él no le importaba. ¿Tenía que hablarles de la historia de la empresa? ¿Tenía que recordarles cómo se había construido todo aquello? ¡Respetando siempre a sus clientes o, lo que era lo mismo, ofreciéndoles en todo momento los mejores productos! ¡Ésa había sido la clave de su éxito, y tantos años después no había ningún motivo para cambiar! Los de la agencia, que conocían los arranques de Raffaele, intercambiaban fugaces miradas de advertencia y trataban de no perder la entereza. Alberto, por su parte, se desentendió del asunto y se sentó en un sillón haciendo un ostentoso gesto de cansancio. Era un gesto que iba destinado a aquellos dos hombres. Un gesto que quería decir: No penséis que porque mi padre sea así yo también lo soy. No me odiéis por su culpa. Compadecedme, más bien.

No era la primera vez que asistía a una escena de ese tipo, y sabía muy bien lo que ocurriría a continuación. Su padre enseñaría las restantes fotos de las primeras etapas de La Confianza, con especial detenimiento en las de los años cuarenta (los que él llamaba los más duros), y pasaría después a las fotos de la etapa actual, las de la expansión, y entre tanto iría desgranando el relato casi épico de su trayectoria empresarial, sin dejar en ningún momento de ponderar las cualidades que apreciaba en sí mismo: su afán de superación, su olfato para los negocios, su capacidad de adaptación a los nuevos tiempos...

—Ahora trabajamos con procesos continuos, completamente automatizados, pero ¡si hubierais visto cómo era esto cuando empecé...! El primer secadero estático lo hice yo con mis propias manos, copiando uno que había visto en la Feria de Muestras. ¡Qué distinto era todo entonces!

Los dos de la agencia asentían vagamente y fingían interés, y así Raffaele fue poco a poco calmándose hasta que, casi de buen humor, les despidió con un ¡hala!, ¡ahora a trabajar! Luego, en cuanto se quedó a solas con su hijo, dijo, satisfecho:

—A éstos ya los he puesto en su sitio. Ya verás como ahora empezarán a tener buenas ideas.

Alberto se encaminó hacia su despacho sin decir nada y él volvió a llamarle para añadir con aire zumbón:

—Por cierto, la próxima vez que contratemos una agencia de ésas procura que no todos sean mariquitas.

El comentario pretendía ser jocoso, pero Alberto evitó sonreír y le volvió la espalda. Echó un vistazo al reloj del pasillo y agarró su gabardina.

—¿Vas tú a buscar a Paquito? —preguntó Raffaele, distraído.

Alberto soltó un bufido de asentimiento y, a modo de despedida, hizo sonar las llaves del coche como un cascabel. Entonces no tenía ya el 600 sino un Simca, comprado de segunda mano con el sueldo de los primeros meses de trabajo en La Confianza. Se metió en el Simca y, antes de encender el contacto, se entretuvo tratando de despegar del salpicadero un San Cristóbal dejado por el anterior propietario. Era como un tic. Lo hacía siempre que montaba en el coche, pero siempre con escasa convicción, y el San Cristóbal aguantaba en ese sitio desde hacía más de medio año. También aquella vez acabó Alberto desistiendo, y el Simca echó a andar sobre el irregular pavimento.

Cuando llegó donde las monjas, hizo sonar el claxon tres veces. Paquito se asomó a una ventana del segundo piso y saludó levantando por encima de la cabeza un vaso de leche y un bocadillo. Alberto sonrió. En aquel chalet, una veintena de chicos deficientes hacía pequeños trabajos, generalmente meter tarjetas de propaganda en sobres, y a cambio las monjas los tenían entretenidos, les enseñaban canciones y les daban de merendar. Paquito apareció con los restos del bocadillo y un bigote de leche sobre el labio superior.

—Siempre me llenas el coche de migas —dijo Alberto, abriendo la puerta.

—La hermana Inmaculada dice que no tengo que comer rápido porque puedo atragantarme.

—Lo que yo te digo es que no hables con la boca llena.

—La hermana Inmaculada dice que hay mucha gente que ha muerto así, atragantada. Pero yo no sé comer despacio. ¿Tú crees que me moriré atragantado?

—Vamos a ver si encontramos a Juan, ¿te apetece?

A esas horas, si hacía buena tarde, Elisa solía dar una vuelta con el pequeño Juan por General Mola. El Simca avanzaba despacio por la avenida, y Paquito era el encargado de localizarles. Se incorporaba en el asiento, se frotaba con nerviosismo las rodillas y, con la expresión alerta de los perros cazadores, volvía frenéticamente la cabeza a derecha e izquierda, tratando de distinguirlos entre la gente que caminaba por el bulevar y por la acera. Era como un juego en el que sólo Paquito podía ganar, y a Alberto no le importaba tener que recorrer varias veces el paseo hasta que por fin su hermano lograba verlos. Al pasar por delante del cine Elíseos vio a su mujer mirando los afiches de las películas y redujo la velocidad.

—¡Allí! ¡Allí están! —gritó Paquito con aire triunfal, y luego asomó la cabeza y los brazos por la ventanilla y gritó—: ¡Hola, Elisa! ¡Hola, Juan! ¡Somos nosotros!

Dejaron el coche en una bocacalle cercana. Elisa sacó al niño de la sillita para que fuera hacia ellos por su propio pie. Por delante de Alberto, Paquito avanzaba dando grandes zancadas. ¡Os he visto yo!, decía, ¡siempre le gano!, ¡siempre os encuentro yo! Alberto besó a su mujer y a su hijo y propuso entrar a merendar en la cafetería Imperia. Paquito se negó. ¡Queremos jugar!, dijo, hablando en nombre de Juan, y levantó en brazos al pequeño y empezaron los dos a hacer pedorretas y a reír. Se entendían muy bien el tío y el sobrino: a éste le encantaba tener un adulto con quien jugar, y aquél agradecía el que por primera vez hubiera alguien en la familia que le reconociera alguna autoridad.

—¡Cuidado al cruzar! ¡Cuando esté en verde! —gritó Elisa, innecesariamente.

Mientras Juan y Paquito se perseguían entre los bancos del bulevar, Alberto se desahogaba ante su mujer. Lo hacía con frecuencia, y siempre empezaba con la misma frase: ¿Sabes lo que ha hecho hoy el viejo? Llamaba viejo a su padre aunque éste sólo tenía cincuenta y siete años, y pronunciaba con fuerza la jota, como escupiéndola. Entonces Elisa se armaba de paciencia y, mientras le quitaba alguna pelusa del jersey, decía: Cuéntame, ¿qué habrá hecho esta vez? Y lo que Raffaele había hecho tampoco era tan grave: algún desaire, alguna salida de tono, alguna impertinencia como las que aquel mismo día se había permitido ante los dos de la agencia. En definitiva, nada del otro mundo, y a Elisa, más pendiente de los pinitos de su hijo que de los lamentos de su marido, casi siempre se le escapaba un ¿eso es todo?

—¿Cómo que eso es todo? —reaccionaba Alberto con irritación—. ¿Te parece poco? ¿Te parece que tiene derecho a tratar de ese modo a la gente? Me acuerdo de cuando éramos pequeños y estábamos en la mesa. Si alguno de los niños intentaba contar algo, enseguida se ponía a dar golpecitos con los cubiertos. ¡A comer y a callar!, decía, ¡en la mesa no se habla! Cuando comíamos todos juntos, sólo los adultos tenían derecho a hablar. Y ahí nos veías a nosotros, comiendo y callando, concentrados en tragar la sopa sin hacer ruido, escuchando unas conversaciones que nunca llegaban a producirse porque mis padres hablaban poco entre ellos... ¡Pues en la oficina es lo mismo! Trata a sus empleados como si fueran menores de edad. ¡Menos parlotear y más trabajar!, ¡ya está bien de cháchara...! Es como si él se considerara el único adulto en un mundo de niños. Y, claro, luego tengo que arreglarlo yo: Disculpadle, no se lo tengáis en cuenta, ya sabéis cómo es... ¡Por lo menos, cuando éramos pequeños no teníamos que pedir disculpas!

—Siempre hablando de cuando erais pequeños... —le interrumpió Elisa—. ¿Cuándo te olvidarás de todo eso? Hasta los delitos más graves acaban prescribiendo. Para ti, en cambio, todo lo que hizo tu padre en el pasado seguirá siempre vigente.

—¡No lo entiendes! Le veo comportarse así y siento vergüenza ajena.

—Lo que sientes es miedo. Toda tu vida le has tenido miedo. Y se lo sigues teniendo.

—¿Miedo yo? Soy un hombre adulto, padre de familia, tengo una carrera universitaria, mi propia vida... ¿Crees que alguien así podría tenerle miedo al viejo?

—¡Paquito, Juan, no os acerquéis tanto a los coches!

—No me has contestado...

—Sí.

—¿Sí qué?

—Que sí lo creo. Que sí creo que le tienes miedo.

A veces Elisa emitía opiniones cuya contundencia desarmaba a Alberto y le dejaba sin palabras. Y entonces él no podía dejar de admirar esa claridad suya, que hacía sencillas las cosas complicadas. Sí, podía ser que el problema se redujera a eso: a que siempre había tenido miedo a su padre. Miedo en la mesa cuando se le escapaba una risa o dejaba algún plato sin terminar, miedo siempre que le contradecía o hacía algo que no debía, miedo a ser objeto de sus iras cuando los abandonó Isabel, miedo tras la muerte de ésta a que se desmoronara el frágil equilibrio doméstico... Bien mirado, Elisa tenía razón, y su relación con su padre era la historia de un miedo constante aunque pocas veces reconocido. Pero lo más curioso era que, en el fondo, descubrimientos como ése no le disgustaban. Al contrario: el miedo constituía un elemento nuevo que añadir a su repertorio de agravios, y ver crecer ese repertorio le procuraba satisfacción y consuelo.

La relación entre ambos había estado a punto de romperse el día en que Alberto le anunció sus planes de boda. Ésa, por cierto, fue una de las pocas ocasiones en que fue consciente del miedo que le inspiraba su padre. ¿Casarte?, dijo éste, ¡pero si ni siquiera has acabado la carrera! Alberto tragó saliva y dijo que Elisa era la mujer de su vida y que para él no tenía sentido esperar. ¿Y dónde vais a vivir?, ¿y de qué?, añadió Raffaele con una mueca desdeñosa, y Alberto sólo supo decir: Soy mayorcito; de eso me ocupo yo. Por supuesto, Raffaele consideraba precipitada esa boda y parecía disfrutar expresando los peores augurios sobre el futuro de la pareja: esas decisiones no se tomaban así como así, Alberto y Elisa eran aún unos críos, unos inmaduros, no estaban preparados para crear su propia familia, etcétera. Dijo: Has de saber que, si te casas antes de acabar la carrera, lo harás sin mi bendición. Eso dijo, sin su bendición, y Alberto creía que si se oponía a la boda era únicamente por egoísmo: para no quedarse solo con Paquito. Pero de Paquito no llegaron a hablar ese día, porque Alberto cortó con brusquedad la conversación en cuanto su padre empezó con aquellas insinuaciones. ¿Por qué esas prisas?, dijo el padre. ¿Qué quieres decir?, dijo el hijo. Que por qué esas prisas, volvió a decir Raffaele y, como Alberto no contestaba, fue más explícito: Dime la verdad. Os ha pillado el toro. Es eso, ¿no? ¡Claro que sí! ¡Os ha pillado el toro! Y entonces Alberto se sintió ofendido, y lo único que acertó a replicar antes de volverle la espalda fue: ¡Me estás insultando y estás insultando a la que va a ser mi mujer! Oyéndole, cualquiera pensaría que le irritaba la posibilidad de que se pusiera en entredicho la virtud de Elisa. Pero Alberto no era ni puritano ni gazmoño, y más bien se veía a sí mismo como un joven de su tiempo, enemigo de las viejas convenciones sociales, tolerante en cuestiones de sexo, alguien a quien parecía anacrónico que las parejas llegaran vírgenes al matrimonio. ¿Por qué entonces había reaccionado ante su padre como el paladín de la honra y la castidad? Lo que tenía que haberle dicho era: Si crees que se trata de una boda de penalti, estás muy equivocado, pero claro que mi novia y yo nos acostamos juntos, ¡siempre que podemos!, ¡desde que empezamos a salir juntos!, ¡desde hace más de un año! Cuando se lo contó a Elisa, ésta pronunció una frase que Alberto no olvidaría jamás: Lo malo de las malas personas es que nos hacen peores. Era cierto. Al lado de su padre él siempre se sentía peor persona: rencoroso, mezquino, suspicaz... Decidieron fijar la fecha de la boda para principios de julio, y durante las semanas siguientes padre e hijo hicieron todo lo posible por evitarse el uno al otro. El hijo pensaba que ya había dicho todo lo que tenía que decir, y el padre que, si el otro quería algo, ya lo pediría. Por otra parte, desde que

Alberto empezó a trabajar por las mañanas como notificador de una notaría, tampoco les resultaba tan difícil evitarse. El resto del tiempo lo dedicaba a pasear con Elisa y asistir a las clases nocturnas en la facultad, por lo que sólo los fines de semana coincidía con su padre en alguna comida o alguna cena. Y entonces hablaban poco y a regañadientes. ¿Para qué has cogido ese trabajo si yo siempre te he dado dinero?, preguntaba Raffaele. Casarse nunca sale barato, respondía Alberto. ¡Ah!, ¿seguís con esa idea?, decía Raffaele, fingiendo sorpresa, y Alberto hacía con la cabeza una señal hacia el resto de la casa: Te dejé una invitación en tu mesilla, ¿no la has visto? Entonces Paquito, que sólo de pensar en la boda se ponía nervioso y no había manera de hacerle callar, intervenía para decir: ¿Y yo dónde me sentaré?, ¡es la primera vez que voy a una boda!, podré tiraros arroz, ¿verdad?, ¿no os enfadaréis si os tiro el arroz a la cara? El día en que Alberto fue consciente del miedo que le inspiraba su padre no estaba Paquito presente para interrumpir. Ese día Raffaele ni siquiera parecía de mal humor. Alberto apareció por el piso para recoger unos apuntes de la facultad y, al pasar por delante de la cocina, vio a su padre sacando algo de la nevera. Un rato después se lo encontró en la butaca del salón con un plato de mandarinas sobre las rodillas. Raffaele se metió un par de gajos en la boca y con un sonido nasal le ofreció una mandarina: ¿Hummm? No, gracias, contestó Alberto. Su padre le hizo un gesto con la mano y él esperó a que terminara de escupir las pepitas. Se le hicieron larguísimos esos segundos. Estaba pensando, dijo Raffaele, estaba pensando que, si lo que quieres es irte de casa, ¿por qué tienes que casarte? Alberto no sabía adónde quería llegar. Si lo que te preocupa es Paquito..., trató de decir, pero su padre le interrumpió: ¿Quién está hablando de Paquito? Estoy hablando de ti. Y tú lo que quieres es hacer como tu madre y como tu hermano. Alejarte de mí. Desaparecer de mi vida. Luego dejó el plato sobre la mesita del teléfono, le miró con fijeza y añadió: Pero no tienes huevos. No tienes huevos para romper con todo y cargar con la culpa. No quieres sentirte responsable de nada de lo que pueda ocurrir. No quieres que nadie nunca pueda decirte: Te equivocaste, Alberto, y mira lo que ha pasado después. Y sin embargo puede que te estés equivocando. Puede que alguien te diga algún día que precisamente por no equivocarte te equivocaste... Y todo porque no tienes huevos, Alberto. ¿Seguro que no quieres una mandarina? En su tono de voz no había amenaza ni reproche, y quizás por ello sus palabras atravesaban a Alberto sin encontrar resistencia. Qué cerca estuvo entonces de rendirse, de admitir su error y mandar la boda al carajo y echarse a sus pies para pedir perdón... Tenía la impresión de estar traicionando algo importante. De haber desafiado algo que estaba por encima de él: un orden superior, una autoridad indiscutible. El miedo era una de las muchas cosas (y no la menor) que le unían a su padre, y en el fondo se sabía incapaz de romper un vínculo tan poderoso. No, gracias, volvió a decir, rechazando con la cabeza la mandarina, y agarró con fuerza los apuntes y se marchó. Más tarde, cuando se reunió con Elisa, no se atrevió a comentarle nada de lo ocurrido, y enseguida la conversación devolvió las cosas a su curso natural: el pisito que iban a alquilar, la iglesia en la que contraerían matrimonio, el número de personas a las que pensaban invitar... La compañía de Elisa tenía un efecto terapéutico para él. A su lado, recuperaba la sensación de fuerza y volvía a sentirse dueño de su propio destino. Y el destino que quería para sí mismo pasaba por casarse con ella. Después de las palabras de su padre, no sólo es que lo deseara: es que además lo necesitaba. La boda era, definitivamente, la única solución que encontraba a su enfrentamiento. La boda era a la vez el problema y el remedio, y sólo un detalle quedaba por resolver: Paquito. Desde que Isabel se fue del piso, y acaso desde antes, Alberto recordaba a su padre rezongando. ¿Qué voy a hacer yo con este chico?, le oía decir entre dientes cada vez que Paquito cometía una torpeza. Esa pregunta, que siempre había sido retórica, parecía ahora exigir una respuesta, y ese desmayado futuro al que aludía se había vuelto concreto. Ya no era un refunfuño sino una acusación: ¿Qué voy a hacer con este chico cuando tú te hayas casado y nos hayas dejado solos? Daba lo mismo que, últimamente, le hubiera escuchado pronunciar esa frase en contadísimas ocasiones y que nada salvo su propia suspicacia permitiera presumir en ella una intención oculta. Irse de casa implicaba dejar a Paquito con su padre, y eso bastaba para que se sintiera culpable. La solución no se presentaba sencilla. A él no le habría importado llevarse consigo a su hermano, pero no creía que pudiera imponérselo a Elisa, no al menos de momento, recién casados y con un futuro inmediato que se auguraba incierto. Para su alegría, fue ella misma la que lo propuso. Sería una catástrofe dejar solos a esos dos..., dijo Elisa, que conocía poco a Raffaele pero sabía muy bien de qué pie cojeaba, y Alberto, agradecido, la abrazó con fuerza.

Para su trabajo de notificador, Alberto solía utilizar la Velosolex de ella. Una tarde, cuando se disponía a pedalear para ponerla en marcha, vio llegar a su padre.

Allí mismo se lo dijo: Elisa y yo hemos pensado que Paquito estará más cómodo con nosotros. Raffaele fingió resignación y se ofreció a contribuir todos los meses a su manutención. Y Alberto pensó: ¡Menudo pájaro estás hecho!, ¡con qué facilidad haces que parezca generosidad lo que es simple egoísmo! Pero estaba contento: para él, llevarse a su hermano equivalía a mantener unido el núcleo familiar, como si Paquito fuera precisamente el centro en torno al cual orbitara la vida de los otros miembros de la familia. Las cosas, sin embargo, no iban a resultar tan sencillas. Por la noche, de vuelta de la facultad, oyó los gritos en el otro extremo de la casa. Raffaele golpeaba con los nudillos la puerta del cuarto de baño. Cuando vio llegar a Alberto, hizo con los brazos un gesto de impotencia: ¡Éste, que lleva una hora encerrado! Alberto probó en vano a abrir la puerta e interrogó a su padre con la mirada. ¡Ahora dice que no se quiere mover de casa...!, dijo Raffaele. Del interior del cuarto de baño llegó la voz llorosa de Paquito: ¡No, papá! ¡Yo quiero vivir aquí! Raffaele volvió a gritar: ¡Pero si es por tu bien! Vamos, Alberto, díselo tú... Alberto trató de convencerle de que abriera la puerta. Paquito contestó que no saldría de allí hasta que le prometieran que podría quedarse en la casa. Después de mucho insistir, Alberto hizo un gesto de rendición. Para una vez que todos estábamos de acuerdo..., protestó Raffaele. ¡Conforme, Paquito!, ¡te lo prometemos!, dijo Alberto. ¡Él también!, oyeron, ¡que lo prometa él también!, ¡quiero oírselo decir! Raffaele soltó un bufido y dijo: Te lo prometo, hijo mío, te lo prometo, ¡pero abre de una vez! Se oyó por fin el descorrer del pestillo, y el rostro enrojecido de Paquito asomó entre la puerta y el marco. Con la mansedumbre de los perros viejos se acercó a su padre y se le abrazó con fuerza. Todavía llorando pero ya calmado, empezó a repetir que no quería que le echara de casa, que quería vivir siempre con él, a su lado, y Raffaele, conmovido, le acariciaba la cabeza y decía: Claro que sí, hijo mío, claro que sí.

El incidente sirvió al menos para rebajar la tensión entre Alberto y Raffaele. Éste cedió en su oposición a la boda, y no sólo les dio su bendición sino que incluso se ofreció a correr con los gastos del banquete. Eso sí: a cambio, se reservaba el derecho a añadir unos cuantos nombres a la lista de invitados. Habían optado por casarse en julio para que Alberto pudiera preparar con calma los exámenes finales de cuarto. Pero tal precaución resultó inútil porque de todos modos sus calificaciones fueron pésimas. Sólo consiguió aprobar una asignatura, más otra que arrastraba de tercero, y tuvieron que resignarse a la idea de que la ansiada licenciatura se retrasaría un año más de lo previsto. Pensar que al menos durante dos años más tendría que seguir con su precario trabajo en la notaría sumió en una profunda desazón a Alberto, que sin embargo se esforzó por exhibir su mejor sonrisa durante la ceremonia. Para oficiarla viajó el tío Ramón desde Valladolid (donde tenía su parroquia), y por insistencia de Raffaele se celebró en la iglesia de San Antonio de Padua, aneja al Sacrario Militare Italiano. Faltó Rafael, que por entonces estaba ya en paradero desconocido y que, por no reencontrarse con su padre, seguramente tampoco habría asistido en el caso de que le hubieran localizado. El abuelo de Elisa y la tía Milagros actuaron de padrinos. Entre los invitados eran fáciles de identificar los que venían de parte de Raffaele: el grupito de los amigos falangistas (que rodeaban a Amadeo Serrano, por entonces gobernador civil de una provincia del sur), el de los principales clientes de La Confianza, el de los italianos, con el gordo de Imbroglia a la cabeza. Paquito estaba sentado en primera fila y, en las pausas de la liturgia, Alberto oía con nitidez su respiración fuerte y desacompasada. De hecho, había momentos en que le daba la sensación de que ese sonido lo llenaba todo, como si el templo entero fuera un pulmón fatigado y enfermo. Cuando acabó la ceremonia, Paquito cumplió su amenaza de lanzarles el arroz a la cara, y la madre de Elisa, que durante todo ese rato había logrado contener la emoción, pretextó que le había entrado un grano en el ojo para poder llorar con libertad.

La familia de Elisa se había ofrecido a avalarles un crédito para la compra de un piso, pero ellos preferían no deber nada a nadie y optaron por vivir de alquiler. El piso estaba en el barrio de la Química. Les daba lo mismo que ni el piso ni la calle fueran particularmente bonitos: lo relevante era que entre esas paredes se sentían libres, libres de verdad. Por primera vez en su vida, Alberto y Elisa tenían la sensación de que podían ser todo aquello que querían ser, y ante eso qué importaban las incomodidades y estrecheces a las que tuvieran que enfrentarse. Disponían de muy poco dinero para afrontar los muchos gastos iniciales, y sin embargo nada les asustaba. Querían además tener un hijo. Y querían tenerlo pronto. Se imaginaban a sí mismos como padres jóvenes y modernos, distintos de casi todos los otros padres, tan preocupados, tan serios. Ingenuamente, veían el futuro como un tiempo en el que los años pasaban más deprisa para el niño que para ellos, jóvenes eternos a los que su hijo acabaría alcanzando. En cuanto Elisa tuvo la segunda falta, corrieron a comunicárselo a sus padres.

Con los de ella no hubo sorpresas: todo fueron besos y abrazos y lágrimas de alegría. Raffaele, en cambio, recibió la noticia en completo silencio, y Elisa se volvió hacia Alberto sin ocultar su contrariedad. Sólo al cabo de varios segundos esbozó Raffaele una sonrisa e improvisó algún chiste sobre la prisa que se estaban dando en convertirle en abuelo, y para entonces las suspicacias de su hijo se habían ya disparado. Para Alberto no había ninguna duda sobre el porqué de la extraña reacción paterna. ¿No te has dado cuenta de lo que ha hecho el viejo durante esos instantes?, comentaría después, ya en privado, ¡estaba calculando los meses!, ¡todavía cree que nos hemos casado de penalti! Pero se equivocaba. Raffaele había tardado algunos segundos en felicitarles sólo porque de golpe le había asaltado el mayor y más secreto de sus miedos. El miedo a su mala sangre. El miedo a que ésta se hubiera transmitido a su hijo y éste pudiera transmitirla a los suyos. Durante esos instantes de silencio le había sobrecogido la posibilidad de que también su primer nieto fuera deficiente, como Paquito y como aquella niña que había dejado en Italia y que todavía en algunas pesadillas se le aparecía para acusarle con su llanto... Pero cómo podía Alberto imaginar algo así. Cuando el médico les anunció que Elisa saldría de cuentas hacia principios de abril, justo nueve meses después de la boda, también él permaneció unos instantes en silencio, haciendo sus cálculos. ¿Y si el niño era sietemesino y no nacía en abril sino en febrero? ¿Quién convencería entonces a Raffaele de que el pequeño no había sido concebido antes de que contrajeran matrimonio? Aunque nunca quiso compartirla abiertamente con Elisa, esta inquietud le acompañó durante buena parte de la gestación. Todos los padres primerizos viven ese período con cierta ansiedad. En el caso de Alberto, no se trataba de ansiedad sino de auténtica angustia. Se esforzaba por evitar a su mujer todo tipo de emociones y disgustos, pero también humos, incomodidades, cambios de temperatura, ruidos molestos y malos olores, y con frecuencia le recordaba que no debía hacer ejercicios bruscos ni correr ni subir escaleras...: cualquier cosa con tal de que el embarazo progresara con naturalidad y la fecha del parto no se adelantara. Hasta Elisa, que al principio estaba encantada con sus atenciones y desvelos, acabó un poco harta de tanta vigilancia, y no dejaba pasar ninguna ocasión de tomarle el pelo. Estoy pensando en limarme las uñas, le decía, ¿crees que puede ser perjudicial para el feto? Hacia finales de marzo pudo Alberto relajarse un poco: entonces todos los cálculos dejaban bien claro que no les había cogido ningún toro.

Elisa rompió aguas dos días después de salir de cuentas, y a medianoche nació un niño oscuro y pelón. Para sorpresa de Alberto y de Elisa, fue Raffaele quien más entusiasmo manifestó ante el nacimiento del pequeño Juan. Pero ¿está bien?, ¿le han hecho ya todas las pruebas los médicos?, ¿seguro que no tiene nada por lo que debamos preocuparnos?, preguntaba con un interés que no podía ser fingido, y Alberto se sentía al mismo tiempo confundido y halagado. Durante todos esos meses, Raffaele había mostrado hacia su hijo y su nuera una discreción exquisita. Respetuoso de su intimidad y su independencia, sólo los visitaba en su pisito de la Química cuando ellos le invitaban, y cada pocos días les llamaba por teléfono para interesarse por la salud de Elisa y su embarazo. Las cosas cambiaron tras el parto. Ahora Raffaele no era sólo padre y suegro sino también abuelo, y ¿quién iba a negar a un abuelo el derecho a estar con su nieto? Su ayuda, además, resultaba muy útil porque, mientras Alberto estaba ocupado con su empleo de notificador, Raffaele acompañaba a Elisa a ponerle vacunas al niño y a hacerle revisiones y pruebas y a recoger los resultados. Eran casi siempre asuntos de médicos. A Alberto le extrañaba un poco porque, de niño, su padre jamás le había llevado a ponerse una vacuna o hacerse una revisión, y hasta de las pruebas y los tratamientos de Paquito se había desentendido. Pero a todo se le acaba encontrando una explicación, y Alberto pensó que, siendo su padre un hombre no habituado a exteriorizar sus sentimientos, la atención que prestaba a la salud de Juan debía interpretarse como una expresión de cariño. Raffaele les mandó un fontanero para que reparara la instalación del agua caliente, y también eso lo interpretó Alberto como una peculiar manifestación de afecto. Que conste que no lo hago por vosotros sino por el niño, dijo Raffaele cuando ellos trataron de agradecérselo. Poco después les envió también unos pintores, que cambiaron el empapelado del salón y pintaron el cuarto de Juan de unos colores muy alegres elegidos por Elisa. Alberto se daba cuenta de que, aceptando que su padre interviniera en su vida, renunciaba a una pequeña parte de su recién conquistada libertad. Pero le parecía que esta vez esa intervención era para bien y, en todo caso, también sus suegros les regalaban pequeños electrodomésticos y aprovechaban sus visitas para llenarles la despensa... En aquella época las relaciones entre Raffaele y Alberto atravesaban una fase apacible y casi armoniosa, y Alberto se decía que no había nada como convertirse en padre para empezar a comprender al propio padre.

En septiembre del año siguiente, cuando el niño tenía un año y medio, consiguió aprobar las últimas asignaturas de Derecho. Comenzó a buscar trabajo tan pronto como tuvo en sus manos la papeleta con el último aprobado. Su intención era dedicarse a la abogacía. Había visto varios episodios de la serie *Perry Mason* y le atraía la idea romántica de defender a los desfavorecidos. En el Colegio de Abogados le proporcionaron una lista con todos los despachos de la ciudad. Escogió los bufetes que le parecieron más prestigiosos y mejor situados, y escribió a cada uno de ellos una carta en la que ofrecía sus servicios como pasante. Sólo ocho bufetes contestaron, cinco de ellos para notificarle que agradecían su interés pero no tenían prevista ninguna ampliación del personal. De los tres restantes, dos le anunciaban que estarían dispuestos a admitirle si durante un período de prueba indeterminado renunciaba a la percepción de honorarios, y sólo el último, el de un abogado llamado Enríquez, le permitía alimentar algún optimismo: «Tras una primera valoración de su ofrecimiento, nos complacería mantener un encuentro personal, etcétera.» Acudió a la entrevista a la hora convenida y, sin más dilación, una secretaria le hizo pasar al despacho de Enríquez. Éste, un hombre grueso con aspecto de haber dormido mal, le miró por encima de las gafas y le sometió a un breve interrogatorio: ¿qué le interesaba más: el civil o el penal?, ¿tenía alguna experiencia en derecho laboral o en recursos humanos?, ¿y conocimientos de contabilidad o administración de empresas...? Con sus respuestas, Alberto daba a entender que ninguno de esos campos le era ajeno y que en cualquiera de ellos podría desenvolverse con eficiencia, y Enríquez asentía despacio con la cabeza. Al final, mientras le tendía la mano, le dijo con un punto de ironía: Vale usted igual para un roto que para un descosido, joven. Alberto salió de aquel despacho con la sensación de que todo había ido bien, y el viernes de esa misma semana, cuando llegó a casa, no le sorprendió encontrar en el buzón una carta en la que confirmaban su idoneidad para el puesto. Subió los escalones de tres en tres. ¡Lo sabía!, ¡lo sabía!, exclamó al ver a Elisa, ¡sabía que me cogerían! La carta, que evitaba extenderse en detalles, le facilitaba un teléfono al que debía llamar en horario de oficina. Eso quería decir que hasta el lunes por la mañana no le informarían de las características de su nueva ocupación. Podía ser que el cometido fuera insignificante y las condiciones abusivas, pero también (¿por qué no?) que Enríquez hubiera percibido en él madera de buen jurista y estuviera dispuesto a probarle asignándole un asunto de cierta responsabilidad. Durante el fin de semana fantaseó con la idea de ganar con brillantez su primer caso e inaugurar así su prometedora carrera de abogado. El lunes por la mañana hizo un paréntesis en su jornada de notificador y volvió a casa para hacer con comodidad la llamada telefónica. Elisa, nerviosa, se sentó a su lado y con el dedo índice hizo al pequeño Juan un gesto de advertencia: Ahora calladito, que papá tiene que llamar. Alberto marcó el número y, esforzándose por controlar el nerviosismo, anunció el motivo de la llamada. Le hicieron esperar unos segundos antes de ponerle con otra persona. Reconoció la voz al instante. ¿Qué haces tú ahí?, preguntó, confundido. En el otro extremo de la línea, su padre contestó: ¿Y dónde quieres que esté? Has llamado a La Confianza, a las oficinas. ¿Y Enríquez?, preguntó Alberto, y Raffaele contestó: Enríquez es mi abogado. Él me habló de tu carta, y yo le dije que te citara para una entrevista. ¡Por cierto, muy bueno eso de que tienes experiencia en administración de empresas...! Elisa, que no podía oír a Raffaele, vio a su marido pasar del desconcierto a la decepción y de ésta al enfado. ¡No entiendo por qué tienes que hacerme perder el tiempo con este ridículo paripé!, exclamó Alberto antes de colgar, y ella, aunque no acababa de entender lo que estaba ocurriendo, trató de animarle: No te preocupes. Todo se arreglará. Y yo me buscaré un trabajo en cuanto el niño vaya al colegio... Alberto le dio un beso. Luego besó también a Juan y, sin dar más explicaciones, se fue a seguir notificando en la Velosolex.

Durante el resto de la mañana no hizo sino imaginarse la sonrisita de su padre mientras hablaban por teléfono. Una sonrisita que quería decir: No te lo esperabas, ¿eh?, ¡reconoce que he sido más astuto que tú! Pero lo que parecía una broma de mal gusto no era tal, y Raffaele insistió en ofrecerle un empleo en las oficinas de La Confianza. ¿Por qué irse a otro sitio, pudiendo trabajar junto a su padre en la empresa de la familia? Además estaba la cuestión del dinero... ¿Cuánto creía que iba a cobrar como aprendiz (así lo dijo) de abogado? Tenía una mujer, tenía un hijo...: ¿no le preocupaba su bienestar? Alberto dudó mucho antes de aceptar la oferta de su padre, y no tardó en empezar a reprochárselo a sí mismo. Sí, ganaba un sueldo digno, ocupaba un bonito despacho, tenía cierto grado de responsabilidad en la dirección de La Confianza... Pero ahora Raffaele no era sólo su padre sino también su jefe, y Alberto, que creía haber logrado escapar a su autoridad, había ido a topar con ella por partida doble.

A comienzos de la primavera del 70 no hacía ni medio año que había empezado a trabajar en La Confianza, y en tan poco tiempo no habían cesado de acumularse los agravios contra su padre. El mismo hecho de haberse sentido inducido a trabajar a su lado le inspiraba resentimiento. No sólo no le agradecía que hubiera solucionado sus problemas financieros, sino que para sus adentros le acusaba de haberle impuesto un destino no deseado. Sí, podía decirse que Raffaele le había designado su sucesor al frente de la empresa, pero ¿alguna vez se había tomado la molestia de consultarle al respecto? ¿Quién se creía que era para escoger por él, para decidir su futuro y su felicidad? Alberto se consideraba un rehén de su padre, y esa sensación de tener la libertad recortada se proyectaba hacia el futuro pero también hacia el pasado. A menudo desempolvaba antiguas afrentas en sus conversaciones con Elisa, y ésta no sabía muy bien qué cara poner. Por ejemplo, cuando le decía que su padre siempre había boicoteado su temperamento artístico y su creatividad... Según él, en su infancia todo habían sido ironías sobre su afición a la literatura y al teatro y al arte: ¡no sabía ella lo duro que era para un niño sobreponerse a los sarcasmos de su padre...! Podía ser. Podía ser que en algún momento Alberto hubiera intentado escribir unos versos o pintar un cuadro, pero, desde que ella le conocía, no tenía la sensación de que esa creatividad hubiera luchado por manifestarse. ¿Y las excursiones con la Sociedad Fotográfica?, ¿y las exposiciones?, replicaba él, contrariado. ¡Ah, se refería a eso!, ¡a su afición a hacer fotos y a participar en las colectivas de la Sociedad! ¿Qué pasa?, preguntaba Alberto, ¿que la fotografía no te parece un arte? Por supuesto que sí, cariño, contestaba su mujer, por supuesto que sí.

Elisa se había acostumbrado a convivir con las

constantes suspicacias de Alberto, y aquella tarde, mientras esperaban a que Juan y Paquito se cansaran de jugar, optó por contemporizar.

—¿Qué te crees que me ha dicho cuando salía para aquí? —monologaba Alberto—. Pues lo de siempre: ¿Vas tú a buscar a Paquito? ¡Todas las tardes tengo que oírselo decir! ¿Vas tú, vas tú...? Como si él fuera todos los días a recogerlo donde las monjas y como si esta vez estuviera ocupado y, excepcionalmente, se viera obligado a pedirme el favor. ¿Cuántas veces habrá ido desde que trabajo en La Confianza? ¿Eh? ¿Cuántas? ¿Cuatro? ¿Cinco? Siempre, siempre voy yo: tú lo sabes. Pero que conste que no me quejo. Me gusta ir a buscar a Paquito y traerlo aquí y ver lo bien que se lo pasa con Juan... Te diré más: me gusta encargarme de recogerlo porque así puedo verlo todos los días. ¡Y ni siquiera me importa que a él le coja de paso y que no tendría que perder ni un minuto! Lo que no me gusta es que me chantajeen. Porque está claro lo que quiere decirme con esa frase: que aún no me ha perdonado que me haya ido de casa y le haya dejado con Paquito, con el hijo tonto... ¿Es chantaje o no es chantaje? ¡Pues sí! Es chantaje, y me molesta que me chantajee. ¡Me molesta que, después de tanto tiempo, siga estando en contra de mi boda! —Aquí hizo una pausa y enseguida añadió, imitando el acento italiano de su padre—: ¿Vas tú a buscar a Paquito?, ¿vas tú a buscar a Paquito? ¡Pues claro que voy! ¿Cómo no voy a ir? Pero no me quejo, ¿eh? ¡Tú sabes, Elisa, que no me estoy quejando...!

—¡Paquito!, ¡Juan! —dijo ella—. ¡Nos vamos!

Ninguno de los dos se dio por aludido. Estaban sentados en el suelo, de espaldas a ellos. Se acercaron a ver qué hacían y los descubrieron disponiendo en círculo varias piedras del tamaño de un puño. Alrededor de cada una de esas piedras había cinco más pequeñas.

—Papalagos —anunció Juan, muy serio.

—¡Galápagos! —le corrigió el otro, riendo.

Luego Juan señaló las piedras pequeñas que rodeaban a una de las grandes y dijo:

—Las patitas, la cabeza...

—¡La hermana Inmaculada me va a regalar un galápago! Dice que ellas tienen muchos y que para qué necesitan tantos.

—Nos vamos, Paquito —dijo Alberto—. Lávate en la fuente.

Paquito obedeció y, mientras se lavaba las manos salpicándolo todo, gritó:

—Lo llamaré Francisco. Como yo. Así todos sabrán que es el mío.

Estaban a sólo dos esquinas de la calle Bolonia. Alberto tendió su pañuelo a su hermano y le acompañó al piso de su padre. Éste les abrió la puerta con la frente llena de churretones negros y una toalla anudada al cuello: en aquella época se ocultaba las canas con tinte capilar.

—¿Me has comprado ya la pecera? ¿Me has comprado la pecera para el galápago? —preguntó Paquito.

—Primero se saluda, ¿no? —dijo Alberto.

—Sí. Hola. ¿Me has comprado la pecera? ¿Me la has comprado?

Raffaele, sin hacerle caso, se encaminó hacia el cuarto de baño. Para que el tinte no le resbalara por la cara andaba con la cabeza echada para atrás, como mirando al techo, y mientras tanto hablaba con Alberto.

—He estado con Monti. Me parece un perfecto idiota. ¿Qué necesidad tenemos de gastar dinero en alguien como él? A la gente no le gustan los experimentos. Y aquí, en España, menos. A los españoles no los saques de los macarrones y los fideos de toda la vida. Si quisieran comer *ravioli* o *bucatini*, ya no serían españoles. Serían italianos.

Esta última ocurrencia le debió de parecer afortunada, porque a través del espejo envió una sonrisa a sus hijos, que le observaban desde el pasillo.

—Yo creo que es una buena idea —dijo Alberto.

—Tú crees que es una buena idea porque es tu idea.

Paquito se acercó a su padre, que ahora se estaba limpiando la frente, y puso una atención extrema en seguir sus operaciones: cortar trozos de papel higiénico, humedecerlos bajo el grifo, aplicarlos sobre los churretones teniendo cuidado de no tocar la raíz del pelo... Luego Raffaele soltó un suspiro de satisfacción y se lavó las manos, y Paquito volvió a la carga con lo de la pecera para el galápago.

—¡Que no! ¡Que no pienso comprar ninguna pecera! —exclamó su padre, secándose las manos en la toalla que le caía sobre el pecho—. ¡No quiero bichos en casa!

Y salió del cuarto de baño. Alberto se acercó a dar a su hermano el beso de despedida y le susurró al oído:

—No te preocupes, que te la comprará. Y si no, te la compraré yo.

A sus veinticuatro años, Alberto se había convertido en un hombre de costumbres. Para formar parte de su vida bastaba con formar parte de alguna de sus costumbres. Como Paquito y el paseo familiar de todas las tardes. También como la tía Milagros y la visita que cada dos o tres semanas le hacía para fotografiarla.

—¿Quién crees que ganará? —le preguntó al poco de abrirle la puerta.

—Ni idea. ¿Quién?

—Yo creo que el hombre, el de los pájaros.

Hablaban de un popular concurso de televisión que se titulaba *Las diez de últimas*. Una de esas noches iban a transmitir la esperadísima final. Habían llegado a ella una experta en temas cervantinos y un ornitólogo aficionado al que llamaban el bedel de los pájaros. La tía Milagros era una incondicional de este último y, cuando hablaba de él, lo hacía con familiaridad, como si le conociera personalmente. Decía: Secundino tiene sus días, ¡como le salga uno de sus días buenos...! Decía: ¡La de horas que se pasa este hombre en el campo! Decía: ¡Pero si hasta la cara se le ha puesto de jilguero! La tía Milagros estaba ya mayor y salía poco de casa, y los personajes de la televisión constituían su principal compañía y su tema favorito de conversación.

—¿Cómo te vas a vestir hoy? —la interrumpió Alberto.

—Ya lo verás.

Alberto esperaba en el salón, instalando el trípode y los focos y haciendo mediciones con el fotómetro, y mientras tanto la tía Milagros se encerraba a arreglarse en el dormitorio. Así lo exigía el ritual. Para cada sesión fotográfica debía ponerse ropa distinta, y a ella le hacía gracia volver a ponerse alguno de los muchos vestidos que a lo largo de las décadas se habían ido acumulando en su ropero. Los primeros retratos se los había hecho con piezas de su vestuario más reciente. Sólo cuando éste se hubo agotado, recurrió a las prendas pasadas de moda, primero a las de los últimos años y después a las más antiguas, remontándose por tanto en el tiempo, recorriendo a la inversa las pequeñas efemérides de la historia familiar: Éste me lo puse cuando el entierro de Isabelita, éste para el bautizo de Paquito... El contraste era curioso y (¿por qué no decirlo?) desasosegante: mientras la tía Milagros envejecía despacio, su ropa rejuvenecía a toda velocidad, y las dos semanas que mediaban entre una sesión fotográfica y la siguiente podían suponer un retroceso de varios años en su vestimenta.

—No te he ofrecido nada —la oyó decir desde la habitación—. ¿Quieres una copita de moscatel?

—No, gracias.

—¿Preparado?

Se abrió la puerta y apareció la tía Milagros. Llevaba una blusa blanca de cuello redondo, un traje chaqueta gris con cinturón ajustado y falda por debajo de la rodilla, unos zapatos de tacón, un gorrito con un lazo, un bolsito de asa corta...

—Estás muy guapa —dijo Alberto, sonriendo.

Ella negó con coquetería y, obedeciendo sus indicaciones, se colocó delante de la cámara.

—Bah, ropa vieja... Pero ¿cómo la iba a tirar con lo que me costó hacérmela? Entonces todas sabíamos algo de corte y confección... El patrón me lo dejó una amiga que siempre iba a la última. ¡Qué tiempos! Cuando esto estaba de moda, tú ni siquiera habías nacido. ¿A que no adivinas cuándo lo estrené? En la boda de tus padres. ¡Treinta años ya! Y se notan, vaya si se notan: mira lo que he engordado desde entonces... ¡No he podido ni cerrarme los corchetes de la falda! Porque lo malo no es ser vieja: lo malo es estar gorda... ¿Estoy bien aquí? A ver cuándo me enseñas las últimas fotos. ¿Todavía no has terminado el rollo?

Siempre se comportaba así. Nerviosa como una jovencita, al principio hablaba mucho y embarulladamente. Luego iba poco a poco calmándose, y Alberto le hacía las fotos y le daba conversación.

—¿Te ha vuelto a llamar?
—¿Quién? ¿Rafael?
—Quién va a ser... ¿Dónde está ahora?
—Vete a saber. Nunca me lo dice.

La tía Milagros era la única de la familia que mantenía algún contacto con Rafael. La había visitado en alguna ocasión después de acabar el servicio militar, y de vez en cuando la llamaba por teléfono.

—Siempre me pregunta por Paquito y por ti.
—¿Y qué le dices?
—Que estáis bien.
—Un par de fotos más y ya estamos...

Alberto pronunciaba con frecuencia frases así: Esto ya está, enseguida acabamos... Oyéndole, cualquiera pensaría que trataba de disculparse por las molestias causadas o el tiempo robado. Pero los dos sabían que esas frases formaban también parte del ritual y carecían de auténtico contenido, y nada indicaba que la sesión estuviera a punto de concluir.

—Y tú con tu padre ¿qué tal?
—Bien. Como siempre.

Delante de ella prefería negar las tensiones familiares. Mejor así. Mejor que creyera que sus relaciones con su padre eran buenas y que Paquito no constituía ningún problema. Mejor que pensara que conservaba intacto todo su afecto hacia Rafael, a pesar de que hacía cinco años que prácticamente no daba señales de vida. Puso la tapa al objetivo de la cámara y se sentó al lado de su tía.

—Bueno —dijo—, ahora sí que me tomaría ese moscatel.

Algunas tardes, después de dejar a Paquito, se acercaba al hotel de Monti y le invitaba a tomar una copa en la cafetería. Coincidían todos los días en la fábrica, pero preferían verse así, a escondidas de Raffaele. Debido a las presiones de éste, Monti había estado varias veces a punto de dimitir, y Alberto se esforzaba por apoyarle y darle ánimos. Lo que estás haciendo es muy importante, le decía, hasta mi padre te lo acabará agradeciendo. No lo decía por decir. Los dos últimos ejercicios se habían cerrado con un balance desfavorable para La Confianza, y la creciente implantación de otras empresas del sector no permitía augurar ninguna prosperidad futura. Alberto lo había comprendido nada más incorporarse al trabajo, y en apenas tres meses había diseñado el plan de reflotación, que consistía en crear una línea de pastas diferentes, típicamente italianas pero novedosas en España, y venderlas como si fueran productos importados de calidad. Pero él no podía hacerlo todo solo, y había contratado a una agencia de publicidad y traído de Italia al ingeniero Monti. La primera debía encargarse de crear una nueva marca que, aprovechando el apellido italiano de la familia, transmitiera una impresión de tradición y autenticidad; el segundo, de adaptar la maquinaria a la elaboración de las *tagliatelle*, los *ravioli*, los *rigatoni*, los *bucatini*... A partir de ese momento, todo habían sido pegas por parte de Raffaele, que hasta acusaba a su hijo de hacer un uso indigno de su apellido (como si Alberto no fuera también un Cameroni). La única objeción razonable era de carácter económico, porque el proyecto implicaba cuantiosas inversiones que a duras penas podía la empresa permitirse en esa época. ¡Gastar, gastar!, protestaba Raffaele, ¡siempre pensando en gastar! Pero precisamente por eso, por esas dificultades económicas, hacía más falta que nunca sacar aquello adelante, ¿no? ¡Si las cuentas de La Confianza estuvieran saneadas, no tendrían necesidad de lanzarse a esa aventura! Para Alberto se había convertido en su gran reto profesional. Pero también en su gran reto personal, porque aquél era el único ámbito en el que se atrevía a plantar cara a su padre. Por eso nada podía fallar, y era fundamental que Monti no cediera a la presión y le abandonara.

Una tarde, durante una de esas reuniones con el ingeniero, el camarero se le acercó para decirle que su mujer le llamaba por teléfono. Qué extraño. Elisa nunca le había llamado al hotel de Monti. Habló con ella desde el teléfono que había al final del mostrador. Volvió a la mesa un minuto después y no llegó ni a sentarse.

—Me tengo que ir —dijo—. Mi hermano ha desaparecido.

Cogió el coche y se dirigió a su casa. Llamó desde el timbre de la portería. Elisa se asomó a la ventana.

—¡Dile que baje! ¡Vamos a buscarle!

Raffaele apareció subiéndose la cremallera de la cazadora de ante. Alberto le apremió a subir al Simca y arrancó.

—¿Qué ha pasado?

—No sé. Se ha perdido...

—No se ha perdido. Se ha escapado. ¿Por qué?

Raffaele no contestó. Parecía abrumado. Alberto insistió:

—Habéis discutido y se ha escapado de casa. ¿Por qué?

—Supongo que será por lo del bicho ese, el galápago... Estaba muerto y lo he tirado al retrete. Cuando Paquito ha visto la pecera vacía...

Alberto frenó con brusquedad y se encaró con su padre, que esquivó su mirada y pareció concentrarse en el San Cristóbal del salpicadero.

—No estaba muerto, ¿verdad?

—¡No se movía!

—¡No estaba muerto y tú lo sabías!

—Qué más da... Era un animal asqueroso. Seguro que vivirá mejor en las cloacas.

—Es lo mismo que cuando aquellos dientes, ¿verdad? Entonces tiraste los dientes de leche, ahora el galápago.

Ahora sí que miró a su hijo, y lo hizo con una mezcla de alarma y curiosidad.

—Me lo contó ella cuando ya estabais separados —dijo Alberto—. Siempre supo que lo habías hecho a propósito y nunca te lo perdonó.

Raffaele volvió a guardar silencio. Alberto pisó el acelerador. Estaban pasando por delante de la estación. A pesar de la hora, las farolas seguían apagadas.

—¿Dónde vamos? —preguntó Raffaele.

—Donde las monjas. No se me ocurre otro sitio.

El Simca se detuvo ante la verja del chalet, y sólo salió Alberto. Su padre le vio llamar a la puerta y hablar con unas monjas. Cuando regresó al coche, llevaba una caja de cartón con varios agujeros en la tapa. Se la tendió a su padre, que no tuvo necesidad de abrirla para imaginar su contenido.

—Por aquí no ha pasado —dijo Alberto, que luego

se volvió hacia Raffaele para amonestarle—. Recuérdalo: no es uno nuevo, es el mismo galápago. Es Francisco, que se había perdido por la casa y ha reaparecido. ¿Está claro?

No pronunciaron ninguna palabra más hasta que el coche frenó en la esquina de General Mola con Bolonia.

—Prefiero buscarle solo —dijo Alberto.

Raffaele asintió con la cabeza, agarró bien la caja y abrió la puerta. Antes de salir, dijo:

—¿Por qué todo se estropeó de repente? ¿Por qué, en cuanto dejasteis de ser niños, las cosas empezaron a ir mal? Supongo que es ley de vida, pero tengo derecho a preguntármelo. ¿Por qué tuvo que ser así? ¿Por qué, de golpe, lo que yo hacía o decía o pensaba ya no os gustaba?

Lo dijo sin lamentarse, casi reprochándoselo a su hijo, y luego salió y se encaminó a pasos cortos hacia el portal. Alberto no esperó a verle llegar. La avenida estaba casi desierta y el Simca avanzaba despacio, dándole tiempo a echar un vistazo a los transeúntes. Era como el juego que solían practicar a la hora del paseo, sólo que ahora Paquito no era el que buscaba sino el buscado. Alberto no creía a su hermano capaz de montar solo en un tren o un autobús, así que sin duda seguiría en la ciudad. Sí, pero en qué parte. Rodeó la plaza de Paraíso y recorrió el paseo de Pamplona hasta la Puerta del Carmen. Allí torció a la derecha. Llegó hasta el palacio de la Audiencia y se metió por el Coso. Buscó a Paquito en la plaza de España y en el paseo de la Independencia y nuevamente en la plaza de Paraíso. Lo buscó en la Gran Vía y en Goya y en Hernán Cortés. Lo buscó otra vez en el paseo de Pamplona. Trató de ponerse en su lugar. Se dijo que, si fuera Paquito, no habría ido a cualquier sitio, sino a uno que tuviera algún significado para él. Al pasar por delante del Gran Hotel, se acordó de las comidas navideñas con su madre. De repente tuvo un presentimiento. Entró en la calle San Miguel desde una de las callejuelas que la comunicaban con el Coso. Cuando estaba a punto de llegar a la casa en la que su madre había vivido los últimos años, redujo la velocidad. Y allí estaba, ovillado en el lado menos visible del portal, tan oscuro e inmóvil que desde el coche habría podido confundirlo con un cubo de desperdicios o un bulto cualquiera. Abrió la puerta del Simca, y Paquito alzó la cabeza y parpadeó, como si la débil luz interior del automóvil fuera suficiente para deslumbrarle. Llevaba las solapas de la chaqueta subidas y tenía aspecto de haber llorado. Alberto se acuclilló a su lado y le abrazó. Pero no dijo nada. Al cabo de unos segundos, habló Paquito.

—¿Por qué murió mamá? Esas cosas no tendrían que ocurrir... ¿Por qué tuvo que morirse? —dijo con voz quejumbrosa—. No entiendo cómo puede alguien morirse así, sabiendo que deja a los demás tan solos...

—Vamos, Paquito —dijo Alberto—. Es tarde y hace frío. Te llevo a casa.

—No quiero. No quiero volver con él.

—Pero si no es verdad que haya tirado el galápago al retrete. Ya lo verás. Vamos a casa y verás que a Francisco no le ha pasado nada.

—¿Seguro? —preguntó el otro, dubitativo—. ¿No me estarás engañando?

—No te estoy engañando, Paquito. Tú sabes que no.

Paquito movió la cabeza como asintiendo, pero luego dijo:

—Me da lo mismo. No quiero volver a vivir con él. Nunca. Nunca más.

3

—«Extraño incidente en una céntrica farmacia de la capital» —leyó Alberto mientras revolvía el café con leche.

—¡Mira, papá! —gritó Juan, que jugaba en el pasillo con un yoyó de propaganda de Fanta.

—¿Tiene que ser ahora?

—¡Sí! ¡Mira!

Elisa estaba metiendo la ropa sucia en la lavadora. Dijo:

—¿Quieres dejar a tu padre desayunar en paz?

Alberto abandonó el periódico abierto sobre la mesa y acudió junto al niño, que ahora luchaba por desenredar el hilo y lo enredaba aún más. Alberto deshizo pacientemente los pequeños y apretados nudos, jugó un rato con su hijo y volvió a la cocina. Para entonces, Elisa ya había limpiado la mesa y apartado el periódico, y él lo abrió por una página cualquiera y se olvidó para siempre del extraño incidente ocurrido en la farmacia. De todos modos, si se hubiera entretenido leyendo la noticia, tampoco había nada en ella que permitiera relacionarla, aunque fuera lejanamente, con Rafael.

¿Cuánto tiempo hacía que no veía a su hermano? Unos diez años, y lo que sabía de él cabría en muy pocas líneas. Sabía que a la muerte de su madre había abandonado la universidad para irse a hacer el servicio militar. Que después había vivido a salto de mata, cambiando varias veces de ciudad y desempeñando diversos trabajos. Que, en alguna ocasión, de paso por Zaragoza, se había detenido a saludar a la tía Milagros... Eso era prácticamente todo lo que sabía de Rafael, y la verdad era que no le entendía: no entendía por qué al principio había rechazado a su madre y luego había vuelto junto a ésta y rechazado a su padre y finalmente parecía rechazar a la familia entera... Durante varios años, sus sentimientos hacia su hermano mayor habían sido complejos. Por un lado, había admirado el coraje demostrado al marcharse de casa. Por otro, le había maldecido por haberle dejado a cargo de Paquito, desentendiéndose de su cuota de responsabilidad familiar. Pero ahora, pasado el tiempo, no le inspiraba ningún sentimiento. En todo caso, tristeza: ¿por qué también él, al igual que su padre, había dejado de formar parte de su vida?, ¿qué había hecho él, Alberto, para que lo repudiara con la misma firmeza que a su padre?

Pero es que ni por asomo podía Alberto imaginar cómo había sido la vida de su hermano durante esos últimos años.

En el verano del 66, cuando Rafael se licenció del servicio militar y regresó a la península, había logrado establecer contacto con diversos núcleos de la oposición antifranquista. Algunos operaban en ambientes universitarios de Madrid y Valencia, otros en el cinturón industrial de Bilbao, otros en el campo andaluz o extremeño. Existía muy poca conexión entre los grupos, y su composición era tan heterogénea que en uno de ellos podían coincidir comunistas de las más variadas tendencias con ex falangistas convertidos al socialismo y en otro libertarios con cristianos de base. En general, eran jóvenes de clase media a los que unía una vaga mitificación del mundo del trabajo: en su ingenuidad creían que cualquier obrero de la metalurgia o jornalero del campo, por el mero hecho de serlo, tenía que estar de su parte, lo que distaba bastante de la realidad. Por supuesto, también les unía la común aversión al régimen. Para Rafael eso era lo más importante. Soñaba con una España en la que la injusticia, la opresión y la desigualdad hubieran quedado abolidas para siempre, y en sus ensoñaciones atisbaba un futuro verdaderamente feliz en el que no existirían conflictos sociales ni problemas económicos (y acaso tampoco enfermedades). Había que acabar con el franquismo. Y había que hacerlo cuanto antes, porque cada día que pasaba era un día menos para disfrutar del anhelado paraíso. Para unos, derribar el régimen constituía un asunto de normalización histórica; para otros, un primer paso hacia posteriores conquistas del proletariado. Para Rafael, en cambio, se trataba casi de una cuestión personal, como si sólo derrocando al general Franco pudiera ajustar cuentas con su propio pasado y con su padre. De ahí que no admitiera dilación alguna y que, en las reuniones y asambleas clandestinas, denunciara por contemporizadoras las instrucciones que recibían de remotos y fantasmales comités. ¡Las condiciones objetivas! ¿Qué le importaban a él esas condiciones objetivas de las que tanto hablaba una medio novia comunista que tuvo mientras vivía en el barrio de Cuatro Caminos, en Madrid? Rafael se declaraba partidario de la acción directa, y luego Charo, la medio novia, le llamaba individualista y pequeñoburgués y le conminaba a hacer autocrítica. ¡A ver si te enteras de que defender a ultranza la Revolución puede ser lo más contrarrevolucionario!, ¿qué te piensas que el capital espera de nosotros?, le reconvenía mientras frotaba con una gamuza las gruesas lentes de sus gafas, y después, casi mimosa, añadía: Y tú no quieres hacerle el juego al capital, ¿verdad que no? Charo era algo más joven que él pero parecía mayor. Sobre todo cuando, armándose de paciencia, intentaba explicarle algunos conceptos básicos de teoría marxista. Entonces le trataba como a un niño travieso que se niega a estudiar la lección, y Rafael observaba el rictus de severidad que contraía sus rasgos y no le costaba ningún esfuerzo imaginar la cara que tendría cuando fuera vieja.

Un hermano de Charo le proporcionó un empleo en una panificadora. Trabajaba de noche, descargando sacos de harina y cargando después los grandes cestos con las barras de pan recién hecho. El horario no le molestaba. Lo que le molestaba era el calor de los hornos en verano, y al cabo de unos meses consiguió que le aceptaran como ayudante de mecánico. Ahora su trabajo no tenía horarios. Si una máquina se estropeaba, no podía marcharse hasta haberla reparado. Su jefe directo era un hombrecito risueño al que todos llamaban el Chapas. De él se decía que había estado en la cárcel por emplear piezas procedentes de vehículos robados para arreglar camiones. Podía ser. El Chapas era muy hábil con todo tipo de máquinas, y no se podía descartar que hubiera utilizado su pericia para ganar algún dinero al margen de la ley. Lo primero que enseñó a Rafael fue a soldar. Le enseñó a manejar el cautín para las soldaduras con estaño y el soplete para las autógenas, que son las que se hacen con el mismo metal de la pieza. En poco tiempo llegó a hacer unas soldaduras tan perfectas que ni a la vista ni al tacto se distinguía la cicatriz en el metal. El primer sorprendido era el propio Rafael, que jamás había demostrado ni predisposición ni dotes para ejercer ningún oficio manual. En los ratos libres, que eran muchos, el Chapas abría alguna de las cajas que tenía llenas de herramientas y piezas varias y le explicaba el funcionamiento y la utilidad de esta válvula o aquel rodamiento. En muy poco tiempo era capaz de desmontar y volver a montar cualquier artilugio grande o pequeño: una caldera, una báscula, una carretilla hidráulica. Rafael le observaba fascinado y poco a poco iba familiarizándose con los mecanismos más diversos. Le parecía que en todo eso había una lógica modesta, elemental, pero que acaso esa lógica fuera la misma que regía lo más grande, como el movimiento de los cuerpos celestes o las pasiones humanas. Algunas tardes, Charo le arrastraba a unos cursos sobre marxismo en la cocina del piso de un compañero, y Rafael se sentaba en un lugar discreto y aprovechaba para dormitar. El piso era tan pequeño que la cocina daba directamente a la puerta principal y, cuando oían ruidos en la escalera, todos guardaban un silencio alerta. Eso, esa atmósfera de conspiración, era lo único que le gustaba de aquellas reuniones. Se tenía mucho miedo a una posible delación y, cada vez que llegaba alguien nuevo, se le sometía a un interrogatorio exhaustivo. Algunos, los más prudentes, utilizaban nombres supuestos, que casi siempre les venían grandes: uno de ellos, el más apocado de todos, el que parecía peor dotado para encabezar una eventual revolución, se hacía llamar Lenin. Rafael, en cambio, siguió siendo Rafael, pero ahora no utilizaba el primer apellido sino el segundo, Asín, como si de ese modo pudiera borrar la pertenencia de su familia al bando de los vencedores.

Charo trabajaba en Telefónica. A comienzos del otoño del 67 le comunicaron su traslado a Alicante. Rafael le prometió que la seguiría hasta el fin del mundo pero en el último momento se arrepintió, y Charo le montó una escena en la que ya no le llamó individualista ni pequeñoburgués sino gusano y cabrón. Para no exponerse a un encontronazo con su hermano dejó el trabajo en la panificadora. Un compañero de los cursos de marxismo le habló de un amigo de Gijón que controlaba las subastas de pescado. Cuando llegó a Gijón, preguntó por él en los bares y oficinas del puerto y le aseguraron que allí nunca había habido nadie con ese nombre. Le tentó la idea de enrolarse en la tripulación de un pesquero, pero luego se imaginó a sí mismo mareándose al primer bandazo de la embarcación y desistió. Pasó toda una mañana en la estación de autobuses tratando de decidir su nuevo destino. Un hombre que llevaba un rato observándole le preguntó qué sabía hacer, y él dijo: Casi de todo; soy un manitas. El hombre tenía dos ferreterías. Llevó a Rafael a una de ellas y puso sobre el mostrador las piezas sueltas de una cerradura. Móntala, le dijo. Rafael se lo había visto hacer al Chapas y no tuvo dificultades. En apenas un par de minutos ajustó el muelle, colocó las rosetas, encajó el eje en el rotor del cilindro e introdujo los pernos en los orificios de las tuercas. El hombre asintió con la cabeza y dijo: Ahora ábrela. Rafael creyó que sólo pretendía comprobar su funcionamiento y dijo: Déme la llave. Sin llave, dijo el otro. Rafael hizo un gesto de impotencia. El hombre sacó un trozo de alambre torcido por la punta y lo metió despacio en el ojo de la cerradura. Al cabo de unos segundos, el pestillo saltó y el hombre dio un chasquido con la lengua. Necesito un cerrajero que esté disponible a cualquier hora del día y de la noche, dijo. Si eres capaz de aprender, el trabajo es tuyo. El hombre, que se llamaba Eliseo, le enseñó a abrir varios modelos de cerraduras, los más sencillos. Con los modelos más complicados le recomendó echar mano del taladro y cambiarla por una nueva.

Gijón tenía fama de ser una ciudad obrera y de izquierdas. En cuanto se hubo adaptado a su nueva vida, trató Rafael de contactar con alguna organización antifranquista. Pero la cosa no se presentaba sencilla. Desde luego, para eso no le servía su jefe, que en su despacho tenía una foto en la que Franco le hacía entrega de una distinción al mérito en el trabajo. Tampoco sus hoscos compañeros de la ferretería, que eran todos sobrinos más o menos lejanos de Eliseo y parecían tan reaccionarios como él. Pasaron algunas semanas, y una noche le llamaron a la pensión para que acudiera a abrir una puerta. Eran cuatro jóvenes, tres chicos y una chica, y le estaban esperando en la calle. Tenían los cuatro un aspecto de desolación absoluta. Trató de animarles: Os habéis dejado la llave dentro, ¿no? Tampoco es para tanto... ¡Qué sabrás tú!, exclamó la chica. Subieron. La cerradura era antigua y sencilla: le ocuparía un par de minutos. De los retazos de conversación que se cruzaban a su espalda dedujo que había muerto alguien, alguien importante. El mecanismo cedió finalmente, y Rafael preguntó: ¿Pero qué pasa?, ¿quién se ha muerto? La chica, siempre displicente, sacó su monedero. Dijo: Qué más da. Seguro que no lo conoces. ¿Cuánto te debemos? Uno de los chicos terminó de abrir la puerta y dijo: El

Che. El Che Guevara. ¿Te suena de algo? Lo han matado en Bolivia. Rafael soltó un largo suspiro: también para él la revolución cubana era un mito. Echó un vistazo al interior del piso, y amontonados junto a la pared reconoció algunos libros que Charo solía llevar a los cursos de marxismo. Bueno, dijo la chica, ¿me vas a decir cuánto es? Nada, dijo él, y cogió su caja de herramientas y se marchó escaleras abajo. Pero si no les cobró no fue por ganarse su simpatía sino por orgullo. Le había ofendido su forma de tratarle, y de ese modo creía haberles dado una lección.

Desde que llegó a Gijón llevaba una vida muy rutinaria. Durante la jornada laboral ayudaba en el almacén de la ferretería y hacía duplicados de llaves, y el resto del tiempo lo pasaba en su habitación, escuchando la radio y leyendo. Si salía a pasear por la playa o tomar un café, llamaba cada media hora a la pensión para ver si tenía algún aviso. Un domingo por la tarde le dieron una dirección que le resultaba familiar. Cuando llegó, se los encontró a los cuatro esperándole en la calle como la vez anterior. Idiotas, pensó, porque hacía falta ser idiota para olvidarse las llaves dos veces en tan poco tiempo. Pero qué simpáticos estaban ahora, y con qué buen humor le acogieron. Subieron al piso, y Rafael ni siquiera llegó a abrir la caja de herramientas porque uno de ellos se apresuró a sacar un llavero. Queríamos agradecerte que la otra noche no nos cobraras, dijo la chica, abriendo la puerta. ¿Y para eso me hacéis venir?, replicó él, adusto. No te pongas así, hombre, intervino otro, y por gestos le invitó a pasar. En el cuarto de estar había un sofá viejo, cuatro sillas de anea y una mesa camilla. Había también un par de estanterías con libros. Rafael se entretuvo ojeando los lomos. Uno de los chicos, el que parecía vivir en esa casa, le dijo que se llevara el libro que quisiera y le entregó uno cogido al azar: ya se lo devolvería más adelante. Prepararon café de puchero para todos y de algún sitio sacaron una botella de coñac barato. Luego alguien levantó los faldones de la mesa y sacó una caja de cartón llena de propaganda comunista. No será la primera vez que ves algo así..., dijo la chica con una media sonrisa, y él no contestó. Tenía la sensación de que buscaban algo de él pero no se atrevían a proponérselo. Se echó un poco de coñac en el café, se lo tomó y se marchó.

Adoptaron la costumbre de llamarle una o dos veces por semana a la ferretería. Como tampoco tenía nada mejor que hacer, salía a beber unos vinos con ellos, y les oía hablar de películas vetadas por la censura y de discos que no podían comprarse en España. Domingo, el chico que le había prestado el libro, sabía tocar la guitarra, y a veces se animaba a cantar en mal francés alguna de aquellas canciones prohibidas. Rafael, que se aprendía de memoria los estribillos, pensaba entonces que aquellos cuatro chicos eran los únicos amigos que tenía en el mundo. Pero seguía teniendo la sensación de que buscaban algo y, cada vez que se apartaba para llamar a la pensión, se preguntaba qué estarían diciendo en su ausencia. Con el vino y los carajillos las lenguas se soltaban, y algunas noches acababan directamente hablando de lucha armada y de guerrilla urbana. Sólo eso puede acelerar el proceso de desintegración del régimen, decían, porque aun borrachos utilizaban expresiones así: explotación, lucha de clases, proceso de desintegración. Parecía que ya su persona no les inspiraba la menor reserva, pero un día le citaron junto a un edificio en obras y la chica, muy seria, le acusó: Sabemos que informas a la policía. ¡Y puede que hasta seas uno de ellos! ¿Policía yo?, ¡no me hagas reír!, replicó él, algo intimidado. ¡No nos dirás que no sabes que tu jefe tiene un hermano en la Social!, le dijeron. Hubo una discusión en la que Rafael defendió a gritos su inocencia, y los otros terminaron cediendo. La siguiente vez que se vieron le hablaron de su propósito de adquirir una multicopista para imprimir pasquines y octavillas: iban a llenar toda la ciudad de propaganda antifranquista. Pero para eso hace falta dinero, y tú tienes que echar una mano, dijo Domingo. A no ser que de verdad seas un policía o un soplón..., añadió la chica. Rafael estaba dispuesto a colaborar y, de todos modos, tampoco habría podido negarse en aquellas circunstancias. Cuando aludieron a su habilidad con las cerraduras, supo que eso era lo que desde el principio venían buscando. Pero no le importó. ¿Qué puerta hay que abrir?, preguntó. El objetivo era un estanco cercano al ayuntamiento. Un estanco..., dijo Rafael, soltando un suspiro. Uno de los otros, Mateo, lo interpretó mal y trató de rebatir una objeción que sólo existía en su imaginación. ¡Todas las estanqueras son franquistas!, dijo, ¡viudas de militares y así! Pero el suspiro de Rafael obedecía únicamente a la decepción que le causaba el que hubieran elegido un objetivo tan modesto. Pronto descubriría que el activismo de aquella gente, además de poco ambicioso, era bastante chapucero. Quedaron el jueves por la noche. Unos vigilaban desde distintas esquinas y los otros ocultaban con su cuerpo a Rafael, que a la luz de una linterna estudiaba la cerradura de la persiana. ¿Ya está?, le apremiaban, nerviosos. Ya, dijo él al cabo de un rato, y Domingo y la chica se agacharon para entrar. ¡Rápido!, ¡el dinero!, susurró ella, pero los haces de luz de las linternas rebuscaron por todos los rincones del local y allí no había ni una peseta. ¿Quién dijo que la mujer sólo ingresaba el dinero los viernes?, preguntó la chica con irritación. Era Mateo el que se ocupaba de seguirla..., trató de exculparse el otro. ¡Sois un desastre!, exclamó ella. Rafael enfocó un cajón lleno de sellos de diferentes valores. Siempre podemos mandar los panfletos por correo, dijo, pero su chiste no hizo ninguna gracia. La chica metió en su bolsa varias hojas de sellos y papel timbrado y ordenó: ¡Nos vamos! El fracaso de la operación estuvo a punto de provocar la ruptura del grupo. Se echaban la culpa unos a otros. Se insultaban llamándose aficionados, como si alguno de ellos pudiera considerarse un profesional. Rafael seguía asistiendo a sus reuniones, pero ahora los trataba con cierta superioridad. ¿Se puede saber para qué te llevaste todo eso?, reconvino a la chica, señalando el papel timbrado, ¡si se te ocurre venderlo, te cogerán a ti y nos cogerán a todos! Sólo estaban de acuerdo en que el siguiente golpe no podía salir mal, y tenía que ser un golpe serio, un golpe de verdad. Se hicieron diferentes propuestas: asaltar el piso de un vecino rico de los padres de Mateo, robar un domingo la recaudación de un cine, atracar la ferretería de Rafael... ¡Sí, hombre!, protestó éste, ¡y el primer sospechoso sería yo! Ninguna de esas operaciones llegó a salir adelante, o al menos no llegó Rafael a participar en ninguna de ellas. Una tarde, la chica anunció que tenían dinero para la multicopista porque Domingo había encontrado un comprador para el pequeño botín del estanco. No hay ningún peligro, añadió Domingo con una sonrisita satisfecha. Es de fuera de aquí. De León. Y es de toda confianza. ¡Pero tú eres imbécil!, ¿para qué crees que sirven los números de serie?, gritó Rafael, y salió del piso dando un portazo. Que les cogieran era sólo cuestión de tiempo. Aunque ninguno de ellos conocía su primer apellido, sabían dónde trabajaba y en qué pensión vivía. Tarde o temprano, la policía cogería a Domingo, y luego, uno detrás de otro, irían cayendo los demás. Por la mañana pidió permiso en el trabajo para visitar a su padre, gravemente enfermo, y se marchó dejando una dirección falsa de Salamanca.

Montó en el primer autobús para Madrid y, en cuanto llegó, trató de localizar a sus antiguos compañeros. La mayoría de ellos había cambiado de barrio o simplemente había desaparecido. Rafael estaba a punto de cumplir los veinticinco años y se había convertido en un solitario. Sin novia, sin amigos, sin familia. Se colocó en una empresa de mudanzas. Además de cargar y descargar bultos, tenía que desmontar muebles, enrollar alfombras, embalar espejos. Una mañana se puso enfermo el conductor, y Rafael, que nunca había conducido un camión, no tuvo dificultades para sustituirle. Los días que no tenían mudanza practicaba con el camión de la empresa por un polígono industrial, y en cuanto pudo se sacó el carnet. De la empresa de mudanzas pasó a una de transportes nacionales e internacionales. Cada vez que mostraba su documentación en la frontera francesa o portuguesa temía que fueran a detenerle por el asunto del papel timbrado. Pero lo cierto es que nunca tuvo ningún problema. Entre tanto, aunque seguía sintiéndose tan antifranquista como al principio, su combatividad se había ido suavizando. Se relacionaba ahora con libertarios, miembros de una escisión de una escisión de la CNT, y de vez en cuando les ayudaba escondiendo propaganda en el piso de Carabanchel Alto que compartía con dos compañeros de trabajo. Su contribución a la lucha política se limitaba a eso. A eso y a la participación en algún que otro acto de protesta rápidamente reprimido por la policía armada: siempre recordaría cierta manifestación en la que un agente logró acorralarle contra un muro y, mientras le aporreaba los riñones, le repetía ¡disuélvase, disuélvase!, como si fuera un comprimido efervescente. En sus viajes pasaba a menudo por Zaragoza y, si el camión iba de vacío, se detenía a hacer dos visitas que ya se habían convertido en obligadas. La primera era al piso de la tía Milagros. Ésta no sabía nada de su trabajo de camionero y recelaba bastante de esas intempestivas apariciones suyas. Tras observarle a través de la mirilla, le abría la puerta y le decía: ¿Te has dado cuenta de la hora que es? ¡Al menos podías avisar...! ¡Ay, Rafael! ¡A saber en qué líos te estarás metiendo...! Pero en realidad estaba encantada de que su sobrino siguiera acordándose de ella. Rafael aprovechaba para darse un baño y, desde el otro lado de la puerta, la tía le ponía al corriente de las novedades familiares: las primeras gracietas del pequeño Juan, lo bien que se lo pasaba Paquito en el chalet de las monjas, las dificultades de Alberto para terminar la carrera, las dudas de éste y de Elisa antes de decidirse a comprar el Simca... Cuando el parte de novedades concluía, la tía Milagros hablaba de su tema favorito, los concursos de televisión, y entonces Rafael, con la voz adormecida y pastosa de quien se está dando un baño prolongado, le preguntaba por el viejo. Era curioso que los dos hermanos, sin ponerse de acuerdo, hubieran terminado llamando a su padre del mismo modo: el viejo. Bien, como siempre, decía la tía Milagros, porque así era como Alberto solía contestarle cuando le preguntaba por él. Pero ésa era sólo la primera de las dos visitas obligadas.

La segunda tenía por objeto una farmacia, la farmacia del licenciado Carlos Cortés del Hoyo. Era una de las farmacias clásicas de la ciudad. La había fundado a principios de siglo el licenciado Carlos Cortés Anglada, que durante la República había presidido el Colegio de Farmacéuticos, y a su jubilación la había heredado su único hijo varón. A éste, durante la guerra, se le conocía menos por su nombre que por su apodo, el Rubio; ahora, treinta años después, todo el mundo le llamaba don Carlos. Cada vez que Rafael acudía a la farmacia, oía a algún cliente decir buenos días, don Carlos, y le costaba creer que ese hombre jovial de cincuenta y pocos años y pelo escaso y ya oscurecido fuera el mismo Rubio del que tanto le había hablado su madre al final de su vida. ¿Y cómo podía ser que alguien con un pasado como el suyo hubiera acabado adquiriendo ese aire honorable de persona recta y considerada? Rafael solía hacer que le tomaran la tensión porque de ese modo tenía más tiempo para observarle, y luego, mientras se abrochaba el botón de la manga y se acercaba al mostrador a pagar, trataba de intercambiar con él algún comentario trivial. Sí que hace calor, sí, ¡y más que hará!, le oía contestar, y le miraba las manos finas y cuidadas y se decía que esas mismas manos podían haber matado a su tío Modesto y torturado a su abuelo. Luego daba los buenos días o las buenas tardes y se marchaba.

En las reuniones con sus amigos libertarios recordaban a veces a los compañeros cenetistas fusilados durante la guerra o a principios de la posguerra. Rafael opinaba que su sacrificio debía ser reivindicado de algún modo, y todos comprendían que cuando utilizaba el verbo reivindicar quería decir vengar. Pero sus opiniones jamás encontraban apoyo entre los demás. Decían: Con un presente como el que tenemos, sólo nos faltaría tener que pensar en el pasado. Decían: Ya llegará el momento de ocuparse del pasado. Decían: No estamos luchando por el pasado sino por el futuro. Entonces Rafael replicaba: ¿Pero no os dais cuenta de que no hemos salido del pasado? ¡Mientras Franco siga en el poder no podremos decir que la guerra ha terminado! Y se enzarzaban en inacabables discusiones que nunca conducían a nada. Era cierto que, al menos para él, el pasado seguía vivo. Incluido, por supuesto, el pasado anterior a su nacimiento. A veces los viajes con el camión le llevaban a Italia, y Rafael intentaba elegir una ruta que le permitiera pasar por Lucca. Durante esos años se había esforzado por mantener el contacto con aquellas dos mujeres. Tenía la sensación de haber contraído una deuda personal o algo parecido, y procuraba llevarles regalos y en la medida de sus posibilidades ayudarlas económicamente. Margherita, su hermanastra, se acostumbró bien pronto a tratarle con familiaridad, y le recibía siempre con muchos besos y muchas fiestas. Giulia, por el contrario, se mostraba reservada y hasta esquiva, y a veces él atrapaba alguna mirada suya cargada de resentimiento. Suponía Rafael que su presencia despertaba en ella recuerdos dolorosos, y eso le hacía sentir culpable. Pero ¿cómo se expían las culpas ajenas? Llegó a pensar que, si algún día Giulia terminaba por aceptarle, aquélla podría convertirse en su familia, en su auténtica familia. Sería como corregir un error del destino. Como si éste, al elegir entre las dos vidas de su padre, le hubiera adscrito a la que no le correspondía, y ahora, tantos años después, esa decisión errónea pudiera por fin ser revocada. Pero pronto descubrió que, ni aun deseándolo, podría romper los lazos con su otra familia, la de verdad. Ocurrió en 1970. Durante ese año estuvo varios meses sin pasar por Zaragoza. Cuando por fin lo hizo, acudió a visitar a la tía Milagros y le sorprendió que fuera su hermano Paquito quien le abriera la puerta. Pero más sorprendido que él estaba Paquito, que al principio ni siquiera le reconoció. ¿Qué quiere?, ¿viene a vender algo?, le preguntaba, escrutando su rostro en la penumbra del descansillo, y Rafael lo agarró por los hombros y lo estrechó entre sus brazos: ¡Joder, Paquito! ¡Que soy tu hermano! Paquito, emocionado, hundió la cara en su cuello, y Rafael sintió cómo una oleada de emoción le recorría la espalda. No llores, hombre..., le dijo, cogiéndole por la barbilla y tratando de sonreír. Paquito vivía con la tía Milagros desde que ocurrió lo del galápago. Por mucho que aquella noche le insistieron, en ningún momento llegó a creer que ese otro galápago que le enseñaban fuera el suyo, Francisco, y con la misma firmeza y obstinación con que en otra ocasión se había negado a abandonar la casa de su padre se negó entonces a seguir en ella. Lo mejor era que se viniera a vivir conmigo..., dijo la tía con un retintín entre cómico y resignado. Y así ella me cuida a mí y yo la cuido a ella..., añadió Paquito, sorbiéndose las lágrimas. Rafael entró en el cuarto de baño. Mientras se llenaba la bañera, se observó en el espejo y comprendió por qué Paquito no le había reconocido. El cuello más recio, los rasgos de la cara más viriles, la sombra de la barba hasta las mejillas, los músculos desarrollados por el trabajo físico...: en muy pocos años se había convertido en otra persona. Desde el otro lado de la puerta, la tía Milagros y Paquito se interrumpían mutuamente para darle conversación, y Rafael les oía discutir y se acordaba de cuando él era pequeño y discutía con casi todos. Lo quisiera o no, seguía perteneciendo a esa familia y a ese mundo. Quería a sus hermanos, quería a su tía, seguía queriendo a su madre en el recuerdo... Por un instante pensó en las dos mujeres de Lucca y se sintió como un bígamo que visita en secreto a sus dos familias. Luego se metió en la bañera y se quedó medio dormido.

Los meses fueron pasando. Rafael cambió de empresa pero no de trabajo. Cambió también de piso y de barrio. Tuvo algunas amigas íntimas, a las que abandonaba en cuanto la relación amenazaba con estabilizarse. En lo sustancial, su vida seguía siendo la misma. Ahora, en sus visitas a Zaragoza, era Paquito el que se apresuraba a darle el parte de novedades. En noviembre del 72 le habló del enfado de Alberto por la decisión de Raffaele de llevar al pequeño Juan, de sólo cuatro años, al homenaje a los fascistas en el Sacrario Militare Italiano. En julio del 73 le habló de la oferta que Alberto había aceptado para dejar La Confianza e incorporarse a una empresa de productos químicos, y en octubre de ese mismo año de las paperas del niño, que habían tenido muy preocupada a Elisa. En la primavera del 74 le habló de la compra del Renault 10, y al cabo de algunos meses del absurdo accidente de Alberto en la Foz de Lumbier. Después de cada una de esas visitas acudía, como en él era costumbre, a tomarse la tensión en la farmacia del Rubio. Para él, aquel hombre no era don Carlos sino el Rubio. Se había empeñado en odiarle, y el apodo facilitaba las cosas. Por mucho que ahora le viera revolver el pelo a los niños o interesarse por la alimentación de las embarazadas o preocuparse por los catarros de los ancianos, para él nunca dejaría de ser el Rubio, el joven falangista que en el pasado había cometido varias decenas de asesinatos a sangre fría. Algún día alguien tendría que hacerle pagar esas muertes... ¿Algún día? ¿Cuándo? ¿Cuando el dictador muriera y en su lugar gobernara ese Borbón al que el propio Franco había elegido como sucesor? No parecía, la verdad, que las cosas pudieran cambiar demasiado. No, a ese hombre nadie le recordaría nunca los nombres de los muertos que había dejado a su espalda, ni el dolor de sus familias, ni el miedo de los que no murieron pero pudieron haber muerto. El miedo, repitió Rafael para sus adentros, mientras a su lado el Rubio colocaba con delicadeza a un bebé sobre la báscula. Debían de ser más de las ocho, y las luces de la rebotica estaban ya apagadas. Antes de salir de la farmacia, sostuvo la puerta para que pasara la joven madre con el carrito del niño. Luego cruzó la calle y se entretuvo mirando un escaparate. Por el reflejo del cristal vio al Rubio y a sus empleados bajar la persiana metálica y despedirse. El miedo, volvió a decir Rafael para sí mientras veía al Rubio caminar despacio en dirección a la calle San Jorge. Para entonces había averiguado muchas cosas sobre él. Sabía dónde vivía y en qué garaje guardaba el coche. Sabía dónde pasaba los fines de semana y dónde los veranos. Sabía que su mujer se llamaba María Antonia y tenía una floristería en la calle Requeté Aragonés. Sabía que uno de sus dos hijos era capitán de Artillería y estaba destinado en Madrid y que el otro estudiaba Farmacia en Pamplona. Sabía, en fin, que llevaba una vida ordenada y respetable y que, sin duda, se asustaría si supiera que había alguien averiguándolo todo sobre él. Y estaba decidido a hacérselo saber. Empezó por lo más sencillo, el piso de la playa. En la primera ocasión que tuvo de pasar por la provincia de Tarragona se desvió hacia Salou y buscó el edificio, que se llamaba Zafiro. En esa época del año la mayoría de los pisos estaban vacíos. No tuvo ningún problema para subir sin ser visto ni para abrir la cerradura. Encendió luces en todas las habitaciones pero no tocó nada más y se marchó dejando la puerta abierta. Algunas semanas después pasó por Zaragoza e hizo algo parecido en la residencia de fin de semana, que estaba cerca de la Base Aérea, en una zona conocida como la de los chalets de los americanos: también allí se limitó a encender las luces y a dejar la puerta abierta. La siguiente vez que pasó por la ciudad entró a medianoche en la floristería de Requeté Aragonés, conectó el hilo musical y apagó los neones de fuera y encendió los de dentro, de forma que la tienda, aunque vacía, diera la sensación de estar en plena actividad comercial. Y no mucho después volvió a pasar y sacó el coche del Rubio del aparcamiento y lo abandonó a dos manzanas del portal, correctamente estacionado pero con las ventanillas bajadas y la radio encendida. Rafael ignoraba el modo exacto en que el Rubio reaccionaba cada vez que uno de esos pequeños incidentes, por la vía que fuera, llegaba a su conocimiento. Pero tenía la certidumbre de que no se le escapaba el mensaje que estaba intentando transmitirle. Y ese mensaje era: Tú no sabes quién soy ni por qué hago lo que hago. Ni siquiera sabes qué es lo que me propongo. Yo en cambio lo sé todo, y especialmente lo sé todo de ti. Estás indefenso. Voy a por ti, y no hay puerta que se me resista ni muro que te proteja. Para ti no existe la seguridad del hogar. Puedo atacarte donde y cuando quiera, y tú no puedes preverlo. Estás en mis manos. El paso siguiente fue entrar de madrugada en la farmacia, donde repitió la operación habitual: encender las luces (y un pequeño transistor que había junto a la caja registradora), no tocar nada más, desaparecer dejando las puertas abiertas de par en par. El acoso seguía, por tanto, y el cerco en torno al Rubio se iba estrechando: ya sólo quedaba su casa. Mientras se alejaba de la ciudad al volante del camión, Rafael sabía que el objetivo principal se había cumplido. Ese hombre, el Rubio, estaba conociendo la experiencia de convivir con el miedo del mismo modo que, muchos años atrás, la había conocido su abuelo Modesto. Así el sufrimiento de éste quedaba vengado. Pero aún había que vengar a otro Modesto, su tío. ¿Y qué hacer para vengar a alguien que ha sido asesinado?

Rafael ni siquiera llegó a saber que lo de la farmacia había salido en el periódico local. En el texto, que daba a los hechos un enfoque casi humorístico y sugería una posible distracción de alguno de los empleados, no se hacía ninguna alusión a los incidentes anteriores: a los del apartamento y el chalet, al de la floristería, al del coche. ¿Quería eso decir que el Rubio no había presentado ninguna denuncia? ¿O tal vez que la policía los había desestimado por irrelevantes?

Ésa, por supuesto, era la noticia que Alberto, sin posibilidad alguna de relacionarla con su hermano Rafael, comenzó a leer a la hora del desayuno y acabó abandonando para desenredar el hilo del yoyó de Juan.

—«Extraño incidente en una céntrica farmacia de la capital» —leyó mientras revolvía el café con leche.

Por entonces, Alberto estaba atravesando una muy buena temporada. De hecho, en el futuro siempre se referiría a esa época llamándola la etapa de la felicidad. Sus planes para reflotar La Confianza habían tenido éxito, más éxito incluso del que él mismo había esperado, y, sin duda como consecuencia de ello, varias empresas del sector de la alimentación se habían dirigido a él para hacerle ofertas profesionales más que tentadoras. Una detrás de otra, había ido rechazando todas esas ofertas para no tener que rivalizar con la industria familiar, y al final se incorporó como ejecutivo a la plantilla de una fábrica de productos químicos. El empleo era cómodo y el sueldo generoso, y gracias a eso podría bien pronto cambiar de coche y embarcarse en la compra a plazos de un apartamento en el paseo de Ruiseñores. Pero, por supuesto, si aceptó dejar La Confianza, lo hizo sobre todo para poner distancia entre su padre y él. Cambiar de empresa era su manera de romper con Raffaele: romper sin aparentarlo, escapar fingiendo que no escapaba. Mientras tomaba asiento delante de su escritorio con la carta de renuncia recién redactada, le desasosegaba la perspectiva de que su padre pudiera reprocharle algún tipo de deslealtad. Al fin y al cabo, aunque él se viera a sí mismo como un rehén, no faltaban motivos para que Raffaele (y no sólo Raffaele) le considerara su sucesor en la empresa familiar, y eso implicaba un compromiso con el pasado y una responsabilidad para el futuro. Sin embargo, lo único que su padre hizo fue plegar la carta por la mitad y preguntarle si lo había pensado bien, y por un instante Alberto creyó percibir un brillo de orgullo y aprobación en su mirada. Aquel día, salió de la fábrica con la sensación de haber demostrado sobradamente su valía personal y no deber nada a nadie. Salió, por tanto, sintiéndose libre. Desde entonces habían pasado dos años, y las cosas no habían hecho más que mejorar.

—Ayer llamó tu padre —dijo Elisa, mientras su marido volvía a coger el periódico—. Era por lo de siempre, por lo del espejo. Lo traerán dentro de un rato. ¡Qué perra le ha entrado con el dichoso espejo!

—Ya sabes que el viejo, cuando se empeña...

Alberto seguía llamándole del mismo modo, pero en aquel apelativo no se percibía la hostilidad de antes. De hecho, ahora sonaba a algo consabido y afectuoso, y Elisa se felicitaba de que las protestas y los rencores hubieran quedado atrás.

Juan se enteró de que iba a venir una furgoneta de la empresa y se apostó en el balcón a verla llegar. Siempre que por la calle descubría alguna de las furgonetas de La Confianza, la señalaba con el dedo y exclamaba ¡el abuelo Raffaele!, como si en efecto su abuelo pudiera viajar al mismo tiempo en todos y cada uno de los vehículos de reparto de la empresa. Hacia el mediodía, cuando ya casi se había cansado de esperar, vio la furgoneta detenerse delante del portal.

—¡El abuelo Raffaele! —anunció, y esta vez sí que iba el abuelo en su interior.

Elisa y Alberto acudieron al balcón y vieron a dos operarios sacar cuidadosamente el espejo mientras Raffaele supervisaba la operación desde la acera. Era el mismo espejo de pared, enorme y anticuado, que Raffaele había comprado cuando la familia se instaló en el piso de la calle Bolonia. Alberto creía recordar el día en que, siendo él muy niño, un hombrecillo oscuro y silencioso había instalado ese espejo en el recibidor. ¿Cuántas veces delante de él le había corregido su madre la ropa o el peinado? ¿Cuántas veces al salir o al entrar se había detenido un instante a observarse? Lo curioso es que, siendo como era el espejo favorito de su padre, éste se había apresurado a regalárselo cuando por primera vez les visitó en el piso de Ruiseñores, todavía con olor a pintura reciente y casi sin muebles. Entonces les había dicho: Aquí falta el espejo. No dijo un espejo sino el espejo, y aunque ellos al principio se resistieron y luego optaron por darle largas, no hubo manera de impedir que Raffaele acabara cumpliendo su voluntad. A Elisa aquel espejo no le gustaba porque el marco no combinaba bien con la decoración del piso. A Alberto, en cambio, no le parecía tan mal, y seguramente el espejo le proporcionaba una desmayada impresión de continuidad en el tiempo.

Se abrió la puerta del ascensor, y Raffaele saludó, ruidoso y jovial:

—¿Dónde está Giovanni? ¿Dónde está mi nieto?

Juan corrió a abrazarse a su abuelo, que fingió un gran esfuerzo para levantarlo en el aire y luego le puso un billete de cien pesetas en la mano. Toma, para la hucha, felicidades, le dijo, aunque todavía le faltaban tres días para cumplir siete años. Elisa hizo un gesto de agradecimiento, pero no le parecía conveniente que los regalos de un abuelo a su nieto consistieran en dinero. Los dos hombres, mientras tanto, subían con el espejo por la escalera, y Raffaele se asomaba al hueco y decía ¿todo bien?, ¡cuidado con las esquinas, no lo vayáis a romper! Cuando terminaron de instalarlo, Alberto quiso darles una propina, pero su padre lo impidió, y no quedó claro si él se ocuparía de dársela después o si sencillamente la consideraba innecesaria. Les despidió diciendo:

—Esperadme abajo. Me tenéis que llevar a casa.

Siempre que les visitaba (cosa que no ocurría a menudo), insistía a Juan para que le enseñara su habitación: sus libros y cuadernos, sus juguetes. Y el pequeño estaba feliz porque se sentía importante. Raffaele entonces emitía alguna opinión sobre la educación de los niños (¡lo importante es que hagan deporte y crezcan sanos y fuertes!), y Elisa todavía se extrañaba de que Alberto no refunfuñara a sus espaldas. Sólo dos años antes habría dicho: ¿Por qué tiene que estar siempre dando lecciones y diciendo lo que le parece bien y lo que le parece mal? ¿Quién se ha creído que es? ¿San José de Calasanz? Ahora, en cambio, se mantenía en un discreto segundo plano, y Elisa pensaba que en el fondo le halagaba el entusiasmo de su padre por el pequeño, su único nieto.

Cuando por fin, después de hacer esperar más de media hora a los hombres de la furgoneta, Raffaele se marchó, ellos se detuvieron a mirarse en el espejo, y Alberto experimentó la suave caricia de la felicidad. Le ocurría con frecuencia. A veces era un olor traído por la brisa, a veces un fragmento de una canción oído por casualidad, pero casi siempre era algo que tenía que ver con Elisa o con Juan. Un gesto, una sonrisa, una frase dicha sin pensar bastaban para que fuera feliz y, lo que es más importante, para que fuera consciente de estar siendo feliz. Y qué agradable resultaba saberse feliz. Si alguna vez intentara describir ese estado, hablaría probablemente de sensaciones físicas: de suaves caricias, en efecto, y también de escalofríos placenteros y de vaharadas de aire fresco... Pero en realidad todo eso eran clichés, y lo que de verdad sentía era algo a la vez más sutil y más intenso, algo que tenía que ver con la emoción y con la belleza y con la risa y con el amor pero sobre todo con la súbita certeza de que, al fin y al cabo, el mundo estaba bien hecho y todo en él tenía un sentido. ¿Cómo servirse de las palabras (inmateriales, efímeras, modestas) para expresar la perfección de las cosas y las personas? ¿Cómo celebrar algo tan grande con algo tan pequeño? Le quedaba, eso sí, la posibilidad de la fotografía, y esos instantes de inesperada plenitud que las palabras (sus palabras) eran incapaces de retener podían al menos ser captadas como imágenes...

—¡No os mováis! —dijo, e inmediatamente volvió para plantarse con la cámara delante del espejo.

Pero luego veía las fotos y, como si en el proceso de destilación todo el vapor hubiera desaparecido, notaba que les faltaba justo aquello que andaba buscando. Y no sólo esas fotos no le ayudaban a revivir esos momentos de felicidad sino que más bien venían a certificar su condición de perecederos. Parecían decir: Sí, esa mañana en el parque o esa tarde en los Pirineos fuisteis felices, verdaderamente felices, pero ¿no te das cuenta de que esa mañana y esa tarde ya pasaron y nunca volverán?, ¿no comprendes que la dicha dura lo que el taponazo del champán y se extingue en el momento mismo de existir?

—¡Que no os mováis! —repitió, a pesar de todo, y luego pulsó con delicadeza el botón de la cámara.

Tenía fotos de su mujer y su hijo en los monasterios de Piedra y Veruela, en San Juan de la Peña, en el castillo de Loarre, en el Moncayo, en varios picos de los Pirineos, y también en distintos parajes de Navarra, Castilla y Cataluña. Algunas tardes de sábado o de domingo las consagraba a anotar en el dorso el lugar y la fecha y a ordenarlas en grandes álbumes que compraba en el Sepu, y con frecuencia acababan improvisándose sesiones en las que se comentaban las fotos y se desempolvaban recuerdos y anécdotas de las excursiones: ¿Cómo se llamaba aquel restaurante del papagayo?, ¡qué bien te sentaba el bronceado...! A veces discutían un poco. Elisa, que todavía fantaseaba con hacer largos viajes y conocer mundo y vivir en distintas ciudades, le acusaba de ser un hombre sedentario y nada aficionado a viajar. ¿Que no me gusta viajar?, ¿y esto qué es?, replicaba él, indicando los álbumes, y ella agitaba la cabeza: eso no eran viajes, eso eran excursiones... Entonces él buscaba excursión en el diccionario y leía la primera palabra de la definición. ¡Viaje!, decía, ¡si aquí dice que una excursión es un viaje, quiere decir que cuando hacemos excursiones estamos viajando!, ¿o no? Y Elisa resoplaba: ya sabía él a qué se refería... Pero es cierto que Alberto no era muy viajero. Se desplazaba con frecuencia por motivos de trabajo, pero siempre a desgana e intentando volver en el día porque lo que de verdad le gustaba era estar en casa, cenar con los suyos, acostarse en su cama, y desde que se conocían no habían hecho ningún viaje largo juntos. Tenían previsto hacerlo el verano anterior, el del 74, pero el accidente de Lumbier lo impidió (Alberto estuvo más de dos meses con vendas, fajas y escayolas). Ese año, en cambio, no había excusa, y el mismo día del comienzo de las vacaciones cargaron el Renault 10 y partieron en dirección a la carretera de Madrid.

La idea era recorrer el sur de España, entrando por Extremadura y saliendo por Murcia. El itinerario lo había decidido Elisa. Hacían casi siempre trayectos cortos: de Toledo a Talavera, de Talavera a Trujillo, de allí a Cáceres... Pasaban sólo un día en cada ciudad. Llegaban antes de la hora de comer, aprovechaban la tarde para hacer turismo y por la mañana, durante el desayuno, buscaban en una guía el hotel de la siguiente etapa y reservaban por teléfono una habitación doble con cama supletoria. El único imprevisto fue el pinchazo que tuvieron en el viaje de Zafra a Sevilla: como cayó en domingo y Alberto tenía miedo de circular sin rueda de recambio, optaron por alterar los planes y retrasar un día la llegada a Sevilla. Por lo demás, el viaje fue perfecto y, más que las caminatas y los monumentos, lo que entusiasmaba a Juan era la vida de hotel: los desayunos copiosos en los que nunca sabía por dónde empezar, el periódico que les esperaba cada mañana ante la puerta de la habitación (aunque por supuesto sólo leía las viñetas), las pastillitas de jabón que estrenaban todos los días y luego abandonaban casi sin usar... Para él, aquél fue el primer contacto con el lujo (o con lo que él consideraba el lujo), y le agradaba que sus padres hubieran cedido a la dicha de dejarse atrapar por aquella ilusión de vida plácida y opulenta. Liberados del cálculo de las pequeñas economías domésticas, daban propinas que jamás darían en su vida normal y se concedían pequeños caprichos que en otras circunstancias no se permitirían. Parecían estar todos de acuerdo en que, mientras durara aquel viaje, vivirían como si fueran ricos y mundanos. Sabían, desde luego, que se trataba de una excepción y que ésta no podría durar demasiado, pero ya tendrían después tiempo de acostumbrarse a la vida de siempre, sin propinas ni caprichos ni desayunos continentales. En la terraza del parador de Cádiz se les derramó una Coca-Cola, y Juan se volvió hacia la camarera y dijo: ¡Señorita, si es tan gentil! Y todos se echaron a reír porque era gracioso que un niño de siete años empleara una expresión así, copiada de algún programa de televisión o de algún huésped particularmente redicho. A partir de entonces, cada vez que uno de ellos intentaba llamar la atención de alguien, era de rigor que luego agregaran la frase a media voz, como una clave privada o una contraseña: Señorita, si es tan gentil...

Otra expresión que también hizo fortuna, pero ésta sólo en la intimidad de la pareja, fue la de las vitaminas. Alberto, en plan jocoso, tenía la costumbre de simular falsos lapsus que resultaban más que elocuentes. Decía, por ejemplo: Hoy es veinticinco de culo, digo, de julio... O decía: Qué sabrosas están estas tetas, digo, estas setas... Y, aunque el chiste había acabado perdiendo la gracia, bastaba para que Elisa se diera por enterada de lo importante: su marido reclamaba su ración de sexo. Durante las tres semanas del viaje, Alberto parecía estar cachondo a todas horas. Aprovechaba los escasos instantes de soledad para meterle mano por todas partes, para palparle los pechos y la espalda, para estrujarle las nalgas y los muslos. Cuando se metían en la cama, se mantenía atento a la respiración del niño para saber en qué momento se dormía y, en cuanto esto ocurría, se lanzaba a buscar entre las sábanas el cuerpo de Elisa y susurraba ¡veintiocho de culo, veintiocho de culo...!, lo que quería decir que tenían que ponerse a hacer el amor en ese mismo momento. Pero sucedía que a veces ella se quedaba dormida antes que el pequeño, y en una de ésas, aunque Elisa nunca se resistía a sus requerimientos, se atrevió a protestar con voz soñolienta: ¡Ay, Alberto, qué salido estás! ¡A ver si dejas de tomar las vitaminas esas! Y, claro, Alberto incorporó la palabra a su repertorio y, cuando se abalanzaba sobre su mujer, trataba cómicamente de hacerse perdonar su fogosidad diciendo: ¡Ay, las vitaminas, las vitaminas!

Ni una sola tarde salió sin la cámara, pero las calles, los monumentos y los paisajes sólo le parecían dignos de ser fotografiados si servían para enaltecer las figuras de Elisa y Juan. Los veía a través del objetivo y se decía: ¡Pero qué guapos son!, ¡y qué sonrisas tan bonitas tienen los dos! No concebía que hubiera en el mundo un hombre más afortunado que él, que había acertado a elegir a la mujer más bella y afectuosa y que, junto a ella, había tenido la suerte de engendrar a la criatura más tierna y encantadora. No veía en ellos más que virtudes: sensatez, equilibrio, buen gusto, sentido práctico en Elisa, gracia, candor, cariño, generosidad en Juan. ¿Cómo tendrían que ser para que fueran mejores que como eran? No lo podía ni imaginar, y lo mejor de todo era que se sentía muy querido: tendría que esforzarse mucho para darles tanto amor como recibía de ellos... Ah, pero tanta felicidad no podía ser ni definitiva ni duradera, y el miedo a que todo se estropeara de golpe le provocaba a menudo una profunda desazón. ¡Qué paradoja que fuera precisamente la felicidad lo que alimentaba su única desdicha! Si tardaba en conciliar el sueño, las noches se le llenaban de siniestras fantasías en las que un camión sin frenos se precipitaba contra su mujer o contra su hijo o contra ambos, o en las que alguno de los dos se descolgaba por el balcón de una casa en llamas o contraía una enfermedad incurable. Le atemorizaba la simple posibilidad de que estuvieran expuestos a cualquier desgracia: una teja que se desprendiera por la acción del viento, un resbalón fortuito en la escalera, un cable mal aislado asomando por debajo de un electrodoméstico. ¿Tendría algún sentido su propia vida sin ellos o, mejor dicho, después de ellos? Pero en realidad no hacía falta que ocurriera nada para que su felicidad se deteriorara. Bastaba con que las cosas cambiaran un poco, porque era imposible que cambiaran para mejor. Bastaba con que el tiempo pasara, porque el paso del tiempo equivalía a una desgracia: a una desgracia lenta, pausada. Una vez, en una playa almeriense, vio a su mujer hojeando una revista y a su hijo jugando con la arena, y dijo: Algún día recordaremos este momento, con el niño tan guapo y tan bueno, y nosotros queriéndonos tanto... Lo dijo con tristeza, seguro de que en algún momento del futuro habrían perdido irremisiblemente toda esa felicidad, pero Elisa lo interpretó de otro modo y le apretó la mano. Qué bonito lo que acabas de decir..., comentó. Alberto no dijo nada para no desengañarla. Sorprendentemente, hasta los futuros recuerdos de aquella felicidad le hacían desdichado y le impedían disfrutar de ella.

Si intentara reunir todos los instantes de felicidad vividos durante el viaje, la lista sería larguísima. En ella estaría el desayuno aquel en el que Juan pronunció la frase famosa pero también los otros desayunos, porque a esa hora del día todo se le presentaba en su versión más risueña y armoniosa. Y estarían las noches de sexo sigiloso porque el amor de Elisa le hacía inmensamente feliz. Y muchas tardes de playa porque, tumbado en la toalla, no tenía nada que hacer salvo contemplar a su mujer y a su hijo. Y algunas de sus caminatas pero sobre todo las posteriores pausas para el descanso, porque entonces Juan se le sentaba en las rodillas y sonreía. Y muchos otros momentos en los que Alberto había experimentado eso que llamaba la suave caricia de la felicidad... De todas las fotos que les hizo durante esas semanas (y fueron muchas), su favorita era una en la que se veía a Elisa y a Juan refrescándose ante un ventilador, las caras muy juntas, la mirada muy viva, el pelo revuelto. En ella percibía Alberto algo de la felicidad que había presidido todo el viaje y que las otras fotos no acertaban a transmitir, y lo más curioso era que en su memoria esa fotografía no estaba asociada a ningún instante especial. Cuando, ya en casa, trataba de ordenar las fotos en los álbumes, se esforzaba inútilmente por recordar las circunstancias. Elisa fue incapaz de ayudarle:

—Podría ser cualquier sitio. ¿Seguro que es del viaje?

—Seguro. De Córdoba. En el mismo carrete sale la mezquita. Pero ¿dónde fue? ¿En el hotel? ¿En un bar? ¿En una tienda?

—Ni idea.

—Tiene gracia que sea mi foto preferida del viaje y parezca que os la he hecho sin salir de casa.

—A lo mejor por eso es tu preferida...

—Ja ja. ¿Dónde está Juan?

Elisa no contestó. Estaban ya en septiembre. Se habían reincorporado a la vida normal, y ésta incluía la puntual visita de Raffaele. Alberto tardó varios segundos en atar cabos.

—Se lo ha llevado mi padre, ¿no? ¡Se lo ha llevado a la sastrería militar esa! ¿Pero por qué se empeña en disfrazarlo de Mussolini? ¿Y tú no tienes nada que decir? ¿Te parece bien que lleve a un niño de siete años a sus aquelarres fascistas? ¡Es tu hijo, Elisa! ¡Es tu hijo!

—¡Es tu padre, Alberto! ¡No el mío! —protestaba ella, y él soltaba una de sus diatribas habituales: que si estaba harto, que si no podía más, que qué habría hecho él para merecer a un padre así...

Lo normal era que no se volviera a hablar del asunto hasta que a finales de octubre llegaba, envuelto en papel de estraza, el uniforme de *balilla*. Entonces Alberto hacía lo de todos los años: desgarrar el envoltorio y exhibir las diferentes prendas con un gesto inequívoco de repugnancia. Y Elisa volvía a pronunciar las frases de siempre: ¡A mí no me digas nada! ¡Es tu padre, no el mío! Aquel año fue diferente porque Franco estaba ya agonizando y, tras el clamor internacional contra la reciente ejecución de cinco presos políticos, los defensores del régimen aprovechaban cualquier oportunidad para hacer una demostración de fuerza. Había motivos para pensar que podían utilizar un acto como el del Sacrario Militare Italiano para añadir tensión al ambiente.

—¡Es peligroso, Elisa! —exclamó Alberto—. ¡No podemos dejar que lleve al niño! ¡Esta vez no!

Pero llegó el día 2, que aquel año caía en domingo, y Alberto no se atrevió a dar la cara. Salió a media mañana a comprar el periódico y, para cuando volvió, Raffaele y Juan habían tenido tiempo de fotografiarse uniformados delante del espejo y marcharse. Se detuvo ante la puerta de la cocina y soltó un gruñido.

—¿Qué? —dijo Elisa.

—¿Qué de qué? —contestó él, avergonzado.

—¿Cómo que de qué? Ya sabes tú de qué.

Franco murió al cabo de un par de semanas. Entre su muerte y la coronación de Juan Carlos I pasaron sólo dos días, y Alberto aprovechó para comprar un televisor en color (entonces eran toda una novedad). El sábado por la mañana llegó el técnico para instalarlo. Un rato después, cuando fueron a despedirle, vieron a los dos policías salir del ascensor.

—¿Don Alberto Cameroni Asín?

Les atendió en el salón. Uno de los inspectores echaba vistazos a su alrededor mientras el otro hacía las preguntas. Querían saber dónde había estado a primeras horas de la tarde del miércoles.

—Trabajando —dijo Alberto.

—Habrá gente que podrá confirmarlo...

—Por supuesto.

El inspector abrió el maletín y le mostró una foto. Era una foto de la tía Milagros, maquillada y sonriente, vestida con un abrigo de una elegancia bastante trasnochada. En el dorso figuraba el nombre del laboratorio de revelado, y Alberto supuso que ésa era la pista que les había llevado hasta él. Pero ¿qué significaba esa foto? El inspector no contestó y, en cambio, hizo sus propias preguntas: ¿quién era esa mujer?, ¿admitía ser él el autor de la fotografía?, ¿qué otras personas, además de él y la tía Milagros, podían tener más fotos como ésa? Alberto daba unas respuestas más bien cautelosas, porque no sabía si sus palabras podían perjudicar a alguien. De hecho, ni siquiera sabía a quién podían perjudicar. El otro inspector le pidió que les enseñara más fotos, y él, casi con orgullo, abrió el armario en el que guardaba los más de treinta álbumes, todos iguales, todos comprados en el Sepu. Los dos hombres sacaron unos cuantos al azar y los hojearon distraídos.

—No están mal estas fotos... —dijo uno.

—Sólo soy un aficionado —dijo él con falsa humildad.

Luego le preguntaron por sus hermanos. Cuando dijo que a Rafael hacía diez años que no le veía, los otros intercambiaron una mirada de interés.

—Diez años... ¿Sabe dónde vive?

—Ni idea —dijo Alberto.

Uno de los policías frunció el ceño como acusándole de encubrimiento. Él insistió:

—Créanme. No lo sé. ¿Me pueden decir qué es lo que ha ocurrido?

Los inspectores, dejando también esa pregunta sin respuesta, hicieron un gesto de despedida. Luego se encaminaron hacia la salida, donde Elisa esperaba con expresión alarmada.

Por la tarde, Alberto se presentó en casa de la tía Milagros. Ésta, que llevaba media vida quejándose de sus achaques, había llegado a los setenta y nueve años con una salud envidiable. Al verle fingió sorpresa.

—¡Tú por aquí! —dijo—. No te esperábamos. Ahora mismo iba a preparar un poco de té. ¿Te apetece? ¡Mira, Paquito! ¡Ha venido tu hermano!

Paquito salió a recibirle con una sonrisa asustada. Alberto se sentó en el sofá y cruzó los brazos. La tía, sin dejar de parlotear, iba de un lado para otro con la bandeja del té. Alberto explotó:

—¿Me va a explicar alguien qué coño está pasando? Supongo que han venido unos policías, ¿no?

—¡Ah, sí! ¡Esos señores! —dijo ella, aún fingiendo, y posó la bandeja sobre la mesita.

—¡Ah, sí! ¡Ah, sí! —imitó su voz—. ¡Lo dices como si todos los días viniera la policía a interrogarte! Pero ¿quiénes sois vosotros dos? ¿Bonnie and Clyde?

No fue difícil sacarles información. Lo difícil fue encontrarle algún sentido a esa información. Ahora Paquito y la tía Milagros hablaban casi a la vez, y Alberto pedía calma con las manos y trataba de ordenar los datos. ¿La foto? Sí, la foto esa se la había dado la tía Milagros a Rafael en alguna de sus visitas. ¿Y por qué la tenía la policía? Ah, eso no lo sabían... ¿Y por qué la policía estaba tan interesada en esa foto y en Rafael? Ah, eso tampoco lo sabían, aunque luego Paquito sacudió la cabeza y admitió que lo sabía pero no sabía si podía decirlo... ¡Paquito, por Dios!, exclamó Alberto, y su hermano, aturullado, habló de un farmacéutico (él dijo farmacético) y entonces Alberto preguntó:

—¿Farmacéutico? ¿Qué farmacéutico?

Fue entonces cuando por primera vez oyó hablar de Carlos Cortés, el Rubio. El pasado, ese pasado que tanto importaba a su hermano mayor, jamás le había inspirado a él una curiosidad especial. En voz baja, como si temiera ser espiada, la tía Milagros le contó más o menos lo mismo que Isabel debía de haberle contado a Rafael algunos meses antes de morir. Primero lo del chico Modesto, tan buen mozo él, ¡qué malas son las guerras!, ¡en los dos lados se hicieron barbaridades!, y después lo del otro Modesto, el padre, que tuvo suerte de poder salvar el pellejo... Paquito estaba muy atento, con los labios húmedos y los ojos muy abiertos, como los niños cuando escuchan un cuento de terror. Alberto, en cambio, tenía la sensación de que la cháchara de la anciana le estaba distrayendo de lo verdaderamente importante, y dijo con aire fatigado:

—Algún día me lo contarás todo bien...

—¡Qué gente tan mala!, ¿verdad? —comentó Paquito con el mismo tono de voz con que el pequeño Juan se referiría al lobo feroz.

Alberto no pudo reprimir una sonrisa. Se acercó a Paquito y le acarició una mejilla. Él, a su vez, le acarició la mano. Era un gesto que hacían desde que eran niños. Pero ya no lo eran. Al menos no yo, pensó Alberto. Se habían hecho adultos, cada uno a su manera, y en ese proceso habían cambiado mucho. Habían cambiado tanto que ya ni siquiera se parecían físicamente. Paquito había engordado y perdido pelo, y a los veintiocho años había acabado adquiriendo ciertas facciones comunes a muchos retrasados mentales: unas facciones difusas y toscas, sin desbastar, los rasgos propios de quien carece de la más elemental noción de la estética (es decir, de coquetería). Era como si todos los retrasados del mundo compartieran un aire de familia. Como si todos hubieran acabado haciéndose hermanos de Paquito, y como si él, Alberto, que siempre lo había sido, lo fuera cada vez menos.

—Sí, Paquito —dijo—. Qué gente tan mala.

Acudió en busca de consejo a un ex compañero de carrera que se había especializado en Derecho Penal. Le contó lo que creía que podía haber ocurrido, y el abogado dijo: Si de verdad no pasó nada más en el piso del farmacéutico ese... Alberto negó con la cabeza: Parece ser que pusieron música y encendieron la radio y la televisión, pero ni robaron ni hicieron ningún destrozo. El otro quitó importancia al asunto. Según él, la policía estaba demasiado ocupada para ponerse a investigar un simple allanamiento de morada. Sobre todo teniendo en cuenta que la única prueba que tenían no demostraba nada: una foto encontrada en la escalera de la casa, ¿quién sabía cómo había llegado hasta allí? Cuando se despedían, el abogado preguntó: ¿Y qué interés podría tener tu hermano en entrar en ese piso? Alberto se encogió de hombros y salió del despacho.

Daba la sensación de que tampoco él concedía ninguna importancia a todo aquello, pero a la salida del despacho se encaminó directamente hacia la farmacia. Y lo que hizo fue similar a lo que su hermano Rafael había hecho tantas veces. Entró, dijo buenos días y pidió cualquier cosa (unos caramelos balsámicos). Luego observó a aquel hombre, el Rubio. Observó su perfil distinguido mientras buscaba en el cajón. Observó sus manos blancas cuando le tendió la cajita de plástico. Observó sus ojos claros y vivaces al devolverle el cambio. Trató de imaginárselo matando a alguien y no lo consiguió. Y de golpe todo le pareció a la vez más sencillo y más complejo. Más sencillo porque ahora entendía un poco más a su hermano Rafael, y más complejo porque ahora entendía bastante menos al resto de la humanidad.

4

Alguien había puesto una silla delante de la puerta para evitar portazos, y Elisa, cansada, se sentó. Alberto, en el centro del salón que se utilizaba como galería, hablaba con el presidente de la Sociedad y dos personas más. Sus temas de conversación eran siempre los mismos: los nuevos modelos de objetivos o de cámaras, algún socio que vendía la suya para comprarse una mejor, los preparativos para futuras exposiciones... Había pocas cosas que a ella le interesaran menos: a lo mejor era eso lo que la cansaba. Abrió el bolso y sacó la Polaroid que Alberto le había regalado unos años antes. Aquello era justo lo contrario de las complejidades técnicas con las que ellos estaban familiarizados. Un artefacto de aspecto tan elemental que sólo tenía un pulsador y que, más que una cámara, parecía uno de esos visores antiguos que servían para ver diapositivas de las maravillas del mundo. La sostuvo en las manos como si fuera a hacerles una foto, pero al final desistió y la apoyó en el regazo. El presidente pasó por su lado y cerró la ventana por la que entraba la corriente.

—Pasado mañana se fallan los premios —le dijo.

—¿Cuál crees que ganará?

El otro se encogió de hombros.

—Me parece que este año mi marido lo tiene difícil...

—Quién sabe —dijo el presidente, y volvió junto a los otros tres.

Como todos los años, la exposición que en octubre inauguraba la temporada de la Sociedad Fotográfica era una colectiva. Había fotos de todos los tamaños, técnicas y estilos. Algunas eran de verdad espectaculares, como la del águila con las alas desplegadas que sostenía entre las garras a un pobre conejo mientras miraba desafiante el objetivo o la del patinador sobre hielo que daba vueltas sobre sí mismo y parecía envuelto en una rara crisálida de luces y sombras. Al lado de fotografías como ésas, las dos que había presentado Alberto no tenían ninguna posibilidad. Una era un primer plano de la tía Milagros arreglándose el moño con una sonrisa triste, y en la otra (¡de hacía diecinueve años!) se veía a Isabel de perfil dando de comer en la palma de la mano a una de las palomas de la plaza del Pilar. Técnicamente las dos eran impecables, con una composición equilibrada y un blanco y negro bien definido, pero ¿a quién que no fuera de la familia podían llamar la atención? No entendía Elisa por qué su marido se había empeñado en exponer esas dos fotos, cuando en sus álbumes tenía cientos de fotografías más bonitas y originales. Había tratado de decírselo pero él no le había hecho ningún caso.

Alberto volvió la cabeza hacia ella y, con gesto de fastidio, se tocó el reloj de pulsera.

—¿No tenían que estar ya aquí? —preguntó.

—Ya sabes cómo son.

Lo que Elisa ignoraba era que a Alberto los premios de la Sociedad le importaban bien poco. Esas fotografías eran las últimas que había hecho a su madre y a su tía y, al contrario que en las clásicas fotos de Elisa y Juan (en las que tan difícil resultaba captar la felicidad que contenían), Alberto creía apreciar en ellas su verdad esencial, que no era otra que la inminencia de la muerte. Sí, tanto si había de llegar de un modo previsible o (como en el caso de Isabel) inesperado, la muerte se le aparecía en esos dos retratos, y él la reconocía con la misma naturalidad con que cualquiera asociaría la sensación de calor a la imagen de una hoguera. La muerte estaba como escrita en esos rasgos, esas sonrisas, esas miradas. Que no todos fueran capaces de percibirla resultaba intrascendente: eso sólo quería decir que desconocían el idioma en el que la palabra muerte estaba escrita. Y había tantas otras cosas que, según Alberto, podían leerse en esas dos fotos... De hecho, en ellas podía leerse todo: los recuerdos, los afectos, los rencores, los anhelos, las decepciones... En ellas estaban todos los momentos vividos pero también muchos de los no vividos. Por ejemplo: ¿por qué no pensar que su madre y su tía podrían haber estado esa misma tarde allí, precisamente allí, contemplando aquella exposición y esperando junto a ellos la llegada de Rafael y Paquito? La cosa no era tan disparatada: de seguir viva, Isabel sería entonces una mujer de sólo sesenta y tres años y, en cuanto a la tía Milagros, que había muerto esa primavera con ochenta y siete, ¿quién decía que no habría podido vivir unos cuantos años más? Todo eso, que era ya imposible, estaba también en esas dos fotos sólo por el hecho de ser las últimas. Y, en contraste con ellas, las otras fotografías expuestas le parecían banales.

Simples alardes de pericia técnica en unos casos, feliz fruto de la casualidad en otros, eran fotos que sencillamente no hablaban. Podías plantarte delante de una de ellas durante horas y horas, y jamás te diría nada que no te hubiera dicho ya en el primer momento. Por eso, por luchar contra esa banalidad, había insistido en exponer precisamente esas dos fotos, a sabiendas de que la gente (y por supuesto el jurado) sólo vería en ellas un retrato de una anciana y una vieja fotografía rescatada de un álbum familiar.

Alguien apagó las luces centrales de la sala de exposiciones. Alberto, subiéndose la cremallera de la cazadora, echó un último vistazo por la ventana.

—Está aparcando un taxi —dijo—. Deben de ser ellos.

Bajaron a la calle y, en efecto, Paquito y Rafael esperaban junto al taxi. Tenían un aire risueño, como si alguno de los dos acabara de decir algo divertido.

—¿Y Juan?, ¿no viene a cenar? —preguntó Rafael—. Claro, ya es mayor y tiene sus propios planes...

—¡Vaya horitas de llegar! —dijo Alberto.

—¿No estarás enfadado?

—¡Sí! ¡Está enfadado! —rió Paquito.

Rafael rodeó el taxi y abrió la puerta del conductor.

—La exposición aún durará unos días. Vendremos mañana. ¿Verdad que sí, Paquito?

—¡Alberto está enfadado! —volvió a reír Paquito.

—Esperad —dijo Elisa, sacando del bolso la Polaroid—. ¡Una foto!

El presidente de la Sociedad pasaba en ese momento por su lado y se ofreció a hacérsela.

—¡Alberto, una sonrisa! —dijo.

Posaban los cuatro alrededor del taxi. Parecían una

de esas familias que el día de San Antonio llevaban el coche nuevo a recibir la bendición del párroco.

—Patata, patata —dijeron.

Sonó un clic y la cámara expulsó lentamente la foto. Paquito se apresuró a cogerla y la agitó con energía.

—No tan fuerte —advirtió Elisa.

—¿Vamos? —preguntó Alberto, entrando en el vehículo.

Había reservado mesa en el restaurante del Náutico. Rafael puso el contacto y señaló con gesto de guasa el taxímetro: esa vez no les cobraría la carrera. Elisa sonrió. Luego Rafael miró a Alberto a través del retrovisor y preguntó:

—¿Cuál es el motivo de la convocatoria?

—Hoy hace exactamente diecinueve años que murió nuestra madre. Parece mentira que no lo recuerdes.

—¡Que era broma, hombre!

Paquito soltó una risita que sonó como un hipido, y Alberto supuso que lo habían comentado antes. Se imaginó a su hermano mayor diciéndole a Paquito: Ya verás qué solemne se pondrá cuando hable de mamá... Y le molestó esa imagen. Le molestó sobre todo porque expresaba una complicidad de la que él estaba excluido. Añadió, manteniendo cierta gravedad:

—También hace veintiún años que dejó a nuestro padre. Bueno, más o menos veintiún años.

—Veo que te gustan las efemérides redondas —dijo Rafael—. Diecinueve años, más o menos veintiún años...

Ahora fue Elisa la que soltó una risita, y Alberto la miró con resentimiento.

—¡Ya está seca! —anunció Paquito, que había seguido agitando la foto fuera de la ventanilla.

Elisa la cogió y le echó un vistazo. En ella sonreían todos menos Alberto, pero a Elisa no le pareció oportuno recriminárselo.

En el restaurante les dieron una mesa en su lado favorito, el de la cristalera que daba al río. Desde allí, cuando había bruma, la orilla opuesta se veía algo desdibujada, y uno podía creer que estaba en cualquier ciudad portuaria del norte de Europa. En Hamburgo, por ejemplo, aunque ni Alberto ni Elisa habían estado nunca en Hamburgo.

—Ya no me acordaba de este sitio —dijo Rafael—. ¡Con lo que me gustaba pararme en el Puente de Piedra y mirar cómo salían de aquí las piraguas!

Desde que se había vuelto a instalar en la ciudad, parecía dedicarse a redescubrirla. Su imagen de las calles y las plazas se había quedado como congelada en el pasado, y cada día había algo que echaba de menos: ¿desde cuándo funcionaba un bingo donde siempre había estado el cine Gran Vía?, ¿y cómo era que habían suprimido el trolebús que paraba junto a Santa Engracia?, ¿por qué ya no existía ese mercadillo dominical al que acudían de niños a cambiar sellos...? A Alberto, tan refractario a los cambios, le hacía gracia que fuera precisamente Rafael, el desapegado, el desarraigado Rafael, quien hubiera preservado casi intacta la memoria de lo que había sido su ciudad de infancia y juventud. Pero aquella noche no estaba de humor, y ni siquiera la nostalgia le resultaba reconfortante.

—En realidad solíamos ir al Puente de Santiago —dijo.

—No. Era el de Piedra.

—El de Santiago. Y las piraguas salían de Helios.

—¿Qué más da un puente que otro? —cortó Elisa,

que agarró una de las cartas y trató de desviar la conversación hacia el asunto de la comida.

Elisa había conocido a Rafael en el funeral de la tía Milagros. Entonces Alberto y él se habían dado un fuerte abrazo y habían llorado juntos. Las suspicacias y las tensiones habían venido después. Ella suponía que Alberto no perdonaba a su hermano esa libertad suya para entrar y salir de sus vidas cuando le venía en gana. Y también le parecía que estaba algo celoso del enorme ascendiente que en poco tiempo había adquirido Rafael sobre Paquito. La tía Milagros le había dejado el piso en herencia con la condición de que se hiciera cargo de su hermano deficiente, y el distanciamiento que ya existía entre éste y su padre se había convertido por su influencia en abierta ruptura. A Rafael no le había resultado difícil ganarse al bueno de Paquito para su causa.

—He traído la liquidación de los derechos reales... —dijo Alberto, abriendo una pequeña carpeta—. Tendrás que echar algunas firmas.

—¿Tiene que ser ahora?

—Cuanto antes, mejor.

Rafael tendió su carta a Paquito, que se esforzaba en descifrar la suya.

—Elige por mí —le dijo—. Pero elige menestra de primero y solomillo de segundo.

Paquito asintió sin entender el chiste. Elisa le pasó la mano por el pelo como solía hacer con Juan mientras todavía se dejaba. Llegó el camarero, y Paquito, sin soltar la carta, se preparó para decir de carrerilla:

—Para él menestra y solomillo.

El camarero tomó nota. Paquito tragó aire como si acabara de superar una prueba dificilísima.

—¿Y para usted?

Paquito, mohíno, clavó la mirada en la carta. Con la responsabilidad de pedir para Rafael, se había olvidado de elegir para sí. Elisa salió en su ayuda:

—¿Tienes mucha hambre?

Él negó con la cabeza pero lo hizo sólo por negar: habría hecho lo mismo si Elisa le hubiera preguntado lo contrario. Al final, un poco aturullado, pidió también menestra y solomillo, lo que sin duda quería decir que algo de hambre sí tenía.

Rafael y Alberto, entre tanto, seguían hablando de trámites y gestiones. Alberto se había ocupado personalmente de todo: cumplimiento de las disposiciones testamentarias, idas y venidas entre los diferentes negociados de la administración, cambio de las escrituras de propiedad, compra de la licencia del taxi... Rafael había cambiado mucho durante su ausencia pero para Alberto seguía siendo casi tan inmaduro como cuando se marchó, y ni se le pasaba por la cabeza la posibilidad de restituirle esa condición natural de hermano mayor que durante años se había acostumbrado a detentar. Era como si el tiempo no hubiera avanzado a la misma velocidad para uno que para otro. Como si la vida que Rafael había llevado (sin domicilio preciso, sin mujer ni hijos, eternamente enfrentado a su padre) le hubiera mantenido a sus ojos en una adolescencia perpetua. O al menos eso era lo que Elisa creía que creía su marido, al que siempre veía esforzándose por ejercer una especie de tutela sobre sus dos hermanos. Alberto, de hecho, no había perdido la esperanza de que los Cameroni volvieran algún día a ser una familia normal. Sin que nadie se lo solicitara, se había arrogado la jefatura del por otro lado inexistente clan, y lo más curioso era que en sus horas bajas se quejaba de que nadie se lo agradecía: ni el testarudo de su padre ni los inconscientes de sus hermanos.

Elisa les preguntó por el piso: ¿tenían previsto hacer cambios, comprar muebles nuevos, etcétera? Rafael pareció reflexionar y luego hizo otro de sus chistes. Tenemos previsto cambiar la escobilla del baño, dijo, y Paquito soltó una carcajada desproporcionada: ¡La escobilla del baño, la escobilla! La conversación discurría por cauces seguros, pero en algún momento Rafael hizo alguna de sus habituales alusiones a su padre.

—Ah, también hemos retirado la foto de la boda —dijo—. Verle la cara a ese hombre me quitaba el apetito.

—¡Deja al viejo en paz por una vez...! —intervino entonces Alberto y, aunque había intentado que la advertencia sonara lo más suave posible, notó que se hacía el silencio y que los ojos de los otros tres se clavaban en él.

Al cabo de unos minutos estaban discutiendo. Alberto decía que algún día tendrían que olvidar el pasado, y Rafael replicaba que había sido él, Alberto, quien había empezado hablando del pasado:

—¿Cuántos años dices que hace que nuestra madre le abandonó? Porque supongo que estamos aquí para celebrar eso, que fue lo mejor que pudo hacer...

—Bueno —resopló Alberto—. Vamos a dejarlo o acabaremos diciendo cosas que no queremos decir.

—¿Qué cosas? Si tienes algo que decirme...

—Chicos, por favor... —terció Elisa sin demasiada convicción.

—Vamos, Alberto. Di eso que estás pensando.

—No estoy pensando en nada en especial.

—Dilo.

—Sólo creo que... En fin, si nuestra madre le quiso, tampoco sería el monstruo que dices que era.

—¡Sí! ¡Un monstruo, como el del lago Ness! —dijo Rafael, pero esta vez ni siquiera Paquito rió. Alberto continuó:

—Por ejemplo, el farmacéutico ese, el Rubio... Está claro que ése sí que fue un monstruo. Y, supongo que lo sabes, nuestro padre se enfrentó a él para salvarle la vida al abuelo... ¿Cómo puedes meterlos a los dos en el mismo saco? ¿No te das cuenta de la contradicción?

Rafael quiso responder, pero la llegada del camarero con los segundos platos le hizo callar. Luego el camarero se marchó y él siguió en silencio. Y entonces Paquito le miró y dijo:

—Tenías que haberlo matado aquel día...

—¿Matar? —preguntó Alberto.

—¡Al abuelo no! ¡Al Rubio! —aclaró Paquito, levantando los cubiertos.

Nunca habían hablado de lo ocurrido ese día. Alberto miró a Rafael, que a su vez miró con severidad a Paquito.

—¿Cuándo aprenderás a mantener la boquita cerrada...?

Paquito bajó la mirada.

—¿De verdad pretendías matar a ese hombre, al farmacéutico? —preguntó Alberto—. ¿Y qué pasó? ¿Por qué no lo hiciste? ¿Ocurrió algo que te lo impidió? ¿O simplemente te lo pensaste mejor, te arrepentiste? Al fin y al cabo, Franco se estaba muriendo y muchas cosas estaban a punto de cambiar...

Rafael se metió un trozo de carne en la boca. Elisa hizo un gesto a su marido pidiendo calma. Pero él no le hizo caso.

—¿Nos vas a decir qué pasó?

—Qué más da. Pasó lo que pasó, y ya está.

—No. Qué más da, no. Te voy a decir qué es lo que creo que pasó. Oíste ruidos en el piso y te asustaste. Y luego saliste corriendo y se te cayó la foto. ¿Fue así? ¿Te asustaste y te echaste a correr?

—¿De qué me estás acusando? ¿De asesino o de cobarde? ¡Aclárate! ¿Qué preferirías? ¿Que le hubiera matado o que me hubiera echado a correr? ¡Pero las dos cosas no!

Sus voces habían subido de tono. Paquito, todavía cabizbajo, reprimió un sollozo.

—¡O sea que no niegas que tenías la intención de matarle!

—¡Habría sido lo justo!, ¿no? ¿A cuántos mató él? ¿A nuestro tío y a cuántos más? ¿Y cuándo ha pedido perdón a sus víctimas? ¡Nunca! ¿Me oyes? ¡Nunca!

—¡Y tú estabas dispuesto a convertirte en lo mismo que él!, ¡en un asesino!

—¡Ya está bien! —dijo Elisa, cerrando el puño con fuerza—. ¡Dejad de comportaros como adolescentes!

Siguieron cenando en silencio, concentrado cada uno en sus propios pensamientos y rencores. Luego, de repente, Rafael se levantó y dijo:

—Nos vamos a casa, Paquito.

Elisa dijo algo para tratar de arreglar las cosas pero nadie le hizo caso. Paquito se levantó sumiso y siguió a su hermano mayor. Cuando apenas se habían alejado unos metros, Rafael regresó a la mesa y se encaró con Alberto. Pero en esta ocasión no levantó la voz.

—¿Quieres saber lo que pasó? —dijo—. No tenía intención de hacerle daño. Sólo de darle un susto. Entré en su casa, encendí las luces, conecté la televisión... No era la primera vez que lo hacía. Pero esa vez me estaban esperando y, cuando ya me iba, dos hombres me cerraron el paso. Hubo un forcejeo, se me cayeron algunas cosas y... Y lo demás ya lo sabes. ¿Estás satisfecho? ¿Era eso lo que querías saber? Tu hermano Rafael no es ningún asesino. Puede que sea un cobarde, pero no un asesino. Vámonos, Paquito.

Alberto acudió el día de Todos los Santos a llevar crisantemos a la tumba de su madre. No lo había hecho nunca. Ninguno de los diecinueve días de Todos los Santos que había habido desde su muerte se había acercado al cementerio a hacer lo que tanta gente hacía: limpiar la tumba del ser querido, ponerle flores, homenajear su recuerdo. Lo curioso era que no había reparado en ese detalle hasta que enterraron a la tía Milagros. Ese día, buscando el nicho de su madre, había descubierto con sonrojo que ni siquiera recordaba en qué parte del cementerio estaba. Ahora, en cambio, lo sabía muy bien. O al menos eso creía, porque con aquel trasiego de familias que iban y venían entre los panteones el cementerio no parecía el mismo. ¿Seguro que había que seguir aquella callecita de gravilla para llegar al nicho de la tía Milagros y luego meterse por la de la derecha para llegar al de su madre? En su cabeza el itinerario estaba muy claro, pero luego miraba a su alrededor y era como si estuviera intentando orientarse por una ciudad desconocida con el plano equivocado. ¡Cómo cambiaban los cementerios en un día así! Desde luego, no había el silencio del día del entierro de la tía Milagros, y tampoco esa sensación de paz y recogimiento... Hasta le parecía que el olor era distinto entonces: más dulzón, más penetrante.

Vio un mausoleo que le resultó familiar y se detuvo en un cruce de caminos. Uno de esos caminos llevaba a la tía Milagros y a su madre. Sí, pero ¿cuál? Echó a andar por uno cualquiera y de repente, casi sin esperárselo, se encontró frente al primer nicho. No muy lejos de él, una mujer enlutada echaba abrillantador sobre las piezas metálicas de una lápida, y Alberto se sorprendió a sí mismo pensando que a la mañana siguiente emplearía ese mismo abrillantador para limpiar la plata del cuarto de estar. Luego sacó el pañuelo y lo usó para sacudir el polvo del nicho de la tía Milagros.

Qué buena mujer la tía Milagros. Había muerto igual que había vivido: sin querer molestar. Lo había preparado todo con tiempo, consultando el testamento con expertos y beneficiarios, contratando con antelación las exequias con la empresa de pompas fúnebres, dejando incluso instrucciones sobre la música de órgano que debía sonar en el funeral y las coronas de flores que tenían que adornar el ataúd, y una mañana, cuando ya no quedaba nada por disponer, Paquito se la había encontrado muerta junto a la cama de su dormitorio. Debió de sentirse mal en mitad de la noche y, al ir a levantarse para beber agua o llamar por teléfono, cayó fulminada por un infarto. Seguramente era el tipo de muerte que había imaginado para sí, y Alberto, que fue la primera persona en presentarse en el piso, encontró junto a las medicinas de la mesilla una cuartilla con los teléfonos de las personas a las que se tenía que avisar de su muerte, las pequeñas limosnas que había que dar en su nombre a los pobres de la parroquia, los regalos que para ese fin de curso debían hacerse a los nietos de una vieja amiga suya... A Alberto le abrumaba la calma y la naturalidad con que el ser humano podía llegar a aceptar su propia desaparición. Era como si, en vez de prepararse para morir, la tía se hubiera preparado para pasar un par de semanas en un crucero: regar las plantas, dar de comer al gato, enterrar mi cadáver... Él, desde luego, sería incapaz de tomárselo de ese modo. Pero es que a Alberto la simple idea de su propia mortalidad le infundía un miedo atroz. Muchas noches, al acostarse, se descubría pensando: Un día arrancas una hoja de un árbol, y esa hoja desaparece para siempre. Y otro día te mueres y desaparecen todas las hojas y todas las ramas y todos los árboles y todos los bosques del mundo, y también todos los insectos y todos los pájaros y todas las piedras y todas las montañas y todas las casas y todos los coches, y todo lo que hay dentro de esas casas y esos coches, y todos los pensamientos y recuerdos de la gente que hay dentro de esas casas y esos coches... ¡Todo! ¡Todo desaparece! ¡Todo deja de existir para siempre! ¿Por qué? ¿Por qué tiene que ser así? ¿Por qué la vida tiene que ser tan injusta...? Y lo que le extrañaba no era que esos pensamientos le asaltaran casi cada noche. Lo que le extrañaba era que no asaltaran a todas horas a todo el mundo. ¿Cómo hacían los demás para sobreponerse al miedo a la muerte?

Acaso esa fijación suya por las fotos de gente que estaba a punto de morir no fuera sino una expresión de ese miedo. En los últimos meses (pero en todo caso desde antes de la muerte de la tía Milagros), se había acostumbrado a recortar fotografías así de periódicos y revistas. Guardaba las últimas fotos de personajes ilustres, como políticos, banqueros, escritores o estrellas del cine o la canción, pero también de seres anónimos que apuraban los últimos restos de vida: soldados que cerraban los ojos ante el pelotón de fusilamiento, criminales que avanzaban hacia la silla eléctrica con la mirada perdida, enfermos terminales que dormitaban en miserables camas de hospital... Y entre tanto Alberto seguía haciendo fotos a su mujer y a su hijo siempre que tenía ocasión, y a veces se preguntaba si no sería ésa su forma de combatir el miedo que le inspiraba su posible desaparición, su forma de hacerles inmortales: retrasar una y otra vez su última foto, anular con cada nueva fotografía la fotografía anterior, que en ese mismo instante dejaba definitivamente de ser la última...

Volvió a mirar a la mujer enlutada, que ahora rezaba en voz baja y hacía leves inclinaciones de cabeza, como asintiendo. Miró después a otros hombres y mujeres que mostraban una actitud similar, y extrañamente pensó que, del mismo modo que las respuestas dotan de sentido a las preguntas, acaso la muerte carecería de auténtico significado si no existieran los cementerios. Y pese a no ser creyente se santiguó, porque le pareció que también aquel gesto tenía entonces algún sentido.

Luego echó a andar por el camino que llevaba al nicho de su madre. Y enseguida supo que no se había equivocado porque allí estaba él. Allí, delante de la lápida, estaba Raffaele con aire de concentración y un ramo de flores en la mano. Alberto se detuvo a su lado.

—Hola —dijo.

Su padre le miró. No pareció sorprenderse.

—Hola.

Estuvieron un par de minutos en silencio, mirando el nicho nada más. Alberto nunca había imaginado que fuera a encontrarse allí a su padre. Ahora, en cambio, tuvo la certeza de que éste no había faltado a esa cita ningún día de Todos los Santos de los últimos diecinueve años. Nunca llegamos a conocer de verdad a las personas, se dijo.

—¿Todo bien? —preguntó Raffaele.
—Sí, sí. Todo bien.
—Me alegro.

Alberto no supo añadir nada más. Raffaele se inclinó para colocar el ramo en el pequeño jarrón que había al pie del nicho. Luego se frotó las palmas de las manos como si se las hubiera ensuciado y con un movimiento de cabeza señaló las flores.

—Las he comprado ahí fuera. ¿Quieres saber lo que me han costado? Bah, no te lo voy a decir... ¡Ladrones! Y ya ves qué birria de flores. Si por lo menos fueran grandes y bonitas... ¡Ladrones, estafadores! Y seguro que, en cuanto nos demos la vuelta, se las llevará alguien y se las pondrá a sus muertos... ¡O las volverán a vender! ¿Crees que hay alguien aquí que vigile? Nadie. Te lo digo yo: nadie.

Eran los clásicos comentarios de su padre que solían molestar a Alberto. Pero esta vez no le molestaron.

Al día siguiente se celebró en el Sacrario Militare el tradicional homenaje a los caídos. Aquélla sería la última vez que Raffaele asistiría.

—*Guarda! Guarda com'è ridicolo!* —dijo Rosso aludiendo al vicecónsul, que en ese momento salía a recibir al teniente de alcalde.

Raffaele negó con la cabeza:

—*Smettila! Ti ho già detto che non voglio guardare!*
—*Sì! Smettila!* —repitió el gordo de Imbroglia, haciendo un gesto de hartazgo.

Estaban en el jardín de la iglesia, lejos del resto de la

gente. Llevaban sus uniformes fascistas y sus medallas, y paseaban por el sendero central empujando la silla de ruedas de Angiolotti, al que ese mismo verano una embolia había dejado paralizado. Rosso, incansable, iba y venía con novedades y con chismes.

—*Avete visto come cammina?* —dijo, avanzando de puntillas y moviendo las manos con afectación—. *Sembra una ballerina! Una ballerina grassa!*

Imbroglia y Raffaele celebraron con risas la parodia. Angiolotti, con sus cejas enormes y su nariz de pingüino, permaneció inmóvil en su silla. Imbroglia le habló al oído:

—¡Dice que el vicecónsul parece una bailarina! ¡Una bailarina gorda!

A Angiolotti le repetían las cosas en italiano y en español para asegurarse de que les entendía. Pero ni siquiera así podían estar seguros. Angiolotti parpadeó varias veces con gesto de tortuga. Imbroglia miró a Raffaele.

—*Credo che questa volta mi abbia capito...* —dijo.

Raffaele movió la cabeza, no muy convencido. Rosso, entre tanto, volvió junto al grupito de gente que se agolpaba a la entrada del templo. La mayoría hacía rato que estaba ya dentro, pero unos cuantos, los más curiosos, esperaban en el exterior, formando un pasillo a ambos lados de los policías vestidos con los uniformes de gala. Raffaele e Imbroglia siguieron con la mirada la comitiva de las autoridades: el vicecónsul, el teniente de alcalde y seis o siete personas más, a algunas de las cuales no conocían de nada.

—Todos unos rojillos —murmuró Raffaele con desprecio.

—¿Velaschi y Franchini también? —preguntó Imbroglia refiriéndose a dos viejos de paisano que flanqueaban al vicecónsul, representantes de sendas asociaciones de ex combatientes que habían accedido a participar en la ceremonia oficial.

—También. *Loro sono ancora peggio degli altri! Traditori!*

Las cosas habían cambiado mucho en los últimos años. Ahora la izquierda no sólo mandaba en el ayuntamiento sino también en el gobierno central, al que había accedido un año antes tras arrasar en las elecciones generales. Eso había afectado a la organización de la ceremonia, que de ser un homenaje a los fascistas italianos caídos en la Guerra Civil había pasado a convertirse en un simple acto de fraternidad entre España e Italia. En un gesto de cortesía hacia las autoridades españolas, la Embajada había dado instrucciones para que quedaran excluidos de la celebración oficial los símbolos, himnos y uniformes que implicaran cualquier tipo de connotación política. Raffaele y sus amigos habían reaccionado con indignación. ¿Ahora se llamaba así a los mártires, a los héroes de guerra? ¿Connotaciones políticas? Raffaele, que en esos casi cuarenta años no había faltado ni una sola vez al homenaje y que había acabado considerándose su organizador oficioso, no se lo podía creer. ¿Quiénes eran esos niñatos para apropiarse de una conmemoración que no les pertenecía? En su reunión con el vicecónsul, éste había expuesto el acuerdo al que se había llegado con las asociaciones de veteranos, que asistirían de paisano a la celebración oficial y, sólo cuando ésta hubiera concluido, podrían realizar un acto privado de homenaje a los fascistas muertos. *Me ne frego delle associazioni!*, había gritado entonces Raffaele, y el atildado vicecónsul había acabado advirtiendo de que se solicitaría la intervención de las fuerzas de orden público en el caso de que algún grupo o persona impidiera el normal desarrollo, etcétera. Ahora Raffaele, en el jardín de la iglesia, miraba el gesto alelado de Angiolotti y escuchaba toser a Imbroglia (al que el médico había prohibido fumar un solo cigarrillo más), y no le quedaba otro remedio que aceptar la realidad: ellos no eran más que unos viejos, incapaces de enfrentarse a nadie, y mucho menos a la policía. Eso, sin embargo, no quería decir que fueran a transigir con imposiciones y componendas. De acuerdo: esperarían a que terminaran la misa y los discursos de los políticos para celebrar su homenaje privado. ¡Pero que no se creyeran que con su presencia iban a dar su aprobación al acto oficial! ¡No! ¡Que no contaran con ellos para eso!

Imbroglia tuvo un nuevo ataque de tos y se sentó en un banco junto a la silla de ruedas de Angiolotti. Luego, entre carraspeos, contó una anécdota de su infancia en Benevento, de cuando el *ras* o jefe local del Partito Nazionale Fascista visitó su escuela y él, con once años, fue elegido para leer el discurso de bienvenida. Todavía se acordaba del comienzo: *Salve, fratello e camerata...!* Pero le habían oído recitar esas mismas frases un montón de veces, y Rosso, aburrido, volvió a parodiar los andares del vicecónsul. Tropezó tontamente con un bordillo y se colgó riendo del hombro de Raffaele.

—*E Giovanni, tuo nipote?* —preguntó.

—*Quest'anno non è potuto venire* —respondió Raffaele, apartándolo malhumorado.

Luego echó un vistazo al jardín y agitó la cabeza con pesadumbre. Un paralítico, un moribundo, un viejo idiota y él: ¿serían ellos los últimos defensores de los nobles ideales del Fascio? Para su alivio, al cabo de un rato empezaron a asomar las primeras camisas azules. Raffaele recuperó su antigua apostura marcial, hizo chocar sus tacones y salió a recibirles.

—Pasad, camaradas, pasad.

Conducía al jardín a los recién llegados, les saludaba por sus nombres, estrechaba sus manos con gesto viril. Por unos momentos pudo creer que nada había cambiado y que podía ejercer de maestro de ceremonias con la misma autoridad y la misma desenvoltura que en anteriores ocasiones.

—Entráis en territorio italiano —decía, ahuecando la voz—. Sed bienvenidos.

Cuando ya debía de faltar poco para que acabara la misa, se habían congregado en el jardín más de veinte personas: los cuatro italianos con sus uniformes fascistas, algún falangista viejo con la camisa azul y la boina roja, otros más jóvenes con la camisa pero sin la boina, dos o tres hombres de paisano con insignias de CEDADE, un par de mujeres de pelo teñido. En una época como aquélla, en la que la ultraderecha estaba desanimada por el fracaso del golpe militar del 81 y la arrolladora victoria socialista del 82, tampoco se podía aspirar a una representación mucho más nutrida. Raffaele, satisfecho, iba de un lado para otro repartiendo abrazos y palmadas y dando indicaciones sobre cómo y dónde debían colocarse las banderas. Luego sacó unos papeles del bolsillo y dijo:

—Podemos aprovechar para ensayar algún himno. Os he traído fotocopias de las letras.

Reunió a los falangistas más jóvenes y les hizo cantar las primeras estrofas de *Giovinezza*, que ellos pronunciaban a la española, remarcando voluntariosos el gli de *figli* y la elle de *brilla*. Como el resultado no quedó muy lucido, optó por cambiar a otro himno que acaso sentirían más próximo y que decía así: *Se Franco vogliamo seguire, per la Spagna dobbiam morire. Viva, viva il* caballero! *Viva Franco il Condottiero!* Pero también aquí los falangistas tropezaban con los gli y los gna, y Raffaele les interrumpió para proponer que cantaran uno de los pocos himnos fascistas en español que conocía. Pero la letra (que animaba a derrotar a los bárbaros de Moscú que de las iglesias y de los niños hicieron escarnio inhumano) era complicada, y uno de los chicos dijo:

—¿Y si cantamos el *Cara al sol* y nos dejamos de hostias?

El sonido de los primeros versos coincidió con la salida del templo de los primeros feligreses, que les observaban con una mezcla de curiosidad y desconfianza. Raffaele y los otros se unieron al coro con entusiasmo. Las voces sonaban límpidas y briosas en la mañana de otoño, y los viejos fascistas sentían renacer dentro de sí los lejanos ímpetus de su juventud. De la iglesia salieron también, éstos con semblante adusto, el vicecónsul y el teniente de alcalde, que se encaminaron a paso ligero hacia la cripta del Sacrario. Algunos de los ancianos que iban detrás contemplaban con simpatía al grupo de falangistas. Otros parecían dudar entre seguir al cortejo o acercarse a ellos. Raffaele decidió tomar la iniciativa.

—*Velaschi! Franchini! Venite con noi!* —les gritó, agitando la mano.

Velaschi y Franchini se pararon e intercambiaron una mueca de indecisión. Raffaele siguió animándoles a unirse a los suyos mientras, a su lado, las voces cada vez más recias de los falangistas entonaban los últimos versos del himno.

—*Velaschi! Franchini!* —volvió a gritar Raffaele.

Los dos aludidos seguían sin moverse, pero algunos de los que les acompañaban rectificaron su trayectoria y se acercaron al jardín. En torno a los falangistas se iba formando un corrillo de gente que cantaba, o al menos tarareaba, el *Cara al sol.*

—*Vieni, Velaschi! Cosa aspetti? Vieni, Franchini! Siamo noi! I vostri, i fascisti!* —seguía gritando Raffaele, y Velaschi y Franchini se decidieron por fin y, haciendo el saludo romano, se incorporaron al grupo.

También los falangistas tenían ya el brazo en alto y, henchidos sus corazones de ardor patriótico, coreaban con energía los vítores de rigor:

—¡España, una!, ¡España, grande!, ¡España, libre!, ¡arriba España!

A la entrada del Sacrario, el vicecónsul se llevó las manos a la cintura y dedicó a Raffaele una mirada iracunda. Él, en cambio, sonreía. Estaba viviendo aquel instante como un triunfo personal.

No hubo más incidentes, y la celebración oficial se despachó con breves y protocolarios discursos de las autoridades asistentes. Después se marchó más de la mitad de la gente, y quedaron unas cuarenta o cincuenta personas. Suficientes, pensó Raffaele, que tras ver marchar al vicecónsul hizo señas a los representantes de las asociaciones de ex combatientes para que comenzara la ceremonia. Ésta consistiría en la tradicional ofrenda de coronas y la posterior interpretación de himnos. Los falangistas entraron al Sacrario en formación militar y se situaron en el lado izquierdo de la cripta. Los italianos, más lentos, fueron ocupando el lado opuesto. Junto a Raffaele y los otros camisas negras se situaron varios veteranos que, aunque de paisano, mostraban con orgullo sus condecoraciones militares y sus insignias fascistas.

El resto de la gente se colocó a la entrada, dejando un efímero corredor para que Velaschi, Franchini y uno de los viejos de la boina roja pasaran con banderas del Fascio y la Falange. Con ellos iba un cura flaquito y rubicundo, que fue el primero en intervenir. Pronunció una sentida oración en recuerdo a los caídos por la patria y por la fe, y luego impartió solemnemente la bendición.

El gordo de Imbroglia, persignándose, se acercó a Raffaele para decirle al oído:

—*Non è andata male, no?*

No, la verdad era que la cosa no estaba quedando nada mal. El acto exhibía todo el esplendor escenográfico de los ceremoniales fascistas, y nadie podría decir que aquello sólo atraía a un puñado de nostálgicos: un simple vistazo bastaba para certificar que había bastantes jóvenes entre los presentes, no sólo en el grupo de los falangistas uniformados sino también en el de la gente que se agolpaba a la entrada de la cripta. Raffaele sonrió complacido: los ideales del Fascio seguían por tanto vivos entre las nuevas generaciones, y sólo había que esperar a que volviera a llegar su momento en el torbellino de la Historia.

Entre tanto, Velaschi había tomado la palabra para agradecer la presencia *dei nostri amici spagnoli* y anunciar el orden en que se depositarían las coronas de flores. Había coronas de asociaciones italianas de veteranos como la Nastro Azzurro, la ANCIS, la UNCI o la Volontari di Guerra, y también de organizaciones españolas, como la Falange, la Federación de Asociaciones de Ex Combatientes o los Veteranos de la División Azul. Velaschi leía en una cuartilla el nombre de la organización y el de la persona que depositaba la corona.

—*Federazione Nastro Azzurro, capitano De Vecchi*

Antonio —leía por ejemplo, y el mencionado capitán abandonaba su sitio y con una inclinación de cabeza hacía la ofrenda.

En la primera fila del grupo de los fascistas, Raffaele cabeceaba con gesto presidencial, como dando su aprobación, y a su lado Rosso e Imbroglia hacían comentarios en voz baja.

—*Questo capitano De Vecchi non era mai venuto...* —dijo Rosso.

—*Ma come no!* —replicó Imbroglia.

—*Silenzio!* —dijo Raffaele.

—*Silenzio!* —repitió Rosso, zumbón.

Se depositaron unas cuantas coronas más. Velaschi miró otra vez la cuartilla y leyó:

—*Associazione Volontari di Guerra, Giulia Rossi, vedova Cameroni.*

Raffaele dejó súbitamente de asentir con la cabeza. Rosso e Imbroglia, creyendo que se trataba de un error o una coincidencia, se volvieron hacia él con aire de guasa.

—*Qualcuno ha voluto ammazzarti!* —dijo Rosso, riendo.

—*Ma prima sposarti!* —dijo Imbroglia, riendo también.

Pero Raffaele no reía. Con expresión de alarma miraba a uno y otro lado en busca de la mujer cuya presencia se acababa de solicitar. Pasaron unos segundos y no apareció nadie. Velaschi volvió a decir, ahora más fuerte:

—*Volontari di Guerra! Giulia Rossi, vedova Cameroni!*

Se notó por fin algún movimiento a la entrada de la cripta, y tímidamente se abrieron paso entre la gente dos mujeres que portaban una corona con los colores de la bandera italiana. Giulia tenía entonces setenta años y Margherita cuarenta y nueve, pero parecían las dos bastante mayores. De hecho, parecían dos ancianas. Dos ancianas de pelo gris y ropa oscura que arrastraban sobre la alfombra los pies de gruesos tobillos. Raffaele contuvo el aliento cuando pasaron por delante de él sin mirarle. La madre avanzaba por el lado más cercano y la hija por el más lejano, sosteniendo entre ambas la corona como quien se aferra a la barra del autobús, y mostraban ese aire arrobado y absorto de algunos comulgantes. Sus movimientos, aunque envarados, obedecían a algún compás secreto y daban la sensación de ensayados, o al menos la dieron hasta el momento mismo de depositar la corona. Entonces una se volvió para un lado y la otra, unos segundos más tarde, para el otro, y sus pasos y sus gestos dejaron de estar sincronizados. De vuelta a su sitio entre el público, la hija adelantó a la madre mientras ésta se detenía un instante, sólo un instante, delante de Raffaele y le echaba un vistazo avergonzado y furtivo.

Rosso, que seguía sin enterarse de nada, hizo a Raffaele un guiño que quería decir: Parece que a ésa le has gustado. Raffaele estuvo en ese momento a punto de derrumbarse. Sintió que le faltaban las fuerzas, como si de golpe las piernas fueran incapaces de sostenerle, y buscando un punto de apoyo alargó la mano hacia la silla de Angiolotti, que no tenía puesto el freno y patinó un poco hacia delante. Raffaele cerró los ojos con fuerza y se imaginó a sí mismo viejo, viejísimo, y estuvo seguro de que, en cuanto volviera a abrirlos, se habría convertido en ese viejo viejísimo.

Acabada la ofrenda, comenzaron a sonar los himnos. Pero Raffaele no podía más, y empujando la silla de ruedas de Angiolotti se abrió camino entre la gente y salió del Sacrario. En cuanto llegó al jardín de la iglesia notó a su espalda la presencia de las dos mujeres.

—*Questo è il tuo babbo, Margherita* —oyó decir a Giulia.

—*Ciao, babbo!* —saludó la otra, zalamera.

Sorprendentemente, ninguna de las dos le hablaba en tono de acusación o reproche y, cuando se volvió, las vio nerviosas y azoradas, como si fueran ellas las que tuvieran que pedir perdón por algo. Raffaele, sin saber muy bien qué hacer, señaló a Angiolotti, que permanecía en su silla, ajeno al mundo y con cara de alelado.

—Angiolotti —dijo—. *Un vecchio camerata.*

Giulia, con los ojos humedecidos, ni siquiera lo miró.

—*Non sei cambiato* —dijo—. *Tanti anni e non sei cambiato nulla. Io invece...!*

—*Giulia, ti prego...* —empezó a decir Raffaele, pero no supo cómo continuar.

La mujer, tratando de sonreír, se volvió hacia su hija.

—*Guarda com'è diventata Margherita* —dijo—. *Una brava ragazza!*

Margherita, con su aspecto de anciana prematura, gesticuló como una jovencita. Detrás de ella, en el Sacrario, los fascistas seguían cantando sus enardecedores himnos.

—*Scusatemi* —dijo Raffaele, que agarró la silla de Angiolotti y echó a andar hacia la salida.

En la calle, Rafael y Paquito observaban la escena desde el interior del taxi. Aquél era el momento que Rafael llevaba años esperando, el gran momento de la venganza, el de la definitiva derrota de su padre, y no quería perderse el menor detalle. Se había mezclado con la gente durante la ofrenda y había disfrutado viendo al viejo alargar el brazo hacia la silla de ruedas y estar a punto de caer. Le había seguido después con la mirada mientras escapaba con Angiolotti hacia el jardín, y por gestos había conminado a las dos mujeres a dirigirse a él. Y luego había salido a reunirse con Paquito en el taxi y le había dicho: Ya está el gorrino revolviéndose en su mierda. Y a Paquito le había hecho gracia la expresión y todavía reía cuando Raffaele salió con la silla de Angiolotti.

—¡Gorrino, gorrino...! —murmuraba, y se tapaba la boca con las manos para sofocar las carcajadas.

Rafael, sin prestarle atención, abrió la puerta y asomó medio cuerpo fuera del vehículo. Buscaba con la mirada a las dos mujeres, que aparecieron por fin y se volvieron hacia él en actitud de pedir instrucciones. Rafael hizo una seña perentoria en dirección a su padre, que, pese al lastre de la silla, trotaba con inesperada agilidad sobre el adoquinado.

—¡Mira cómo corre el gorrino! —exclamó Paquito, que imitó el gruñido del cerdo, ¡groing, groing!, y volvió a reír.

Giulia asintió varias veces con aire sumiso y, llevando de la mano a Margherita, echó a correr detrás de Raffaele. Éste había conseguido llegar al otro lado del paseo, y las dos mujeres se lanzaron a cruzar cuando ya el semáforo se había puesto en rojo. Algunos conductores vociferaron, otros hicieron sonar las bocinas. Rafael las perdió de vista detrás de un autobús y cerró dando un portazo.

—Vamos —dijo.

Para seguirlas con el taxi tuvo que esperar a que el semáforo volviera a cambiar. Esos instantes se le hicieron eternos. El tráfico, además, avanzaba con lentitud, y Rafael temió no llegar a alcanzarlas. ¿Dónde coño estarán?, dijo. Paquito se retrepó en el asiento y se frotó las rodillas como cuando jugaba con Alberto a localizar a Elisa y a Juan. ¡Las veo!, ¡sí!, ¡no!, ¡no las veo!, exclamaba. Por fin pudo Rafael acelerar un poco y, cuando de verdad vieron a las dos mujeres, éstas estaban ya a la altura de Raffaele, que mantenía el trotecillo urgente y la expresión de apuro. Seguía, por supuesto, aferrado a la silla de Angiolotti, e ignoraba esforzadamente a Giulia y a Margherita, que caminaban a su lado, oscuras, encorvadas, mendicantes, y trataban de inspirar lástima con sus sonrisas.

Rafael redujo la velocidad y, tras soltar un bufido de satisfacción, buscó un lugar donde parar el coche. Paquito, ensimismado, no paraba de repetir:

—Gorrino, ¡groing!, ¡groing!, gorrino...

Pasaron varias horas antes de que Alberto se enterara de lo ocurrido, porque ese día, miércoles, había viajado a Monzón para formalizar la venta de unos terrenos heredados de la tía Milagros. Tal como había previsto, la firma de las escrituras se alargó bastante y, de vuelta de Monzón, se detuvo a comer en un restaurante de carretera a las afueras de Huesca. Entre unas cosas y otras, no llegó a su casa hasta después de las cinco. Elisa y Juan dejaron lo que estaban haciendo y corrieron a recibirle con aire de preocupación.

—Hemos intentado localizarte en la notaría pero te acababas de marchar... —dijo Elisa.

—¿Qué ha pasado?

—El abuelo, que se ha vuelto medio loco y no para de llamar... —dijo Juan.

En realidad, sólo a medias se habían enterado de lo ocurrido. Raffaele había telefoneado por primera vez a las dos de la tarde. Estaba muy alterado y repetía que tenía que hablar con Alberto, que quería ser él (y no Rafael) quien le explicara lo sucedido en el Sacrario, que por favor le llamara lo antes posible... Desde entonces había telefoneado cinco o seis veces más, siempre igual de excitado, pero de sus palabras no había sido Elisa capaz de sacar en claro nada nuevo. Lo único que sabía era que algo grave había pasado durante el homenaje a los fascistas, y que Rafael tenía algo que ver.

—¿Le vas a llamar? —dijo Elisa.

—Llámale o le dará un infarto —insistió Juan.

—¡Estaba tan mal que sin darse cuenta me hablaba en italiano! —añadió Elisa.

Alberto, malhumorado, arrojó el maletín al sofá.

—Seguro que esto es cosa de Rafael —dijo—. ¡Otra de sus manipulaciones! Contra el farmacéutico no pudo completar la venganza, pero contra el viejo no está dispuesto a dejarla a medias...

Se frotó la cara con las manos y se encaminó hacia la salida.

—¿Dónde vas? —preguntó Juan, siguiéndole—. ¿Puedo ir contigo?

Alberto miró a su hijo y se encogió de hombros. Juan era entonces un adolescente larguirucho que se vestía como si fuera un músico de rock.

—¿Qué le digo si vuelve a llamar? —dijo Elisa.

Justo en ese instante sonó el teléfono. Ninguno de los tres tuvo dudas sobre quién era el que llamaba.

—Dile que aún no he llegado y que no has conseguido hablar conmigo —contestó Alberto.

Acudieron a la casa de Rafael y Paquito. En ese piso, muchos años atrás, Alberto había mantenido los primeros encuentros amorosos con Elisa mientras la tía Milagros asistía a misa de ocho. Pero ahora, parado ante la imagen del Sagrado Corazón de la puerta, no pensaba en eso. Ahora trataba de imaginar lo que había pasado en el Sacrario. ¿Había intentado Rafael reventar la ceremonia? ¿Había protagonizado algún altercado de carácter político? Por su cabeza pasaban los habituales improperios de Rafael contra la militancia fascista de su padre, y no le habría extrañado que hubiera aprovechado la cita del 2 de noviembre para darle algún tipo de escarmiento público. Lo que, desde luego, no podía ni sospechar era que hubiera ocurrido lo que había ocurrido.

—¿Llamo? —preguntó Juan.

Abrió Paquito, que todavía tenía las mejillas encendidas por la excitación.

—¿Ya os habéis enterado? ¿Eh? ¿Ya os habéis enterado? ¿Os habéis enterado o no? —repitió.

—¿Nos vas a dejar pasar? —dijo Alberto con severidad. Su hijo muy pocas veces le había visto comportarse así.

—Rafael está en la ducha —dijo Paquito, apartándose—. Ellas están ahí.

—¿Quiénes son ellas?

—¡O sea que no os habéis enterado! —exclamó, y luego echó a andar hacia el interior del piso y siguió gritando—: ¡No se han enterado! ¡Aún no se han enterado!

Pasaron al salón y vieron a las dos mujeres sentadas delante del televisor. Su atuendo y actitud no desentonaban con la decoración del cuarto, que todavía conservaba los cuadros de vírgenes, la Última Cena, el Descendimiento. Alberto hizo un movimiento de cabeza que podría interpretarse como un saludo y siguió hasta el cuarto de baño.

—¿Me vas a explicar lo que está pasando? —gritó.

Se abrió la puerta y apareció Rafael con el pelo mojado y una toalla anudada a la cintura.

—¿A que no te lo imaginabas?

—¿El qué? —contestó Alberto con irritación.

Rafael sonrió y se volvió hacia Paquito.

—Explícaselo tú.

—¡El viejo estaba casado en Italia! —dijo Paquito, divertido—. ¡Y esas dos son su mujer y su hija!

Alberto negó con la cabeza.

—Es imposible... —empezó a decir.

—Pregúntales a ellas —dijo Rafael, enchufando el secador—. Y diles que te enseñen las fotos.

Alberto se quedó sin habla, pero el ruido del secador hizo menos embarazoso su silencio. Avanzó lentamente hacia el salón, donde Giulia, parloteando, agitaba ante los ojos de Juan un par de cartas roñosas y unas cuantas fotografías viejas. Paquito se apresuró a agarrar una de las fotos.

—¿Has visto lo flaco que era? —le dijo a Juan, riendo.

Alberto, en mitad del salón, miraba a las dos mujeres y seguía sin reaccionar. Dejó de oírse el ruido del secador, y entró Rafael, todavía con la toalla.

—¿Qué te parece? ¿A que no te lo esperabas? —dijo, encendiendo un cigarrillo. Luego señaló a las dos mujeres—. Ahora tienen miedo de que la noticia llegue a Italia y acaben retirándoles la pensión.

—Aquí dice que el abuelo murió en la guerra en el

treinta y nueve... —dijo Juan, mostrando una de las cartas.

—¡Viejo cabrón! —exclamó Rafael.

Contó después cómo en el verano de 1964 había encontrado a Giulia y a su hija en Lucca. Las dos mujeres asentían sin comprender, y Alberto miraba a unos y a otros con la expresión de quien está siendo objeto de una broma cruel. ¿Dónde estaba el fallo? ¿Cuál era la pieza que no encajaba en el puzzle? ¡Porque el relato de su vida familiar había sido siempre prosaico pero coherente, y no podía ser que de repente toda esa coherencia se fuera al traste...! Pero en la nueva versión no parecía haber contradicciones, y Alberto se sentía cada vez más desolado. También cada vez más furioso. Reconstruía a retazos su vida junto a Raffaele, y la descubría basada en una inmensa mentira. No encontraba ya ningún atenuante para su condición de mal padre y peor marido. Todos los esfuerzos que había hecho por comprenderle o disculparle y todos sus pasados intentos de conquistar su afecto se volvían ahora contra Raffaele y le condenaban de forma irremisible. No, para ese monstruo no había posibilidad de perdón, y lo malo era que la cólera crecía incontenible en su interior y apuntaba en todas las direcciones. Estaba furioso con su padre, pero también consigo mismo, por ingenuo, y con sus dos hermanos, que se tomaban aquel asunto a la ligera y no parecían haberse hecho una idea cabal de su gravedad.

Ahora Rafael, entre los aspavientos y las palmadas de Paquito, estaba contando la fuga de su padre con Angiolotti.

—Nosotros íbamos en el taxi —decía—. Teníais que haber visto qué velocidad llevaba el viejo, ¡y eso que el de la silla no era precisamente delgado! Y ellas le seguían de cerca y él, angustiado, no sabía qué hacer para quitárselas de encima... Pero lo mejor fue cuando nos vio. Debió de pensar que estábamos allí por pura casualidad, porque ni se le había pasado por la cabeza que pudiéramos estar al tanto de todo. ¡Qué cara puso! Se quedó así, con la boca abierta y los ojos desorbitados... Y de repente soltó la silla y se echó a correr, dejando al paralítico ese en mitad del paseo. ¿Os imagináis la escena? ¡Dos viejos disfrazados de fascistas!, ¡uno corriendo con todas sus fuerzas y el otro abandonado en una silla de ruedas...!

—Ya está bien —le interrumpió Alberto.

—¿Cómo?

—¡Digo que ya está bien! ¡No quiero que me cuentes nada! ¿Me oyes? ¡No quiero saber nada más!

Su cólera era tan sincera que transmitía esa tensión que antecede a los enfrentamientos físicos, y los demás le miraban expectantes.

—Papá... —dijo Juan.

—¡Déjame!

Seguramente, si no hubiera sido porque en ese momento sonó el teléfono, Alberto habría empezado por ajustar cuentas con Rafael, que con calculada perversidad había provocado que la situación explotara como había explotado, manchándolo todo, haciendo el mayor daño posible. Pero el caso es que sonó el teléfono.

—Es Elisa... —dijo Paquito, tendiéndole el aparato.

No pudieron oír las palabras de Elisa, pero sí las de Alberto:

—¿Y qué hace ese hombre ahí? —gritó, fuera de sí—. ¿Quién le ha dado permiso para entrar en mi casa? ¡Dile que se vaya inmediatamente...! ¡No, no quiero hablar con él! ¡No quiero que me pida perdón...! Díselo.

¿Se lo has dicho...? ¡Que no quiero volver a saber nada de él! ¡Nada! ¡Nunca! Si no te lo ha explicado él, te lo explicaré yo en cuanto llegue... ¡Y dile también que no quiero que vuelva por mi casa! ¡Que no se le ocurra acercarse ni a ti ni a mí ni a Juan! ¡Díselo! ¿Se lo has dicho? ¡Que te oiga decírselo...! Eso... Bien... ¿Ya se ha ido? Muy bien. Ahora vamos para allá y te lo cuento todo —colgó—. Vámonos, hijo.

Qué agradables eran las mañanas de finales de noviembre, con aquellas arboledas en las que el apagado verde del otoño se llenaba de ocres y rojizos y amarillos, y con aquel aire frío que olía a las primeras nieves del año. Era el segundo domingo que hacían todos juntos una de esas excursiones que tanto gustaban a Alberto. Todos juntos, es decir: Alberto y Rafael, que conducía el taxi, más Paquito, Juan y Elisa, que viajaban en la parte de atrás. El domingo anterior habían ido a Alquézar, en Huesca. Ahora iban al Moncayo.

—¡Respirad, respirad este aire! —decía Alberto, asomando la cabeza por la ventanilla.

—¡Cierra, por favor, que nos helamos! —protestaba Elisa.

—¿Falta mucho para el desvío? —preguntó Rafael.

—Ya te avisaré —dijo Alberto.

—¡Que cierres esa ventanilla! —insistió Elisa, golpeándole cómicamente en el hombro.

Aunque Rafael lo ignoraba, no era la primera vez que hacía ese recorrido. La primera vez lo había hecho con sus padres, la tía Milagros y el tío Ramón en un furgón con los símbolos de la Falange. Pero eso había sido cuarenta años atrás, cuando Rafael tenía poco más de tres meses de edad, y ahora ni él ni sus hermanos sabían con exactitud dónde y cómo había muerto el abuelo Modesto. El taxi pasó sin detenerse junto al viejo sanatorio, ya abandonado, y sólo se paró donde acababa la parte asfaltada de la carretera.

—¡A caminar un poco! —exclamó Alberto, colgándose del cuello la cámara fotográfica.

—No olvidéis los guantes —dijo Elisa—. Este tiempo engaña.

La pista ascendía entre espesos bosques de pinos. Caminaban sin prisas, intercambiando saludos con los excursionistas que bajaban. Paquito se entretenía buscando piedras. Le gustaban las que eran blancas, redondas y pulidas, y se las ofrecía a Elisa, que las usaba para mantener seca la pastilla de jabón en el platito de barro del lavabo. Por supuesto, tenía muchas más piedras de las que podía necesitar, y sin embargo decía: Ésta sí que es bonita, la más bonita de todas... Al cabo de un rato los árboles quedaron atrás, y las vistas que el llano ofrecía desde allí eran sencillamente espectaculares.

—¿Eh? ¿Qué os parece? —dijo Alberto, orgulloso como si fuera él el propietario—. ¡Venga! ¡Poneos, que os hago una foto!

—Ya me extrañaba a mí... —rezongó Rafael.

—¡Ahí pero más juntos! ¡Que se os vea bien! ¡Así! ¡Perfecto! ¿Esas sonrisas?

—¡O nos haces ya la foto o te lanzo las piedras! —bromeó Elisa.

—¡No! ¡Mis piedras no! —gritó Paquito.

Siguieron subiendo. Alberto señaló un punto indeterminado hacia la cima del monte. Dijo que por allí estaban esparcidos los restos de un avión de la base norteamericana accidentado y que muchos excursionistas se acercaban a rebuscar entre el fuselaje.

—¡No pretenderás que nos metamos por esos riscos! ¡Que no somos cabras! —dijo Rafael, y todos se echaron a reír.

—¡Que no somos cabras! —repitió Paquito, riendo también.

Donde terminaba la pista forestal había un santuario, un albergue y un mirador ante el que la gente se fotografiaba. Por supuesto, ellos no podían ser la excepción, y Alberto les hizo no menos de una docena de fotos. Eran todas muy parecidas: sus dos hermanos, su mujer y su hijo sonriendo a la cámara, y sólo el fondo cambiaba. Ahora Rafael y Paquito formaban parte de su felicidad, como Elisa y como Juan, y Alberto disfrutaba retratándolos a todos juntos.

Entraron después a tomar algo caliente. El bar del albergue estaba decorado con cabezas de ciervos y jabalíes. ¡Qué bien sienta el café con leche!, ¿eh?, dijo Alberto, sosteniendo la taza entre las dos manos, y le gustó ver que los demás hacían el mismo gesto. Había planeado la excursión casi hasta el último detalle, y todo estaba saliendo bien. Se sentía al mismo tiempo responsable y beneficiario de aquella felicidad.

Volvieron al taxi y visitaron el monasterio de Veruela. Entraban y salían de las celdas, y Alberto explicó que en una de ésas había vivido Gustavo Adolfo Bécquer. Cruzaron después al mesón de enfrente, que se llamaba precisamente La Corza Blanca, como una leyenda de Bécquer. Durante la comida hubo más fotos y más bromas y más risas, y nadie mencionó en ningún momento a Raffaele. Era como si no existiera. Como si nunca hubiera existido. El rechazo a su figura había sido lo que finalmente había unido a los hijos, que en poco más de medio mes habían construido un mundo sin él, un mundo sin Raffaele. Y ese mundo era armonioso y consistente, o al menos lo parecía.

—¡Ahhh! ¡Qué sueño me está entrando! —dijo Rafael, desperezándose.

Mientras Rafael se echaba una siesta en el taxi, Alberto y Paquito siguieron buscando piedras por los alrededores del monasterio. Elisa y Juan, sentados en un banco, disfrutaban del débil sol de la tarde.

—¿Le has vuelto a ver? —preguntó el chico.

Su madre asintió:

—Ayer, cuando volvía con la compra. Como la otra vez. No sé si fue por casualidad o es que conoce mis costumbres... ¡Pobre hombre...! Será un fascista y un mal bicho y todo lo que quieras, pero en el fondo me da pena. ¡Si lo vieras!

—¿Sigue mal?

—Deshecho. Destrozado. Es capaz de hacer cualquier locura...

—¿Y qué te dice?

—Me pregunta: ¿Qué puedo hacer, Elisa?, ¿qué puedo hacer para arreglarlo? Y yo sólo le digo que lo siento mucho, pero que hoy por hoy lo veo difícil...

La reacción de Alberto había sido desmesurada. La misma tarde del 2 de noviembre se había apresurado a destruir las fotos que tenía de su padre y los uniformes de *balilla* de Juan, y unos días después hasta se había deshecho del viejo espejo del recibidor porque le recordaba a él.

—Todavía, cuando entro en casa, me doy cuenta de que falta algo —dijo Juan.

—¡O sea que tu padre ha conseguido justo lo contrario de lo que buscaba! —sonrió Elisa.

—¿De verdad crees que nunca le perdonará?

Ella levantó la mirada del suelo y vio a Alberto y a Paquito paseando cogidos del brazo.

—Nunca: qué palabra tan fea... —suspiró.

Pasó un cuarto de hora y oyeron la bocina del taxi: Rafael se había despertado. Alberto se acercó y preguntó: ¿Quieres que conduzca yo? Rafael negó con la cabeza. Volvieron todos a ocupar sus sitios dentro del vehículo. Paquito colocó sus piedras sobre la bandeja trasera. Elisa sacó un espejito del bolso y se arregló un poco el peinado. Alberto echó un vistazo al asiento de atrás para comprobar que todo estaba bien. El taxi arrancó. Había sido una bonita excursión familiar.

Era cierto que Raffaele estaba deshecho. La primera semana, por miedo a que sus hijos o las dos mujeres aparecieran, se había encerrado en el piso de la calle Bolonia y no abría la puerta ni contestaba a las llamadas. De vez en cuando telefoneaba a La Confianza (que ahora se llamaba ALICONSA) para decir que tenía la gripe y que todos sus compromisos quedaban aplazados hasta que estuviera restablecido. Pasados unos días, acabó incluso desentendiéndose de la marcha de la empresa, y sólo salía de casa para hacerse el encontradizo en lugares que su nieto y su nuera frecuentaban. Necesitaba lavar su conciencia sincerándose con alguien de la familia, y por supuesto sus tres hijos estaban descartados. Tardó poco en descartar también a Juan, al que varias veces, a la salida del colegio, estuvo a punto de abordar y siempre en el último momento le faltó el valor. Estaba seguro de que el chico le aborrecería con la misma fiereza que su padre o sus tíos. Aquello era un asunto entre Cameronis, y su única esperanza era Elisa, que al fin y al cabo no llevaba su sangre. Acaso de ella podría esperarse, si no comprensión, un poco de piedad. No aspiraba a otra cosa: sólo a la lástima, la compasión. Por las mañanas se acostumbró a montar discretamente guardia junto a las tiendas de su calle, y cada vez que la veía aparecer con el carrito de la compra el corazón le daba un vuelco. La simple posibilidad de que Elisa, la dulce Elisa, pudiera increparle o volverle la espalda le causaba terror. Y además, ¿qué decirle?, ¿por dónde empezar?, ¿cómo expresar en unas pocas palabras todos los tormentos a los que la certeza de la culpa le sometía a cada instante? Varias de las veces que la vio venir hacia él tuvo que cambiar de acera o refugiarse en algún portal. Una mañana, por fin, se armó de coraje y la saludó diciendo lo primero que le pasó por la cabeza:

—Hola, Elisa... ¿Cómo estás?

Elisa se detuvo y le dedicó una mirada inexpresiva. Un leve empujón habría bastado para que Raffaele se desplomara.

—Quiero decir: ¿cómo estáis? —volvió a decir con voz temblorosa—. ¿Estáis bien?

—Dentro de lo que cabe —dijo ella, y siguió andando.

Raffaele avanzó a su lado.

—Elisa, por favor... —suplicó—. Sólo quiero que sepas que haría lo que fuera con tal de arreglar las cosas. Estoy muy arrepentido.

—¿Arrepentido de qué? ¿De haberte casado la primera vez o la segunda?

Pero Elisa era incapaz de tratarle con dureza, y al poco rato estaban tomando un café en un bar. El sitio era discreto, sin cristaleras que dieran a la calle, y ellos tenían el aire furtivo de las parejas adúlteras. Raffaele preguntó por las dos mujeres. Elisa le tranquilizó: se habían ido, habían vuelto a su ciudad en el autobús de los veteranos italianos. Luego él habló de su abandono del hogar:

—¿Qué os creéis? ¿Que fue premeditado? ¿Que me vine a España con la idea de librarme de ellas? No, yo vine aquí a ganar dinero para mantenerlas. Pero entre tanto conocí a Isabelita, nos enamoramos... ¡Ahora todas las parejas se rompen y nadie se lo echa en cara! Pero en aquella época no existía el divorcio. ¿Me odiarían menos mis hijos si, en vez de abandonar a Giulia, me hubiera divorciado de ella? ¡Pues las cosas no son tan distintas!

—Las cosas tal vez no, pero tú sí. Tú sí que serías distinto. ¿Lo has pensado alguna vez?

Raffaele agachó la cabeza. Sus ojos se humedecieron.

—Tienes razón —admitió—. No me odian por lo que hice sino por lo que soy. Por cómo soy.

Elisa no pudo evitar cogerle la mano. Raffaele se estremeció. Parecía un perro callejero agradeciendo una caricia.

Aunque luego ella delante de Juan dijera que se lo había encontrado un par de veces y por casualidad, lo cierto es que desde aquel día se vieron todas las semanas, siempre a la misma hora, siempre en el mismo bar. Una corriente de confianza y complicidad se había establecido entre ellos, y Raffaele fantaseaba con la posibilidad de acabar poniendo orden en su vida. ¿Qué tendría que hacer? ¿Cómo reparar el daño hecho a sus dos familias, la de Italia y la de España? ¡No sabía Elisa lo duro que era levantarse por las mañanas y odiarse a sí mismo desde el momento de mirarse en el espejo! No, eso no había ser humano que pudiera soportarlo... Pero ¿qué hacer para arreglarlo? ¡Si tenía que repartir todo su dinero entre los pobres, juraba por Dios que lo repartiría! Elisa nunca le mentía. En su primer encuentro le habló de la primera (y violenta) reacción de Alberto. En los siguientes aludía a las excursiones y comidas familiares, en las que nadie parecía acordarse de él.

—¿Y Giovanni, mi nieto? ¿Tampoco él quiere saber nada de mí?

—A veces me pregunta.

—Menos mal... —suspiró Raffaele, aliviado.

Elisa pensaba que buena parte de la culpa de todo la tenía la militancia fascista de su suegro. Porque no había ideología o credo político que no se aplicara a las cosas pequeñas de la vida, y el fascismo envenenaba todo lo que tocaba. Rafael y Alberto estaban muy lejos de comulgar con las ideas políticas de su padre y, a pesar de todo, éstas habían manchado sus vidas y contribuido a hacer de ellos lo que ahora eran: unos adultos que se enfrentaban a su anciano padre con la rabia de los adolescentes. Ah, pero Elisa confiaba en que el veneno del fascismo no alcanzara a la siguiente generación...

—¿Crees que me rechazaría si intentara hablar con él? —preguntó Raffaele, refiriéndose a Juan.

—Mejor dejarlo al margen. Los adolescentes, ya se sabe, tienen sus propias preocupaciones.

Esas citas casi clandestinas seguían celebrándose semana tras semana, y Elisa descubrió que, sin proponérselo, se había acabado convirtiendo en su aliada. Su única aliada. Raffaele se agarraba a ella con la desesperada energía de los náufragos. El simple hecho de tener alguien a quien recurrir le permitía alimentar un vago optimismo, y eso ayudaba a su recuperación. Su aspecto ahora no era tan desmejorado como al principio y, aunque sin demasiados ánimos, había vuelto a hacerse cargo de la empresa.

—¿Fuisteis a algún sitio el domingo?

—A Calahorra. Teníamos previsto llegar a Logroño pero al final...

—¿Y?

—¿Y qué?

—Que si hablasteis de mí...

Elisa negó con la cabeza y revolvió su café. Raffaele dio un sorbo al suyo y luego la miró esperanzado.

—A lo mejor es que ya no me guardan tanto rencor, ¿no te parece? Yo creo que, si siguieran tan rabiosos conmigo, me mencionarían alguna vez. ¿Tú qué piensas? ¿Puede ser que sólo fuera un enfado, un enfado fuerte, y que ya se les estuviera pasando? Sí, el hecho de que no hablen de mí seguro que quiere decir algo...

Poco a poco iba superando su desaliento, y ya se atrevía a sugerir que la mediación de Elisa podría resultar decisiva. Ella se llevaba bien con todos y sabría utilizar su mano izquierda. ¿Por qué no probar a hablar con unos y con otros? ¿Por qué no tratar al menos de convencer a Alberto de que aquella situación era insostenible? Lo único que él quería era darle una explicación, pedirle perdón... ¿Tan difícil era eso de entender? Elisa conocía la terquedad de los Cameroni, particularmente la de su marido, y sabía que esas omisiones no admitían interpretaciones demasiado optimistas. Pero quién sabía lo que ocurriría dentro de unos meses o unos años: Raffaele no se equivocaba cuando decía que la situación era insostenible. En principio, Elisa trataba de darle largas. Le decía que todavía era pronto, que acaso cuando las cosas estuvieran maduras...

—Tengo setenta años —se lamentaba él—. Nunca es pronto cuando se tienen setenta años.

La insistencia de Raffaele obtuvo el fruto deseado una mañana de mediados de diciembre. Estaban ya despidiéndose a la salida del bar. Raffaele acababa de enseñarle la foto de familia que se hicieron al poco de nacer Paquito. Qué guapos estaban todos, y qué sonrientes. Parecía de verdad el retrato de una familia unida y feliz, con Paquito en los brazos de su madre, Alberto en las rodillas de su padre y Rafael a un lado, con una corbatita de lazo que daba a la foto un aire trasnochado. Elisa sintió un leve estremecimiento y pensó en su propia familia: ¡cuántas fotografías como ésa tenían en casa!, ¿podría ser que también ellos, con el paso de los años, acabaran enemistándose y detestándose?

—Qué sonrisa tiene aquí Alberto —dijo—. La misma que Juan cuando tenía esa edad.

—¿Le dirás algo? Dile algo, por favor.

Elisa no supo negarse, y salió de allí sabiéndose comprometida a interceder.

—Muchas gracias —se despidió su suegro, conmovido.

A diferencia de lo que venía haciendo en las últimas semanas, durante los días siguientes no canceló ninguno de los compromisos profesionales que tenía contraídos. Viajó a Madrid para entrevistarse con la dirección de la distribuidora, supervisó personalmente la selección de nuevo personal, se reunió con uno de sus proveedores para renegociar las condiciones y tuvo incluso tiempo de despachar varios asuntos atrasados. Sus colaboradores más próximos, acostumbrados a su carácter agrio y autoritario, estudiaban entre aliviados y suspicaces su nuevo comportamiento. ¿Cómo podía ser que desde su reincorporación al trabajo no hubieran sido objeto de ninguna de sus habituales reacciones destempladas? Ni siquiera se mostró malhumorado cuando una de las secretarias le comunicó que estaba embarazada y en mayo cogería la baja por maternidad. Había cambiado. No tanto como para afirmar que fuera una buena persona, pero sí para empezar a creer que ahora al menos era una persona. En la oficina se rumoreaba que su enfermedad no había sido una simple gripe sino algo más grave. Decían: Ya se sabe lo que pasa cuando se mira cara a cara a la muerte... Por supuesto, no podían ni imaginar lo que de verdad había ocurrido, y mucho menos lo que su jefe creía que estaba a punto de ocurrir. La confianza de Raffaele en los buenos oficios de Elisa se acrecentaba sin que hubiera ninguna razón objetiva para ello. El primer día se decía: Espero que sirva para algo. Más tarde: Estoy seguro de que servirá. Y al final: ¡Qué poco falta para que esté todo arreglado! Sólo cuando pasó esa semana y entró en el bar, volvieron a mortificarle las dudas. Estaba lloviendo y, en contra de sus costumbres, aquella mañana Elisa fue impuntual. Llegó con casi media hora de retraso. Para entonces la ansiedad de Raffaele se había desbocado.

—¿Qué? ¿Qué? —le dijo, mientras ella cerraba el paraguas y buscaba un sitio donde dejarlo—. ¿Me vas a decir qué ha dicho?

—Me podré pedir primero un café, ¿no?

Se acercaron a la barra. Elisa sonreía, pero su sonrisa no auguraba nada bueno. Raffaele la miraba con fijeza. Ella habló por fin:

—Lo he intentado. Créeme que lo he intentado, pero...

Raffaele hizo un gesto de decepción.

—Cuéntamelo todo —dijo.

¿Contárselo todo? ¿Cómo contarle que Alberto había puesto el grito en el cielo al enterarse de que ella y Raffaele se veían todas las semanas? ¿Cómo decirle que habían mantenido una fuerte discusión y que, por primera vez en su vida, había visto a su marido como un hombre mezquino y cruel? No, ésas eran cosas que una mujer no podía contar a cualquiera, y menos a su propio suegro. Por otro lado, ¿de qué le serviría a éste saber que Alberto hasta le había exigido que no acudiera a esa cita?

—¿Me lo vas a contar? —volvió a decir Raffaele.

—Es que no hay mucho que contar... Me dijo que no tenía ningún interés en verte ni en hablar contigo. Y ya está.

—¿Eso es todo?

—Es todo.

—¡Pero si sólo quiero pedirle perdón!

—A lo mejor es que le cogí en un mal momento... Le dije que estabas muy arrepentido y me dijo que no te creyera ni una palabra. Suena duro, ¿verdad?

—Vaya... ¿Has desayunado? ¿Te apetece comer algo?

Raffaele parecía haber encajado el golpe con entereza. Pidió un cruasán al camarero y habló del frío que estaba haciendo esos días. Luego pidió la cuenta y se preparó para marcharse, dejando el cruasán intacto.

—Lo siento, Raffaele —dijo Elisa.

—En fin... La vida no se acaba aquí.

—Mejor que te lo tomes así.

—No te dejes el paraguas.

Ya en la calle, Raffaele le dio las gracias y dijo:

—¿Te he contado que en una ocasión estuve a punto de abandonar a Isabel? Fue en el año cincuenta y cuatro. Y no te pienses que la abandonaba para volver junto a Giulia... No. La abandonaba porque sí. Porque ya no nos aguantábamos. Llegué a marcharme a Barcelona, pero volví ese mismo día. Dos abandonos en la vida de un hombre son demasiados, ¿no crees?

Elisa no dijo nada.

—Por cierto, la semana que viene no vendré. De hecho, creo que no vendré más.

—¿Por qué? No tienes que desanimarte. Lo volveré a intentar dentro de un tiempo. No puede ser tan tozudo. Algún día tendrá que dar su brazo a torcer.

Su suegro le dedicó una sonrisa de despedida. Elisa, preocupada, le vio subirse las solapas de la gabardina y marcharse bajo la lluvia.

Raffaele tenía muy claro lo que debía hacer en ese caso. Fue a su casa. Cogió un maletín y metió en él una muda limpia, un pijama y el neceser. Luego, dando un paseo, fue a la comisaría de la calle Ponzano. En la entrada había un policía muy flaco con cara de pájaro. Raffaele le dio los buenos días y le dijo que había ido a entregarse. El policía le miró con curiosidad. Raffaele prosiguió:

—He cometido un delito y traigo las pruebas que lo demuestran. Haga el favor de detenerme.

—¿Y viene así, sin abogado?

—¿Para qué necesito un abogado?

Unos minutos más tarde estaba en una habitación sin ventanas, y el policía de la cara de pájaro y otro compañero suyo le observaban con desconfianza y se rascaban la cabeza. Raffaele sacó de un bolsillo del maletín unos cuantos documentos.

—Aquí los tienen —dijo—. Los certificados de matrimonio. Uno está en italiano, pero supongo que lo entenderán. El otro es español. Me imagino que con eso bastará... Me acuso de haber cometido un delito de bigamia.

Los policías cogieron los papeles y los estudiaron como si contuvieran fórmulas matemáticas de difícil comprensión. No sabían si se encontraban ante un loco o ante un simple bromista.

—Ya lo han visto —dijo Raffaele—. Soy bígamo. ¿A qué esperan para detenerme?

Los otros le señalaron una silla de plástico naranja, como las de las estaciones, y le dijeron:

—Siéntese ahí y ya veremos qué hacemos con usted.

Permaneció más de una hora sentado con el maletín sobre las rodillas. Los agentes iban y venían sin prestarle demasiada atención. De vez en cuando, alguno se paraba a mirarle, y Raffaele intuía en su rostro una expresión de guasa. En mi vida había visto una cosa igual, oyó decir a uno de ellos. Por lo que sabía, estaban consultando su caso con el juez. Después le hicieron pasar a un despacho, y un inspector de cerrada barba le tomó declaración. El sonido de las teclas le recordó el del granizo golpeando las ventanas del Nucleo Chirurgico Chiurco (¡cuánto tiempo había pasado desde entonces!). El inspector le leyó el texto, en el que constaban las fechas de las bodas con Giulia e Isabel, así como la de la muerte de ésta. Raffaele asintió con la cabeza y firmó.

—Muy bien —dijo el policía, frotándose la barba—. Se puede marchar. Ya tenemos sus datos. Si hace falta, le llamaremos.

—Pero ¿cómo? —replicó él, contrariado—. ¿No me van a detener? ¿Viene aquí alguien a confesar un delito y le dejan marchar así como así?

—Vamos. Lárguese y no nos haga perder más tiempo.

Muy pocos días después, en la empresa de productos químicos (de la que ahora era director gerente), Alberto recibió la visita de Enríquez, el abogado. Éste estaba mucho más gordo que cuando se conocieron, catorce o quince años atrás, y seguía teniendo el mismo aspecto de haber dormido mal. Alberto carraspeó con nerviosismo. La simple presencia de aquel hombre le traía malos recuerdos.

—En fin —dijo Enríquez, tomando asiento sin que nadie se lo hubiera ofrecido—. Supongo que sobran las presentaciones... Tu padre me ha pedido que te entregara esto.

Estaban en la sala de juntas. A través del ventanal se veía la autovía de Logroño, atestada de camiones. El abogado sacó un portafolios de su maletín y lo dejó sobre la mesa. Llevaba el membrete de una notaría. Alberto echó un vistazo a los documentos. Eran unos poderes a su favor firmados por su padre. Esos papeles implicaban, de hecho, la renuncia de Raffaele a la dirección de la empresa familiar.

—¿Y si me niego?

—Es tu problema. Mi encargo consistía en hacerte llegar los poderes. Aquí están. Si los quemas o los rompes, allá tú. Y otra cosa: tu padre necesita las señas en Italia de esas dos mujeres.

—No las tengo.

—¿Y tu hermano mayor?

—¿Para qué las quiere? —preguntó Alberto, irreductible.

—Ha decidido regresar a Italia y hacerse cargo de ellas. Después de todo, siguen siendo su familia. Nunca ha dejado de estar casado.

En la voz de Enríquez sólo había profesionalidad, y sin embargo Alberto no podía dejar de sentirse agredido. ¿Algo más?, dijo. ¿Te parece poco?, contestó el otro con sorna. Alberto apoyó las manos en la mesa para indicar que la reunión había terminado: En ese caso... El abogado se levantó y cerró el maletín. De su mirada cansada y ojerosa era imposible deducir lo que pensaba. Alberto habría deseado que sus movimientos fueran menos parsimoniosos. Enríquez hizo un vago gesto de despedida y se dirigió a la salida. Cuando ya se disponía a abrir la puerta, se volvió y dijo:

—¿Puedo hablarte con franqueza?

Alberto permaneció en silencio. El otro prosiguió:

—En confianza, y sin que salga de nosotros, éste no es un plato de gusto para nadie. Llevo cuarenta años en el ejercicio de mi profesión y hace más de veinte que trabajo para tu padre, y nunca antes me había ocurrido nada semejante. Que tu cliente te pida que consigas meterle en la cárcel...: ¿cuándo se ha visto una cosa así? Supongo que ya sabes lo de la comisaría... Pretendía que le detuvieran por bígamo. Los policías, naturalmente, se lo quitaron de encima. ¿Cómo puede haber bigamia cuando una de las dos mujeres murió hace diecinueve años? Hubo bigamia, claro que sí, pero el delito prescribió hace mucho tiempo. Ahora tu padre pretende que yo, ¡su abogado!, me encargue de acusarle y demostrar su culpabilidad. ¡Es todo muy disparatado! Si se enteran en el Colegio de Abogados, se me ríen en la cara. Me ha costado Dios y ayuda quitarle esa idea de la cabeza. Le decía: Raffaele, si de verdad quieres que te metan en la cárcel, tendrá que ser por otra cosa. Le decía: Raffaele, ¿por qué no vas donde el idiota de tu hijo Alberto y le pegas un tiro? ¡Entonces sí que te meterán en la cárcel, y además habrá un majadero menos en el mundo! Le he insistido, no creas que no. Pero, ya ves, no he logrado convencerle.

Alberto le escuchó hasta el final sin hacer el menor movimiento.

—¿Ha terminado? —dijo después.
—He terminado. Buenas tardes.

Aquélla fue para Alberto la peor temporada de su vida. En las últimas semanas Elisa y él sólo hablaban para discutir, y eso era algo a lo que no estaba acostumbrado. Pero no discutían (al menos no directamente) por Raffaele, al que ni siquiera mencionaban. Discutían porque alguien se había dejado el teléfono mal colgado, y Alberto preguntaba quién había sido y Elisa le reprochaba que estuviera siempre buscando culpables para todo. O discutían porque él proponía un destino para la próxima excursión dominical, y ella no decía ni que sí ni que no y él le pedía que pusiera algo de su parte. O discutían porque había que comprar los regalos navideños y, cuando uno de los dos tenía ganas de ir de tiendas, el otro prefería quedarse en casa... Bueno, es cierto que por lo de los regalos discutían más bien poco, porque en realidad preferían no exponerse a situaciones comprometedoras, en las que la figura de Raffaele amenazaba con hacerse presente: ¿y cómo no mencionarle o no pensar en él cuando fueran a comprar una cartera de piel para Rafael o un albornoz para Paquito, si otros años por esas mismas fechas habían hablado de regalarle a Raffaele una cartera o un albornoz similares?

En según qué circunstancias, era difícil vivir como si Raffaele no existiera, y a pesar de todo se sentían obligados a intentarlo, porque el simple hecho de hablar de él habría podido llevarles a una discusión mayor, acaso a esa discusión definitiva que ambos temían. El nombre de Raffaele sólo había aparecido en sus conversaciones cuando Elisa le transmitió el mensaje de que quería pedirle perdón. Esa tarde Alberto había dicho cosas que no tenía que haber dicho, y desde entonces la incomunicación entre ambos era tal que ni siquiera sabía si su mujer y su padre seguían viéndose a sus espaldas. ¡Y con qué zozobra lo vivía todo! No estaba Alberto preparado para convivir con una Elisa esquiva, arisca, suspicaz, una Elisa que le respondía con monosílabos y evitaba por completo el contacto físico (¡ella, tan aficionada a tocar y acariciar a su marido y su hijo!). Como los maridos burlados, desconfiaba de sus ausencias y sus retrasos, y en su fuero interno inventariaba los cambios que percibía en su comportamiento: no, la verdadera Elisa jamás habría dicho esto o hecho aquello... La verdadera Elisa. Tenía Alberto la sensación de que aquella Elisa no era la de siempre. Como si se la hubieran cambiado. Como si la hubieran secuestrado y en su lugar hubieran puesto a una mujer con los mismos rasgos y el mismo peinado y el mismo olor pero distinta. Y en ella no reconocía a su querida y gentil Elisa sino a la otra persona, a la impostora. ¿Cuándo regresaría Elisa, la auténtica Elisa? Entre tanto, Alberto tal vez no fuera del todo consciente de la aspereza con que trataba a esa improbable sustituta: malos gestos, silencios deliberados, bufidos que destilaban hostilidad... En todo caso, se sentía autorizado para el reproche, y esa autoridad descansaba en su presumible condición de víctima: víctima del enorme engaño de su padre, víctima de la deslealtad de su mujer, víctima en general de un destino que se había vuelto en su contra. El problema era que, si se detenía a pensar, las cosas no estaban tan claras. ¿Víctima de un anciano que ansiaba su perdón? ¿Víctima de una mujer que sólo le había reclamado comprensión, y ni siquiera para sí misma? ¿Seguro que no estaba siendo un poco injusto? Pero ese resentimiento suyo, fuera o no injustificado, tenía la virtud de ejercer un efecto balsámico en su atribulado corazón. Cada reproche que hacía (es decir, cada mal gesto, cada silencio...) proclamaba de manera incontestable su condición de víctima, y por tanto la fortalecía y salvaguardaba, y eso aliviaba por unos instantes el tenaz malestar que se había instalado dentro de él.

Por encima de todo, se sentía confundido. De repente todo su mundo se venía abajo, y no sabía qué hacer para evitarlo. Tanto esforzarse por dar a su vida un orden seguro y consistente, y a las primeras de cambio ese orden se derrumbaba como un bohío en un huracán... A veces compartía sus dudas con Rafael, que le daba unos cachetes como cuando eran niños y le decía:

—¡Alberto, Albertito! ¡Espabila, hombre, y no te creas nada! ¿No te das cuenta de que es otra de sus típicas jugarretas? ¡El viejo está montando todo este paripé para tenernos cogidos por los huevos y que todo vuelva a ser como siempre! ¿Le has visto alguna vez arrepentirse de algo? ¡Dime! ¿Cuándo le has visto arrepentido?

—¡Eso! —repetía Paquito—. ¿Cuándo le has visto arrepentido?

Y la verdad es que los argumentos de Rafael no carecían de sentido, y Alberto optaba por mantenerse firme, en la confianza de que con el paso del tiempo todo acabaría solucionándose: su padre desaparecería de sus vidas, Elisa volvería a ser la de siempre y, como en los finales felices de los cuentos, entre ellos reinarían definitivamente el afecto y la armonía.

Para Alberto (al menos para el Alberto de esas fechas), sólo había habido una etapa de felicidad en toda la historia de la familia Cameroni, una etapa que abarcaba los dos años transcurridos desde que Isabel abandonó a Raffaele hasta que el trágico accidente de la bañera acabó con su vida. Con extraordinaria diligencia había borrado todo lo negativo de esos dos años: el frontal rechazo de Rafael hacia su madre, la ansiedad y la desazón de ésta, su propia (y enojosa) condición de correveidile, el tenso episodio de la estación... Había borrado todo eso y ya sólo recordaba la ilusión de dicha que los cuatro habían construido a espaldas de Raffaele. Eliminadas las sombras, sólo quedaba el esplendor del mito. Evocar esa pequeña y privada versión de la edad de oro le procuraba un intenso consuelo. ¡Qué placentero resultaba dejarse arrullar por el recuerdo de aquellos días cálidos, luminosos, perfectos! En sus álbumes encontró una foto de su madre y de Paquito cogidos del brazo ante el pequeño portal de la calle San Miguel. En el encuadre defectuoso y la luz escasamente contrastada se nota la inexperiencia del fotógrafo (debía de ser una de sus primeras fotos), pero aquella imagen reflejaba lo que él quería: cariño, gozo, celebración de la vida. Pensó que, poniéndole un buen marco, podría ser un bonito regalo navideño para Paquito. Que entre las fotos de esa época no hubiera ninguna en la que apareciera Rafael no desarmaba sus ensoñaciones. Aquellos dos años de felicidad serían exactamente como él quisiera recordarlos, y de ellos estaba excluido su padre pero no su hermano mayor.

Por supuesto, lo de la comida navideña fue idea suya. Con no se sabe qué abstrusos razonamientos decidió que la familia debía reunirse en Navidad en lugar de en Nochebuena, y eligió para ello (qué casualidad) el mismo restaurante en el que su madre había celebrado las dos últimas navidades de su vida... Así pues, el domingo 25 de diciembre de 1983 volvieron los tres hermanos Cameroni a ocupar, junto a Elisa y Juan, una mesa en el restaurante del Gran Hotel.

El restaurante seguía estando en uno de los salones del primer piso y, aunque se habían modernizado la decoración y los uniformes de los camareros, en lo sustancial no había habido demasiados cambios. El suelo de listones de madera en forma de espiga, los altos techos abovedados y el cortinaje de damasco de los balcones eran toda una garantía de continuidad.

Alberto encargó el aperitivo al camarero y señaló los paquetes.

—¡Lo primero, los regalos! —exclamó.

Fueron todos muy celebrados, pero el que más éxito tuvo (más incluso que la foto enmarcada de Paquito) fue un reloj de cuco que Rafael regaló a Elisa. Era un reloj antiguo, de finales del siglo XIX, y lo había restaurado el propio Rafael, que en sus ratos libres compraba trastos viejos a los chamarileros y los arreglaba. Cambiaron la hora para comprobar su funcionamiento. Estuvieron esperando unos segundos y, cuando por fin asomó el pajarillo para hacer cucú, todos se echaron a reír. Llegó el camarero para repartir las cartas y Alberto le pidió que tirara los envoltorios. Rafael habló de lo relajante que resultaba dedicar los domingos por la tarde a reparar máquinas de escribir y relojes antiguos. Luego llevaba algunos de ellos a un anticuario, que los vendía a buen precio a coleccionistas.

—¡Si supieran lo poco que me cuestan a mí! —dijo.

—Pero lo que vale es tu trabajo —dijo Elisa—. Me ha encantado el regalo. De verdad.

—Sí —insistió Alberto—. Es un reloj precioso.

Viéndoles, nadie pensaría que entre ambos hubiera la menor tirantez. Y sin embargo Alberto se sentía en todo momento excluido de la afectuosidad de su mujer. Sus risas, sus guiños, sus halagos formaban una refrescante lluvia que se derramaba sobre los comensales sin salpicarle a él. Había constatado esa misma actitud en las últimas excursiones dominicales. ¿Cómo se las arreglaba para mostrarse al mismo tiempo tan encantadora con los demás y tan indiferente hacia él? Es decir: ¿cómo hacía para estar simultáneamente de buen humor y de mal humor? ¿Y cómo para que nadie más fuera consciente de esa duplicidad? Pero, bien mirado, tampoco podía quejarse. Habría sido peor si Elisa hubiera optado por la misantropía y esa reunión familiar hubiera corrido el riesgo de echarse a perder.

Juan, ajeno a la conversación, rasgaba el celofán de sus discos. Hacía tiempo que a Juan sólo le regalaban discos. El año anterior, Elisa había comprado cinco o seis al azar y le había dado el tíquet por si quería cambiar alguno. Había tenido que cambiarlos todos. Este año habían ido juntos a la tienda y los había escogido él mismo. Elisa le acarició el flequillo.

—¿Qué? Te gustan, ¿eh? Para que luego digan que las madres no conocemos los gustos de nuestros hijos...

—¿Y tú qué, Paquito? —preguntó Alberto—. ¿Te ha gustado la foto?

Paquito se volvió hacia su hermano mayor:

—La pondremos en el cuarto de estar, ¿no?

—Ya va siendo hora de que quitemos algunas de esas vírgenes...

El camarero les sirvió los platos advirtiendo con algún remilgo que quemaban un poco. Paquito, como en él era costumbre, quiso probar de los platos de todos. Luego hubo un largo silencio que incomodó a Alberto.

—Ha pasado un ángel —dijo.

—¡Oveja que bala, bocado que pierde! —le corrigió Rafael, y Alberto fue el único que se echó a reír.

Durante la comida se esforzó por sostener una alegría más bien artificial, pero es cierto que en general todo transcurría con normalidad. A la hora de los postres pidió champán y cinco copas: con quince años, a Juan no le pasaría nada por dar un sorbo... Mientras el camarero estaba descorchando la botella, uno de los botones del hotel iba de mesa en mesa preguntando algo. Luego el camarero llenó las copas hasta la mitad y dejó que el champán reposara antes de rellenarlas hasta arriba. Alberto agarró su copa y la sostuvo en alto como si fuera a proponer un brindis. Antes de que llegara a hacerlo, el botones se acercó a su mesa y repitió la pregunta:

—¿Familia Cameroni?

Ellos asintieron, extrañados.

—Una persona pregunta por ustedes. No ha querido entrar. Está en la calle.

Se miraron todos en silencio. Juan corrió hacia el balcón y echó un vistazo a través de los visillos.

—¡Es el abuelo! —exclamó.

Alberto, con expresión desolada, se volvió hacia Elisa. Ella hizo un lento gesto de asentimiento.

—Llamó por teléfono y le dije que comeríamos aquí —admitió.

Él pensó en las dos italianas apareciendo con la corona de flores en el Sacrario. Esto no era muy distinto.

La principal diferencia era que entonces la manipulación había sido obra de su hermano mayor y ahora lo era de su mujer. Rafael se levantó y fue hacia el balcón. Se colocó a la espalda de Juan, como ocultándose. Visto desde allí, Raffaele parecía bastante más bajito de lo que era. Estaba como encogido en sí mismo y se echaba aliento en las manos para combatir el frío, y a su lado estaba su coche, cargado hasta los topes. Pero esa visión no conmovió a Rafael, que volvió a la mesa rezongando:

—Ahí está el muy cabrón... ¿Por qué tiene que venir por aquí a hacerse la víctima? ¡Si de verdad quiere marcharse, que se largue y nos deje en paz!

Elisa hizo un gesto de impaciencia y acudió junto a su hijo, que estaba ya abriendo el balcón. Se asomaron los dos y llamaron a Raffaele. Éste, como si así anticipara el reingreso en su antigua vida, empezó hablando en italiano: *Solo sono venuto per dirvi ciao*. Pero de inmediato se pasó al castellano para decir que les había traído las llaves de su piso. Cruzó la calle y se puso de puntillas debajo del balcón. Juan se agachó y estiró el brazo entre los barrotes de la barandilla para alcanzar el llavero que su abuelo le tendía.

—Haced con el piso lo que queráis. Yo no pienso volver.

—¿Estás seguro de lo que haces? ¿No crees que deberías reconsiderarlo? —le preguntó Elisa—. Han pasado tantos años... Es posible que ya no puedas adaptarte a esa vida.

—La cuestión no es ésa. La cuestión es que, por primera vez en mucho tiempo, tengo la sensación de estar haciendo lo que debo.

Hablaba con la serenidad de quien ha tomado una determinación irrevocable. Hablaba también sin tristeza. Señaló el coche, estacionado en el otro lado de la calle. Las cajas y los bultos se amontonaban en el asiento de atrás y parecían como metidos a presión.

—Ya veis: me llevo todo lo que puedo —dijo—. Pero todavía han quedado muchas cosas. A lo mejor hay algo que os pueda servir...

—Mi padre no nos dejaría —dijo Juan—. Acuérdate del espejo.

—Pero sólo es tu padre. Y yo soy tu abuelo. Recuérdalo, Giovanni. Pase lo que pase, siempre seré tu abuelo.

Su conversación resultaba perfectamente audible desde el interior. Alberto contuvo el aliento y se volvió hacia Rafael, que rehuyó su mirada.

—Están ahí, ¿no?, están ahí los tres —siguió Raffaele—. Supongo que no querrán asomarse. Bueno, ya da lo mismo. Decidles que les mando un abrazo... Me espera un largo viaje.

La voz de Juan adoptó un tono áspero.

—Ésos siguen pensando que todo esto es una comedieta tuya. Y lo seguirán pensando cuando te hayas ido. Así que ¿qué te importa lo que piensen? Quédate y olvídate de tus hijos. Nos tienes a nosotros.

—Sí —dijo Elisa—. Nos tienes a nosotros dos.

Raffaele sonrió conmovido y negó con la cabeza:

—¿Y Giulia? ¿Y Margherita? Estoy en deuda con ellas. Las he tenido abandonadas demasiado tiempo. Ya va siendo hora de que me ocupe un poco de ellas. Al fin y al cabo, nunca han dejado de ser mi mujer y mi hija. Mi familia.

—Pero ¿cómo vas a empezar una nueva vida allí? —preguntó Elisa—. ¿No te das cuenta de la edad que tienes?

—¿Y qué quieres? Nadie elige su edad.

Juan volvió a agacharse y a alargar el brazo entre los barrotes. Su abuelo le agarró la mano con fuerza.

—Entonces ¿cuándo nos volveremos a ver? —preguntó el chico.

—¿Quién sabe, Giovanni? ¿Quién sabe?

—Cuídate, Raffaele, hazlo por nosotros... —dijo Elisa, agachándose también y cogiéndole también la mano.

Algunos clientes del restaurante seguían la escena con curiosidad. A cierta distancia, el camarero se mantenía a la expectativa. Rafael hizo un gesto de fastidio y murmuró:

—Que cierren ya, que entra frío...

Elisa volvió junto a su marido, pero no se sentó. Se la notaba incapaz de contener su irritación.

—¿Y tú qué? ¿Piensas quedarte ahí parado, sin hacer nada? —dijo.

—¿Qué quieres que haga?

—¡Tú sabrás! ¡Es tu padre! ¡Y es tu vida!

Alberto habló en voz muy baja, como para sí:

—Ya le has oído... Se vuelve con su mujer y con su hija. Se vuelve con su familia.

Elisa le dedicó una mueca cargada de desprecio.

—¿Cuándo dejarás de comportarte como un crío?

Y entonces ocurrió lo que nadie esperaba. Paquito, que hasta ese momento había permanecido inmóvil y en silencio, ajeno a cuanto ocurría, se levantó de golpe y echó a correr hacia el balcón. Sus gritos sonaban desgarradores:

—¿Y yo qué? ¿Eh? ¿Y yo qué? ¿Yo no soy tu hijo? ¿Yo no soy de tu familia?

El revuelo fue enorme. Todo el mundo en el restaurante se volvió a mirar, y los camareros se acercaron pidiendo calma con las manos. Rafael dejó caer la cucharilla sobre la mesa. La familia Cameroni montando el numerito..., dijo. Paquito estaba ya en el balcón y seguía gritando entre sollozos:

—¡Contéstame! ¿He dejado de ser tu hijo? ¡Porque tú nunca dejarás de ser mi padre! ¡Nunca! ¡Aunque lo quieras!

El maître se acercaba con expresión de alarma desde el otro extremo del salón. A esas alturas, nadie podía comportarse como si nada estuviera pasando. Pero la agitación fue mayor cuando Paquito se encaramó a la barandilla y, apartando con torpeza las manos de Elisa y Juan, se descolgó hasta la calle. Entonces fueron muchos los comensales que, ahogando un grito, se pusieron de pie y acudieron a los otros balcones. El maître se desgañitaba tratando de poner orden, la gente iba de aquí para allá con la servilleta en la mano y los gritos de Paquito no dejaban de oírse por encima del ruido de la vajilla, las sillas, los pasos:

—¡Soy tu hijo!, ¿me oyes?, ¡soy Paquito, tu hijo!, ¡y no puedes irte así!, ¡si te vas, me tienes que llevar contigo!, ¿cómo vas a dejarme aquí?

Los balcones del restaurante estaban ya llenos de gente cuando Raffaele, emocionado, abrió los brazos y exclamó:

—¡Paquito, hijo mío...!

Y todos fueron testigos del largo abrazo entre el padre y el hijo, golpeándose las espaldas con las manos bien abiertas, llorando cada uno en el hombro del otro. Todos fueron testigos de eso menos Rafael y Alberto, que seguían en sus sillas con aire derrotado y la mirada fija en las copas de champán. Alberto ni siquiera se movió cuando Elisa y Juan pasaron por su lado en dirección a la salida. Por toda despedida, lo que Elisa le dijo fue:

—Esta noche Juan y yo dormiremos en casa de mis padres. Y luego ya se verá. Vámonos, Juan.

Desaparecieron los dos a su espalda. Desde la calle aún llegaban los gritos, ahora alborozados, de Paquito. ¡Me voy contigo!, se le oía decir, ¡me voy contigo a Italia!, ¡si tú te vas, yo me voy también...! Alberto echó una ojeada a las sillas vacías y a las mesas, con los platos dejados a medias y los cubiertos abandonados de cualquier manera, con los cafés enfriándose en las tazas y los helados derritiéndose despacio, con los vasos y las botellas sin terminar. Dio por fin un sorbo a su copa de champán y se sintió solo, irremediablemente solo.

EPÍLOGO

La maniobra para entrar en la cochera no era complicada pero sí lenta. La trayectoria del autobús describía una curva tan abierta que casi se subía al bordillo derecho. Luego rectificaba poco a poco hacia la izquierda hasta encarar la gran puerta metálica, que un empleado de bata azul abría de inmediato. Una vez dentro de la estación, el vehículo debía esquivar las altas columnas de hierro forjado para enfilar el andén que le correspondía. Quienes aguardaban a los pasajeros no estaban autorizados a acceder a la cochera y, cada vez que llegaba un autobús, solían apelotonarse junto a la cristalera de la exigua sala de espera. Juan, de pie en la zona trasera del autobús, distinguió las cabezas de su madre, su padre y Paquito. Les hizo una seña con la mano, pero el pasillo del autobús estaba a oscuras y ellos no podían verle. El conductor sacaba los equipajes del maletero y los amontonaba descuidadamente a su espalda. Los pasajeros iban bajando y recogiendo sus bultos. El lugar olía a gasolina, y en las manchas de aceite del suelo se formaban temblorosos arcos iris. Juan se colgó en bandolera su bolsa negra y salió de entre las filas de autobuses. Ahora sí que le vieron sus padres y su tío, que agitaron las manos sobre las cabezas con una sincronización de autómatas. Juan sonrió y les devolvió el saludo. Cuando llegó a la sala de espera, los otros tres se apresuraron a abrazarle y a besarle.

—¡Hijo mío! —decía Elisa—. ¡Cómo te hemos echado de menos!

—¡Pero si estuve hace tres semanas!

—¡Da lo mismo! —replicaba Alberto, abrazándole otra vez—. ¡Te hemos echado de menos y ya está!

—¡Eso! —repetía Paquito, abrazándole también—. ¡Te hemos echado de menos y ya está!

En marzo del 87, unas semanas antes de su decimonoveno cumpleaños, Juan era un chico de ojos vivaces y dientes muy blancos que se ruborizaba con facilidad. Desde el septiembre anterior estudiaba Periodismo en Madrid, y más o menos una vez al mes viajaba a Zaragoza para ver a sus padres. Esos pocos meses habían bastado para que renunciara a la ropa chillona y los pelos largos de los rockeros y adoptara un estilo más austero, el estilo propio de los jóvenes que querían parecer mayores. Ahora hasta se dejaba crecer una barba débil y desigual que desmentía esa pretendida madurez. Elisa le pasó la mano por las mejillas.

—Ahora sí que pinchas... —dijo—. ¿Cómo vamos de novias?

—¡Ay, mamá! ¡No empecemos!

Elisa tenía miedo de que su hijo se enamorara de alguna chica de Madrid (o de más lejos) y no volviera nunca a vivir en Zaragoza. Ella siempre había soñado con un futuro del que Juan formaría parte cotidianamente y, aunque comprendía que nunca una madre podía imponer a su hijo un futuro así, tampoco estaba dispuesta a renunciar a su sueño. ¿Quién se lo habría dicho a ella unos veinte años antes, cuando Elisa era una joven que ansiaba abandonar su ciudad y que se enamoró de Alberto sólo porque su apellido le evocaba viajes largos y países desconocidos?

Como la estación no estaba lejos de su casa, fueron a pie. Alberto se empeñó en cargar con la bolsa de su hijo, bastante más pesada de lo que aparentaba.

—¡Santo cielo! ¿Qué llevas aquí?

—Apuntes —dijo Juan—. Ya te dije que la semana que viene tengo parciales. Bueno, ¿cuándo me vas a decir por qué tenía que venir este fin de semana y no el próximo?

—¡Ah! —contestó su padre, haciéndose el interesante—. Mañana por la tarde lo sabrás.

El peso de la bolsa le hacía caminar un poco encorvado. El semáforo del paseo de Pamplona se puso en rojo, y Alberto y Elisa prefirieron esperar mientras Juan y Paquito corrían hasta la otra acera. Paquito se aproximó a su sobrino y con aire furtivo le mostró un sobre que asomaba del bolsillo interior de su cazadora.

—Carta del abuelo —dijo Juan—. Te ha vuelto a escribir.

Paquito abrió mucho los ojos y asintió con entusiasmo.

—Luego, en casa, te la leo —dijo Juan.

El semáforo volvió a ponerse en verde, y Alberto y Elisa les alcanzaron. Ahora los Cameroni vivían en un bonito y espacioso piso de la calle Bilbao, muy cerca de la comisaría a la que Raffaele había acudido a entregarse unos tres años antes. Alberto sacó las llaves y depositó la bolsa en el suelo haciendo un gesto de alivio.

—Te digo que puedo llevarla yo —dijo Juan.

—¡Que no, que no! —dijo su padre.

En el ascensor, Paquito y Juan quedaron a espaldas de los otros dos. Paquito, con un guiño travieso de complicidad, se abrió la cazadora y le mostró otra vez el extremo del sobre. En cuanto entraron en el piso, cogió una pelota de tenis y se la lanzó. Juan la atrapó en el aire.

—¡Chicos, chicos! —protestó Elisa.

Para ella y su marido, Paquito se había quedado definitivamente en eso, en un chico, y cierto sentido de la lógica indicaba que también Juan sería para siempre un chico. No podía ser que el tío fuera un chico y el sobrino un adulto.

—¿Vienes a mi cuarto? —dijo Paquito.

Entraron y cerraron la puerta. Se sentaron en la cama. En la mesilla estaba la vieja foto con su madre que Alberto le había regalado las antepenúltimas navidades. Paquito ni siquiera se quitó la cazadora.

—Toma. Lee —susurró, tendiéndole el sobre.

Juan empezó a leer y, aunque nadie podía oírles, Paquito le hizo señas para que bajara la voz. La carta no decía nada que no hubieran dicho antes las otras cartas de Raffaele. Decía que la vida en Lucca era agradable y que estaba pensando en montar algún negocio, pero todavía no sabía de qué tipo. Decía que Giulia y Margherita le trataban con cariño y que lo único que echaba de menos era estar con él, con Paquito. Decía que, en cuanto tuviera algo de dinero ahorrado, le mandaría un billete para que fuera a visitarle... Y Paquito, aturullándose como casi siempre, interrumpía para preguntar si estaba muy lejos, si se podía ir en tren, cuántas horas se tardaba, etcétera.

—Haremos una cosa —le decía Juan—. Cuando tenga coche, te llevaré yo mismo. ¿De acuerdo?

—¡De acuerdo!

—Hala. Guárdala con las otras.

—¿Le escribimos ya?

—Mejor dentro de un rato...

—¡Chicos! ¡A cenar! —oyeron la voz de Elisa.

Paquito cogió la carta y la metió en una caja de caramelos Viuda de Solano que escondía en el cajón de la ropa interior. Aquella caja de latón era su tesoro.

—¿Me prometes que me llevarás?

—Te lo prometo —dijo Juan, poniéndose de pie y encaminándose hacia la puerta.

Desde luego, Juan sabía que ese viaje no se realizaría jamás, y también lo sabían Alberto y Elisa, a los que su hijo informaba discreta y puntualmente del contenido de las cartas: ninguna novedad, todo como siempre, parecía que el abuelo seguía bien... El asunto de las cartas había comenzado al día siguiente del episodio en el restaurante del Gran Hotel. Elisa había amenazado a su marido con exigirle el divorcio si no escribía a su padre para pedirle perdón. Alberto cedió, avergonzado, y Elisa y Juan volvieron a casa y las heridas empezaron a cicatrizar. El texto de la carta prácticamente se lo dictó Elisa, y él no se atrevió a discutir nada: reconocía que se había comportado como un mal hijo y pedía un perdón que por su actitud de las últimas semanas estaba lejos de merecer... Muy bien, ya puedes firmar, dijo ella. Al cabo de un par de semanas recibieron una carta de Raffaele que no iba destinada a Alberto sino a Paquito. Éste la cogió e hizo que Juan se la leyera en privado. En ella, Raffaele hablaba de lo fácil que le estaba resultando adaptarse a su nueva vida. Era su manera de informarles de que se encontraba bien y no necesitaba nada de ellos, y sólo en las líneas finales añadía (sin duda, en alusión a Alberto) que para él todo estaba ya perdonado. A partir de entonces, con una periodicidad mensual llegaba una nueva carta de Raffaele, que Paquito esperaba con ansiedad.

Aunque él decía que esas cartas eran suyas y sólo suyas, se daba por supuesto que los otros miembros de la familia tenían derecho a conocer su contenido, y Juan se lo resumía después a sus padres. Luego escribía en nombre de Paquito la carta de respuesta y la enviaba por correo. Así, de ese modo indirecto, Alberto iba sabiendo de la vida de su padre, y Raffaele de la de su hijo.

—¡Paquito! —volvió a decir Elisa—. ¡A cenar, he dicho!

Se sentaron todos. Elisa colocó la sopa humeante en el centro de la mesa. La sopera, de porcelana francesa, había pertenecido a la tía Milagros.

—¡Qué lujo! —comentó Juan.

—No te equivoques —dijo su padre—. La usamos todos los días. A ver si hay suerte y en una de éstas se nos cae y se rompe...

—Qué bobada —dijo Elisa, sirviendo la sopa.

Había otros objetos en el comedor que habían sido de la tía Milagros: una vitrina con figuritas y abanicos antiguos (y también con el estuche de nácar que contenía un mechón de pelo de Isabel), un escritorio con delicados adornos de taracea, una cómoda que había pertenecido a una de las familias ricas de Monzón. Rafael les había llevado todo eso a casa poco antes de traspasar la licencia del taxi y marcharse de la ciudad. Ésa había sido su manera de comunicarles que vendía el piso y desaparecía nuevamente de sus vidas.

—Cumpliremos doscientos años y ese cacharro seguirá entero —se quejó cómicamente Alberto—. ¡Paquito, tendrás que hacer algo!

Paquito miró la sopera con ingenuidad. Elisa le amenazó con la cuchara:

—¡Ni se te ocurra tocarla!

—A partir de mañana, la sopa la servirá Paquito —anunció Alberto.

Elisa, con aires de maestrilla, dirigió la cuchara hacia su marido, y dijo:

—¡Bien bonita que es la sopera! Mientras yo esté viva, me ocuparé de que no sufra el menor rasguño. Luego podréis hacer lo que queráis.

Cuando Elisa hacía ese tipo de afirmaciones, Alberto reaccionaba siempre del mismo modo. ¿Y quién te dice que te vas a morir antes que yo?, decía, y ya estaban los dos metidos en una de esas típicas discusiones suyas que Juan se sabía de memoria. ¿Me lo vas a prohibir?, replicaba ella. ¡Por supuesto!, ¡te prohíbo morirte!, ¿crees que tienes derecho a dejarme viudo?, decía él, y entonces Elisa hacía un gesto teatral de resignación y exclamaba: ¿Cuándo se ha visto una cosa igual, un marido que disfruta prohibiéndolo todo?, ¿pues sabes qué te digo?, ¡que te haré caso!, ¡con maridos así, lo mejor es quedarse viuda! Luego Alberto guiñaba un ojo a su hijo y decía: ¡Así me gusta!, ¡que me obedezca! Y la discusión no acababa hasta que Elisa (que con el paso del tiempo había acabado adoptando la gesticulación italiana de los Cameroni) tocaba madera con el índice y el meñique, ponía los ojos en blanco y decía: ¡Y tómate la sopa, que se enfría!

Sus discusiones seguían siendo tan ruidosas e inofensivas como Juan las recordaba de su infancia. Y sin embargo tenía la sensación de que ya nada era igual, la sensación de que algo se había roto entre sus padres el día de la despedida del abuelo. Sí, la reconciliación se había producido de inmediato y el amor que les unía había acabado triunfando, pero él creía que las cosas nunca habían vuelto a ser como al principio, al menos no exactamente. Como una polilla encerrada en un armario, un resto de resentimiento aleteaba de vez en cuando en sus corazones. El amor, el vigoroso, entregado, exultante amor de Alberto y Elisa había perdido algo de su antigua inocencia. Era como si jamás hubieran tenido ningún agravio que reprocharse mutuamente y como si desde entonces lo tuvieran (un agravio diminuto, nada más el recuerdo de una ofensa) y en ocasiones hubieran de hacer esfuerzos para no echárselo en cara el uno al otro.

Acabada la cena, Juan se levantó de la mesa y besó a su madre.

—Me voy —dijo—. He quedado.

—¿Ya? —preguntó Paquito, contrariado.

Juan se acordó de que aún no había escrito la carta. Todos en la casa estaban al corriente, y todos debían fingir que no lo estaban.

—¿No decías que tenías que estudiar? —dijo Alberto.

—Espera por lo menos a que haga el café... —dijo Elisa.

—¿Me lo llevas a mi cuarto? —dijo Juan.

Paquito le acompañó a la habitación. Elisa entró con la bandeja del café. En cuanto se hubo marchado, Paquito se apresuró a cerrar la puerta. Juan buscó una cuartilla.

—¿Qué quieres que le escriba? —preguntó—. ¿Le decimos que este mes ha hecho mucho frío pero por desgracia no ha caído nada de nieve? ¿Le decimos que he venido a pasar el fin de semana y que dentro de unos días tengo mis primeros exámenes?

Paquito asentía con la cabeza. Las cartas de respuesta eran siempre así: cartas anodinas, plagadas de lugares comunes y de circunlocuciones innecesarias. Juan, al principio, había procurado no repetirse en exceso. Ahora ni se molestaba en intentarlo, porque sabía que a su abuelo y a su tío les traía sin cuidado. Lo que ellos buscaban no era un intercambio de novedades, sino simplemente mantener vivo el contacto.

—Ya está —dijo Juan, y le leyó un breve texto en el que las observaciones pueriles convivían con los buenos deseos—. ¿Qué tal?

—Ésta te ha salido muy bonita —dijo Paquito, radiante.

—¿Ponemos algo más?

—¡Pon que el mes que viene le volveremos a escribir!

Juan obedeció y luego le pasó la carta para que la firmara. Paquito tardó más de un minuto en dibujar un apretado garabato en el que sólo una pe, una cu y una te resultaban reconocibles.

—Quieres mucho al abuelo, ¿verdad? —le preguntó Juan.

—¡Claro! ¡Es mi padre! —contestó Paquito con ese tono burlón que suele reservarse a las perogrulladas.

Juan le dio una palmada en la espalda y dijo:

—Bueno, ahora sí que me voy.

Al día siguiente, durante la comida, volvió a preguntar a su padre por el motivo que hacía inexcusable su presencia ese fin de semana.

—¡Ah! —dijo Alberto, echando un vistazo a su reloj—. ¡Ya falta menos! ¡Dentro de un rato lo sabrás!

Juan miró a su madre, que se limitó a sonreír.

A eso de las cuatro, Alberto estaba preparado para salir e iba de un lado para otro apremiando a los demás. Elisa, en el vestidor, sacaba brillo a unos zapatos e insistía en que tenían tiempo de sobra. Paquito se echaba grandes cantidades de colonia en el pelo y se pasaba el peine con minuciosidad. En cuanto salieron a la calle y echaron a andar hacia el Coso, Juan volvió a preguntar:

—¿Alguien me va a decir adónde vamos?

—Eso —le secundó Paquito—. ¿Alguien nos va a decir adónde vamos?

Cruzaron el Coso y avanzaron por la calle Alfonso hasta la esquina de los almacenes Gay. En la bocacalle la acera se estrechaba, y Alberto se adelantó un par de metros. Se detuvo frente al Arlequín.

—Ya estamos —proclamó.

El Arlequín era un viejo cine de reestreno. En el exterior, un cartel anunciaba la proyección de una comedia de Goldie Hawn. Juan miró a su padre como reclamando explicaciones. ¿Para eso le había hecho venir? ¿Para ir a ver una insípida película americana? Lo que Juan no sabía era que, algunas tardes a la semana, la Filmoteca utilizaba ese cine como sede. Alberto se plantó ante la taquilla y pidió cuatro entradas. Junto a la ventanilla de la taquillera estaba pegado un folio con la programación. Aquella tarde, en la sesión de las cinco, proyectaban *Culpable para un delito*.

—¿Ésta es la película que...? —preguntó Juan.

—No sé por qué, cuando se estrenó, no pudimos verla —dijo Elisa, asintiendo—. Y hasta hoy no la habían vuelto a poner.

—¿Qué? ¿Ha valido la pena el viaje? —dijo Alberto, satisfecho—. ¿Ha valido la pena o no?

—Imagínate —ironizó Elisa—. Vas a ver a tus padres actuar en una película.

—¡Y a mí! —intervino Paquito, excitado—. ¡Yo también salgo!

—Claro que sales —bromeó Juan—. Creo que fuiste la estrella.

La historia de aquel rodaje formaba parte del anecdotario familiar, y Juan, en su infancia, la había tenido que escuchar un montón de veces. En la versión que él conocía, Paquito se había perdido en una pausa del rodaje y Elisa le había ayudado a encontrar a su hermano. Si no hubiera sido por ese rodaje, seguramente sus padres no se habrían conocido nunca, y eso quería decir que para él esa película estaba en el origen de todo. Lo más curioso era que Juan jamás se había imaginado a sí mismo viéndola. La película pertenecía más al ámbito de los mitos de la niñez que al de la realidad: era como si de repente le hubieran dicho que iban a visitar al Ratoncito Pérez.

—Fíjate —dijo Elisa—. Yo entonces era más joven que tú ahora. De hecho, cumplí los dieciocho muy poco después...

Guardó un instante de silencio para ordenar los recuerdos y luego dijo:

—¿Te acuerdas de la Velosolex? ¿Te acuerdas del día que viniste a buscarme a la academia?

Por supuesto, las preguntas iban dirigidas a su marido, pero éste se encaminaba ya hacia la sala y no la oyó. El empleado cogió las cuatro entradas y las partió. Paquito hacía señas a Elisa y a Juan para que acudieran.

—¡Vamos, vamos! —decía Alberto, a la espalda de Paquito.

Elisa y Juan se reunieron con ellos. Alberto, avanzando por el pasillo, trataba de justificar sus prisas:

—Creo que nuestra escena sale al principio. Leí el argumento en el periódico.

La sala era estrecha, con las paredes tapizadas en rojo. Había muy poca gente, no más de diez personas.

Alberto eligió los asientos en la parte delantera y en el lado izquierdo. Como Juan ocupaba la butaca más alejada del pasillo, le fueron pasando los abrigos para que los amontonara en el asiento de su izquierda. A su derecha, por este orden, estaban Paquito, Elisa y Alberto. Entre los tres, trataban de recordar detalles del rodaje. A mí me dieron un paraguas, ¿no?, decía Elisa, y su marido corregía: No, el paraguas me lo dieron a mí; a ti te dieron un bolso. ¡Es verdad!, ¡un bolso negro!, exclamaba Elisa, y Paquito intervenía: ¿Y a mí?, ¿a mí qué me dieron?, ¡ya no me acuerdo! Elisa dijo que ahora dudaba, que tal vez el paraguas se lo hubieran dado a Paquito, y Alberto, que parecía recordarlo todo con precisión, la interrumpió para afirmar que a Paquito le habían dado una gabardina. Por si hubiera quedado alguna duda, lo repitió:

—A Paquito le dieron una gabardina, a ti un bolso negro y a mí un paraguas. Y, si no, ahora veréis.

—Vale. Ahora veremos.

—¡Sí, sí! ¡Ahora veremos!

Juan, divertido, les oía hablar, y esta vez sí tenía la sensación de que discutían sólo por discutir, como los niños cuando se reparten los papeles de policías y ladrones. Dijo:

—¿Pero seguro que se os ve? ¿Y si al final no salís?

—Qué tontería —dijo su padre—. ¿Cómo no vamos a salir?

—Sí, ¡qué tontería!

—No sé —dijo Juan—. Puede ser que la cámara no os cogiera bien o que hayan cortado esas tomas en el montaje...

Se arrepintió nada más decirlo. Le bastó con percibir en sus miradas esa mezcla de desconcierto y gravedad. Le bastó con eso para comprender que tal posibilidad jamás se les había ocurrido y, sobre todo, que aquel momento era bastante más importante para ellos de lo que él podía suponer. Ellos estaban allí para convocar el pasado, un pasado en el que fueron jóvenes y felices, y en esa ceremonia privada Juan tenía que evitar comportarse como un aguafiestas.

Elisa miró a Paquito:

—Acuérdate de que estabas siempre mirando a la cámara...

—¿Y?

—Que a los directores no les gusta que se vea a un actor mirando a la cámara.

—Yo no miraba a la cámara... —replicó débilmente Paquito.

Alberto soltó un bufido. La excitación de poco antes se había convertido de golpe en desconsuelo. Juan tuvo la sensación de que por su culpa les habían robado una parte muy valiosa de su pasado. Se apagaron las luces. Sonaron los primeros compases de la banda sonora.

—Ahora silencio —murmuró Alberto, aunque nadie había dicho nada.

El momento decisivo estaba a punto de llegar, y ellos contenían la respiración. Acabaron los créditos y, tal como Alberto había supuesto, enseguida llegó su secuencia. Hubo varios planos de coches yendo y viniendo y de personas caminando por la acera. Se vio entonces a gente que entraba y a gente que salía de la falsa boca de metro, y entre la gente que entraba, sí, estaban ellos. Fue sólo un instante, pero un instante que se ensanchaba en sus cerebros y permitía reparar en todos sus pormenores.

—¡Qué jóvenes estábamos! —dijo Alberto—. ¿Lo veis? El paraguas lo llevaba yo.

—Y yo la gabardina —dijo Paquito.

Hablaban en voz alta, como si estuvieran solos.

—¡Y ahí está Paquito mirando a la cámara! —dijo Elisa.

—¡Es verdad! —exclamó él, sofocando una carcajada.

No es que Paquito, en la película, lanzara a la cámara un vistazo furtivo y de reojo. Es que se veía a Alberto y a Elisa tratando de interponerse entre él y la cámara y a Paquito haciendo denodados esfuerzos para asomar la cabeza por encima de ellos y clavar la mirada en el objetivo. Si algo en ese plano llamaba la atención era eso, los ojos de Paquito, que observaban la cámara con curiosidad y descaro, y nadie entre el público podría fijarse en otra cosa.

—¡Es verdad! —volvió a decir Paquito—. ¡Estaba mirando!

Juan se incorporó en su butaca y miró a sus padres, que tenían los ojos húmedos de alegría.

—¡Sí que estaba mirando! —repitió Paquito, cada vez más regocijado—. ¡Estaba mirando!

Pero la secuencia no acababa ahí, y la atención del espectador se desplazaba a las escaleras del metro, donde un actor caía y otro exhibía con perplejidad un puñal ensangrentado y los figurantes observaban la escena con expresión de espanto... Entre esos figurantes se distinguía otra vez a Elisa y a Alberto. Juan miró de nuevo a sus padres, que acababan de cogerse de la mano. Justo en ese momento cesó el griterío de la película y se oyó a Elisa susurrar a Alberto:

—¿Te acuerdas de lo que entonces te dije?

—¿Cómo no me voy a acordar? —contestó él.

Juan ignoraba a qué se referían, pero no podía dejar de observarles. A la luz de la pantalla, que se reflejaba con suavidad en sus rostros, vio a su padre llevarse a los labios la mano de ella y dejar en su dorso un beso largo, larguísimo. Ninguno de los dos decía nada, y por el brillo de sus ojos notó Juan que estaban llorando. Lloraban por la juventud perdida y por el tiempo que había pasado desde que se conocieron. Lloraban por el amor que se habían dado y el que seguirían dándose en el futuro. Lloraban por los momentos buenos y malos que habían vivido juntos. Lloraban por ellos mismos, por los muchos recuerdos que atesoraban. Lloraban también por su felicidad, y llorar así les devolvía una parte de esa felicidad. Paquito, mientras tanto, seguía recitando en voz baja su alegre cantinela:

—¡Estaba mirando! ¡Claro que estaba mirando!

NOTA DEL AUTOR

Agradezco al historiador Dimas Vaquero Peláez (autor de *Crecer, obedecer, combatir... y morir*, 2006) su generoso asesoramiento acerca del Sacrario Militare Italiano. El itinerario seguido por Raffaele durante la Guerra Civil está inspirado en el que Fernando Pérez de Sevilla dejó escrito en su autobiográfico *Italianos en España* (1958). Para el episodio del *Semíramis* me he servido de la información aportada por Xavier Moreno Juliá en *La División Azul* (2004). A Barbara Bertoni le doy las gracias por su revisión de los fragmentos en italiano y a Félix Romeo por haberme prestado un recuerdo de familia.